A. J. Steiger

Aus dem Englischen von Annette von der Weppen

Zitat auf den Seiten 26–27 und 75 aus:
Richard Adams, *Unten am Fluss*, übersetzt von Egon Strohm. List Verlag,
Berlin 2008. Mit freundlicher Genehmigung.

Carlsen-Newsletter: Tolle Lesetipps kostenlos per E-Mail!
Unsere Bücher gibt es überall im Buchhandel und auf carlsen.de.

Alle deutschen Rechte bei Carlsen Verlag GmbH, Hamburg 2018
Originalcopyright © 2018 by A.J. Steiger
Originalverlag: HarperTeen, an imprint of HarperCollins Publishers
Originaltitel: When My Heart Joins the Thousand
Umschlaggestaltung und -typografie: formlabor
Aus dem Englischen von Annette von der Weppen
Lektorat: Franziska Leuchtenberger
Herstellung: Björn Liebchen
Satz: Dörlemann Satz, Lemförde
Druck und Bindung: GGP Media GmbH, Pößneck
ISBN: 978-3-551-58379-6
Printed in Germany

Für Joe.

Bei Kaninchen dauern Werbung und Paarung insgesamt ungefähr dreißig bis vierzig Sekunden.

Ich bin kein Kaninchen. Wenn ich eins wäre, wäre mein Leben um einiges leichter.

»Willst du das auch wirklich?«, fragt Stanley. »Du kannst es dir auch immer noch anders überlegen, weißt du.«

Ich ziehe zweimal an meinem linken Zopf. »Wenn ich es nicht wollte, hätte ich nicht gefragt.« Ich hatte allerdings auch nicht damit gerechnet, dass er Ja sagen würde.

Wir sind in einem Motelzimmer, mit einem uralten, ratternden Heizlüfter und dem Billigdruck einer Windmühle an der Wand. Stanley rutscht nervös auf der Bettkante hin und her, die Krücke neben sich gelehnt. Die Hände hat er fest im Schoß verschränkt.

Ich mache einen Schritt auf ihn zu. Er hebt die Arme, hält dann aber inne. »Nicht anfassen, stimmts?«

»Nicht anfassen«, erwidere ich. So lautet die Vereinbarung. Ich fasse *ihn* an. Aber er mich nicht.

Seine Halsschlagader pocht. Ich zähle zwanzig Schläge in zehn Sekunden. Hundertzwanzig pro Minute.

Das geht wohl alles ein bisschen zu schnell. Genau genommen sind wir uns heute zum ersten Mal begegnet. Aber ich will es unbedingt versuchen. Wenigstens *ein* Mal. Eigentlich ist das alles vom Instinkt geleitet. Jedes Tier ist dazu in der Lage. Also werde ich das doch wohl auch irgendwie hinkriegen. So kaputt bin ich nun auch wieder nicht.

Zögernd greife ich nach seiner Hand und umschließe sie mit meinen beiden Händen. Er macht ein Geräusch, als müsste er niesen – so ein scharfes Einsaugen der Luft. Ich betrachte seine Finger, die lang und schmal sind. Ich werde nicht gern berührt, weil mir das wehtut, aber wenn die Berührung von mir ausgeht, ist es erträglich. »Wusstest du«, sage ich, »dass es nur weibliche Rennechsen gibt. Sie pflanzen sich durch Klonen fort. Die Weibchen besteigen sich gegenseitig, um die Produktion der Eizellen anzuregen.«

Er sagt nichts, sieht mich nur an.

»Und bei Seepferdchen sind die Geschlechterrollen vertauscht. Das Weibchen spritzt ihre Eier in das Männchen, das dann die Jungen austrägt und gebärt.«

Stanley legt sich die freie Hand auf den Bauch.

»Kaiserpinguine haben in jeder Brutsaison denselben Partner. Die Paare erkennen sich an ihrem individuellen Ruf. Das Männchen bleibt einfach irgendwo stehen und stößt so lange seinen Brunftschrei aus, bis das Weibchen ihn gefunden hat. Dann verbeugen sie sich voreinander, stellen sich Brust an Brust und singen.«

»Sie singen?«

»Ja.«

Ich frage mich, was ich wohl bin. Ein Kaninchen, ein Pinguin, eine Hyäne, ein Affe? Oder irgendwas ganz anderes? Nur eins ist sicher: Mit Menschen habe ich nicht sehr viel gemein.

»Willst du das auch wirklich?«

Die Frage stellt er mir schon zum zweiten Mal, aber vielleicht hat er recht. Ich frage mich schließlich auch, ob ich verrückt geworden bin. Das Ganze könnte leicht in einer Katastrophe enden.

»Lass uns anfangen«, sage ich.

1. KAPITEL
Drei Wochen vorher

Zu bestimmten Tageszeiten riecht es in meiner Wohnung nach ranzigem Käse. Offenbar hat das sonst noch niemand im Haus bemerkt. Ich habe schon vier Briefe an Mrs Schultz, meine Vermieterin, geschrieben, es dann aber gelassen, als mir klar wurde, dass die alle in einem Aktenordner mit der Aufschrift VERRÜCKT landen, den ich zufällig entdeckt habe, als ich bei ihr im Büro war, um die Miete zu bezahlen.

Deshalb gehe ich jetzt, wenn der Geruch zu penetrant wird, einfach in den Park und spiele Online-Go auf meinem Laptop.

Heute ist der 5. Oktober, 17 Uhr und 59 Minuten. Die Temperatur im Park liegt bei etwa 13 Grad. Stille erfüllt meine Ohren. Wenn ich tiefer in sie hineinhorche, höre ich die Geräusche, die mit ihr verflochten sind: das dumpfe Dröhnen des Verkehrs, das *Schhh-schhh* der Blätter im Wind, das Blut, das durch meine Adern rauscht – aber keine menschlichen Stimmen.

Ich ziehe mir die Kapuze meines Hoodies über den Kopf, was den doppelten Vorteil hat, nicht nur meine Ohren warmzuhalten, sondern auch mein Gesicht zu verbergen, sodass ich etwas mehr für mich bin. Der Park ringsherum liegt friedlich da, eine weite Fläche aus schläfrigem grünen Gras. Ein paar Ahornbäume werfen schon die ersten blutroten Blätter ab. In der Nähe glitzert ein kleiner Teich. Ein paar Exemplare von *Anas platyrhynchos* gleiten übers Wasser und die Köpfe der Erpel schimmern wie geschliffener Smaragd, in den glänzende Onyx-Augen eingelassen sind. Wenn sie die Flügel ausbreiten, fangen ihre schillernden blauschwarzen Spiegelfedern das Licht ein.

Ich werfe einen Blick auf die Bank am Teich und sehe auf meinem Smartphone nach, wie spät es ist. Ich warte auf den Jungen mit dem Stock.

Jeden Tag um Punkt sechs Uhr verlässt dieser Junge – ungefähr in meinem Alter, vielleicht auch ein paar Jahre älter – das lachsfarbene Haus auf der anderen Straßenseite, kommt in den Park gehumpelt und setzt sich hier auf die Bank. Manchmal liest er. Manchmal beobachtet er auch nur die Enten. In den letzten drei Wochen hat er das jeden Tag gemacht.

Anfangs habe ich ihm dieses Eindringen in mein Revier ziemlich übel genommen. Ich wollte nicht mit ihm reden – ich rede nicht gern mit Leuten –, aber ich wollte auch nicht meine Parkecke aufgeben. Also habe ich mich versteckt. Nach einer Weile hat sich das dann geändert, irgendwann wurde er ein Teil der Landschaft, wie die Enten, und ich fand seine Anwesenheit nicht mehr lästig. Im Gegenteil, sein uhrwerksmäßiges Erscheinen wirkte fast schon … beruhigend.

Und tatsächlich, auch heute tritt er wieder um Punkt sechs aus der Tür und sieht genauso aus wie immer: schlank, blass und nicht allzu groß, mit hellbraunem Haar, das offenbar schon länger nicht mehr geschnitten wurde. Seine offene blaue Jacke flattert im Wind. Ich beobachte, wie er auf die Bank zugeht, auf seinen Stock gestützt, und sich dann hinsetzt. Zufrieden wende ich mich ab. Ich lehne mich an einen Baum, klappe den Laptop auf meinen Knien auf und spiele Go gegen irgendeinen Zufallsgegner. Der Junge ahnt nichts von meiner Anwesenheit und ich achte sorgfältig darauf, dass das auch so bleibt.

Es ist fast schon dunkel, als ich schließlich den Park verlasse. Auf dem Heimweg gehe ich noch kurz beim Tankstellen-Shop vorbei und kaufe zwei Packungen Fertignudeln, ein Weißbrot, eine Orangenlimo und einen eingeschweißten Vanille-Cupcake.

Ich kaufe jedes Mal das Gleiche, deshalb weiß ich auch genau, was es kostet: sechs Dollar siebenundneunzig. Bevor ich zur Kasse gehe, zähle ich die Münzen ab und schiebe sie dann hastig zusammen mit den Einkäufen dem Kassierer hinüber.

»Sonst noch was?«, fragt er. Ich schüttele den Kopf.

Das Haus, in dem ich wohne, steht gleich an der nächsten Ecke, ein gedrungenes Backsteingebäude mit einem einzigen, mickrigen Baum davor. An einem der obersten Äste flattert ein blaues Kondom wie eine winzige Flagge; es hängt dort schon, seit ich mich erinnern kann. Braune Glasscherben glitzern auf dem Fußweg.

Ich gehe auf die Haustür zu und bleibe plötzlich wie angewurzelt stehen. Ein magerer Mann um die vierzig mit schütter werdendem Haar, Nickelbrille und Pullunder wartet draußen auf mich, die Arme vor der Brust verschränkt.

»Dr. Bernhardt«, stoße ich hervor.

»Gut, dass ich dich noch erwische. Ich habe schon ein paarmal bei dir geklingelt und wollte gerade aufgeben.«

Ich drücke meine Lebensmittel an die Brust. »Unser Treffen ist am Mittwoch. Heute ist Montag. Sie sollten gar nicht hier sein.«

»Ich musste den Termin verschieben. Ich habe mehrmals bei dir angerufen, aber du gehst ja nie dran. Mir ist klar, dass du keine Überraschungen liebst, aber gerade deshalb solltest du vielleicht ab und zu mal deine Mailbox abhören.« Seine Stimme hat einen Unterton, den ich inzwischen als *ironisch* erkenne.

Dr. Bernhardt ist Sozialarbeiter. Und er ist auch der Grund, dass ich eine eigene Wohnung habe, obwohl ich noch minderjährig bin.

»Und?«, sagt er. »Willst du mich nicht reinlassen?«

Ich seufze genervt und schließe die Tür auf. »Na gut.«

Wir treten ins Haus und steigen die abgewetzten Stufen in den ersten Stock hinauf. Der Teppich im Treppenhaus ist beige-blau gemustert und hat vor meiner Tür einen dunklen, breit zerflossenen Fleck – irgendeine verschüttete Flüssigkeit oder getrocknetes Blut. Wie das Kondom im Baum ist auch dieser Fleck schon da, seit ich eingezogen bin. Dr. Bernhardt rümpft die Nase und macht einen großen Schritt über ihn hinweg, in meine Wohnung hinein.

Drinnen schaut er sich prüfend um. Auf dem Boden liegt eine ungewaschene Jeans neben einem Stapel Sudoku-Hefte. Ein halb volles Glas mit Orangenlimo steht auf dem Couchtisch, inmitten von Krümeln. Ein Sport-BH liegt quer über dem Fernseher.

»Man sollte meinen«, sagt er, »dass jemand, der so viel Wert auf einen geregelten Alltag legt, auch ein bisschen mehr auf Hygiene achten würde.«

»Ich wollte noch putzen, bevor Sie kommen«, murmele ich. Unordnung stört mich nicht, solange es meine eigene ist. Das Chaos in meiner Wohnung ist mir vertraut und leicht zu durchschauen.

Als ich in die Küche komme, huscht ein Ohrenkneifer ins Spülbecken und verschwindet eilig im Abfluss. Ich werfe meine Einkäufe auf den Küchentresen, öffne den Kühlschrank und stelle die Orangenlimo hinein.

Dr. Bernhardt wirft über meine Schulter hinweg einen Blick auf den Kühlschrankinhalt: ein Pappkarton mit den Resten eines chinesischen Essens, ein verschimmeltes Schinken-Sandwich, ein Becher *Cool Whip*-Sahneersatz und etwas Senf. Er hebt die Augenbrauen. »Gibts hier auch irgendwas Gesundes?«

Ich schließe die Tür. »Ich gehe morgen einkaufen.«

»Ein bisschen Obst und Gemüse könnte sicher nicht schaden.«

»Müssen Sie auch über meine Essgewohnheiten Bericht erstatten.«

»Nicht vergessen: Bei Fragen immer ansteigende Satzmelodie. Sonst wissen die Leute nicht, ob du sie was fragst oder nicht.«

Meiner Meinung nach ist das eindeutig am Satzbau zu erkennen, aber ich wiederhole trotzdem brav, die letzten beiden Worte betonend: »Müssen Sie auch über meine Essgewohnheiten *Bericht erstatten*?«

»Nein, ich gebe dir nur einen Rat. Das ist schließlich mein Job, oder?«

»Ist das eine Frage.«

»Nur eine rhetorische.« Er geht ins Wohnzimmer. »Darf ich mich setzen?«

Ich nicke.

Er lässt sich auf dem Sofa nieder, verschränkt die Finger ineinander und mustert mich über den Rand seiner kleinen, runden Brille hinweg. »Wie läuft die Arbeit im Tierpark?«

»Gut.«

»Hast du noch mal über ein Studium nachgedacht?«

Das hat er mich schon öfter gefragt und meine Antwort ist immer die gleiche. »Das kann ich mir nicht leisten.« Und ein Stipendium werde ich wohl kaum bekommen, da ich kurz vorm Abschluss noch die Schule geschmissen habe – nicht wegen schlechter Noten, sondern weil ich es einfach nicht mehr aushalten konnte. Ich habe dann ein außerschulisches Abitur gemacht, aber den meisten Colleges ist ein normaler Abschluss lieber. »Außerdem arbeite ich gern mit Tieren.«

»Dann bist du mit deiner Situation also im Moment ganz zufrieden?«

»Ja.« Besser als vorher ist sie allemal.

Bevor ich diese Wohnung bekommen habe, war ich in einer Wohngruppe für verhaltensauffällige Jugendliche untergebracht. Das Mädchen, mit dem ich mir das Zimmer teilen musste, hat sich die Nägel blutig gekaut und mich nachts mit ihrem Geschrei zu den unmöglichsten Zeiten aus dem Schlaf gerissen. Das Essen war grauenvoll, die Gerüche noch schlimmer.

Dreimal bin ich dort weggelaufen. Beim dritten Mal haben sie mich auf einer Parkbank aufgegriffen und wegen Landstreicherei vor Gericht gestellt. Auf die Frage, warum ich denn immer wieder weglaufen würde, habe ich der Richterin erklärt, dass ich lieber obdachlos wäre, als dort zu wohnen. Ich habe einen Antrag auf vorzeitige Geschäftsfähigkeit gestellt – das hatte ich vorher recherchiert –, damit ich mir eine eigene Wohnung suchen konnte.

Sie willigte ein, unter der Bedingung, dass jemand regelmäßig nach mir sieht. So kam es, dass Dr. Bernhardt mein Betreuer wurde, zumindest auf dem Papier. Er ist verpflichtet, mir mindestens zweimal im Monat einen Besuch abzustatten, aber davon abgesehen haben wir kaum etwas miteinander zu tun, was mir sehr entgegenkommt.

Trotzdem ist mir immer auch unterschwellig bewusst, dass er mich jederzeit ins Wohnheim zurückschicken kann. Oder Schlimmeres.

»Darf ich dir eine persönliche Frage stellen, Alvie?«

»Ändert es etwas, wenn ich Nein sage.«

Er mustert mich kurz, mit gerunzelter Stirn. Vielleicht ist er enttäuscht. Oder auch gekränkt, ich weiß es nicht. Ich schaue weg. »Also gut, fragen Sie.«

»Hast du eigentlich Freunde?«

»Ich habe die Tiere auf der Arbeit.«

»Ich meine, Freunde, die sprechen können? Papageien zählen nicht.«

Ich zögere. »Ich brauche keine.«

»Bist du glücklich?«

Wieder eine rhetorische Frage. Natürlich bin ich nicht das, was die meisten Leute als glücklich bezeichnen würden. Aber das tut auch überhaupt nichts zur Sache. Glück hat keinerlei Priorität. Überleben würde mir völlig reichen. Und geistige Gesundheit. Mir vorzuhalten, ich sei nicht glücklich, ist so ähnlich, als würde man einem Obdachlosen vorhalten, dass er nicht regelmäßig für seine Rente einzahlt. Das mag stimmen, geht aber völlig am Problem vorbei. »Ich bin stabil. Ich habe schon seit Monaten keinen Zusammenbruch mehr gehabt.«

»Danach habe ich nicht gefragt.«

»Ich verstehe Ihre Frage nicht, Dr. Bernhardt.«

Er seufzt. »Ich bin natürlich kein Therapeut, aber ich habe schon die Aufgabe, über dein Wohlergehen zu wachen. Ich sehe, dass du deine Unabhängigkeit genießt, aber mir wäre wesentlich wohler, wenn du wenigstens *einen* Menschen hättest, auf den du dich verlassen kannst. Wann hast du, außerhalb der Arbeit, zuletzt mal mit jemandem gesprochen?«

Bisher hat ihn mein Sozialleben, oder vielmehr das Fehlen desselben, nicht weiter interessiert. Wieso ist das plötzlich ein Thema? Ich wippe auf den Fersen vor und zurück. »Ich bin nun mal nicht wie die andern. Das wissen Sie doch.«

»Ich glaube, du überschätzt diese Unterschiede. Vielleicht könntest du es für den Anfang mit, was weiß ich, einem Chatroom versuchen? Online-Kommunikation ist für Leute mit Kontaktschwierigkeiten meist weniger problematisch. Und es wäre doch eine gute Möglichkeit, jemanden mit ähnlichen Interessen kennenzulernen.«

Ich reagiere nicht.

»Ich will dir doch nur helfen, Alvie, auch wenn dir das vielleicht nicht so vorkommt ...«

Den Satz habe schon so oft gehört, den glaube ich längst nicht mehr.

»… aber dein Leben im Moment, das ist einfach nicht … gesund. Wenn sich das nicht ändert, muss ich dem Richter empfehlen, dich zu einer Therapie zu verpflichten, sofern du weiterhin allein wohnen willst.«

Panik steigt in mir auf, doch ich gebe mir alle Mühe, meinen Gesichtsausdruck neutral zu halten. »Sind wir fertig.«

Er seufzt. »Ich schätze schon.« Er nimmt seine Aktentasche und geht zur Tür. »Bis in vierzehn Tagen.« Im Treppenhaus bleibt er kurz stehen und schaut sich über die Schulter zu mir um. »Ach, und übrigens: Herzlichen Glückwunsch.«

Die Tür schließt sich.

Als er weg ist, bleibe ich noch eine Weile mitten im Zimmer stehen und warte darauf, dass das Engegefühl in meiner Brust verebbt.

Ich packe den Cupcake aus, den ich vorhin gekauft habe, stelle ihn auf den Couchtisch und stecke eine Kerze hinein. Genau um 19 Uhr 45 zünde ich die Kerze an und puste sie dann wieder aus.

Noch ein Jahr, dann brauche ich mich nicht mehr mit Dr. Bernhardt oder sonst irgendeinem nervigen Betreuer herumzuschlagen. Ich muss es nur schaffen, bis zu meinem achtzehnten Geburtstag weder meinen Job noch meine Wohnung zu verlieren. Dann bin ich volljährig. Dann bin ich frei.

2. KAPITEL

Im Hickory Tierpark steht neben dem Hyänengehege ein Schild:

GLÜCKLICH? TRAURIG? WÜTEND?

Und darunter, etwas kleiner:

Wenn man Tieren menschliche Gefühle zuschreibt,
nennt man das Anthropomorphisierung.
Statt zu fragen »Was fühlt ein Tier?«, sollte man lieber fragen:
»Wie verhält es sich?«

Jeden Tag, wenn ich zur Arbeit komme, sehe ich dieses Schild. Ich hasse es.

Elefanten trauern um ihre Toten. Affen können sich genauso geschickt über Zeichensprache verständigen wie ein Kind im Alter von fünf Jahren. Krähen sind hervorragende Problemlöser; in Laborversuchen hat man festgestellt, dass sie Hilfsmittel wie Steine oder Strohhalme nicht nur nutzen, sondern auch modifizieren können, um damit an Nahrung zu gelangen. Bei Tieren wird so eine Fähigkeit als instinktives oder konditioniertes Verhalten abgetan, während sie beim Menschen als unzweifelhafter Beweis seiner Überlegenheit gilt. Nur weil Tiere ihre Gedanken und Gefühle nicht mit Worten ausdrücken können, scheinen manche Leute zu glauben, sie hätten keine.

Manchmal stelle ich mir vor, wie ich nachts in den Tierpark einbreche, das Schild entwende und im nächsten Fluss versenke.

Ich sitze in meinem khakifarbenen Arbeitsanzug auf einer Bank und esse ein Sandwich mit Mortadella und Senf, wie in jeder Mittagspause. Die Hyänen streunen schnuppernd durch ihr Gehege, das an eine Felsenhöhle erinnert, und kratzen an den Wänden. Kiki, das dominante Weibchen, nagt an den Gitterstäben.

Eine Frau eilt an mir vorbei und zieht einen pummeligen kleinen Jungen hinter sich her, vielleicht sieben Jahre alt, der ein Waffeleis isst.

»Hallo!«, zwitschert die Mutter und lächelt breit. Ihr Mund ist mit knallrotem Lippenstift vollgeschmiert. »Könnten Sie wohl kurz auf ihn aufpassen? Ich muss zur Toilette.« Sie stürmt los, bevor ich irgendetwas erwidern kann.

Der kleine Junge steht vor mir, das Eis in der Hand, und mustert mich misstrauisch.

Was denkt sie sich eigentlich dabei, ihr Kind mit einer wildfremden Person allein zu lassen? Ich könnte schließlich eine Kinderschänderin sein. Oder so sturzbesoffen, dass ich mit hängender Kinnlade zuschaue, wie ihr Sohn ins Hyänengehege klettert. Bin ich nicht, aber darum gehts ja auch gar nicht.

»Hallo«, sagt der Junge.

Ich habe keine Ahnung, was ich tun oder sagen soll, deshalb esse ich einfach weiter und behalte ihn nur so weit im Auge, dass er mir nicht weglaufen kann.

Er leckt an seinem Eis. »Bist du so was wie ein Dompteur? Bringst du den Tieren Tricks und Kunststücke bei?«

»Nein. Ich füttere sie und mache ihren Käfig sauber.«

Er zeigt auf Kiki, die immer noch am Gitter nagt. »Warum macht der das?«

Ich schlucke einen Sandwich-Bissen hinunter. »Das nennt man stereotypes Verhalten. Das ist so eine Art nervöser Tick, wie Nägelkauen.«

»Dann ist er also irgendwie krank?«

»Nein. Bei Tieren in Gefangenschaft sind Zwangshandlungen sehr verbreitet. Eine normale Reaktion auf eine unnormale Umgebung.« Dann füge ich noch hinzu: »Außerdem ist das kein Er, sondern eine Sie. Ihr Name ist Kiki.«

»Nie im Leben. Der hat doch ein Ding. Einen *Penis*.« Er spricht das Wort sehr deutlich aus, als wüsste er nicht genau, ob ich es kenne.

Ich beiße von meinem Sandwich ab und sage mit vollem Mund: »Das ist kein Penis.«

Er legt sein sommersprossiges Gesicht in Falten. »Sondern?«

»Eine phallusartige Klitoris.«

»Eine *was*?«

»Weibliche Hyänen nehmen im Tierreich eine Sonderstellung ein. Sie sind größer als die Männchen und dominant, und ihre Klitoris hat fast die gleiche Größe wie …«

Ich unterbreche mich, als die Mutter des Jungen, mit hochrotem Gesicht und verkniffenen Lippen, seine Hand nimmt und ihn von mir wegzerrt.

»Mama«, sagt der Junge laut, »was ist eine Klitoris?«

»Irgendein Vogel«, murmelt sie.

»Die Frau hat aber was anderes gesagt.«

»Tja, dann müssen wir wohl mal mit ihrer Chefin sprechen, was?«

Ein Tropfen Senf löst sich von meinem Mortadella-Sandwich und landet auf den Pflastersteinen zwischen meinen Füßen. Ich beiße noch mal ab, aber das Brot schmeckt plötzlich wie Staub. Es bleibt mir in der Kehle stecken.

Am Nachmittag, kurz vor dem Ende meiner Schicht, ruft mich Miss Nell, die Eigentümerin des Hickory Tierparks, in ihr Büro. Finster starrt sie mich über ihren Schreibtisch hinweg an und trommelt mit ihren lackierten Fingernägeln auf die Armlehne ihres Stuhls. Miss Nell ist stämmig und kurzhaarig und ihre Kleidung tut einem in den Augen weh. Heute trägt sie eine Jacke in Neonpink, Ton in Ton mit Duke, dem Papagei, der in dem Käfig hinter ihr sitzt. Auf der Brust hat er eine kahle Stelle, wo er sich immer die Federn ausrupft, auch so eine Zwangshandlung.

»Du weißt, warum du hier bist, oder?«, fragt sie.

Ich rutsche auf meinem Stuhl herum. »Wegen etwas, das ich gesagt habe. Aber er hat mich schließlich gefragt und …«

»Alvie.«

Ich verstumme.

»Ich weiß verdammt gut, dass du nicht halb so blöd bist, wie du dich manchmal anstellst.« Sie flucht immer nur, wenn sie schon ziemlich aufgebracht ist. Das macht mich nervös. »Und selbst dir muss doch wohl klar sein, dass man einem wildfremden Kind nicht gleich die Sache mit den Bienchen und Blümchen erklärt. Schon gar nicht, wenn die Mutter in Hörweite ist.«

»Ich habe ihm die Anatomie der Hyänen erklärt. Es gehört zu meinem Job, alle Fragen der Besucher zu den Tieren zu beantworten. Das haben Sie selbst gesagt.«

Sie schließt kurz die Augen und kneift sich in den Nasenrücken. »Red keinen Scheiß!«

Und Duke, der Papagei, ruft krächzend aus seiner Ecke: »Red keinen Scheiß!«

Ich starre auf meine Füße. »Soll ich mich bei der Mutter des Jungen entschuldigen?«

»Nein, dann machst du es bestimmt nur noch schlimmer.«

Ich erwidere nichts, denn sie hat recht.

»Nebenbei bemerkt«, fährt sie fort, »ist das auch nicht die erste Beschwerde über dich, die mir zu Ohren kommt.«

Ich erstarre. »Bitte geben Sie mir noch eine Chance. Ich werde …«

Sie hebt die Hand. »Entspann dich, ich habe nicht die Absicht, dich zu feuern. Aber ab jetzt hältst du bitte deinen vorlauten Mund, wenn Besucher in der Nähe sind. Konzentrier dich aufs Füttern und Saubermachen.«

Ich zögere. »Und wenn ich etwas gefragt werde.«

»Stellst du dich taub.«

»Wie mache ich das.«

»Keine Ahnung. Mach irgendwelche Zeichen.« Sie fuchtelt mit den Händen, als würde sie Schweinchen-auf-der-Leiter spielen oder jemanden verzaubern. »So zum Beispiel.«

»Ich kann keine Gebärdensprache.«

»Dann tu halt so, als ob«, faucht sie.

Ich nicke nur, aus Angst, dass sie, wenn ich widerspreche, noch mal ihre Meinung ändert.

Ich arbeite hier zwar schon seit über einem Jahr, aber mir ist durchaus bewusst, dass mein Job ständig auf der Kippe steht. Und ich habe kaum etwas gespart. Mein Verdienst reicht gerade so eben für Miete, Essen und Auto, und wenn ich meine Rechnungen nicht bezahlen kann, setzt der Staat wieder einen Vormund ein. Schlimmer noch: Wenn ich es nicht schaffe, ein halbwegs normales Erwachsenenleben zu führen, könnte ein Richter mich für geschäftsunfähig erklären, was den endgültigen Verlust meiner Freiheit bedeuten würde. Angesichts meiner Vorgeschichte wäre das nicht ausgeschlossen. Womöglich würde ich wieder in irgendeiner Wohngruppe landen, und das nicht nur bis ich achtzehn werde, sondern für den Rest meines Lebens.

Ich darf diesen Job nicht verlieren.

Nach Feierabend tausche ich meine Uniform gegen normale Kleidung, gehe in den Park mit dem Ententeich und setze mich an meinen gewohnten Platz unterm Baum. Nach einer Weile schaue ich auf die Uhr: Fünf nach sechs, und der Junge mit dem Stock ist immer noch nicht da.

Dass er zu spät kommt, gefällt mir gar nicht. Ich weiß nicht, was genau mich daran stört oder warum es mich überhaupt interessiert, aber nach dem unerfreulichen Gespräch mit Dr. Bernhardt und der Standpauke von Miss Nell habe ich ohnehin schon das Gefühl, dass meine Welt aus den Fugen gerät.

Seine Verspätung ist nur ein weiterer Missklang, ein weiteres Zeichen der Disharmonie.

Eine Zeit lang laufe ich rastlos auf und ab, dann setze ich mich ins Gras und pule an dem Loch im linken Knie meiner Strumpfhose herum, bohre den Finger hinein und weite es, bis der Junge schließlich aus dem Gebäude kommt. Ich flitze hinter einen Baum und beobachte von dort aus, wie er über die Straße humpelt und den Park betritt.

Irgendwie kommt er mir heute anders vor. Ganz langsam und steif, als hätte er Schmerzen, lässt er sich auf der Parkbank nieder. Das Gesicht hat er von mir abgewandt, deshalb kann ich seinen Ausdruck nicht erkennen.

Mit angehaltenem Atem spähe ich hinter dem Stamm hervor und warte ab.

Erst rührt er sich nicht, starrt einfach nur vor sich hin. Dann legt er den Kopf in die Hände, und seine Schultern werden von lautlosen, bebenden Krämpfen erschüttert.

Er weint.

Ich bin ganz still und wage kaum zu atmen. Nach ein paar Minuten lässt das Zucken seiner Schultern nach und er sitzt reglos da, in sich zusammengesunken. Dann steht er mühsam auf, zieht sein Handy aus der Tasche und wirft es in den Teich. Das Platschen erschreckt ein paar Enten, die mit vielstimmigem Geschnatter davonfliegen.

Hinkend verlässt er den Park. Ich warte noch kurz, dann gehe ich denselben Weg zurück zu dem lachsroten Haus. Hinter der gläsernen Doppeltür befindet sich ein Empfangsbereich mit Fernseher und künstlichen Blumen. Ich berühre die raue Backsteinwand, lasse die Hand über den glatteren Stein des

Türschilds gleiten und ziehe die eingemeißelten Buchstaben nach: ELKLAND MEADOWS.

Meinen Laptop habe ich nicht dabei, also hole ich mein Handy heraus. Es ist ein Prepaid-Handy und ich zahle pro Minute, weshalb ich sehr darauf achte, wann und wie ich es benutze, aber man *kann* damit ins Internet. Laut Online-Suche ist das Elkland Meadows ein Pflegeheim für Leute mit Hirnschäden oder neurodegenerativen Erkrankungen und ich überlege kurz, ob er dort Patient ist. Aber die Klinik hat keinen ambulanten Bereich. Was nur einen Schluss zulässt: Er besucht hier jemanden.

Als ich zum Teich zurückgehe, sehe ich im Uferschlamm den silbernen Rand seines Handys blinken. Ich will nicht mit der Hand ins Wasser greifen – ich mag Wasser nicht so gern –, also suche ich mir einen Stock mit gebogenem Ende und angele damit das Handy aus dem Teich.

Hintendrauf steht, in Druckschrift auf einem Streifen Klebeband: EIGENTUM VON STANLEY FINKEL. Darunter eine Mail-Adresse.

Dass er seine Kontaktdaten auf sein Handy schreibt, kommt mir ein bisschen albern vor. Wenn er solche Sorge hat, dass es verloren geht, warum wirft er es dann einfach weg? Ich drücke auf den Einschaltknopf. Der Bildschirm flackert kurz auf und erlischt dann endgültig. Ich will es schon wieder in den Teich zurückwerfen, aber irgendetwas hält mich davon ab. Nach kurzem Zögern stecke ich es ein.

3. KAPITEL

Es ist spät.

Ich sitze im Schneidersitz auf der Matratze in meinem Schlafzimmer und löffele *Cool Whip*-Sahneersatz direkt aus dem Plastikbecher. Ein Klecks davon fällt mir aufs T-Shirt; ich nehme ihn mit dem Finger auf und lecke den dann sorgfältig ab. Es brennt kein Licht, der Raum wird nur vom schwachen Schein meines Laptops erhellt, der auf meinem Kopfkissen liegt. Ich spiele Go.

Unvermittelt drängt sich Dr. Bernhardts Stimme in meine Gedanken: *Wenn sich das nicht ändert, muss ich dem Richter empfehlen, dich zu einer Therapie zu verpflichten, sofern du weiterhin allein wohnen willst.*

Ich mache einen unbedachten Zug und mein Gegner erbeutet mehrere meiner Steine. Vor lauter Ärger über mich selbst melde ich mich ab und klappe den Laptop zu. Mir ist noch nicht nach Schlafen, deshalb ziehe ich mein vergilbtes, eselsohriges Exemplar von *Watership Down* aus dem Regal und fange an zu lesen. Ich versuche, den vertrauten Rhythmus der Sätze aufzunehmen. *Die gelben Schlüsselblumen waren verblüht.*

Am Rande des Gehölzes, wo es sich weitete und gegen einen alten Zaun und einen dornigen Graben dahinter abfiel, zeigten sich nur noch ein paar verwelkende blassgelbe Flecken ...

Ich habe das Buch schon unzählige Male gelesen. In die Welt dieser klugen Kaninchen einzutauchen ist für mich zu einem tröstlichen Ritual geworden. Doch an diesem Abend schweifen meine Gedanken ständig ab. Mit einem Seufzer klappe ich das Buch wieder zu.

Dr. Bernhardt kann das nicht verstehen und ich kann es ihm nicht erklären. Er glaubt, meine Abneigung, mit anderen Menschen Kontakt aufzunehmen, sei einfach nur Angst vor Zurückweisung. Dabei geht es sehr viel tiefer.

In meinem Kopf gibt es einen Ort, den ich als die Gruft bezeichne. Dort bewahre ich bestimmte Erinnerungen auf, sicher abgeschottet von meinem übrigen Verstand. Psychologen nennen das Verdrängung. Ich nenne es überlebensnotwendige Maßnahme. Ohne die Gruft wäre ich immer noch im Heim, oder aber mit so vielen hoch dosierten Medikamenten vollgepumpt, dass ich kaum noch meinen Namen wüsste.

Wenn ich die Augen schließe und mich konzentriere, sehe ich sie vor mir: eine riesige Doppeltür aus Stahl am Ende eines langen, dunklen Gangs. Die Türflügel sind wuchtig, massiv und mit einem schweren Vorhängeschloss gesichert, das mich vor allem beschützt, was dahinterliegt. Ich habe Jahre dafür gebraucht, diesen Schutzwall aufzubauen, Stein um Stein, eine Art mentale Quarantäne-Station.

Wenn Dr. Bernhardt mich zwingt, eine Therapie anzufangen, wird der Therapeut an diesen Türen lauschen und rütteln und versuchen, die Festung einzureißen, die ich zu meinem

Schutz errichtet habe. Psychologen denken immer, Reden sei die Lösung für alles.

Meine Hände zittern. Ich muss die Reizflut vermindern.

Hätte ich ein Bett, würde ich mich darunter verstecken, aber ich habe nur eine Matratze auf dem Boden. Also gehe ich ins Bad, rolle mich in der leeren Badewanne zusammen und wickele mich in mehrere Decken, die ich mir ganz fest um den Körper und auch übers Gesicht ziehe, bis nur noch ein schmaler Spalt zum Luftholen bleibt. Der Druck tut gut. Ganz allein und von Dunkelheit umgeben atme ich ein und aus.

In ruhigen, abgeschlossenen Räumen habe ich mich immer schon sicher gefühlt. In der zweiten Klasse hat meine Lehrerin, Mrs Crantz, eine Pappwand rund um mein Pult aufgestellt und ein kleines Fenster reingeschnitten, sodass ich nur nach vorn gucken konnte. Weil mein Blick ständig abschweifte, dachte sie, meine Umgebung würde mich vielleicht zu sehr ablenken und die Kiste könnte mir helfen, mich zu konzentrieren. Ihr war nicht klar, dass ich in meine eigenen Gedanken versunken war. Abgeschnitten von der Außenwelt war es für mich noch viel leichter, mich in mich selbst zurückziehen. Ich habe die ganze Zeit nur Labyrinthe und dreidimensionale Sechsecke in mein Heft gemalt, was viel mehr Spaß machte, als Mrs Crantz zuzuhören, wenn sie uns mit ihrer näselnden, einschläfernden Stimme aus *Unsere kleine Farm* vorlas. Eines Tages wollte sie die Kiste dann wieder wegnehmen und ich fing an zu schreien. Als sie mir die Hand auf die Schulter legte, trat ich sie gegen das Knie. Daraufhin schleifte sie mich ins Büro des Direktors und rief meine Mutter an.

Als Mama kam, trug sie eine Jogginghose und ihr Haar war noch feucht, weil sie gerade geduscht hatte. Ich sehe sie vor mir, wie sie im Büro des Direktors sitzt, die grauen Augen weit aufgerissen, die Finger um den Riemen ihrer Handtasche gekrampft. »Alvie«, sagte sie leise, »warum hast du deine Lehrerin getreten?«

»Sie hat mich ganz fest an der Schulter gepackt«, erwiderte ich kleinlaut. »Das tat weh.«

»Ich habe sie kaum berührt«, protestierte Mrs Crantz. »Das kann unmöglich wehgetan haben.«

Hatte es aber doch. Vieles tat mir weh – grelles Licht, laute Geräusche, kratzige Stoffe –, aber das wollte mir nie jemand glauben. »Es hat gebrannt«, sagte ich beharrlich.

»Gebrannt?« Mrs Crantz runzelte die Stirn.

Der Direktor räusperte sich. »Miss Fitz … vielleicht sollten Sie Ihre Tochter mal einem Facharzt für Psychiatrie vorstellen.«

Mamas Stirn legte sich in Falten. »Einem Arzt? Wieso?«

»Sie hat ja nun schon seit Längerem Probleme in der Schule. Wenn Sie möchten, kann ich Ihnen auch eine Telefonnummer geben.« Er schob eine Visitenkarte über den Tisch. »Verstehen Sie uns richtig … wir wollen nur helfen. Und jetzt sollten Sie sie vielleicht erst mal mit nach Hause nehmen.«

Ich saß währenddessen auf meinem Stuhl, mit gesenktem Kopf, die Hände im Schoß zu Fäusten geballt.

Während der Fahrt nach Hause war Mama ganz still und sah immer nur geradeaus. An einigen Stellen in ihrem Haar fing sich das Sonnenlicht und ließ es noch rötlicher leuchten. »Tut es auch weh, wenn *ich* dich anfasse?«, fragte sie.

»Nein. Bei dir nicht.«

Ihre Schultern entspannten sich. »Das ist schön.« Dann schwieg sie wieder eine Weile.

Im Auto war es heiß. Mein T-Shirt klebte mir am Rücken. »Warum schickt der Direktor mich zum Arzt? Ich bin doch gar nicht krank.«

»Kann sein, aber ...« Sie biss sich auf die Unterlippe. »Vielleicht sollten wir trotzdem mal hingehen. Nur zur Sicherheit.« Ihre Augen tränten von der grellen Sonne. »Ich liebe dich sehr, Alvie. Das weißt du, oder?«

Der muffige Geruch der Decken sickert mir ins Bewusstsein und holt mich in die Gegenwart zurück. Plötzlich kommt mir der Stoff um mich herum nicht mehr wie ein Schutz, sondern wie ein Gefängnis vor. Ich schnappe nach Luft, überwältigt von dem Gefühl zu ersticken, fahre hoch und reiße mir die Decken vom Leib.

Mondlicht fällt durch das winzige Fenster, lässt die Fliesen glänzen und beleuchtet das Muster aus Rissen an den Wänden und die Rostflecken auf der Wanne.

Ich lasse mich zurücksinken und lehne den Kopf an die Wand. Einen Moment lang schnürt sich meine Kehle zusammen, aber ich schlucke das Gefühl hinunter. Mama ist nicht mehr da. Der Vergangenheit nachzutrauern, hilft mir kein bisschen weiter. Ich schiebe die Erinnerung an diesen Tag in die hinterste Ecke meines Verstandes, wo sie hingehört.

Konzentration. Isolier das Problem: Dr. Bernhardt will, dass ich ein Sozialleben habe. Wenn die Leute jedoch von sich aus den Kontakt mit mir ablehnen, kann er mir wohl kaum einen Vorwurf machen. Ich muss ihm also nur beweisen, dass ich mich bemüht habe, dann lässt er mich vielleicht in Ruhe.

Das Handy, das ich aus dem Teich geholt habe, liegt auf dem Sofatisch. Ich nehme es in die Hand und lese die Angaben auf der Rückseite.

Stanley Finkel. So heißt der Junge im Park, der Junge mit dem Stock. Aber was soll ich bloß zu ihm sagen?

Ist doch völlig egal, ermahne ich mich selbst. Ich klappe meinen Laptop auf, logge mich ins Mailprogramm ein und hämmere Stanleys Adresse ins Empfängerfeld. Dann tippe ich die erste Frage, die mir in den Kopf kommt:

– *Was hältst du von der Kopenhagener Deutung?*

Stanley wird das bestimmt für eine Spam-Nachricht halten. Und selbst wenn nicht, weiß er ja gar nicht, wer ich bin, also wird er wohl kaum reagieren.

Ich berühre das Touchpad und ziehe den Cursor in die Bildschirmecke, um das Mailprogramm zu schließen. Doch im gleichen Moment erscheint eine Nachricht im Posteingang:

– *Hallo, TausendFeinde. :) Interessanter Name. Ähm, kennen wir uns irgendwoher?*

Ich sitze wie erstarrt. Schweiß rinnt mir an den Seiten hinunter, kleine kalte Tropfen. Er hat mich etwas gefragt, da sollte ich wenigstens antworten. Ich schreibe: *Nein.*

– *Woher hast du meine Adresse?*

– *Stand auf deinem Handy. Das habe ich im Park gefunden. Es ist kaputt.*

Pause.

– *Oh, das ist gut. Ich wollte mir schon längst mal ein neues kaufen. Was ist denn diese Kopenhagener Deutung?*

Ich hatte nicht erwartet, dass er überhaupt reagiert. Es dauert ein paar Minuten, bis ich mich wieder gefangen habe, dann antworte ich, während meine Finger nur so über die Tasten fliegen:

– *Das ist eine berühmte Theorie aus der Quantenmechanik. Ihr zufolge verhalten sich Quantenteilchen nicht einer einzigen objektiven Realität entsprechend, sondern existieren als multiple Wahrscheinlichkeiten. Erst wenn man sie beobachtet oder eine Messung an ihnen vornimmt, bringt man sie dazu, in eine einzige Realität zu kollabieren. Das bekannteste Beispiel ist ein Gedankenexperiment namens »Schrödingers Katze«. Dabei geht es um eine Katze in einer geschlossenen Kiste, deren Leben vom Verhalten eines einzelnen, subatomaren Teilchens abhängt. Zerfällt das Teilchen, öffnet sich eine Flasche mit Giftgas und die Katze stirbt. Zerfällt es nicht, bleibt die Flasche zu, die Katze überlebt. Der Kopenhagener Deutung zufolge existieren, solange die Kiste geschlossen bleibt, beide Möglichkeiten nebeneinander, die Katze ist also gleichzeitig tot und lebendig. Erst wenn man die Kiste öffnet, tritt eine einzige Realität zutage.*

Ich drücke auf *Senden*. Meine Handflächen sind feucht und ich reibe sie an meiner Hose trocken.

Eine Minute später kommt seine Antwort:

– *Das ist eindeutig der originellste Gesprächsanfang, den ich je gehört habe. Normalerweise reden die Leute übers Wetter. Oder über Sport. Wobei ich, offen gestanden, auch da nie weiß, was ich antworten soll.*

Alles klar. Quantenmechanik interessiert ihn nicht. Die meisten Leute interessiert das nicht.

– *Soll ich dich damit in Ruhe lassen?*, sende ich.

– *Nein,* antwortet er rasch. *Von mir aus kannst du mir die ganze Nacht von Kopenhagen erzählen. Aber magst du dich vielleicht bei Google Chat anmelden? Das wär einfacher.*

– *Ist gut.* Ich melde mich an.

– *Und wie lautet dein richtiger Name?,* tippt er.

Es kann wohl nichts schaden, wenn ich ihm das verrate.

– *Alvie Fitz.*

– *Alvie, echt? Wie dieser Typ aus »Stadtneurotiker«?*

– *Das kann auch ein Mädchenname sein.*

– *Ach, du bist ein Mädchen?*

– *Ich bin weiblichen Geschlechts, ja.*

– *Find ich gut,* schreibt er. *Den Namen, meine ich. Jedenfalls besser als meiner. Stanley Finkel, also echt! Klingt nach dem schmierigen Gast einer Spieleshow oder so. Außerdem reimt es sich auf »pinkeln«. War in der Grundschule voll der Renner, wie du dir denken kannst!*

– *Für mich klingt das wie ein ganz normaler Name.*

– *Na ja, danke. :)* Und dann: *Jetzt muss ich doch mal fragen: Wo hast du denn mein Handy gefunden?*

– *Ich habe gesehen, wie du es in den Teich geworfen hast.* Keine Antwort. Ich warte. *Warum hast du das gemacht?*

Mehrere Minuten vergehen ohne Antwort und ich frage mich schon, ob er sich ausgeloggt hat. Dann erscheint eine neue Nachricht:

– *Ich dachte, ich würde es eh nicht mehr brauchen. War ziemlich blöd von mir. Aber ist jetzt auch egal.*

Ich weiß nicht, was ich darauf antworten soll, also lasse ich es. Nach ungefähr einer Minute taucht wieder eine Zeile auf:

– *Alvie? Danke.*

– *Wofür?*

– *Nur so. Ich möchte dir einfach gern danken.*

Ich weiß gar nicht mehr, wann sich zuletzt mal jemand bei mir bedankt hat. Es fühlt sich komisch an.

– *Ich muss jetzt aufhören,* schreibe ich.

Ich klappe den Laptop zu. Eine Zeit lang sitze ich nur da und starre ins Leere. Mein Herz schlägt schneller als normal.

4. KAPITEL

In dieser Nacht schlafe ich nicht viel. Abweichungen von der Routine bringen meinen Schlafrhythmus immer ziemlich durcheinander und die letzten Tage waren voller Abweichungen.

Irgendwann nicke ich auf dem Sofa ein und wache auf, als grelles Sonnenlicht durch die Vorhänge dringt. Das Licht wird heller und ergießt sich über den Boden, fällt auf den schäbigen blaugrauen Teppich und auf die unordentlichen Bücher- und Zeitschriftenstapel in allen Ecken meines Wohnzimmers. Der Geruch nach ranzigem Käse hängt in der Luft.

Ich stemme mich vom Sofa hoch und schlurfe in die Küche, wo ich mir einen starken Kaffee aufsetze. Meine Schicht beginnt in einer knappen Stunde. Ich muss mich fertig machen.

Ich putze mir die Zähne, kämme mir das Haar und flechte meine Zöpfe neu, dann wasche ich mich, mit einem Waschlappen und einer Schüssel Seifenwasser. Duschen oder baden tue ich nicht gern, aber man kann sich auch so sauber halten – ganz abgesehen vom geringeren Wasserverbrauch. Sogar die Haare kann man im Waschbecken waschen. Es dauert nur etwas länger.

Draußen ist es kalt und es braucht ein paar Anläufe, bis das Auto anspringt. Beim ersten Drehen des Schlüssels hört man nur ein trockenes *Klick* und ein schwaches Röcheln. Ich versuche es noch ein paarmal und der Motor setzt sich spuckend in Gang.

Auf der Arbeit stempele ich mich ein und gehe den kopfsteingepflasterten Weg entlang. Als ich an dem Schild über die Anthropomorphisierung der Tiere vorbeikomme, spüre ich so ein Jucken und Kribbeln auf der Haut, wie von einer allergischen Reaktion.

An diesem Morgen bin ich zum Füttern eingeteilt, also hole ich die Beutel mit Forellen und Tintenfischen aus dem begehbaren Kühlschrank, schneide das glitschige, grau-rosa Fleisch in Stückchen und verfüttere es an die beiden Fischotter. Danach bekommen die Gibbonaffen ihr Obst. Die Gibbonaffen sind ein Pärchen und heißen Hades und Persephone. Ich glaube, das ist ironisch gemeint.

Das blassgoldene Weibchen beugt sich herunter und zieht mich am Zopf, aber das stört mich nicht. Die Berührung von Tieren hat mich noch nie so gestört wie die von Menschen.

Ich gehe weiter. In einem großen Gitterkäfig kauert ein Rotschwanzbussard namens Chance auf dem Ast eines künstlichen Baums. Er ist der erste Greifvogel im Tierpark, wir haben ihn erst vor Kurzem von einer Wildtier-Rettungsstation übernommen. Seine Augen sind von einem klaren Kupfergold, irgendetwas zwischen der Farbe von Champagner und einem blanken Penny.

Behutsam schließe ich die Käfigtür auf und ziehe eine tote, in Plastik eingeschweißte Maus aus der Tasche. Ich trage dicke

Schutzhandschuhe, in dem gleichen Khakibraun wie meine Arbeitsuniform. Ich hole die Maus aus ihrer Plastikhülle und nehme sie am Schwanz. »Frühstück«, sage ich.

Chance' gelbe Fänge schließen sich noch fester um den Ast. Seine Krallen sind lang und schwarz und sehr spitz – Waffen, um seine Beute zu ergreifen und lebenswichtige Organe zu perforieren. Doch für ihn sind die Tage der Jagd vorbei. Er spreizt den Stumpf ab, der von seinem linken Flügel noch übrig ist.

Ich öffne die Käfigtür, lege die tote Maus auf den Boden und schiebe sie mit dem Fuß in seine Richtung. Chance legt den Kopf schief und beäugt das kleine Nagetier, rührt sich aber nicht.

Seit seiner Ankunft habe ich viel Zeit mit ihm verbracht, aber er ist immer noch sehr scheu, wie alle wild geborenen Tiere. Außerdem hat er eine schwere Verletzung hinter sich und regt sich deshalb noch viel schneller auf. Bei einem Menschen würde man seinen Zustand als posttraumatische Belastungsstörung bezeichnen. Ein Tierpark ist sicher nicht die beste Umgebung für ihn, aber da er nun mal hier ist, muss er sich wohl oder übel an die Gegenwart von Menschen gewöhnen. So etwas dauert seine Zeit, aber er hat bereits Fortschritte gemacht. Anfangs ist er schon in Panik geraten, wenn ich auch nur in die Nähe seines Käfigs kam. Eines Tages wird er mir vielleicht aus der Hand fressen, aber vorläufig würde es mir schon reichen, wenn er überhaupt in meiner Gegenwart frisst.

Die Maus liegt zwischen uns auf dem festgestampften Boden, die Schneidezähne gebleckt.

Chance hüpft auf den Käfigboden, schnappt sich die Maus und klettert wieder hoch auf seinen Ast, wobei er sich mit den

Krallen an den Zweigen festhält und dann mit dem Flügel-
stumpf hochdrückt. Seine Anpassungsfähigkeit ist erstaunlich.

»Was hat dieser Vogel denn eigentlich?«

Die raue, näselnde Stimme kratzt mir wie Sandpapier
durchs Hirn. Hinter mir steht Toby, eine neue Teilzeitkraft, in
der Käfigtür, eine Getränkedose in der Hand. Sein lang gezo-
genes Gesicht ist mit Akne übersät und unter seinem Käppi
hängen fettige braune Haarsträhnen hervor. »Er wurde in freier
Wildbahn verletzt«, antworte ich. »Wahrscheinlich ein Kojote
oder ein Fuchs. Der Bruch war so kompliziert, dass der Flügel
amputiert werden musste.«

Toby nimmt geräuschvoll einen Schluck aus seiner Dose.
»Echt bitter«, sagt er. »Gibt nichts Schlimmeres als einen Vogel,
der nicht fliegen kann.«

»Mir fallen schon noch ein paar schlimmere Sachen ein. Der
Holocaust zum Beispiel.«

Toby lacht auf, so laut, dass ich zusammenzucke. »Stimmt.«
Er nimmt einen weiteren Schluck und wischt sich mit dem
Handrücken über den Mund. »Hey, kann ich ihn auch mal füt-
tern?«

Ich versteife mich. Toby ist hauptsächlich für den Imbiss-
stand und das Wechseln der Mülltüten zuständig; er hat keinerlei Erfahrung im Umgang mit Tieren. »Nein.«

»Warum nicht?«

»Er kennt dich gar nicht.«

»Na und? So schwierig kann das ja wohl nicht sein, oder?«
Toby haut mit der flachen Hand gegen die Gitterstäbe. »He!
He, du Piepmatz!«

Chance weicht erschrocken zurück.

Ich erstarre. »Lass das. Für ihn stellt jede plötzliche Bewegung eine Bedrohung dar.«

Toby grinst und lässt zwei überdimensionale Schneidezähne sehen. »Entspann dich. War nur 'n Scherz. Du verstehst wohl überhaupt keinen Spaß.«

Ich würde ihn gern fragen, wie spaßig *er* es fände, wenn ein grölender Riese ihn in einen Käfig sperren und gegen die Gitterstäbe donnern würde. »Musst du nicht arbeiten«, frage ich stattdessen. »Und Getränke sind während der Arbeitszeit nicht erlaubt.«

»Ich hab Mittagspause.« Er pult sich mit dem kleinen Finger im Ohr und wirft dann einen Blick auf seine Uhr. »Ich sollte mich wohl mal wieder einstempeln. Wir sehen uns.« Er geht davon.

Ganz langsam atme ich ein und wieder aus. Ich habe meine Zweifel, dass er nächste Woche noch hier ist. Miss Nell hat keine Geduld mit Drückebergern, das gehört zu ihren angenehmeren Eigenschaften. Ich muss einfach nur warten, bis sie ihn feuert.

Ich hole noch eine Tüte mit toten Mäusen aus dem Vorratsschuppen und gehe ins Reptilienhaus, um die Schlangen zu füttern. Auf dem Weg dorthin komme ich an einem jungen Pärchen vorbei, das sich beim Hyänengehege herumtreibt. Sie haben die Arme umeinandergeschlungen. Der Junge flüstert dem Mädchen etwas ins Ohr und sie kichert und küsst ihn.

Es war mir immer schon unangenehm, wenn Leute öffentlich Zärtlichkeiten austauschen. Aber aus irgendeinem Grund kann ich diesmal nicht wegschauen. Sie sehen beide so glücklich aus. Bei ihnen wirkt das alles so leicht, so selbstverständlich.

Das Mädchen bemerkt, wie ich sie anstarre, und ihr Lächeln erstirbt. Ihre Lippen formen das Wort *Monster*. Sie nimmt den Jungen bei der Hand und zieht ihn weg. Ich bleibe allein zurück. Eine dumpfe Hitze breitet sich bei mir über Stirn und Nacken aus und lässt meine Ohren glühen.

Monster.

Die Welt ringsherum versinkt und ich bin sechs Jahre alt und gehe in der Pause auf eine Gruppe von Mädchen auf dem Schulhof zu. Mein Herz schlägt unregelmäßig und irgendwo hinter meinem Nabel hat sich ein kleiner, harter Knubbel gebildet. Die Mädchen unterhalten sich und kichern. Als ich näher komme, verstummen sie alle auf einen Schlag, drehen sich zu mir um und starren mich an. Ihr Lächeln verschwindet.

Meine Beine zittern. Ich zwirbele den Saum meines T-Shirts und ziehe an einem meiner Zöpfe, bis mir die Kopfhaut wehtut. Als ich den Mund aufmache, kommen die Worte in einem einzigen Schwall heraus: »Hallo-ich-bin-Alvie-Fitz-kann-ich-mit-euch-spielen.«

Die Mädchen wechseln Blicke. Sie verstehen sich ohne Worte, tauschen mit den Augen stumme Botschaften aus, etwas, das ich nie gelernt habe.

Ein blondes Mädchen lächelt mich breit an. »Okay, dann spielen wir jetzt ein Spiel, das *Hündchen* heißt. Und weil du neu bist, darfst du das Hündchen sein.«

Mit einer Hand zerre ich weiterhin an meinem Zopf, mit der anderen verdrehe ich mein T-Shirt. »Wie spielt man das.«

»Du gehst auf Hände und Knie und fängst an zu bellen.«

Der Knoten in meinem Magen lockert sich. Das ist *leicht*. Ich lasse mich auf alle viere fallen. »Wau-wau! Wau-wau-wau!«

Die Mädchen kichern. Ich belle noch lauter und schneller und sie lachen noch heftiger. Ich hechele und rolle mich auf den Rücken, dann fange ich an, mit den Händen im Rindenmulch zu scharren, und sie kreischen fast vor Lachen.

Es kommen immer mehr Kinder hinzu. Jemand wirft einen Ast und ruft: »Hol das Stöckchen!« Ich nehme es mit dem Mund vom Boden auf. Noch mehr Gelächter. In mir flattert alles vor Aufregung. Nie hätte ich gedacht, dass es so leicht ist, Freunde zu finden.

Dann schaut ein Mädchen ein anderes an, verdreht die Augen und lässt den Zeigefinger vor ihrer Schläfe kreisen.

Ich erstarre. Das Stöckchen fällt mir aus dem Mund. Diese Geste habe ich schon öfter gesehen. Ich weiß, was sie bedeutet.

Eine große Gruppe von Kindern steht inzwischen um mich herum, die mich alle mit offenem Mund anstarren. Meine Brust tut weh. Ich atme zu schnell, aber ich kann es nicht ändern.

Geflüsterte Worte dringen mir ins Ohr. *Nicht ganz richtig im Kopf. Behindert.*

Ich springe auf und laufe weg. Ich renne über den Schulhof und zum Tor hinaus, aber ihre Stimmen verfolgen mich, hallen endlos in meinem Schädel wider.

Wieder zu Hause hole ich mir eine Packung Choco-Krispies aus der Küche, setze mich aufs Sofa und schalte den Fernseher ein. Händeweise schaufele ich mir das trockene Zeug in den Mund und sehe mir eine Wiederholung von *Unser Kosmos* an. Mein Blick streift den Laptop, der auf dem Sofatisch liegt.

Ob Stanley mir noch mal geschrieben hat?

Ich schalte den Fernseher aus, nehme meinen Zauberwürfel und spiele damit herum. Ich drehe die Farbreihen mal hierhin, mal dorthin, wobei ich nicht wirklich nach einer Lösung suche, sondern mich einfach nur auf das glatte Plastik unter meinen Fingerkuppen konzentriere und auf das leise Klicken, wenn eine Würfelebene einrastet. Mein Blick wandert zu meinem Laptop zurück.

Sich mit jemandem online zu unterhalten kann doch nicht weiter gefährlich sein. Was soll schon passieren, solange ich auf Distanz bleibe und das Gespräch auf harmlose Themen beschränke?

Ich nehme den Laptop und rufe meine E-Mails auf. Und tatsächlich gibt es eine Nachricht von Stanley.

– *Also, diese Katze in der Kiste, die gleichzeitig tot und lebendig ist … funktioniert das wirklich so? Dass die Dinge erst in dem Moment real werden, in dem wir sie wahrnehmen? Und was bedeutet das dann für uns?*

Ich melde mich auf Google Chat an. Er ist da und wartet. Ich habe so ein komisches hohles Gefühl im Bauch, wie wenn man mit der Achterbahn in die Tiefe saust.

Er hat mir eine Frage zur Physik gestellt. Damit kenne ich mich aus, damit kann ich umgehen.

– *Schrödingers Katze ist nur ein Gedankenexperiment. Es war eigentlich dazu gedacht, die Absurdität der Kopenhagener Deutung zu illustrieren, aber manche Leute nehmen es ernst.*

– *Hast du das im Studium gelernt? Ich meine, studierst du Physik oder so?*

– *Ich gehe nicht aufs College. Ich bin erst siebzehn.*

– *Dann wette ich, dass du Physik-Leistungskurs hast. :)*

– *Ich gehe nicht zur Schule,* antworte ich.

Kurze Pause.

– *Dann vielleicht Heimunterricht? Meine Mutter hat mich auch mal eine Zeit lang zu Hause unterrichtet. Manche Leute haben da Vorurteile, aber ich kann nichts Schlimmes daran finden, von seinen Eltern unterrichtet zu werden.*

– *Ich habe keine Eltern mehr.*

Wieder eine Pause.

– *Das tut mir leid,* schreibt er dann.

– *Warum tut dir das leid?*

Keine Antwort. Ich setze mich anders hin und überlege, ob ich etwas Falsches gesagt habe. Ich rede nicht oft über meine Situation: dass ich keine lebenden Verwandten mehr habe, jedenfalls keine, die mir so nahestehen, dass sie mich aufnehmen würden; dass meine Mutter gestorben ist, als ich elf war, und dass ich meinen Vater nie kennengelernt habe. Und wenn ich es doch mal tue, hat das meist nur verlegene Stille und einen abrupten Themenwechsel zur Folge.

Dann taucht wieder eine Zeile auf:

– *Ich weiß, wie schwer das ist, ganz allein zu sein.*

Mein Herz setzt einen Schlag lang aus.

– *Hast du auch keine Eltern mehr?*

– *Sozusagen. Mein Vater lebt zwar noch, aber wir reden kaum miteinander. Ich bin neunzehn, deshalb kann ich jetzt wenigstens alleine wohnen. Ich komm ganz gut zurecht. Aber leicht ist es trotzdem nicht. Und für dich muss es noch viel schwieriger sein.*

Er ist allein. Genau wie ich.

Mein Körper schaukelt leise vor und zurück. Meine Hand legt sich um meinen Zopf und fängt an zu ziehen. Ich merke, wie Panik in mir aufsteigt; ich muss das Gespräch auf andere Themen lenken.

– *Geht schon,* schreibe ich. *Und um Physik zu lernen, braucht man nun wirklich keinen Lehrer. Die Informationen kann sich jeder selbst beschaffen, wenn er sich ein bisschen Zeit dafür nimmt. Und eine Büchereikarte ist wesentlich billiger als ein Studium.*

– *Lol! Kann ich nur bestätigen, ich* bin *schließlich auf dem College,* antwortet er. *Aber ich studiere nicht Physik. Ich habs eher mit den Geisteswissenschaften. Als Pflichtfach habe ich Neurobiologie belegt, weil ich dachte, da gehts darum, wie wir denken und was uns zu Menschen macht. Aber stattdessen muss man bloß die fünfzig verschiedenen Vorgänge runterbeten können, die an der Augenbewegung beteiligt sind. Ziemlich öde.*

– *Hört sich gar nicht so öde an. Ich lese gern solche Sachen übers Gehirn. Es hilft mir, das Verhalten der Menschen zu verstehen.*

– *Aber gerade in Bezug aufs Gehirn gibt es doch noch so viel, was wir gar nicht verstehen, oder?*

Ich ermahne mich, höchstens noch ein paar Minuten lang online zu bleiben.

Wir reden über Wahrnehmung und das Wesen der Realität, was in eine Diskussion über Wahrheit mündet, und dass wir vieles eigentlich nur deshalb glauben, weil es uns jemand anders so erzählt hat. Das führt dann zu einem Gespräch über all die Lügen, die Eltern ihren Kindern auftischen.

Wir erinnern uns, wie wir als Kinder auf die Entdeckung reagiert haben, dass es gar keinen Weihnachtsmann gibt. Stanley hat geweint, aber mir war es egal, denn die Vorstellung, dass jedes Jahr zu Weihnachten so ein fetter, allwissender Märchentyp bei uns einbricht, hatte mich eh nie so richtig überzeugt.

Ich erzähle ihm, wie man mir als kleines Mädchen mal gesagt hatte, dass Haferbrei auf die Rippen geht, was genau genommen keine Lüge war, sondern eine Redewendung, die man halt nicht wörtlich nehmen darf. Den Unterschied habe ich aber erst viel später begriffen und ich kann bis heute keinen Haferbrei essen, weil ich mit dann immer vorstelle, wie diese zähen, weißen Klumpen von innen an meinem Brustkorb kleben.

Er wiederum erzählt mir, dass seine Mutter, als er klein war, immer behauptet hat, wenns donnert, würden die Engel im Himmel kegeln, und die Mondsichel sei Gottes Fingernagel.

Ich schreibe zurück, dass der Mond eine Kugel aus Felsgestein und Eisen ist und sich immer weiter von uns entfernt, jedes Jahr um 3,8 Zentimeter. Wir sind dabei, ihn zu verlieren.

– *Du bist ja ganz schön pessimistisch*, stellt er fest.

– *Das ist eine schlichte Tatsache*, antworte ich.

– *Aber 3,8 Zentimeter sind doch so gut wie nichts. Das merkt man doch fast gar nicht, oder?*

– *In den nächsten paar Millionen Jahren wohl noch nicht. Vielleicht ist die menschliche Spezies bis dahin auch längst verschwunden. Trotzdem zeigt es uns, dass viele Dinge, die wir für ewig halten, am Ende doch vergänglich sind. Auch unsere Sonne wird sich irgendwann ausdehnen, unser ganzes Sonnensystem verschlingen und dann erlöschen.*

Pause.

– *Heute Abend ist er besonders schön*, schreibt er dann. *Der Mond, meine ich. Kannst du ihn sehen?*

Ich schaue aus dem Fenster. Der Mond ist fast voll und von einem dunstigen Lichthof umgeben.

– *Ja.*

– *Wenn wir dabei sind, ihn zu verlieren, sollten wir uns an ihm freuen, solange er noch da ist.*

Wolken ziehen über den Mond hinweg. Die Welt wird dunkel, dann wieder hell, in einen gespenstischen Schimmer getaucht.

– *Du kannst ruhig sagen, wenn du müde bist,* schreibt er. *Ist ja schon ziemlich spät. Du musst doch sicher bald ins Bett.*

Ich werfe einen Blick auf den Wecker. 4 Uhr früh.

– *Du leidest unter Schlaflosigkeit, stimmts?*

– *Ach nee, wie kommst du denn darauf? Aber mal im Ernst, ich habs echt satt, mich immer nur hin und her zu wälzen.*

Ich weiß, wovon er spricht. Es gibt nichts Schlimmeres, als morgens um vier alleine wach zu liegen, während einem das Ticken des Weckers in den Ohren dröhnt.

– *Wenn du willst, bleibe ich mit dir wach,* biete ich zu meiner eigenen Überraschung an. Um ehrlich zu sein, möchte ich einfach gern weiter mit ihm reden. Das ist eine seltsam süchtig machende Erfahrung.

– *Nett von dir, aber ich möchte nicht, dass du meinetwegen morgen den ganzen Tag über müde bist. Und ich selber sollte auch wenigstens mal versuchen zu schlafen. Ich habe morgen früh ein Seminar, da will ich nicht wie ein Zombie aussehen.*

– *Dann schicke ich dir meine Alpha-Gehirnwellen-Musik. Die ist eigentlich zum Meditieren, aber ich höre sie mir immer an, wenn ich nicht schlafen kann. Manchmal hilft es.*

– *Cool! Echt nett von dir. :)*

– *Gar nicht. Macht mir überhaupt keine Mühe.*

– *Na ja, trotzdem vielen Dank.*

Ich lade die Aufnahmen hoch, schicke ihm die Links und

melde mich dann ab. Eine Zeit lang bleibe ich noch auf dem Sofa sitzen. Der Mond scheint durch die Vorhänge. Er ist sehr hell. Ich stehe auf, spreize die Finger und drücke meine Handfläche gegen das Fenster, über die perlmuttfarbene Kugel, als könnte ich ihr Licht einfangen.

5. KAPITEL

Eine tote Maus liegt in die Mulde meines Schutzhandschuhs geschmiegt. Behutsam strecke ich den Arm aus.

Chance legt den Kopf schräg und beäugt mich misstrauisch. Ich sehe mein Spiegelbild in der glasklaren, konvex gebogenen Krümmung seiner Hornhaut. Mit einer einzigen raschen Bewegung schnappt er sich die Maus, fixiert sie unter seinen Krallen und zerrt mit dem Schnabel einen Streifen blutiges Fleisch heraus. Ein Schauer des Triumphs durchläuft mich. Heute hat er mir zum ersten Mal aus der Hand gefressen.

Die Fänge eines Bussards können einen Druck von mehr als achtzig Kilo ausüben. Seine Krallen sind so geformt, dass sie ihre Beute durchbohren und bewegungsunfähig machen. Sogar mit nur einem Flügel könnte Chance mich ernsthaft verletzen. Aber das wird er nicht tun – solange ich ihn nicht erschrecke. Er ist schon sehr viel zutraulicher geworden. Ich kann es kaum erwarten, Stanley von meinem Erfolg zu erzählen.

Schon seltsam, wie mir die Gespräche mit ihm inzwischen zur Gewohnheit geworden sind – wie leicht und schnell er sich in mein Leben eingefügt hat.

Chance beendet sein Mittagessen und gähnt. Die Federn an seiner Kehle sind beige-braun mit schwarzen Sprenkeln. Als er sich den Flügel putzt, fällt Sonnenlicht durch seine Stoppelfedern und lässt sie fast transparent erscheinen.

Ich schaue auf meine Armbanduhr. Für mich ist jetzt auch Mittagspause. Nachdem ich die Handschuhe ausgezogen und weggelegt habe, wasche ich mir die Hände, hole meine Sandwich-Tüte aus dem Auto und gehe damit ins Hauptgebäude, in dem sich der Pausenraum befindet. Direkt davor, noch auf dem Gang, bleibe ich wie angewurzelt stehen. Im Pausenraum sind schon Leute, durch die Tür kann ich hören, wie sie sich unterhalten. Ich erkenne die Stimme von Toby und die eines anderen Mitarbeiters, ein junger Mann mit zusammengewachsenen Augenbrauen, dessen Name mir nicht mehr einfällt.

»Ich weiß nicht, Alter«, sagt Monobraue. »Die ist schon ziemlich schräg.«

»Ich hab ja auch nicht vor, mit ihr auszugehen oder so«, entgegnet Toby. »Ich sag doch nur, dass sie 'n hübschen Arsch hat. Die würd ich gern mal flachlegen.«

»Aber ist die nicht irgendwie … Autistin oder so?«

»Na und? Ficken wird sie doch wohl können, oder?«

»Voll pervers«, sagt Monobraue. »Du bist echt krank, Alter.«

Toby lacht.

Lautlos ziehe ich mich zurück, verlasse das Gebäude und lehne mich draußen an die Wand. Mein Herz schlägt ein bisschen zu schnell. Unter meiner Haut macht sich ein unangenehmes Kribbeln bemerkbar, ein Gefühl von Schmutz und Scham, das sich jedes Mal einstellt, wenn ich zufällig mitbekomme, wie hinter meinem Rücken über mich gesprochen wird. Der

Appetit ist mir vergangen, also werfe ich mein Sandwich in den Müll, hole mir Besen und Kehrschaufel und fange an, den Weg zu kehren.

Nach der Arbeit fahre ich direkt nach Hause. Seit die Online-Gespräche mit Stanley angefangen haben, bin ich nicht mehr im Park gewesen. Stanley geht auch nicht mehr hin und ohne ihn ist es dort irgendwie leer.

Heute ist Mittwoch. Um vier ist mein Termin mit Dr. Bernhardt.

Diesmal ist er angekündigt, also bringe ich die Wohnung noch schnell in Ordnung, sprühe reichlich Sagrotan auf alle Flächen und stopfe die Schmutzwäsche in den Schrank. Ich kaufe einen Beutel Orangen, damit er sich nicht wieder über den Mangel an Vitaminen in meinem Haushalt beschweren kann.

»Wie wärs«, sagt er, »wenn du mir einen Platz anbietest? Und was zu trinken?«

»Ich dachte, wenn Sie sitzen wollen, werden Sie das schon tun, und wenn Sie Durst haben, sagen Sie mir Bescheid.«

»Schon, aber es ist höflicher, das anzubieten.«

Ich werte das als seine umständliche Art, mir mitzuteilen, dass er Durst hat. Warum können die Leute nicht einfach sagen, was sie wollen? »Ich habe Wasser, Kaffee und Limo.«

»Nur etwas Wasser, bitte.«

Ich fülle ein Glas und stelle es auf den Couchtisch, und dann sitzt er da und mustert mich über den Rand seiner Brille hinweg. »Also«, sagt er, »wie ist es dir ergangen?«

Das ist eine Routinefrage und normalerweise antworte ich

mit *Gut,* ohne weiter ins Detail zu gehen. Aber nach unserer letzten Begegnung habe ich das Gefühl, etwas konkreter werden zu müssen. »Ich habe jemanden kennengelernt.«

Er hebt die Augenbrauen. »Du meinst …«

»Wir chatten bloß«, erkläre ich hastig. »Wir haben über Quantentheorie gesprochen. Unter anderem.« Ich gieße mir ein Glas Limo ein.

»Willst du mir nicht noch ein bisschen mehr erzählen? Wie alt ist er denn? Oder sie?«

»Neunzehn. Er studiert am Westerly College.«

»Und?«

Ich nehme einen Schluck aus meinem Glas. Die Kohlensäure britzelt mir im Hals. »Er ist … interessant. Ich rede gern mit ihm.« Selbst dieses harmlose Eingeständnis fühlt sich seltsam an. »Aber wir sind uns noch nie begegnet.«

»Schriftliche Kommunikation ist besser als gar keine. Für dich war sicher auch das schon ein ziemlich großer Schritt. Und wie's aussieht, habt ihr doch durchaus ein paar gemeinsame Interessen.«

»Ich glaube schon. Seine Kenntnisse in Physik sind allerdings eher beschränkt. Und er macht aus allem eine Metapher. Manches ist aber einfach nur das, was es ist.«

»Trotzdem. Ich finde es vielversprechend, dass du deine Komfortzone endlich mal verlässt.« Während der nächsten zwanzig Sekunden ist er still. Offenbar denkt er über irgendetwas nach. Am Ende holt er tief Luft. »Alvie … willst du eigentlich immer noch möglichst bald die volle Rechtsmündigkeit erhalten?«

Natürlich will ich das. Das wollte ich von Anfang an. Trotzdem vergeht ein Moment, bevor ich antworte: »Ja.«

»Ich möchte, dass du dir noch mal klar vor Augen führst, was das bedeutet. Du giltst dann als Erwachsene, das heißt, du bist auch finanziell ganz auf dich gestellt. Du könntest keinerlei staatliche Unterstützung mehr in Anspruch nehmen.«

Die nehme ich auch jetzt schon nicht mehr in Anspruch. Bisher konnte ich mich allerdings darauf verlassen, dass ein solches Sicherheitsnetz existiert; dass ich, wenn ich Job und Wohnung verliere, nicht gleich auf der Straße lande. Auch wenn ich im Wohnheim kreuzunglücklich war, ist es immerhin ein Dach über dem Kopf und es gibt regelmäßige Mahlzeiten.

»Warum sagen Sie das.«

»Ich habe kürzlich mit Richterin Gray gesprochen. Sie wäre bereit, deinen Fall erneut zu prüfen.«

Bei diesen Worten geht ein Ruck durch meinen Körper. Damit hatte ich nicht gerechnet. Der Plan sah eigentlich vor, dass Dr. Bernhardt mich noch so lange betreut, bis ich achtzehn werde. Was hat sich geändert?

»Offen gestanden«, fährt er fort, »wäre es mir persönlich lieber, wenn du noch ein weiteres Jahr unter Aufsicht bleiben würdest. Ich sehe da keinen Grund zur Eile. Aber die Entscheidung liegt natürlich nicht bei mir.«

Mein Kopf ist leer, weißes Rauschen.

»Alvie? Du musst das nicht machen, das weißt du, oder? Du kannst auch einfach noch warten.«

Aber genau das habe ich doch immer gewollt. Oder nicht? »Ich mache es.« Ich hole Luft. »Wann ... ist der Termin?«

»In einem Monat. In der Zwischenzeit kann ich dir auch gern bei der Vorbereitung helfen. Wir gehen sämtliche Fragen zusammen durch, die man dir voraussichtlich stellen wird. Und ich lege natürlich ein gutes Wort für dich ein. Aber am Ende muss die Richterin das Urteil sprechen. Du musst sie davon überzeugen, dass du wirklich unabhängig bist, dass du die geistige und emotionale Reife dafür besitzt.«

Meine Hand wandert zu meinem linken Zopf und fängt an zu ziehen. Ich ertappe mich dabei und lasse den Arm wieder sinken.

Ich muss der Richterin nur beweisen, dass ich eine funktionstüchtige Erwachsene bin. Meine Rechnungen bezahle und pünktlich zur Arbeit erscheine. Das ist doch das einzig Wichtige, oder?

Dr. Bernhardt scheint auf eine Reaktion zu warten, also sage ich: »Okay.«

»Alles klar.« Er nimmt einen Schluck von seinem Wasser, das er bisher kaum angerührt hat – warum hat er mich darum gebeten, wenn er gar keinen Durst hat? Er steht auf und geht zur Tür. »Nächste Woche fangen wir mit der Vorbereitung an – um die gleiche Uhrzeit, okay?«

Ich nicke. Beim Hinausgehen dreht er sich noch mal zu mir um: »Ich bin froh, dass du einen Freund gefunden hast.«

Einen *Freund*. Ist Stanley für mich ein Freund?

Als ich mich an diesem Abend bei Google Chat anmelde, ist Stanley nicht da. Ich warte ein paar Minuten und dann noch ein paar. Irgendetwas stimmt nicht. Stanley loggt sich sonst *immer* um acht Uhr ein.

Eine Stunde vergeht. Rastlos laufe ich durch die Wohnung und meine Brust fühlt sich an, als wäre sie mit unsichtbaren Bändern umwickelt, die sich mit jeder Minute, die vergeht, immer enger zusammenziehen. Einen Moment lang überlege ich, mich einfach ab- und nie wieder anzumelden. Eigentlich habe ich den Kontakt zu Stanley doch nur deshalb gesucht, um mir Dr. Bernhardt vom Leib zu halten, aber dieses Problem hat sich ja nun erledigt.

Andererseits habe ich mich an die nächtlichen Gespräche mit ihm gewöhnt. Er ist ein Teil meines Lebens geworden, auch wenn es mir gar nicht gefällt, wie sehr ich schon mit seiner Gegenwart rechne. Das fühlt sich gefährlich an.

Endlich ploppt eine Nachricht auf dem Bildschirm auf:

– *Hey. Entschuldige die Verspätung.*

Ich sollte wahrscheinlich so tun, als wäre das keine große Sache, als ließe mich das völlig kalt. Aber ich war noch nie gut darin, Gleichgültigkeit vorzutäuschen.

– *Wo bist du gewesen?*

– *Lange Geschichte.*

– *Ich habe Zeit.*

Die Worte *SFinkel schreibt* erscheinen, verschwinden, tauchen wieder auf. Das kommt öfter mal vor, als würde er eine Antwort tippen und dann gleich wieder löschen.

– *Ich habe mir heute im Bio-Seminar das Wadenbein gebrochen. Bin gegen ein Tischbein gerannt. Klingt albern, ich weiß, aber ich bin halt ein ziemlicher Trampel, deshalb passiert mir das öfter. Ist nur ein Haarriss, aber sie haben mich trotzdem stundenlang im Krankenhaus festgehalten und ich musste ziemlich rabiat werden, damit sie mich wieder gehen lassen. Jetzt gehts aber schon wieder ganz gut. Sie haben mir ein starkes Schmerzmittel mitgegeben. Tolles Zeug. Schickt einen geradewegs ins Land der Träume. Nicht umsonst ist es in einem Tütchen mit einem Smiley drauf verpackt …*

Ich lese seine Worte ein zweites Mal.

– *Dir geht es überhaupt nicht gut,* schreibe ich.

– *Was?*

– *Wenn du »ganz gut« sagst, heißt das immer »schlecht«. Wenn es dir wirklich gut geht, sagst du »super«.*

Kurze Pause.

– *Wenn ich ganz ehrlich sein soll, gehts mir absolut beschissen. Und nicht mal wegen der Schmerzen. Aber ich hasse Krankenhäuser. Kann ich dich anrufen? In meinem Kopf dreht sich grad alles. Da geht Reden leichter als Tippen.*

Er tippt aber doch ganz tadellos. Ich fange an zu schaukeln, vor und zurück.

Bisher sind die Gespräche mit Stanley immer abstrakt geblieben, ohne jede Verbindung zu meinem restlichen Leben. Und obwohl ich weiß, wie er aussieht, habe ich immer nur aus der sicheren Position hinter einem Bildschirm mit ihm kommuniziert und er hat mich auch nie zu etwas anderem gedrängt. Aber jetzt will er plötzlich mehr. Wenn ich mit ihm am Telefon spreche, wird sich alles ändern.

Mein Atem durchbricht die Stille, zu laut und zu schnell.

– *Alvie?*

– *Du kannst mich anrufen,* schreibe ich. *Aber ich würde lieber schriftlich antworten, wenn das für dich okay ist.*

Nach kurzem Zögern fragt er:

– *Und warum?*

Klar, meine Bitte muss ihm seltsam erscheinen. Vielleicht sollte ich einfach behaupten, ich wäre stumm, aber ich habe wenig Vertrauen in meine Fähigkeit zu lügen.

– *Schreiben ist für mich angenehmer. Es fällt mir leichter.*

– *Gut, okay. Wie du möchtest.*

Das Telefon klingelt. Einmal. Zweimal. Ich hebe ab.

»Alvie?« Seine Stimme klingt ungefähr so, wie ich es erwartet habe, jung und ein bisschen unsicher.

– *Ich bin da*, tippe ich. Mit einer Hand dauert es etwas länger.

»Ähm. Hi.«

– *Hallo.*

Ein paar Herzschläge lang herrscht Stille. »Wie wars auf der Arbeit?«

– *Ganz okay.*

»Ah, das ist gut. Ich meine, ganz okay ist doch gut, oder? Jedenfalls nicht schlecht.« Er stößt einen Seufzer aus. »Ogott, ich bin echt ziemlich durch den Wind. Und was, äh … macht das Privatleben?«

– *Ich lese gerade etwas über die Viele-Welten-Theorie.*

»Aha?«

Ich fange an, eine Erläuterung der universellen Wellenfunktion zu tippen, aber bevor ich damit fertig bin, sagt er: »Ich würde dich gern mal kennenlernen. Persönlich, meine ich. Wenn du mein Handy gefunden hast, musst du doch irgendwo in der Nähe wohnen, oder? Ich dachte, vielleicht könnten wir mal … essen gehen oder so.«

Mir bleibt das Herz stehen. Jedenfalls fühlt es sich so an.

»Ich will dich nicht bedrängen«, fährt er fort. »Ich weiß, dass du eher zurückhaltend bist. Aber ich würde dich so gern mal in echt erleben. Also, das hier ist natürlich auch irgendwie echt, aber … Du weißt schon.«

Für einen Moment wird mir schwarz vor Augen und mein

Gehör ist auf einmal gestört. Als es zurückkommt, ruft er ängstlich meinen Namen. »Alvie? Alvie, bist du noch dran? Sag doch bitte was.«

Das Handy an meinem Ohr ist nass vor Schweiß. Ich atme viel zu schnell und mir ist schlecht.

Immer wieder sagt er meinen Namen.

»Ich …« Meine Stimme ist tonlos und heiser. »Ich muss auflegen.« Ich drücke mit dem Daumen auf den Knopf und beende das Gespräch. Schwarze Punkte wabern in meinem Gesichtsfeld, ich schließe die Augen und ziehe die Knie an die Brust.

Wie von einem Blitz erhellt, sehe ich die Tore der Gruft vor mir. Ein schwaches Grollen ist von drinnen zu hören.

Meine Brust fühlt sich seltsam an, als wäre ein Gähnen darin stecken geblieben. Meine Kiefer sind aufeinandergepresst. Ein dumpfer Schmerz pocht hinter meinem linken Auge und breitet sich bis in den Nacken aus. Ich erkenne die Vorboten einer Panikattacke, steige in die Badewanne und wickle mich fest in die Decken ein, aber es hilft nicht – diesmal nicht.

An einer Panikattacke ist noch keiner gestorben.

In zehn Minuten ist alles vorbei.

Die musst du jetzt einfach nur durchstehen.

Immer wieder sage ich mir diese abgedroschenen Phrasen vor, während ich nach Luft ringe.

Als der Anfall abklingt, bleibe ich fröstelnd zurück, von einer dünnen Schicht aus kaltem Schweiß bedeckt. Ich strampele die Decken weg, knie mich vor die Toilettenschüssel und übergebe mich.

Anschließend wische ich mir den Mund mit Toilettenpapier

ab. Meine Hände zittern. So schlecht ist es mir seit Monaten nicht gegangen.

Ich überlege kurz, ob ich Dr. Bernhardt anrufen soll. Vielleicht kennt er einen Arzt, der mir ein Beruhigungsmittel verschreiben würde – irgendetwas, das mich ein bisschen betäubt, den Dingen die Spitze nimmt. Andererseits erfasst mich schon das kalte Grausen, wenn ich nur daran denke, den Fuß in eine Arztpraxis zu setzen.

Das letzte Mal habe ich das mit fünfzehn getan, frisch aus der Pflegefamilie entlassen. Es sollte ein psychologisches Gutachten über mich erstellt werden, von einer älteren Frau, die irgendwie nach Oliven roch, aber die Sitzung war kurz und reine Formsache. Ich habe meist nur die Wand angestarrt und alle Fragen so vage wie möglich beantwortet, um es so schnell wie möglich hinter mich zu bringen. Schließlich hatte ich schon als Kind ständig mit irgendwelchen Ärzten und Spezialisten zu tun gehabt, die mir dann doch nicht helfen konnten.

Meine erste Therapiesitzung fand schon in der dritten Klasse statt. Das Sprechzimmer der Therapeutin war mit allen möglichen Puppen vollgestopft. Außerdem gab es ein Gefühle-Rad mit verschiedenen Farben für FREUDE und TRAUER und ÄRGER und RUHE. Bei unserem ersten Treffen wollte sie mir beibringen, wie man lächelt.

»Ein Lächeln ist das einfachste Mittel, um freundlich zu sein«, erklärte sie mir und zeigte auf ihre rosigen Wangen mit den Grübchen drin. »Guck mal, so. Und jetzt du.«

Ich bleckte die Zähne.

»Das war ...«, sie räusperte sich, »... schon sehr gut. Hier, probiers mal vor dem Spiegel.«

Ich tat es.

»Gleich noch mal, bitte. Versuch, dich zu entspannen.«

»Bei Affen gilt Zähnefletschen als Zeichen der Unterwerfung«, erzählte ich ihr.

Sie musterte mich kurz und legte den Kopf schief. »Interessant. Aber vergiss nicht, Menschen sind keine Affen.«

»Sind sie wohl! Menschen sind Primaten, genauso wie Schimpansen und Bonobos.«

»Und jetzt versuchst du noch mal zu lächeln, ja?«

In der Woche darauf gab es in der Schule wieder einen *Vorfall*, wie die Erwachsenen es immer nannten, wenn etwas Schlimmes passierte. Ein Junge hatte angefangen, mich in den Pausen zu verfolgen und dabei mit ein paar Murmeln in seinem Federkasten zu klappern, weil er wusste, dass das Geräusch mich in den Wahnsinn trieb. Für mich klang das so, als würden die Murmeln direkt in meinem Kopf herumkullern und gegen meine Schädelwände prallen. Ich sagte ihm, er solle damit aufhören, ohne Erfolg. Ich versuchte, ihn zu ignorieren, aber er folgte mir überallhin, ließ die Murmeln immer lauter klappern und sang dazu mit Leierstimme »Robo-Spast, Robo-Spast«. Irgendwann fuhr ich herum und schlug ihm mit dem Handrücken ins Gesicht. Dafür musste ich zwei Tage nachsitzen.

»Diese Situation wollen wir heute mal besprechen«, sagte die Therapeutin bei unserem nächsten Termin. »Wie hätte die wohl anders verlaufen können?«

Ich saß mit verschränkten Armen auf meinem Stuhl und fixierte den Boden. »Sorgen Sie einfach dafür, dass die mich nicht mehr ärgern.«

Pause. »Das ist nicht meine Aufgabe, Liebes. Da musst du dich an den Schulleiter oder an einen der Lehrer wenden …«

»Habe ich ja. Aber die sorgen auch nicht dafür, dass es aufhört.«

»Bleiben wir doch mal bei der Situation mit diesem Jungen. Ich weiß, dass er angefangen hat, aber du kannst nicht kontrollieren, was andere Leute tun. Du kannst nur kontrollieren, was *du selbst* tust. Also überleg mal: Was hättest du tun können, außer ihn zu schlagen?«

»Ihn treten«, murmele ich.

»Das habe ich nicht gemeint.«

Warum taten eigentlich immer alle so, als wäre *ich* daran schuld, wenn andere Kinder mich schikanierten? Warum sollte immer nur ich mich ändern?

Für den Rest der Sitzung bekam sie kein Wort mehr aus mir heraus und schickte mich früher nach Hause. Als der nächste Termin bei ihr anstand, versteckte ich mich in meinem Zimmer. Ich war zu dem Schluss gekommen, dass die Erwachsenen mich wenigstens in Ruhe lassen sollten, wenn sie mir schon nicht helfen konnten.

Ich tauche aus dem Nebel der Erinnerung wieder auf, öffne den Wasserhahn am Waschbecken und spüle mir den sauren Geschmack nach Erbrochenem aus dem Mund.

Als ich in meine E-Mails schaue, warten gleich mehrere Nachrichten von Stanley auf mich.

Ich fahre mit dem Finger übers Touchpad und ziehe den Cursor auf die erste davon – halte dann aber inne. Ich bin noch nicht so weit, ich muss erst wieder meinen Kopf klarkriegen, die Kontrolle zurückgewinnen.

Ich klappe den Laptop zu.

Mein Magen knurrt – seit heute früh habe ich nichts mehr gegessen –, deshalb wärme ich mir einen Teller Instant-Nudeln auf und zappe durch die Sender, bis ich eine Tier-Doku finde.

Eisbären stapfen durch den Schnee. Schon bei den ersten Bildern spüre ich, wie sich meine Muskeln entspannen, meine Herzfrequenz verlangsamt. Das Leben von Tieren ist so einfach: Essen, spielen, sich paaren, überleben. Sie müssen sich keine Sorgen um die Miete machen, um ihren Job oder um seltsame, verwirrende Gefühle. Ich schlürfe ein paar Nudeln vom Löffel.

Auf dem Bildschirm paaren sich zwei Eisbären. Die Augen des Weibchens sind zu Schlitzen verengt, ihre Zähne gebleckt und die Zunge hängt heraus – aus Lust oder aus Unbehagen, oder vielleicht einer Mischung aus beidem –, während das Männchen sie von hinten besteigt.

Irgendwann merke ich, dass ich gar nicht mehr kaue und die Nudeln als matschiger Kloß auf meiner Zunge liegen.

Der männliche Eisbär kommt zum Ende, zieht sich zurück und trottet davon. Das Weibchen legt sich in den Schnee und gähnt, die rosa Zunge eingerollt. Ich muss an das junge Pärchen denken, das ich vor zwei Wochen im Tierpark gesehen habe, an ihren lockeren, entspannten Körperkontakt, an ihre Art, sich anzuschauen, als gäbe es nichts anderes auf der Welt. Ob die beiden miteinander schlafen?

Das werde ich wohl niemals können – mit jemandem schlafen. Wie denn auch? Ich mag ja nicht mal berührt werden.

Andererseits ist jedes Tier – also auch der Mensch – auf Fortpflanzung programmiert. Das ist ein Urinstinkt, wie Nahrungsaufnahme und Darmentleerung.

Und ich bin schließlich auch ein Mensch. Oder etwa nicht?

Mir fällt das Gespräch zwischen Toby und Monobraue ein – Tobys anzügliche Bemerkungen über mich und die angewiderte Reaktion seines Kumpels: *Voll pervers. Du bist echt krank.*

Natürlich würde ich mich niemals mit Toby paaren. Er ist ein Idiot und ein Widerling, der Tiere wie Sachen behandelt. Man kann sich wohl kaum einen weniger anziehenden Menschen vorstellen. Aber es ärgert mich, dass Monobraue offenbar allein schon Tonys Interesse an mir so abstoßend fand. Ob er wirklich glaubt, ich könnte, bloß weil ich anders bin, keinen Sex haben? Vielleicht nicht mal Begehren empfinden?

Und hat er womöglich recht?

Der Gedanke ist wie ein Floh, der sich in meinem Hinterkopf festsetzt und juckt und mir keine Ruhe mehr lässt.

6. KAPITEL

Als ich am nächsten Tag endlich mein Mailprogramm öffne, finde ich eine weitere Nachricht von Stanley: *Wenn du dich nicht mit mir treffen willst, dann eben nicht. Wir können auch einfach beim Chatten bleiben. Das möchte ich auf keinen Fall missen. Lass nur kurz hören, ob alles in Ordnung ist.*

Ein paar Minuten lang sitze ich nur da und starre die Nachricht an. Er bietet mir einen Ausweg an, die Rückkehr zu unserem gefahrlosen schriftlichen Austausch. Ich sollte sein Angebot annehmen, ihm sagen, dass ein Treffen zwar unmöglich ist, wir unsere nächtlichen Gespräche über das Dasein aber gern wieder aufnehmen können.

Und doch kann ich jetzt, wo die Panik verebbt, seinen Vorschlag erstmals – ganz vorsichtig – in Erwägung ziehen. Was, wenn wir uns wirklich mal treffen würden?

Ich spiele sämtliche Szenarien durch, wie eine Computersimulation verschiedener Militärstrategien, aber letztlich läuft alles auf zwei Varianten hinaus. Variante 1: Ich kriege Panik oder sage etwas Dummes. Dann schäme ich mich und schleiche mich nach Hause, um mein eintöniges, aber sicheres Einsiedlerleben wieder aufzunehmen. Variante 2: Irgendwie, unbegreiflicherweise, geht die Sache gut, und er will mich wiedersehen.

Die zweite Variante macht mir sehr viel mehr Angst als die erste, aber am meisten beunruhigt mich die Tatsache, dass ein Teil von mir – allen Bedenken zum Trotz – immer noch den Wunsch hat, sich mit ihm zu treffen. Jetzt, wo die Idee in der Welt ist, lässt sie mich einfach nicht mehr los.

Ich greife nach meinem Zauberwürfel und spiele damit herum, drehe Farbreihen vor und zurück und lasse ihn in meinen Händen kreisen, während die Gedanken in meinem Kopf dasselbe tun. Ich befreie meinen Geist von allen Emotionen und verwandele mich in einen kühlen, effizienten Computer, den ich mit sämtlichen Daten füttere.

Irgendwann macht es *klick*.

Ich schicke Stanley eine Mail: *Morgen um sechs im Park.* Ich schließe den Laptop, ohne auf eine Antwort zu warten.

In dieser Nacht liege ich lange wach und starre an die Decke, während mein Kopf endlos durchspielt, was alles schiefgehen kann.

Aber ich habe mich entschieden. Jetzt gibt es kein Zurück mehr.

Ich nehme ein Schlafmittel. Dumpfer Nebel senkt sich auf mich herab, aber schlafen kann ich trotzdem nicht. Stattdessen kriechen Bilder aus allen möglichen Ecken meines Gehirns hervor, Dinge, an die ich seit Jahren nicht mehr gedacht habe.

Man sagt doch immer, was vorbei ist, ist vorbei. Aber das stimmt nicht.

Der Mensch erlebt die Zeit als eine lineare Abfolge von Ursache und Wirkung, wie eine Ameise, die eine endlose Schnur entlangkrabbelt, immer nur nach vorn, nie zurück oder zur Seite. Wir glauben, die Vergangenheit würde verschwinden, sobald wir sie hinter uns lassen, aber das muss nicht so sein. Nach Ansicht einiger theoretischer Physiker ist die Raumzeit eher ein endloser Ozean, in dem jeder Zeitpunkt zugleich existiert.

Kurz gesagt, die Vergangenheit ist immer lebendig. Sie ereignet sich hier und jetzt.

7. KAPITEL

Ich bin neun Jahre alt. Jessamine Coutier, ein Mädchen aus meiner Klasse, feiert ihren Geburtstag mit einer Übernachtungsparty und hat mich eingeladen.

Warum, weiß ich nicht. Jessamine und ich sind nicht befreundet. Ich habe sogar schon mal gehört, wie sie in der Schule über mich gelästert hat. Die Einladung riecht nach einer Falle und ich will nicht hingehen, aber Mama bittet mich inständig. »Das ist gut für dich«, sagt sie. »Vielleicht kannst du dich mit ein paar Mädchen anfreunden. Versuchs doch wenigstens.«

Als gehe ich hin.

Während des Großteils der Party werde ich von den anderen Mädchen einfach ignoriert. Als es Zeit wird, ins Bett zu gehen, rollen sie ihre Schlafsäcke in Jessamines Zimmer aus, bleiben aber noch wach und reden und gackern, während ich die Streifen an der Tapete zähle. Der widerlich süße Kaugummi-Geruch ihrer Shampoos und Labellos kribbelt mir in der Nase. Es riecht nach Mädchen, nach *beliebten* Mädchen.

»Und jetzt«, flüstert Jessamine kichernd, an alle außer mich gerichtet, »muss jede von euch sagen, welchen *Jungen* sie am liebsten küssen würde …«

Neuerliches Gekicher, von Quietschen durchsetzt.

Ich entdecke den Plüschfrosch auf Jessamines Bett. »Wusstet ihr«, sage ich laut, »dass manche Amphibien ihre Haut abstreifen und dann selber fressen.«

Die Mädchen verstummen.

»Das tun sie, um das darin enthaltene Protein zu verwerten.«

Keine Reaktion.

»Ich muss mal ins Bad.« Ich stehe auf.

Als ich auf dem Rückweg durch den Flur auf die halb offen stehende Zimmertür zugehe, höre ich sie drinnen flüstern. Ich bleibe stehen und halte den Atem an.

»Ihr dürft euch nicht über sie lustig machen. Sie ist halb behindert, hat Kristen mir erzählt.«

»Wie kann man denn *halb* behindert sein?«

»Na ja, gleichzeitig ist sie ja auch *irre* schlau. Sie weiß lauter solche Sachen, für die sich sonst kein normaler Mensch interessiert. Sie ist halt irgendwie gestört.«

»Ihre Mutter ist auch ziemlich komisch. Und einen Vater hat sie erst gar nicht.«

»Meine Mutter meint, ihre Mutter hätte bestimmt während der Schwangerschaft *getrunken*, sonst wär sie nicht so geworden.«

»Hätte *was* getrunken? Alkohol?«

»Na klar. Was hast du denn gedacht? Milch?«

Alle kichern.

»*Schsch.* Ich glaube, sie kommt.«

»Oh, *Mist.*«

Ich trete ins Zimmer, stemme die Hände in die Hüften und sage: »Meine Mutter trinkt nicht. Es liegt nicht an ihr. Ich bin eben einfach so.«

Sie zappeln herum und schauen auf den Boden. Zur Abwechselung sind sie es, die den Blickkontakt vermeiden.

Mein Kopf ist heiß. Ich kriege plötzlich kaum noch Luft. Am liebsten würde ich diese ganze bescheuerte Übernachtungsparty einfach sausen lassen und nach Hause gehen, aber wenn ich das tue, werden sie erst recht über mich herziehen. Also schalte ich das Licht aus, lasse mich auf meinen Schlafsack fallen und sage: »Ich geh jetzt ins Bett.«

Ein paar Minuten lang sagt niemand etwas. Dann fangen sie wieder an zu flüstern. Ich halte mir die Ohren zu, aber ich höre sie trotzdem. Der süßliche Kaugummi-Geruch im Zimmer kriecht mir unaufhaltsam in die Nase, bis in die Kehle hinunter, und ich fange an zu würgen.

Ich hasse diesen Geruch.

Als ich es nicht mehr aushalte, husche ich ins Bad und erbreche die Pizza und den Kuchen, die ich am Abend gegessen habe. In einem schäumenden Strahl schießen sie aus mir heraus, mit Strudeln aus rosa Glasur durchsetzt.

Draußen regnet es und bis zu unserem Haus sind es gut drei Kilometer, aber das ist mir egal. Ich laufe den ganzen Weg nach Hause. Die Luft riecht schwer und feucht und die Wiesen und Bäume sind dschungelartig grün.

Völlig durchnässt und zitternd hämmere ich gegen die Tür.

Als Mama öffnet, trägt sie einen blauen Bademantel, ihre Augen sind vom Schlaf verquollen. »Alvie … um Gottes willen, Süße, du bist ja klatschnass. Was ist denn passiert?«

Ohne Antwort marschiere ich an ihr vorbei ins Haus und rolle mich auf dem Sofa zusammen. Mama setzt sich neben mich und legt mir behutsam die Hand auf die Schulter. Normalerweise tun mir Mamas Berührungen nicht weh, aber mein Körper fühlt sich an wie eine offene Wunde, als hätte man mir die Haut abgezogen, und ich zucke zusammen. Sie lässt die Hand wieder sinken und sitzt hilflos daneben, während mein Körper von lautlosen Tränen geschüttelt wird.

Als ich den Kopf hebe, sehe ich, dass Mama auch weint.

Sie wischt sich die Tränen aus den Augenwinkeln und lächelt schwach. »Entschuldige. Ich ... ich dachte, das könnte ... Ich dachte, wenn sie dich ein bisschen besser kennenlernen ...« Ihr bricht die Stimme. »Es tut mir leid.«

Ich weiß nicht, warum sie sich entschuldigt.

Ich setze mich auf, ziehe die Knie an die Brust und kuschele mich ins Sofa. Regen trommelt gegen die Fenster. Die Wände bei Jessamine zu Hause hängen voller Familienfotos, auf denen alle lächeln und zusammen lachen. Bei uns hängt nur ein vergilbter Kalender an der Wand über dem Fernseher – ein Foto von einem Strand mit Palmen. Im Haus von Jessamine gibt es auch viele hübsche Sachen, kleine Figuren und Vasen und Spiegel mit silbernen Rahmen. Ich frage mich, ob alle Häuser solche Sachen haben sollten.

Und wer hat das überhaupt zu entscheiden?

Ich ziehe die Nase hoch, wische mir übers Gesicht und kaue an meinem Daumennagel. Nach ein paar Minuten beuge ich mich zu Mama hinüber. »Ich muss dir was verraten, Mama.«

Sie schaut mich an, die Augenbrauen zusammengezogen.

»Jessamine riecht nach Schweiß. So doll, dass ich es nicht

mehr ausgehalten habe. Deshalb bin ich nach Hause gekommen.«

Mama starrt mich entgeistert an. Ihr Mund öffnet sich und formt ein O. Dann senkt sie den Kopf, sodass ihr die Haare ins Gesicht fallen, ihre Schultern zucken, und einen Moment lang glaube ich, dass sie wieder weint. Erst als sie zwischendurch nach Luft schnappt, wird mir klar, dass es Gelächter ist.

Ich stoße ein halb ersticktes Glucksen aus und falle dann in ihr Lachen ein. Ich denke an den Kuchen, den ich erbrochen habe, an die schaumige rosa Masse auf dem makellosen Weiß der Toilettenschüssel, und mir fällt auf, dass ich vielleicht gar nicht gespült habe, und darüber muss ich noch heftiger lachen. Wir lachen und lachen, und ehe ich michs versehe, liegen wir uns auch schon in den Armen. Ich halte sie fest umschlungen, den Kopf an ihrer Schulter, als könnte uns dieser Sturm aus irrem Gelächter jeden Moment davontragen.

Irgendwann löst sie sich von mir, lächelnd und atemlos, mit gerötetem Gesicht und Tränen in den Augen. »Morgen machen wir was Schönes zusammen«, sagt sie. »Wir feiern unsere eigene Party. Ohne stinkende Jessamines.«

Am nächsten Morgen gehen wir Pfannkuchen essen, im *Silver Dollar*, meinem Lieblingsrestaurant. Während des Essens sagt sie: »Vielleicht würde es helfen, wenn du wieder zur Therapie gehst.«

Ich stochere mit der Gabel in meinen Pfannkuchen. Ich bin zwar noch in psychiatrischer Behandlung, bei Dr. Evans, aber die verschreibt mir bloß die Medikamente, die mich in der Schule ruhigstellen sollen. Meine letzte Therapie habe ich schon vor Monaten abgebrochen. »Ich will aber nicht.«

»Es ging dir doch schon viel besser«, sagt Mama. »Du hast angefangen, dich … wie hat sie das ausgedrückt? ›Den gesellschaftlichen Normen anzupassen‹. Wenn du dabeibleiben würdest, könntest du bestimmt auch Freunde finden. Es täte dir gut, wenigstens *eine* Freundin zu haben.«

Was ist so toll an Freunden, frage ich mich, wenn ich dauernd so tun muss, als wäre ich jemand anders? »Ich will da aber nicht mehr hin. Ich brauche keine Freundin. Ich brauche nur dich.«

Für eine Sekunde ändert sich ihr Gesichtsausdruck. »Ich werde aber nicht für immer bei dir sein.«

»Aber doch noch ganz lange, oder?«

»Noch sehr, sehr lange.« Sie versucht zu lächeln, aber es sieht seltsam aus, als hätte jemand Drähte in ihre Mundwinkel gehakt und zöge daran.

Nach dem Frühstück bummeln wir durch die Läden und sie kauft mir eine kleine gelbe Kerze in einem Tontopf. Die Kerze riecht nach Honig, Klee und Vanille, aber der Duft ist nicht so intensiv, dass er in der Nase juckt. Den Tontopf bewahre ich auf, auch nachdem die Kerze längst ausgebrannt ist. Jahre später haften immer noch winzige Duftpartikel an seinen Wänden und manchmal stecke ich die Nase hinein und atme tief ein.

8. KAPITEL

Die Uhr, die neben meiner Matratze auf dem Boden liegt, zeigt 17 Uhr und 42 Minuten.

Es wird Zeit.

Ich streife mir ein ausgewaschenes Pink-Floyd-T-Shirt über, dazu meinen üblichen schwarzen Rock und die schwarz-weiß geringelte Strumpfhose. Die meisten meiner Sachen, abgesehen von meiner Arbeitskleidung, sind fadenscheinig und verblichen. Ich kaufe fast nur in Secondhand-Läden und bei *Goodwill* ein, und weil ich nicht so leicht etwas Bequemes finde, trage ich alles so lange, bis es buchstäblich auseinanderfällt.

Ich laufe zum Park. Der Teich ist grau und entenleer, die Luft kühl und still. Stanley sitzt auf seiner angestammten Bank, das Gesicht von mir abgewandt. Sein Haar ist beinahe lockig, stelle ich fest. Hinten, wo es am längsten ist, legt es sich in sanfte Wellen.

Ich weiß nicht, was mich verrät – vielleicht hört er einen Zweig unter meinen Füßen knacken –, jedenfalls hebt er nach ein paar Minuten den Kopf und dreht sich um. Das Herz hüpft mir in die Kehle und ich senke rasch den Kopf. Meine

Handflächen sind feucht von Schweiß, als ich jetzt langsam auf ihn zugehe und mich neben ihn setze, ohne den Blick zu heben.

»Alvie?«

Ich verschränke die Arme vor der Brust. »Hallo.«

Er trägt eine helle Baumwollhose und ein Poloshirt unter einer blauen Jacke, und statt des üblichen Stocks hat er eine Krücke unter den rechten Arm geklemmt. Der Gips ragt ein Stück aus seinem Hosenbein hervor. Nach ein paar Sekunden Stille holt er zitternd Luft. »Ich hatte Sorge, dass du nicht kommen würdest.«

»Ich habe doch gesagt, ich komme.«

»Ja, hast du.« Er hält mir eine Hand hin. »Klingt ein bisschen merkwürdig, wenn ich jetzt sage, *freut mich, dich kennenzulernen*, aber na ja … Hi.«

Ich zögere, bevor ich die dargebotene Hand ergreife, und lasse sie dann so schnell wieder los, als hätte ich eine heiße Herdplatte berührt. Sollte er mir dieses Verhalten übel nehmen, lässt er es sich jedenfalls nicht anmerken.

»Das ist ja echt verrückt«, sagt er. »Du siehst wirklich genauso aus, wie ich es mir vorgestellt hatte.«

Zum ersten Mal begegne ich seinem Blick. Und kann nicht mehr wegschauen.

Seine Augen sind blau. Nicht nur die Iris, auch der Augapfel – das Weiße – hat einen zarten blaugrauen Schimmer, wie das Innere einer Muschel, die ich mal am Strand gefunden habe. Bisher war ich nie nah genug, um das zu sehen, und für einen Moment verschlägt es mir den Atem. Meine Stimme ist nur noch ein Flüstern: »Deine Augen …«

In seinem Gesicht findet eine fast unmerkliche Veränderung statt, ein Verhärten der Muskulatur, und ich verstumme.

Ich sollte schnell etwas anderes sagen. Ich suche nach Worten, aber mir fällt nichts ein.

Wenn ich mit jemandem rede, muss ich meine Formulierungen immer erst noch durch verschiedene Filter schicken, um zu sehen, ob sie halbwegs angemessen sind. Beim Chatten sind diese Unterbrechungen kein Problem, aber jetzt ist das natürlich anders. Jetzt sitze ich hier neben Stanley, mit dem ich mich seit Wochen jeden Abend unterhalte, und weiß nicht, was ich sagen soll.

Ich schaukele ganz leicht auf der Bank vor und zurück. Ich kann es nicht unterdrücken. Eine Hand wandert hoch zu meinem Zopf, um daran zu ziehen. Ein paar Meter von uns entfernt knabbert ein Kaninchen am gelb gewordenen Gras.

Und dann geht das Gebrabbel los.

»Wusstest du«, sage ich, »dass viele Leute Kaninchen für Nagetiere halten, obwohl sie das gar nicht sind. Sie gehören zu den Hasenartigen, lateinisch *Lagomorpha*. Hasenartige sind Pflanzenfresser, während Nagetiere Allesfresser sind. Außerdem haben Hasenartige nicht nur zwei, sondern vier obere Schneidezähne.«

Stanley starrt mich an.

Die Worte strömen nur so aus mir heraus und verdrängen die Stille, so wie Luft ein Vakuum verdrängt, und ich kann nicht mehr aufhören: »Und noch was über Kaninchen: Sie haben keine Pfotenballen. Stattdessen polstert eine dicke Fellschicht ihre Füße. Sie gehören zu den wenigen Säugetieren, die zwar Pfoten, aber keine Pfotenballen haben.« Ich zerre weiter an meinem Zopf und mir ist klar, dass ich dabei genauso irre aussehen muss, wie ich mich anhöre, aber ich kanns nicht ändern. Je nervöser ich bin, desto schlimmer wird es.

Das Kaninchen hoppelt ein Stückchen weiter und fängt dann, völlig selbstvergessen, wieder an zu äsen.

Stanley räuspert sich. »Das ist ... ähm ...«

»*Die ganze Welt wird dein Feind sein, Fürst mit tausendfachen Feinden.*« Meine Stimme leiert ein bisschen, als würde ich einen Kinderreim aufsagen. »*Und wann immer sie dich fangen, werden sie dich töten. Aber zuerst müssen sie dich fangen.*«

Schweigen.

Aus und vorbei. Ich bin noch keine fünf Minuten hier und habe schon alles vermasselt. Vielleicht sollte ich einfach aufstehen und gehen und ihm die Peinlichkeit ersparen, sich unter irgendeinem Vorwand zu verabschieden ...

»*Watership Down*«, sagt er.

Mein Körper hört auf zu schaukeln und mein Atem gefriert mir in der Kehle.

»Dieses Buch mit den sprechenden Kaninchen«, fährt er fort. »Daraus ist das, oder? Dieses Zitat? Das sagt doch der Sonnengott zu dem Kaninchenfürsten, wie hieß er noch ...«

»El-ahrairah«, murmele ich. Ich mustere ihn aus dem Augenwinkel und umklammere meine Arme. »Du hast *Watership Down* gelesen.«

»Ist schon lange her. Daher stammt auch der Name in deiner Mailadresse, oder? TausendFeinde?

«Ja.«

Er lächelt. »Der kam mir gleich bekannt vor, aber mir fiel nicht ein, woher. Ich fand das Buch ziemlich gut.«

Ich schaue auf meine Füße und rutsche nervös herum. Dann hole ich meinen Zauberwürfel aus der Tasche meines Hoodies. Ich weiß, dass es unhöflich ist, während eines Gesprächs damit herumzuspielen, aber es beruhigt mich, wenn meine Hände beschäftigt sind. Ohne dieses Teil hätte ich bestimmt schon mit dem Rauchen angefangen.

»Weißt du«, sagt er, »normalerweise bin *ich* derjenige, der kaum etwas sagt. Wenn ich mich mit Kommilitonen unterhalte, ist das meist eher einseitig: Sie erzählen mir irgendwas und ich nicke dazu. Ich bilde mir gern ein, dass ich ein guter Zuhörer bin, aber manchmal habe ich das Gefühl, wenn man mich durch eine Schaufensterpuppe ersetzen würde, würde es auch keiner merken.«

Ich ziehe die Schultern hoch und drehe weiter an dem Zauberwürfel herum. »Hast du das Gefühl auch bei mir.«

»Nein.«

Der Würfel liegt reglos in meinen Händen.

Das schwindende Tageslicht beleuchtet die flächigen Stellen in seinem schmalen Gesicht mit den scharf geschnittenen Zügen und den hohen Wangenknochen. Seine Haare sind eigentlich gar nicht braun, stelle ich fest. Eher so ein mattes Gold, die Farbe von Weizen. Unsere Blicke begegnen sich kurz, dann senkt er rasch die langen Wimpern und eine leichte Röte überzieht seine Wangen.

Das Kaninchen hoppelt noch ein paar Meter von uns weg und knabbert weiter am Gras. Stanley beobachtet es. »Ich habe mich immer schon gefragt ... was die eigentlich im Winter fressen. Kaninchen, meine ich. Die Pflanzen sind doch dann alle verwelkt, oder?«

»Sie fressen Rinde und getrocknetes Gras«, antworte ich.
»Und ihren eigenen Kot. Die Nahrung wird nur zum Teil ver-
daut und direkt aus dem Blinddarm ausgeschieden.«

»Ist ja ... interessant.«

Ich knibbele an einem Daumennagel. »Das nennt man
Caecotrophie.«

»Bloß gut, dass Menschen so was nicht machen.«

Ich stecke den Zauberwürfel in die Tasche zurück. Am Himmel schwindet jetzt das letzte Licht. Nur am Horizont ist noch
ein schmaler orangefarbener Streifen zu sehen, der durch die
Äste schimmert. Stanleys lange, schmale Hände sind über seiner Krücke gefaltet. »Ich bin froh, dass unser Treffen geklappt
hat.«

Ich spüre ein seltsames Flattern, als wäre eine Motte in meiner Brust gefangen.

Der letzte Sonnenstrahl verblasst. Die Luft ist still und mein
Magen fühlt sich irgendwie hohl an, als würde ich vom Rand
eines hohen Gebäudes in die Tiefe schauen. Und mir wird klar:
Wenn ich ihn wirklich fragen will, muss ich es jetzt tun. Wenn
ich es noch länger aufschiebe, wird es nicht passieren.

»Magst du Sex«, frage ich, den Blick stur geradeaus gerichtet.

Lange Pause. »Ob ich ... was?«

»Sex magst«, wiederhole ich langsam und deutlich.

»Äh ... warum willst du das wissen?« Seine Stimme klingt
etwas wackelig.

»Weil ich«, antworte ich, immer noch stur geradeaus bli-
ckend, »mich gefragt habe, ob du wohl mit mir ins Bett gehen
würdest.«

Ich schiele kurz zu ihm hinüber. Seine Augen sind weit aufgerissen und ein bisschen glasig. Ein paar Schweißtropfen stehen ihm auf der Stirn und er tupft sie mit dem Ärmel ab. »Ist ... ist das ... eher hypothetisch gemeint? Also, falls wir auf einer einsamen Insel wären oder die letzten Überlebenden nach einem Atomkrieg oder so ...«

»Ich frage dich, ob du heute Abend mit mir Sex haben willst.«

Sein Mund klappt ein paarmal auf und zu. »Ist das dein Ernst?«

»Sehe ich aus, als würde ich Scherze machen.«

»Ob ich mit dir Sex haben will«, wiederholt er. »Heute Abend.«

»Ja.« Ich überlege, ob ich irgendetwas falsch gemacht habe, ob die Frage missverständlich war. Vielleicht ist ihm aber auch einfach schon die Vorstellung zuwider. Ich warte reglos, die Schultern hochgezogen, die Arme verschränkt.

Seine Hände legen sich fester um den Griff seiner Krücke. Er holt tief Luft und reibt sich die Stirn. »Entschuldige. Das kommt jetzt etwas ... unerwartet.«

Meine Atmung beschleunigt sich. Ich hole wieder den Zauberwürfel hervor und drehe daran herum. *Dieser Blick.* Den habe ich schon öfter gesehen. Die Stimmen früherer Mitschüler hallen in meinem Schädel wider. *Die ist doch krank im Kopf.*

Ich schraube immer schneller an dem Zauberwürfel herum. Meine Finger sind nass vor Schweiß. Der Würfel rutscht mir aus der Hand und prallt auf den Boden, aber ich hebe ihn nicht auf.

Stanley schweigt schon seit fast dreißig Sekunden. Mir ist speiübel. »Na los«, flüstere ich. »Sags schon.«

»Was denn?«

»Dass ich voll gestört bin.« Meine Stimme klingt spröde und gepresst. Das läuft gar nicht gut. Ich muss hier weg, bevor es noch schlimmer wird. Ich springe auf und gehe los.

»Warte!«

Ich gehe weiter.

Er ruft meinen Namen und läuft hinter mir her. Schon bald fängt er an zu keuchen. Seine Schritte sind unregelmäßig, durchbrochen vom dumpfen Pochen seiner Krücke. Bildet er sich etwa ein, er könnte mich mit seinem Gipsbein einholen? Ich drehe mich um und sehe gerade noch rechtzeitig, wie er auf der matschigen Wiese ausrutscht und fällt.

Mein Körper hat schon reagiert, bevor ich nachdenken kann. Ich mache einen Satz auf ihn zu und fange ihn auf. Er sinkt mir in die Arme, keuchend. Sein Herz hämmert ihm gegen die Rippen wie ein kleines eingesperrtes Tier, das sich gegen die Käfiggitter wirft. Ich kann mich kaum noch erinnern, wann ich jemandem so nahe war, dass ich seinen Herzschlag spüren konnte.

»Alles in Ordnung?«, fragt er mich atemlos.

»Ja«, erwidere ich ebenso atemlos. Ich finde es seltsam, dass er mich das fragt, wo *er* doch derjenige ist, der beinahe hingefallen wäre.

Erst jetzt bemerke ich, dass sich unsere Körper über ihre gesamte Länge berühren, und Panik überfällt mich. Ich löse mich von ihm, hebe seine Krücke vom Boden auf und reiche sie ihm, alles, ohne ihn dabei anzusehen. Dann wende ich mich wieder zum Gehen, aber er packt mich am Handgelenk. Mein Körper erstarrt vor Schreck.

Ich schaue auf seine Finger, die sich in meine Haut eindrücken. Meine Atemzüge sind kurz und scharf, meine Nerven stehen in Flammen und seine Berührung dringt mir unter die Haut, bis in die Knochen, bis in meine DNA.

Mit leiser, heiserer Stimme sage ich: »Lass mich los.«

»Alvie.«

»Lass mich los.«

»Du bist nicht gestört«, sagt er nachdrücklich.

Plötzlich sind meine Füße wie festgewachsen.

Er schaut auf seine Hand hinunter, die immer noch mein Handgelenk umschließt. Langsam, als würde es ihm schwerfallen, löst er einen Finger nach dem anderen. Ich presse das Handgelenk gegen meine Brust und die Haut kribbelt immer noch dort, wo er sie berührt hat. Aber ich laufe nicht weg.

Meine Fäuste lockern sich. Eine Woge des Schwindels geht über mich hinweg und hinterher fühle ich mich, als wäre mein Gehirn wie leer gefegt.

»Komm, lass uns in Ruhe reden«, sagt er. Dann, etwas sanfter: »Bitte.«

Wir setzen uns wieder auf die Bank. Ich schlinge die Arme um die Knie, die Schultern angespannt, den Blick auf meine verschlissenen schwarzen Turnschuhe gerichtet. »Wenn du keinen Sex mit mir haben willst, kannst du es ruhig sagen. Ich nehme dir das nicht übel. Das ist nicht ... der Grund, warum ich eben so reagiert habe. Das lag nur an ... der Art, wie du mich angesehen hast ...« Ich stoße einen Seufzer aus. »Ach, vergiss es.«

Stanley beißt sich auf die Unterlippe. »Hör zu, ich ... es ist nicht so, dass ich nicht wollen würde. Aber mit der Frage hatte ich einfach nicht gerechnet. Normalerweise geht man erst noch ein paarmal miteinander aus.«

»Manche haben auch One-Night-Stands.«

»Ja, aber das ist was anderes. Wir sind ja keine Fremden, die sich aus irgendeiner Bar abschleppen.«

»Ja oder nein.«

Wieder öffnet er ein paarmal den Mund, als wollte er etwas sagen, und klappt ihn dann wieder zu. »Wie wärs, wenn wir irgendwo was essen gehen? Ich lade dich ein.«

Essen gehen. Klingt machbar. Ich nicke zögernd. »Und wo?«

»Gibt es irgendwas, wo du gerne hingehst? Ich kenne nicht viele nette Restaurants, aber hier in der Nähe ist ein kleiner Franzose, der ganz gut sein soll.«

Ich habe noch nie französisch gegessen. Ich gehe überhaupt nur in ein einziges Lokal, einen Imbiss, nicht weit von meiner Wohnung entfernt, wo man Tag und Nacht Pfannkuchen essen kann. »*Buster's.*«

»Wirklich?«

Ich nicke.

»Gut, dann zu *Buster's.*«

Mein Zauberwürfel liegt immer noch im feuchten Gras. Ich hebe ihn auf und wische ihn an meinem Kapuzenpulli ab. Es passt mir ganz gut, jetzt etwas essen zu gehen, denn ich muss ihm sowieso noch ein paar Fragen stellen. Auch wenn immer noch nicht klar ist, ob es klappt. Er hat noch nicht Ja gesagt, aber auch nicht Nein.

9. KAPITEL

Als Stanley und ich bei *Buster's* ankommen, sind wir, neben einem älteren Ehepaar, das in einer Ecknische sitzt, die einzigen Gäste. Gleich neben der Tür steht eine anderthalb Meter große Figur des Restaurant-Maskottchens: ein zwinkernder Biber mit Kochmütze, der einen Stapel sirupgetränkter Pfannkuchen auf einem Tablett vor sich herträgt.

Ich bestelle mir Pfannkuchen mit Früchten und Sahne und Stanley pochierte Eier. Die Kellnerin füllt unsere Kaffeetassen.

»Falls wir das wirklich machen«, sage ich, »habe ich ein paar Bedingungen.«

»Bedingungen?«

Ich nehme einen Schluck von meinem Kaffee. »Erst einmal werde ich nicht gern angefasst.«

»Aber wie soll das gehen ...«

Ich stelle klar: »Ich mag nicht gern, wenn jemand anders mich berührt. Aber wenn die Berührung von mir ausgeht, ist es meist okay. Deshalb muss ich die ganze Zeit die Kontrolle behalten. Ist das für dich in Ordnung.«

Seine Augenbrauen ziehen sich zusammen. »Warum magst du nicht berührt werden?«

Ich betrachte eingehend die rot-weiß karierte Tischplatte. An ihrer Kante klebt ein getrockneter Ketchup-Spritzer. »Es gibt keinen Grund. Ich war schon immer so.«

Er entgegnet nichts, aber ich spüre seinen Blick auf mir.

Das Essen kommt. Er fängt an, seine pochierten Eier zu zerschneiden, und ich nehme einen Bissen von meinen Pfannkuchen. Beim Kauen beobachte ich ihn. Die Tatsache, dass wir darüber sprechen, weist darauf hin, dass er mein Angebot zumindest ernsthaft in Erwägung zieht. Mein Kopf ist seltsam benommen. Ich sehe und höre alles leicht verzerrt, wie unter Wasser. Ich konzentriere mich aufs Atmen und Kauen.

Schließlich sagt er: »Wenn du dich dann wohler fühlst, ist das für mich in Ordnung.«

Meine Muskeln lockern sich und lassen mich wieder atmen. Ich nicke. »Danke.«

Er trinkt einen Schluck von seinem Kaffee und ich bemerke ein leichtes Zittern seiner Hand. Mit den Fingern der anderen Hand trommelt er nervös auf den Tisch. Dann nimmt er Messer und Gabel wieder auf und schnippelt weiter an den pochierten Eiern herum.

»Außerdem«, sage ich, den Mund voller Pfannkuchen, »muss ich wissen, was deine sexuellen Vorlieben sind.«

Mit einem Ruck hebt er den Kopf. Seine Gabel verharrt auf halbem Weg zum Mund und ein Stück Ei fällt auf den Teller zurück. »Meine was?«

Ich schlucke und spüle den Pfannkuchen mit einem Schluck

Kaffee hinunter. »Sexuellen Vorlieben.« Ich spreche möglichst klar und deutlich. »Was dich antörnt.«

Sein Gesicht ist wie mit Farbe übergossen. »Ich soll dir erzählen, welche sexuellen Fantasien ich habe?«, fragt er, immer lauter werdend.

Die älteren Herrschaften in der Ecke drehen sich zu uns um und mustern uns pikiert über ihre Brillen hinweg.

Stanley bemerkt sie, krümmt sich verlegen und senkt die Stimme. »Fragst du so was immer gleich beim ersten Date?«

Darauf weiß ich keine Antwort, schließlich hatte ich vorher noch nie ein Date. Aber das muss er ja nicht unbedingt wissen. »Soll man sich bei einem Date nicht immer Fragen stellen.«

»Schon, aber eher so was wie *Was ist dein Lieblingssong?* oder *Magst du lieber Hunde oder Katzen?*.«

»Wenn wir Sex haben wollen, muss ich doch wissen, was dich erregt und was nicht. Bei neuen Situationen bin ich immer gern vorbereitet.«

»Ich … ich hab überhaupt keine Übung darin, über so was zu reden, schon gar nicht mit … Na ja, eigentlich mit niemandem.« Er schluckt. Ich stelle fest, dass er von den Eiern auf seinem Teller noch nichts gegessen hat; er schneidet sie bloß in immer kleinere Stücke. Inzwischen sind sie quasi ein einziger Brei. »Wir machen nur das Übliche, oder?«

»Wenn du mit *das Übliche* Geschlechtsverkehr meinst, dann ja.«

Die füllige silberhaarige Dame am anderen Ende des Raums schüttelt den Kopf und flüstert ihrem Mann etwas zu. Stanley blickt sich wieder zu ihnen um, dann stützt er die Ellbogen auf den Tisch, legt das Gesicht in seine Hände und lugt zwischen den gespreizten Fingern hindurch. »Tut mir leid«, flüstert er, »aber ich kann darüber nicht reden. Nicht hier.« Er atmet tief durch. »Dir ist wahrscheinlich überhaupt nicht klar, was für ein Chaos das gerade in meinem Kopf anrichtet. Ich meine … schau mich doch mal an.«

Ich schaue ihn an. Ich weiß nicht so genau, was ich da sehen soll.

Er fährt fort, und die Worte fließen nur so aus ihm heraus: »In irgendeinem Winkel hatte ich natürlich schon die vage Hoffnung, dass du, wenns heute gut läuft, mich vielleicht wiedersehen willst und dass wir dann irgendwann auch mehr als nur Freunde werden könnten. Aber ich dachte, dass selbst im besten Fall erst noch sehr viele andere Dinge passieren müssten, bevor wir auch nur über Sex *reden*.«

Ich starre auf meine Pfannkuchen hinunter und habe plötzlich keinen Hunger mehr. Meine linke Hand tut weh und ich merke, dass ich die Gabel viel zu fest umklammert halte.

»Hey …« Seine Stimme wird sanfter, er streckt die Hand aus, hält dann aber inne. »Darf ich?«

Ich zögere und nicke dann. Er legt seine Hand auf meine und drückt leicht zu. Ein Stromschlag fährt durch meinen Körper, Tausende winziger Nadeln prickeln auf meiner Haut, aber nach dem ersten Schrecken verwandelt sich die Empfindung in etwas … beinahe Angenehmes. Warmes. Ich betrachte seine langen, blassen Finger, die auf meinen ruhen.

Wie soll ich denn bloß mit ihm schlafen, wenn schon die leiseste Berührung eine so unglaublich intensive Wirkung hat? Mache ich mir womöglich selbst etwas vor?

»Alvie? Atmen!«

Meine Lunge schmerzt. Ich stoße die verbrauchte Luft endlich aus und sauge frische ein. »Ja oder nein.«

Er muss nicht fragen, was ich meine.

Er lässt meine Hand los und beißt sich auf die Lippen. »Ich würde das gern richtig machen.«

Die Blasen auf meinem Kaffee drehen sich gemächlich im Kreis und bilden winzige Galaxien. »Was meinst du damit.«

Er strafft die Schultern. »Dir den Hof machen.«

Dir den Hof machen. Die Worte klingen schrullig und altmodisch. Sie beschwören das Bild von weiß gekleideten Damen mit Hut und Schirm herauf, und von Männern in Anzug und Krawatte, die einen Diener machen und ihnen in die Pferdekutsche helfen. Das meint er doch bestimmt nicht. »Bitte etwas genauer.«

»Na, so was wie jetzt. Mich mit dir unterhalten. Was zusammen unternehmen. Essen gehen oder ins Kino oder zum Minigolf. Alles Mögliche.«

Einen Moment lang ziehe ich das tatsächlich in Erwägung. Dabei müsste ich es besser wissen. »Das geht nicht.«

»Warum?«

Ich senke den Kopf. »Das kann ich nicht erklären.« Ich werde das mit dem Sex nur ein einziges Mal versuchen, das habe ich schon beschlossen. Es geht nicht darum, eine Beziehung anzufangen. Ich will es nur mal ausprobieren, mir selbst beweisen, dass ich es *kann*, und es mit Stanley zu versuchen erscheint mir sinnvoller als mit irgendeinem Fremden aus einem Dating-Forum. Stanley ist jung und männlich, statistisch gesehen also höchstwahrscheinlich an Sex interessiert.

Gestern Abend, bei meiner Faktenanalyse, erschien mir das Ganze als eine Win-win-Situation.

»Schau mich an«, sagt er.

Ich hebe den Kopf und sein Blick sucht den meinen. Meine Kopfhaut kribbelt und ein Schauer läuft mir den Rücken hinunter. Er mustert mich so eindringlich. Ich weiß nicht, was er da sieht oder zu sehen erwartet. Aber ich lasse es zu.

»Bitte ... sei ehrlich«, sagt er sanft. »Möchtest du das wirklich?«

Ich verstehe die Frage nicht. Das sollte doch wohl klar sein, oder? Schließlich bin ich diejenige, die gefragt hat. »Ich möchte das wirklich.«

Eine Zeit lang sagt er nichts. Ich weiß nicht, was er überlegt. Am Ende schließt er die Augen und holt einmal tief Luft. »Dann ... ja.«

Schwindel überkommt mich. *Ja.* Er hat Ja gesagt. Ich werde mit Stanley Finkel schlafen. Heute Abend.

»Willst du immer noch wissen, was mich antörnt?«, fragt er.

»Ich wüsste die Information zu schätzen, ja.« In Erinnerung an seine Reaktion füge ich hinzu: »Aber du *musst* es mir nicht sagen.«

Er kaut auf seiner Unterlippe herum. Das macht er schon die ganze Zeit. Wenn er nicht aufpasst, fängt es noch an zu bluten. »Wie wärs, wenn ich *eine* Frage beantworte?«

Ich überlege. »Ist gut. Nenn mir eine Sache, die dir gefällt. Irgendetwas, das du attraktiv findest.«

»An dir oder ...«

»Egal.«

»Ich, also …« Er fummelt mit seinem Besteck herum. »MirgefälltdieStrumpfhosedieduanhast.«

Er sprudelt die Worte so hastig hervor, dass ich kurz überlegen muss, um sie zu entwirren. »Meine Strumpfhose.« Stirnrunzelnd schaue ich auf sie hinunter: Schwarz-weiß geringelt und etwas zu groß, sodass sie an den Knöcheln Falten wirft. Im linken Knie ist ein Loch. Die hätte ich nie für sexy gehalten. »Wirklich.«

»Ich finde sie einfach süß.«

Ich nicke. »Wenn das so ist, behalte ich sie an.«

Er wird wieder rot, verschränkt die Arme vor der Brust und umklammert so fest seinen Bizeps, dass die Haut um seine Fingernägel ganz weiß wird. »Die Sache ist die, dass ich … dass ich noch …«

Ich warte.

»Ach, egal.« Er lächelt, ein kurzes Straffen der Gesichtsmuskulatur. »Kommt jetzt nicht der Teil, wo ich fragen muss *bei dir oder bei mir?*«

Über das *Wo* habe ich mir tatsächlich noch keine Gedanken gemacht.

Ich stelle mir meine Wohnung vor: die Klamottenberge auf dem Boden, die kahlen Wände und der verschlissene Teppich, der fast leere Kühlschrank mit dem Schimmelklumpen, der einst ein Schinken-Sandwich war und den ich nur deshalb noch nicht weggeworfen habe, weil ich ihn nicht anfassen will. Ich beschließe, dass wir auf keinen Fall zu mir gehen. Aber die Vorstellung, zu ihm nach Hause zu gehen, ist fast noch beklemmender, wie ein Auslandsbesuch, bei dem man weder die Sitten noch die Sprache kennt. »Keins von beiden.«

»Wohin dann?«

»In der Nähe gibt es ein Motel. Ich kann uns hinfahren.«

»Wie so ein richtiger One-Night-Stand, was?«

»Keine Ahnung«, sage ich. »Ich weiß nicht, wie One-Night-Stands üblicherweise ablaufen. Aber ich glaube, in einem Motel klappt es besser.«

Er senkt den Blick. »Wie du meinst.«

Ich überlege, was er vorhin sagen wollte, als er sich unterbrochen hat. Ob ich nachfragen soll? Andererseits, wenn er sich nicht die Mühe gemacht hat, den Satz zu beenden, wird er wohl nicht so wichtig gewesen sein.

10. KAPITEL

Letzte Nacht habe ich mir, in Vorbereitung auf das Treffen mit Stanley, ungefähr zehn Gigabyte Pornografie heruntergeladen. Die biologischen Aspekte des Sex sind mir bekannt, nicht aber die Technik, die verschiedenen Positionen und Winkel.

In so hoher Dosierung werden Hardcore-Pornos schnell langweilig. Wenn man den Dialog überspringt und die Musik abschaltet, sieht man eigentlich die ganze Zeit nur verschwitzten Fremden dabei zu, wie sie endlos pumpen und stoßen und lutschen. Das kriegt dann schnell etwas Mechanisches.

Immerhin habe ich beim Zuschauen gelernt, dass man – genügend Gleitmittel vorausgesetzt – fast alles fast überall reinstecken kann und dass einige Frauen es offenbar schön finden, sich von einem Mann in Uniform den Hintern versohlen zu lassen. Trotzdem hatte ich hinterher nicht das Gefühl, sehr viel schlauer zu sein als vorher.

Die Tapete im Motelzimmer ist mit blauen Nelken bedruckt, immer zwei oder drei zusammen. Zwei-drei. Im alten China wurde einigen Zahlen eine sexuelle Bedeutung zugeschrieben.

Primzahlen waren grundsätzlich männlich, und die 23 galt als besonders potent, weil sie die Summe aus drei aufeinanderfolgenden Primzahlen ist. Mein Alter, siebzehn, ist auch eine Primzahl und gleichzeitig die Summe der ersten vier Primzahlen.

»Alvie?«

Mein Blick zuckt zu Stanley. Er sitzt auf der Bettkante und fummelt an seiner Krücke herum. Er räuspert sich. »Ich, äh, weiß nicht genau, wie ich das machen soll, ohne dich zu berühren. Ich meine, ich gebe mir natürlich Mühe, ich lasse die Hände einfach auf der Matratze liegen, aber ...«

»Falls es aus Versehen mal passiert, komme ich schon damit klar.« Ich vertraue darauf, dass er es nicht mit Absicht tun wird, ein Vertrauen, dass ich nur den wenigsten Leuten entgegenbringen würde. »Pass einfach auf.«

»Mach ich.« Seine Stimme wird sanfter. »Ich verspreche es.«

Er ist immer noch vollständig angezogen. Vielleicht wartet er darauf, dass ich anfange.

Ich mache Anstalten, mein T-Shirt auszuziehen.

»Warte«, sagt er. Ich halte inne.

Röte kriecht in seine Wangen. »Normalerweise küsst man sich erst, bevor man sich auszieht.«

Ich lege den Kopf schief. »Du willst mich küssen.«

Seine Röte vertieft sich. »Ich, äh ... war das eine Frage?«

»Ja.«

»Entschuldige, das weiß man bei dir manchmal nicht so genau.« Pause. »Möchtest *du* denn?«

Ich denke kurz darüber nach. Wenn Leute sich im Fernsehen küssen, sieht es immer so aus, als wollten sie sich gegenseitig verschlingen, und dabei machen sie auch noch so schmatzende, schlürfende Geräusche, bei denen ich immer an diese Saugglocke für verstopfte Toiletten denken muss. »Mir reicht es, wenn wir uns einfach nur ausziehen.«

Er rutscht nervös herum. »Vielleicht sollten wir die Heizung etwas höher drehen. Ist ganz schön kalt hier drin …«

Ich ziehe mein T-Shirt über den Kopf. Stanley hält die Bettkante umklammert, als könnte er jeden Moment runterfallen.

Meine Hände zittern ein bisschen, als ich den Verschluss an meinem BH öffne und ihn auf den Boden fallen lasse. Stanleys Pupillen vergrößern sich, und als er schluckt, hüpft sein Adamsapfel auf und ab. »Wow.« Seine Stimme klingt weich und atemlos. Keine Ahnung, was er so toll findet. Das sind schließlich nur Brüste. Alle Mädchen haben so was.

»Ziemlich klein«, merke ich an.

Er blinzelt. »Häh?«

»Meine Titten.«

»Sind sie nicht. Also, klein, meine ich.«

Ich schaue an mir hinunter. »Das ist eine Tatsache.«

»Nein, sie sind genau richtig. Aber es ist schon …«, er kichert nervös, »… ziemlich schräg, das Wort *Titten* aus deinem Mund zu hören. So ähnlich, als würde Mr Spock plötzlich *Wichser* oder so was sagen.«

Ich zucke die Achseln.

»Sie sind wunderschön.« Seine Stimme wird ganz weich. »Du bist wunderschön.«

Seine Worte machen mich verlegen und ich fühle mich plötzlich auf eine Weise nackt, wie ich es vorher, auch ohne BH, nicht empfunden habe. So etwas sollte er nicht sagen.

Die Luft im Zimmer ist kalt. Ich bekomme eine Gänsehaut und mein Atem geht keuchend, obwohl ich versuche, ihn zu kontrollieren. Ich kann nicht sagen, ob ich wirklich erregt bin, aber ich bin mir meines Körpers sehr bewusst, sogar noch mehr als sonst. Ich spüre den rauen Teppich unter meinen Füßen, das Gewicht meiner Knochen und das Flüstern des Blutes, das durch meinen Körper rauscht. Mein Atem beschleunigt sich weiter und in meiner Brust baut sich Druck auf. Meine Hände zittern immer noch. Ob ich Angst habe?

Die technische Seite macht mir keine Sorgen, die ist ziemlich simpel. Ich habe gestern Abend schon mal mit den Fingern gefühlt und es hat zwar ein bisschen gepikt, aber der Schmerz war keinesfalls schlimmer, als wenn man sich nachts auf dem Weg ins Bad irgendwo stößt. Nein, ich habe eher Angst, dass ich irgendetwas sage oder tue, womit ich alles kaputt mache, und dass er mich dann angewidert stehen lässt. Oder dass ich in Panik gerate.

Aber es gibt jetzt kein Zurück. Jetzt nicht mehr.

Und so bleibe ich dort stehen, von der Hüfte aufwärts nackt, und sage:»Zieh dich aus.«

Er fingert am obersten Knopf seines T-Shirts herum. Dann greift er nach der Lampenschnur, um das Licht zu löschen.

»Nicht«, sage ich.

Er erstarrt.

»Ich muss sehen, was ich tue.«

Seine Halsmuskeln bewegen sich, als er schluckt. »Okay.«

Unsicherheit erfasst mich wieder, das Netzwerk von Drähten und Schnüren in meinem Körper spannt sich an, und ich frage mich – zum wiederholten Mal –, ob er das alles auch wirklich will. Vielleicht hat er es sich ja inzwischen anders überlegt. Vielleicht ist er von meiner knabenhaften Brust oder meinen knochigen Schultern enttäuscht. Ich habe noch nie viel über meinen Körper nachgedacht und ob man ihn attraktiv finden kann, aber objektiv betrachtet bietet er nicht viel von Interesse.

Dann fällt mein Blick auf seine Hose und ich sehe, wie sie sich von innen ausbeult.

Ein paar Sekunden lang starre ich einfach bloß hin. Ein Schauer durchläuft mich. Keine Angst. Erregung.

Das ist der Beweis. Er macht das hier nicht bloß aus Mitleid oder Höflichkeit. Er will es wirklich. Er will *mich*.

Mein Atem wird plötzlich sehr laut und unregelmäßig.

Ich merke, wie er meine Brüste anstarrt. Er merkt, dass ich es merke, und schaut weg. »Du willst sie anfassen«, sage ich.

»Ja.« Seine Stimme ist heiser und gepresst, als hätte er Halsschmerzen.

Mir schwirrt der Kopf und mir ist plötzlich sehr warm. »Mach.«

»Bist du sicher?«

Ich nicke.

Er schluckt wieder mühsam, streckt die Arme aus und lässt sie wieder sinken. Holt tief Luft und hebt sie erneut.

Die erste Berührung ist so, als würde man an einem heißen Sommertag in eisiges Wasser springen. Einen Moment lang ist es unerträglich, dann lässt der Schock allmählich nach und ich lasse mich treiben. Mit angehaltenem Atem sehe ich zu, wie er mit den Fingerspitzen über meine Brüste streicht. Er lässt den Daumen über eine Brustwarze gleiten, beschreibt dann einen langsamen Kreis und tief in mir drin spüre ich ein angenehmes Flattern.

Ich verliere das Gleichgewicht, um mich herum dreht sich alles. Meine Nerven sind jetzt schon überreizt. Ich muss mich zurückziehen.

Ich packe seine Handgelenke und schiebe sie weg. Er verkrampft seine Hände in die Bettdecke. Ich schließe die Augen, atme langsam ein und aus und gewinne allmählich die Kontrolle zurück. Die Welt ringsherum kommt zur Ruhe, und ich mache die Augen wieder auf.

»Leg dich hin«, sage ich. »Auf den Rücken.«

Er streckt sich auf dem Bett aus und bleibt dann stocksteif liegen, die Arme an die Seiten gepresst, die Beine dicht nebeneinander. Ich lege meine Hand auf seinen Schritt.

Seine Hüfte zuckt hoch, er öffnet den Mund und sein Blick wird weich und glasig. »Scheiße noch mal«, stößt er hervor und beißt sich dann auf die Lippen. »Entschuldige.«

Ich nehme die Hand weg. »Hat das wehgetan.«

»Nein. Kam nur so überraschend. Es … hat sich gut angefühlt.«

Ich löse den obersten Knopf an seinem Hemd. Sofort verspannt er sich und hebt die Arme. »Hände aufs Bett«, befehle ich. Er lässt die geballten Fäuste aufs Laken sinken. Ich öffne einen weiteren Knopf.

»Warte«, presst er hervor. »Ich habe kein Kondom dabei.«

»Aber ich.« Ich krame in der Tasche meines Kapuzenpullis, der über einem Stuhl hängt, und ziehe das in Folie eingeschweißte Päckchen hervor, das ich vorhin im Drogeriemarkt gekauft habe. »Du hast keine Latexallergie, oder.«

Er schüttelt den Kopf.

»Gut.« Ich lege das Päckchen aufs Bett und öffne den nächsten Knopf.

»N… nicht so schnell. Lass uns nichts überstürzen.«

Ich halte inne. »Stimmt etwas nicht?«, frage ich.

Die Muskeln in seinem Gesicht arbeiten. »Nein.«

Ich warte einen Moment. Mache ich irgendetwas falsch? Dann berühre ich leicht seinen Oberschenkel, streiche mit den Fingerspitzen über den Schieber an seinem Reißverschluss und ziehe ihn ein Stück nach unten. Stanley liegt ganz still. Ich ziehe den Schieber noch weiter runter und unwillkürlich schließt er die Augen. Ein dünner Schweißfilm glänzt auf seiner Stirn.

Wenn ich jetzt richtig anfange, weiß ich nicht, was passieren wird. Ich weiß nicht mal, was passieren *sollte*.

Meine Stimme zittert ein bisschen, trotz aller Bemühung, sie ruhig zu halten, als ich sage: »Ich habe das noch nie gemacht, deshalb musst du mir sagen, wenn ich irgendetwas falsch mache.«

Er reißt die Augen auf. »Was?«

Mir ist sofort klar, dass ich einen Fehler gemacht habe. Ich beiße mir auf die Zunge.

»Was hast du gesagt?«, fragt er.

»Nichts.« Ich will den Reißverschluss noch weiter öffnen, aber er packt mich am Handgelenk. Ich zucke zurück.

Er lässt mich los, richtet sich aber auf und schaut mir in die Augen. »Du bist noch Jungfrau?«

»Das tut doch nichts zur Sache.«

»Bitte, sags mir.«

Ich weiß nicht, was passiert, wenn ich ihm die Wahrheit sage, aber lügen kann ich auch nicht. Konnte ich noch nie gut. Also sage ich gar nichts.

Er legt das Gesicht in die Hände. »Oh mein Gott«, flüstert er.

Ich warte ein paar Sekunden, aber es kommt nichts mehr. Meine Brust verengt sich. »Soll ich weitermachen«, frage ich.

Er lässt die Hände sinken. »Entschuldige, aber ich kann das nicht. Ich dachte ... Also, im Park, als du mir den Vorschlag gemacht hast ... da habe ich natürlich angenommen, dass das nicht dein erstes Mal ist.«

Jetzt ist meine Brust nicht mehr eng, nur noch leer. Gefühllos.

Fast bin ich erleichtert. Diese Welt ist mir vertraut, eine Welt, wo mir die Tür zu normalen sozialen Kontakten verschlossen ist. Der Grund ist letztlich egal. Wichtig ist nur, dass es vorbei ist. Ich wende mich ab.

Er sagt meinen Namen, aber ich sehe ihn nicht an. Ich hebe meinen BH vom Boden auf und ziehe ihn wieder an.

Er steht auf und streckt die Hand nach mir aus. »Warte. Was hast du vor?«

Ich weiche einen Schritt zurück. »Ist schon gut. Ich gehe.«

Ich bücke mich nach meinem T-Shirt. Mein Körper fühlt sich plötzlich ganz steif an und jede Bewegung tut weh, aber ich ziehe das T-Shirt trotzdem an. Mir ist schwindelig. Ich muss hier raus. Ich muss nach Hause, in die Wanne steigen und mich in meine Decken wickeln.

Stanley sagt wieder meinen Namen, lauter diesmal, aber seine Stimme klingt gedämpft, wie durch eine meterdicke Wasserschicht.

Ich gehe zur Tür. Er stellt sich mir in den Weg. Die halb geöffnete Hose rutscht ihm von den Hüften und er zieht sie hastig wieder hoch. »Hör mir doch mal zu. Bitte! Wenn ich auch nur geahnt hätte, dass das dein erstes Mal ist ...«

»Ich verstehe nicht, was das für eine Rolle spielt.«

»Natürlich spielt das eine Rolle! Für wen hältst du mich denn? Glaubst du wirklich, ich würde einfach ...« Er unterbricht sich und wird rot. »Ich hätte es dir *doch* sagen sollen.«

»Was hättest du mir sagen sollen?«

Er presst die Kiefer aufeinander. Die Röte auf seinem Gesicht wird dunkler. »Für mich ist es auch das erste Mal.«

Ich starre ihn an. Irgendwie bin ich überhaupt nicht auf die Idee gekommen, er könnte genauso unerfahren sein wie ich. Zum einen ist er älter. Und er ist zwar ein bisschen introvertiert, aber garantiert kein Autist. Dafür redet er viel zu flüssig, zu mühelos. Plötzlich weiß ich nicht mehr, was ich denken oder wie ich reagieren soll. Bisher habe ich noch keine Sekunde darüber nachgedacht, was die ganze Sache für ihn bedeuten könnte. Ich war einfach davon ausgegangen, dass er die Gelegenheit sicher gern nutzen würde, sofern er mich nicht allzu unattraktiv fand.

»Du bist noch Jungfrau«, sage ich, obwohl das ja nun schon klar geworden ist.

Er wendet den Blick ab. »Ganz schön peinlich, ich weiß.«

Ich mustere eingehend sein Gesicht, in der Hoffnung, irgendetwas darin lesen zu können. »Warum.«

»Warum ich noch nie Sex hatte oder ...?«

»Nein. Warum dir das peinlich ist. Du bist doch erst neunzehn.«

Er seufzt. »Du weißt doch, wie das ist. Männer sollen halt

keine Jungfrauen sein. Wer seine Jungfräulichkeit nicht spätestens zwei Minuten nach Eintritt in die Pubertät verliert, mit dem stimmt irgendwas nicht.«

»Das ist doch absurd«, sage ich. »Mit dir ist eindeutig alles in Ordnung. Du bist völlig normal.«

Er lacht. Es klingt seltsam – leer und freudlos. »Na klar, völlig normal«, sagt er leise, wie zu sich selbst.

»Ja. Oder etwa nicht.«

Er ignoriert die Frage und legt mir die Hand auf den Arm. Ich zucke zusammen und er nimmt sie hastig weg. Mit verschränkten Armen betrachte ich das Muster im Teppich. Einen Moment lang rührt sich keiner von uns beiden.

»Komm, setz dich zu mir«, sagt er. »Bitte.«

Ich zerre an meinem Zopf. »Aber vorsichtig. Nicht anfassen, meine ich.«

»Ist gut.«

Wir setzen uns nebeneinander auf die Bettkante. Ich weiß nicht, wie es jetzt weitergehen soll. Die Sache ist völlig schiefgelaufen und ich habe mir auch keinen Plan B überlegt, außer einfach nach Hause zu gehen. All das ist unbekanntes Terrain.

»Tust du mir einen Gefallen?«, fragt er ruhig.

Ich will schlucken, aber mein Mund ist ganz trocken. »Was denn.«

»Klingt sicher merkwürdig, aber schau mich einfach mal eine Minute lang an. Und sag mir, was du siehst.«

Ich schaue.

Sein Haar ist ein bisschen zerzaust und sein Kragen sitzt schief, aber ansonsten sieht er aus wie immer. Wir sind uns sehr nahe; nahe genug, um die feine Struktur in seiner Iris zu sehen, wie geäderter Marmor. Im schwachen Licht der Lampe sind seine Pupillen weit geöffnet.

Der Blickkontakt ist viel zu intim, aber ich zwinge mich, seinem Blick standzuhalten

»Ich sehe dich«, sage ich. »Ich sehe Stanley Finkel.«

Er schlägt die Augen nieder. Anscheinend ist das nicht die Antwort, auf die er gehofft hat, aber ich weiß nicht, was ich sonst sagen soll.

Es ist fast schon Mitternacht, als wir schließlich das Motel verlassen. Ich fahre ihn zu der Stelle zurück, wo er sein Auto geparkt hat, und halte daneben an, mit laufendem Motor. Das grünliche Licht der Armaturenbeleuchtung erhellt sein Gesicht. »Ich möchte dich wiedersehen«, sagt er.

Damit ist offensichtlich nicht unser Online-Chat gemeint. Meine Hände krallen sich ums Lenkrad. »Das geht nicht.«

»Nie mehr?«

Ich schließe die Augen. »Glaub mir, es ist besser, wenn wir einfach beim Chatten bleiben.«

»Das verstehe ich nicht. Wenn ich irgendwas Falsches gesagt oder getan habe …«

»Mit dir hat das nichts zu tun.«

»Womit dann?«, flüstert er.

Er wird nicht aufgeben, das wird mir jetzt klar. Selbst wenn wir uns weiter auf Google Chat unterhalten, wird es nicht mehr dasselbe sein. Das Ganze war ein Fehler.

»Hör zu«, fährt er fort. »Ich weiß, dass du glaubst, dass du … anders bist. Und ich weiß, dass du dich deshalb erst nicht mit mir treffen wolltest. Aber mir ist das egal.«

Meine Atmung beschränkt sich wieder auf einen winzigen

Hohlraum in meiner Brust. Alles in mir drin ist heiß und eng. Im Kopf höre ich das Knirschen meiner zusammengebissenen Backenzähne und ich presse die Worte zwischen ihnen hindurch. »Du hast doch keinen verfluchten Schimmer, wie anders ich bin.«

Leichter Nieselregen trippelt aufs Autodach, sonst ist alles still. Kleine Tropfen laufen die Windschutzscheibe hinunter, ihr Schatten rollt ihm über die Wangen.

»Ich bin morgen im Park«, sagt er. »Zur gewohnten Zeit.«

Ich gebe keine Antwort. Ich warte, bis er aus meinem Wagen aus- und in seinen eingestiegen ist. Dann fahre ich los. Aus der Gruft ertönt ein dunkles Grollen und ich erschauere. Ich will sie nie wieder öffnen.

Dort drin ist es entsetzlich und dunkel und sie ist erfüllt von tosendem Wasser.

11. KAPITEL

Dämmerlicht kriecht durch die Vorhänge und breitet sich auf den Wänden aus. Ich sehe auf die Uhr. 6 Uhr 17. Ich habe nicht geschlafen.

Ich liege auf meiner Matratze, das schweißnasse T-Shirt klebt mir auf der Haut. Ich setze mich auf und pelle mich aus der feuchten Baumwolle. Mit zitternden Fingern greife ich nach meinem Zauberwürfel und drehe daran herum.

Immer wieder gehe ich den gestrigen Abend in allen Einzelheiten noch mal durch. Der Gedanke an Stanley ist wie ein ständiger Juckreiz. Winzige Partikel von ihm fließen durch meine Adern, mein Gehirn. Sobald ich die Augen schließe, sehe ich ihn vor mir, in der Dunkelheit hinter meinen Lidern.

Obwohl ich nicht mal Sex mit ihm hatte, ist er doch irgendwie in mich eingedrungen.

Wie konnte ich nur so dumm sein? Wie konnte ich nur glauben, ein Treffen mit ihm würde für mich ohne Folgen bleiben? Ich habe jede einzelne Regel in meinem persönlichen Gesetzbuch gebrochen und jetzt zahle ich den Preis dafür.

Ich schiebe den Gedanken beiseite, quäle mich aus dem Bett und schlurfe ins Bad, um mir kaltes Wasser ins Gesicht zu spritzen. Es wird Zeit, sich für die Arbeit fertig zu machen.

»Hey!«

Ich fahre herum, die Augen zusammengekniffen. Ich bin gerade damit fertig, den Gibbonkäfig auszumisten. Toby steht hinter mir, auf seinen Besen gestützt, und seine Kiefer mahlen auf einem knallvioletten Klumpen herum.

»Während der Arbeitszeit ist Kaugummikauen verboten«, sage ich.

Er lächelt überheblich. »Und, gehst du jetzt petzen?«

Vielleicht hält er das ja für cool. Vielleicht ist das sogar ein reichlich kindischer Versuch, mit mir zu flirten, wie ein kleiner Junge, der ein Mädchen an den Zöpfen zieht. Aber ich finde das nicht lustig. »Tu's weg«, sage ich zu ihm.

Er spuckt das Kaugummi in seine Hand und klebt es an die Unterseite des Trinkbeckens.

Ich bin kurz davor, ihm den Eimer mit Affenkot und faulenden Früchten über den Kopf zu kippen. Ich würde natürlich gefeuert, aber das wäre es fast schon wert. »Wolltest du mir irgendetwas mitteilen«, frage ich.

Er schiebt den Schirm seines khakifarbenenen Käppis nach oben und grinst mich hasenzahnig an. »Miss Nell will dich sprechen.«

Wenn Miss Nell mich sprechen möchte, bedeutet das meist nichts Gutes. Es wäre natürlich auch möglich, dass sie mich befördern will. Möglich, aber nicht sehr wahrscheinlich.

Ich trete in ihr Büro und setze mich. Sie mustert mich

stirnrunzelnd. »Bist du krank? Du siehst aus wie das Leiden Christi.«

Ich rutsche auf meinem Stuhl herum. Den Ausdruck hat sie schon öfter benutzt. Er bedeutet, dass ich schlecht aussehe, auch wenn ich nicht weiß, was Christus damit zu tun haben soll. »Ich habe schlecht geschlafen, das ist alles.«

Sie tippt mit einem ihrer spitzen, giftig rosa Fingernägel auf den Tisch und verfällt dann in diesen belehrenden Tonfall, der mir anzeigt, dass ich noch eine Weile hier sein werde. »Wie du weißt, bin ich dabei, mir hier ein seriöses Unternehmen aufzubauen. Alle haben mich für verrückt erklärt, als ich gesagt habe, dass ich mit diesem lausigen kleinen Tierpark Gewinn machen will. *Mit einem Tierpark kann man heute kein Geld mehr verdienen,* haben sie gesagt. Ich habe ihnen das Gegenteil bewiesen. Ich habe den Laden hier gekauft, als er kurz vor der Pleite stand, habe ihm einen frischen Anstrich und ein paar neue Tiere verpasst, ein paar Anzeigen geschaltet, mir auch selber mal die Hände schmutzig gemacht, und jetzt schreibt der Hickory Tierpark erstmals seit Jahren wieder schwarze Zahlen. Seit *Jahrzehnten.* Und weißt du, wie ich das geschafft habe?«

Sie hat es mir eben in allen Einzelheiten geschildert, aber inzwischen kenne ich dieses Spiel. »Nein«, sage ich.

»In einem Wort: mit Renommee. Ein guter Ruf ist alles. Glaubst du etwa, die Leute kämen her, um sich die Tiere anzusehen?«

»Ja. Ich meine, nein.«

»Wer Tiere sehen will, kann das auch zu Hause tun, noch dazu in HD-Qualität, dazu muss er bloß irgendeine blöde

Tier-Doku einschalten. Außerdem machen die Tiere im Fernsehen viel interessantere Sachen. Hier hocken sie bloß rum und zupfen sich die Flöhe aus ihren haarigen Eiern. Glaubst du wirklich, das will irgendwer sehen?«

Ich überlege kurz, ob ich sie darauf hinweisen soll, dass die meisten Tiere hier gar nicht über den frei beweglichen Daumen verfügen, den man für derlei Aktivitäten braucht, lasse es dann aber bleiben.

Sie fährt fort: »Unsere Besucher kommen her, weil sie das *Erlebnis* suchen. Das ganze Rundum-sorglos-Paket. Wir stehen in Konkurrenz zu Kinos, Sportveranstaltungen und jedem anderen Mist, den man so am Wochenende unternehmen kann, und das bedeutet, dass wir *liefern* müssen. Wenn unsere Besucher hier Mitarbeitern begegnen, die wie ein Haufen Scheiße aussehen, beeinträchtigt das ihr Erlebnis.«

Erschöpfung senkt sich auf mich herab und drückt mich zu Boden. Miss Nell redet immer weiter, aber die Worte gehen durch mich hindurch, ohne eine Spur zu hinterlassen. Mein Blickfeld verzerrt sich und alles um mich herum verschwimmt.

Irgendwann merke ich, dass Miss Nell meinen Namen ruft. Ihre Stimme wird immer langsamer, als würde jemand eine Schallplatte mit halber Geschwindigkeit abspielen: *Alviiiie …* *Aaaaalviiie.* Ich sehe, wie die Worte durch die Luft schweben, schwach schimmernd, als wären sie mit silberner Farbe geschrieben. Mein Blick folgt ihnen mit distanziertem Interesse.

»Hey!« Sie schnipst mit den Fingern.

Schlagartig wird meine Sicht wieder klar. »Was.«

Ihre Stirn liegt in Falten, aber die äußeren Enden ihrer Augenbrauen zeigen nach unten. Normalerweise heißt das, dass jemand besorgt ist, nicht wütend. »Und du bist wirklich nicht krank?«

Ich schüttele den Kopf. »Nur müde.« Und mit den Gedanken woanders.

Plötzlich stößt Duke, der Papagei, in seiner Ecke ein lautes Krächzen aus und ich falle vor Schreck fast vom Stuhl.

Die Falten auf der Stirn von Miss Nell werden tiefer. »Vielleicht solltest du heute mal früher Feierabend machen. Dich ein bisschen ausruhen.«

Ich öffne schon den Mund, um zu protestieren – hier finde ich mehr Ruhe als zu Hause –, erkenne aber die Sinnlosigkeit meines Einwands. Also klappe ich den Mund wieder zu, nicke folgsam und stemme mich auf die Füße.

Zu Hause setze ich mich ins Wohnzimmer und spiele mit meinem Zauberwürfel herum. Mit geschlossenen Augen konzentriere ich mich auf das glatte kühle Plastik unter meinen Fingerspitzen. Wenn die Sache mit Stanley doch auch so einfach wäre: Ich muss es nur irgendwie schaffen, nicht mehr an ihn zu denken, und schon sind alle meine Probleme gelöst.

Ich klappe meinen Laptop auf und tippe *obsessive gedanken abstellen* in die Suchmaschine ein. Ich scrolle mich durch die Ergebnisse und klicke auf einige Links. Ich gebe weitere Suchbegriffe ein. Das schnellfeuerartige Klackern der Tasten durchbricht die Stille; ein beruhigendes Geräusch. Mein Blick bleibt an einem Namen hängen.

Elontril. Ein Antidepressivum, das auch zur Suchtbehandlung eingesetzt wird. Wenn man sich zu sehr zu jemandem hingezogen fühlt, ist das schließlich auch eine Form der Sucht. Es aktiviert die gleichen Zentren im Gehirn wie Kokain.

Ich zögere. Fühle ich mich wirklich zu ihm hingezogen? Ich weiß noch, dass ich enttäuscht war, als er sich nicht von mir ausziehen lassen wollte. Und ich fand es schön, ihn zu berühren. Vielleicht bin ich ja doch in der Lage, Begehren zu empfinden – und jetzt will ich dem selbst ein Ende setzen. Welch Ironie.

Normalerweise nehme ich keine verschreibungspflichtigen Medikamente, aber Pillen schlucken ist mir immer noch lieber, als zum Arzt zu gehen. Man kann solche Mittel auch online bestellen, aber das ist meist nicht so ganz legal, deshalb gehe ich das Risiko lieber nicht ein.

Wieder kommt mir der Gedanke, Dr. Bernhardt anzurufen und um Hilfe zu bitten. Das gefällt mir zwar nicht, aber ich bin inzwischen verzweifelt genug, um fast alles zu versuchen.

Ich gehe meine Kontaktliste in meinem Handy durch, die nur ihn, Miss Nell, Stanley – mein Blick bleibt kurz an ihm hängen – und einen alter Arbeitgeber umfasst, dessen Nummer ich aus Faulheit noch nicht gelöscht habe. Ich wähle Dr. Bernhardt aus und rufe ihn an.

Beim zweiten Klingeln nimmt er ab. »Alvie?« Er klingt ziemlich überrascht. Ich habe ihn tatsächlich noch nie auf seinem Handy angerufen.

Im Hintergrund fragt eine Männerstimme: »Wer ist das, Len?«

»Einen Moment«, murmelt Dr. Bernhardt. Ich höre Schritte, dann fragt er: »Ist alles in Ordnung?«

»Ich wollte Sie um einen Gefallen bitten.«

»Äh … klar. Schieß los.«

»Ich brauche *Elontril*.«

Pause. »Du weißt aber schon, dass ich kein Arzt bin, oder? Meinen Doktor habe ich in Soziologie gemacht.«

»Das weiß ich.« Schon jetzt zeichnet sich ab, dass die Idee wohl ziemlich blöde war. »Ich dachte nur … vielleicht kennen Sie jemanden, der ein paar Muster davon rumliegen hat, oder …«

»Bisher hast du es immer kategorisch abgelehnt, wieder auf Medikamente oder sonst irgendeine Form der Unterstützung zurückzugreifen. Woher nun dieser Sinneswandel? Und warum ausgerechnet *Elontril*?«

Ich presse die Kiefer aufeinander. Wenn er mir helfen soll, muss ich ihm irgendeine Art von Erklärung liefern. »Das wird doch auch Leuten verschrieben, die mit dem Rauchen aufhören wollen oder computersüchtig sind.«

»Hast du denn mit dem Rauchen angefangen, oder bist du computersüchtig?«

»Weder noch.« Vielleicht hätte ich einfach eins von beiden bestätigen sollen, aber ich kann nicht gut lügen. »Ich bin nach etwas anderem süchtig.«

»Und wonach?«

Ich verlagere mein Gewicht auf dem Sofa. »Ist doch egal. Jedenfalls nichts Illegales.«

»Das ist überhaupt nicht egal, denn selbst wenn ich dir ein Rezept ausstellen könnte, was ich nicht kann, wäre es unverantwortlich von mir, diese Tabletten einfach wie Bonbons auszugeben, ohne überhaupt zu wissen, wofür du sie brauchst. Also, wonach bist du auf einmal süchtig?«

»Nach einer Person«, murmele ich.

»Nach einer Person«, wiederholt er.

»Ich muss ständig an jemanden denken. An jemanden, den ich vor Kurzem kennengelernt habe.«

Nach ein paar Herzschlägen fragt er: »Und mit diesem Jemand ist irgendetwas Schlimmes passiert?«

»Nein. Eigentlich lief es sogar besser als erwartet.«

»Und warum willst du dann nicht mehr daran denken?«

»Weil ich eindeutige Anzeichen einer Obsession entwickele. Letzte Nacht habe ich *kein* Auge zugetan. Meine Reflexe sind völlig hinüber. Auf dem Weg zur Arbeit hätte ich fast einen Unfall gebaut. Wenn das so weitergeht, verliere ich noch meinen Job, und den will ich nicht verlieren. Ich arbeite gern mit Tieren, und …«

»Schon gut, Alvie. Alles ist gut, beruhige dich.«

Erst jetzt merke ich, dass ich am Schluss fast geschrien habe. Ich atme zitternd aus und sacke auf dem Sofa zusammen wie eine erschlaffte Marionette. »Tut mir leid.« Das war gar nicht gut. Ich rutsche ab, verliere die Kontrolle. »Ich lege jetzt besser auf.«

»Warte. Wenn du willst, kann ich einen Arzttermin für dich vereinbaren.«

»Lieber nicht.«

»Mehr kann ich leider nicht für dich tun.« Noch eine Pause. »Geht es um diesen Jungen, den du neulich beim Chatten kennengelernt hast?«

»Ist doch egal.« Meine Kehle schnürt sich zu. »Entschuldigen Sie die Störung.« Ich lege auf.

Ich hätte ihn nicht anrufen sollen. Warum habe ich das

getan? Wenn Dr. Bernhardt mich für labil hält, wird er der Richterin womöglich davon abraten, mich vorzeitig für rechtsmündig zu erklären. Vielleicht habe ich mir diese Chance jetzt vermasselt.

Ich versuche, noch ein bisschen zu schlafen, aber ohne Erfolg. Nach einer guten Stunde wälze ich mich schließlich aus dem Bett und streife mir meinen Kapuzenpulli über.

Es ist fast schon sechs. Stanley hat gesagt, dass er im Park auf mich wartet.

Ich könnte natürlich einfach nicht hingehen. Ich könnte mich im Chatroom abmelden, seine Mails ignorieren und mein ungefährliches einsames Leben wieder aufnehmen. Das wäre vermutlich klüger.

Aber ich kann nicht einfach so verschwinden. Nach all der Freundlichkeit, die er mir erwiesen hat, schulde ich ihm zumindest eine Erklärung.

Ich setze mir die Kapuze auf und laufe die Straße entlang, die Hände in den Taschen, und mein Atem bauscht sich in der Luft. Die Tage werden kürzer und kühler und der Sonnenuntergang taucht den Horizont in glühendes Rot. Ich atme tief ein, spüre das Prickeln der kalten Luft in meiner Lunge und lasse sie durch die Nase wieder entweichen.

Als ich im Park ankomme, ist er schon da, sitzt auf der Bank und trägt eine graue Fleece-Jacke. Mein Herz macht einen Sprung. Selbst aus dieser Entfernung kann ich sehen, dass er friert. Ich springe hinter einen Baum, presse meinen Rücken an die raue Rinde. Atme ganz tief ein. Gleich jetzt, heute Abend, werde ich ihm sagen, dass diese Sache aufhören muss. Was er sich wünscht, ist mehr, als ich geben kann.

Aber erst muss ich mich wieder unter Kontrolle bekommen, deshalb wende ich mich um und zwinge meine Beine, sich zu bewegen. Mit steifen, ruckartigen Schritten, wie bei einem Roboter, tragen meine Füße mich von ihm fort und auf die gegenüberliegende Straßenseite. Erschöpft lasse ich mich gegen eine Mauer sinken und schließe die Augen, während der Schweiß mir von der Stirn perlt. Meine Hände gleiten in die Hoodie-Tasche und finden den Zauberwürfel. Ich drehe an ihm herum und konzentriere mich auf die kühle, glatte Oberfläche.

Ein Schatten legt sich über mich und ich erstarre. Ich hebe den Blick und sehe einen Mann in Polizeiuniform. Ein Riese mit breiten, massigen Schultern und dichtem Schnauzbart. »Alles in Ordnung, Ma'am?«, fragt er und verhakt seine Daumen in den Gürtelschlaufen. Ich dachte immer, das machen nur die Polizisten im Fernsehen.

Ich weiche einen Schritt zurück und fange an, auf den Fußballen vor und zurück zu schaukeln, die Hände noch immer in der Hoodie-Tasche. Männer in Uniform machen mich nervös. Wenn normale Menschen mir lästig werden oder Fragen stellen, auf die ich keine Antwort weiß, kann ich sie einfach stehen lassen. Bei einem Polizisten geht das nicht, der kann mich im Zweifel sogar verhaften. »Alles gut«, murmele ich und mache einen weiteren Schritt zurück.

Seine buschigen Augenbrauen verdichten sich, und er runzelt die Stirn. »Darf ich fragen, was Sie hier tun?« Sein Tonfall ist anders geworden, härter. Er klingt misstrauisch.

»Ich stehe hier.«

»Das sehe ich. Ich frage Sie noch mal: Was tun Sie hier?«

Ich senke den Kopf und mein Atem beschleunigt sich. Ich weiß, dass ich alles nur noch schlimmer mache, wenn ich nervös werde und den Blickkontakt meide, als hätte ich irgendetwas zu verbergen. Aber ich kann nicht anders. »Nichts.« Ich spiele immer noch mit dem Zauberwürfel in meiner Tasche herum.

»Für mich sieht das aber anders aus.«

Ich suche verzweifelt nach einer Antwort, aber in meinem Kopf ist nur Rauschen. Meine Beine zucken und möchten am liebsten die Flucht ergreifen, aber wenn ich das tue, wird er mich verfolgen. »Ich verstehe nicht, warum Sie das fragen.« Meine Stimme bebt. »Warum können mich die Leute nicht einfach in Ruhe lassen.«

Er kommt einen Schritt näher und ich gehe wieder einen Schritt zurück. »Was haben Sie da in Ihrer Tasche?« Er streckt seine fleischige Hand aus. »Zeigen Sie mal her.«

Ich will nicht, dass er meinen Zauberwürfel anfasst. Ich mag es nicht, wenn andere Leute meine Sachen berühren. Schon bei der Vorstellung, wie er den Würfel in seinen Händen dreht und überall seine Abdrücke hinterlässt, ihn beschmutzt, kriege ich eine Gänsehaut. Vielleicht behält er ihn sogar ein. Ich ziehe die Schultern hoch. »Gehen Sie weg.«

Ganz langsam und deutlich sagt er: »Umdrehen und Hände an die Wand.«

Mir wird schlecht.

»Umdrehen und Hände an die Wand«, wiederholt er.

Als ich nicht gehorche, packt er meine Handgelenke, wirbelt mich herum und drückt meine Handflächen gegen die Wand. Ich versteife mich am ganzen Körper. Die Berührung durchzuckt mich wie ein elektrischer Schlag, fährt mir wie ein heißes

Schüreisen die Wirbelsäule hinunter. Seine Finger brennen auf meiner Haut. »Lassen Sie mich los.«

»Die Hände bleiben schön da, wo ich sie sehen kann ...«

Ich kann nicht verhindern, dass ich mich wehre. Ich trete ihn. Als er mich mit seinem ganzen Gewicht gegen die Wand presst, fange ich an zu schreien.

»Lassen Sie sie los!«

Es dauert einen Moment, bis ich Stanleys Stimme erkenne. So laut und energisch habe ich sie noch nie gehört.

Der Polizist fährt herum und blinzelt. »Verzeihung?«

»Ich sagte, Sie sollen sie loslassen!« Stanley drängt sich zwischen mich und den Polizisten und schirmt mich mit seinem Körper ab. Sein Gesicht ist gerötet und glänzt vor Schweiß, als er jetzt sein Handy hochhält. »Die Notrufnummer habe ich schon gewählt. Ich muss nur noch auf *Senden* drücken.«

Der Polizist mustert stirnrunzelnd seine Krücke. »Sie schätzen die Situation falsch ein«, sagt er. »Gehen Sie beiseite.«

»Ich sehe nicht tatenlos zu, wie Sie gewalttätig werden.«

»Ich werde nicht *gewalttätig*, verflucht noch mal, ich mache nur meinen Job.« Der Mann baut sich drohend vor Stanley auf. Er ist fast fünfzehn Zentimeter größer und mindestens fünfzig Kilo schwerer. »Zum letzten Mal: Stecken Sie Ihr Handy weg und machen Sie Platz. Sonst werde ich mal richtig unangenehm.« Stanley wird blass, aber er weicht nicht vom Fleck. Der Mann legt die Hand an den Gürtel.

»Warten Sie«, stoße ich hervor und schiebe eine Hand in die Tasche. Die Hand des Polizisten zuckt zu seiner Waffe. Im selben Moment ziehe ich den Zauberwürfel hervor.

Der Mann erstarrt und blinzelt ungläubig. Seine Miene wird ausdruckslos. Dann schiebt er die Waffe ins Halfter zurück. »Geben Sie mal her.«

Ich zögere. Widerstand würde die Sache nur noch schlimmer machen – für Stanley wie auch für mich –, also reiche ich ihm den Würfel. Er betrachtet und befingert ihn von allen Seiten, als handele es sich um irgendein mysteriöses, außerirdisches Objekt, dann gibt er ihn mir zurück. Sein Gesicht bleibt undurchdringlich, aber seine Wangen haben sich gerötet. Er räuspert sich. »Gut, hier liegt offenbar ein Missverständnis vor.« Er verschränkt die Arme. »Warum haben Sie mir den Würfel nicht einfach gleich gezeigt?«

Ich antworte nicht. Ich weiß nicht, was ich sagen soll.

Er runzelt die Stirn. »Ist sie behin… äh, kognitiv beeinträchtigt oder so?«

»Nein«, sagt Stanley.

»Was hat sie dann für ein Problem?«

»Sie machen ihr Angst.«

Der Mann funkelt erst Stanley wütend an, dann mich. Schließlich stößt er schnaubend die Luft aus. »Na gut, wie dem auch sei.« Kopfschüttelnd wendet er sich von uns ab, geht zu seinem Wagen und fährt davon. Ich drücke den Zauberwürfel an meine Brust.

Stanley streckt die Hand nach mir aus, zieht sie dann aber zurück. »Alles in Ordnung?«

»Ja.« Ich fühle mich noch etwas schwach und zittrig, aber das geht sicher bald vorbei. Es hätte schlimmer kommen können. Es *wäre* schlimmer gekommen, wenn Stanley nicht eingegriffen hätte. »Was ist mit dir.«

Er lächelt, aber sein Gesicht ist noch ziemlich blass. »Alles gut.«

»Du siehst aber nicht gut aus.«

»Ich lass mich nun mal nicht so gerne von großen, furchterregenden Typen anbrüllen.« Er wischt sich mit dem Ärmel über die Stirn und lehnt sich an die Wand. »Geht gleich wieder.«

Das ist alles meine Schuld. Eine dumpfe Hitze breitet sich auf meiner Stirn aus, sickert mir in die Ohren und über die Wangen.

Stanley schließt die Augen, holt tief Luft und stößt sie langsam wieder aus. »Wollen wir uns irgendwo hinsetzen?«

Ich zögere – nicke dann.

Wir gehen zu der Parkbank und setzen uns, dicht nebeneinander, aber ohne uns zu berühren.

»Das war ja wohl das Letzte«, sagt Stanley. »Ich meine, du hast doch überhaupt nichts *gemacht*. Du hast einfach nur dagestanden.«

Ich zucke die Achseln. »Ich wirke halt irgendwie verdächtig. Das ist nun mal so. Es gibt viele Leute, denen das ständig passiert.«

»Deshalb ist es noch lange nicht in Ordnung.«

Ich mustere ihn aus dem Augenwinkel. Er hat sich schützend vor mich gestellt. Und dabei einiges riskiert. Das hätten nicht viele getan. »Ich danke dir«, sage ich, aber die Worte kommen mir fremd und ungeschickt vor.

»Gern geschehen.«

Eine Zeit lang sind wir beide still. Ich kann Stanleys Gesichtsausdruck nicht deuten, aber seine Finger halten die Krücke so fest umklammert, dass seine Knöchel fast weiß sind. Ich wende den Blick ab und mein Hals ist plötzlich wie zugeschnürt.

»Sieh mich an«, flüstert er. »Bitte.«

In der Dämmerung wirken seine Augen ganz hell, fast schon als würden sie leuchten. Als würden sie das schwache Licht in sich aufsaugen und dann zurückwerfen, wie Katzenaugen. Ihr bläulich schimmerndes Weiß scheint von innen zu leuchten.

»Ich verstehe das alles sehr gut«, sagt er. »Warum du Angst hast. Diese ganze Sache mit den zwischenmenschlichen Kontakten fällt mir auch nicht gerade leicht.«

Er glaubt mich zu verstehen, aber das kann er gar nicht. Es steckt noch so viel mehr dahinter. So viel mehr, dass ich gar nicht wüsste, wo ich anfangen soll.

Ich drehe wieder an meinem Zauberwürfel herum, lasse die verschiedenen Ebenen rotieren, aber ich suche keine Lösung, sondern zerlege die Reihen in einzelne Quadrate, verquirle sie zu einer Masse wild gemischter Farben.

»Diese Zauberwürfel waren mir immer schon ein Rätsel«, sagt Stanley und ich hebe den Blick. »Ich hatte mal einen, aber den habe ich nie fertig bekommen.«

»So schwierig ist das gar nicht. Man braucht nur ein bisschen Geduld.«

»Kann ich es mal versuchen?«

Ich zögere, dann reiche ich ihm den Würfel. Er fängt an zu drehen. Es hat etwas Faszinierendes, fast schon Hypnotisches, seine schmalen, langfingrigen Hände dabei zu beobachten.

»Fang mit der weißen Seite an«, rate ich ihm.

Es dauert eine Weile, aber schließlich gelingt es ihm, eine Seite fertigzustellen. Er reicht mir den Würfel zurück, und unsere Blicke begegnen sich. Seine Wimpern sind lang und dunkel, im Gegensatz zu meinen, die man kaum sieht, weil sie ebenso rötlich blond wie meine Haare sind. Ich senke den Kopf und drehe an dem Zauberwürfel herum.

»Du magst wohl Geduldsspiele«, merkt er an. Da sich seine Stimme am Ende des Satzes nicht hebt, ist das wahrscheinlich als Feststellung gemeint, nicht als Frage.

Ich antworte trotzdem. »Ich finde sie beruhigend.«

Er lächelt leise. »Wenn ich gestresst bin, löse ich gern Rätsel. Das lenkt mich ab. Die sind ja so was Ähnliches. Eine Art Geduldsspiel im Kopf. So wie das bei *Alice im Wunderland*: *Warum gleicht ein Rabe einem Schreibpult?* Darüber habe ich lange nachgedacht, bis ich irgendwann erfuhr, dass es gar nicht lösbar sein *soll*.«

»Rätsel mochte ich noch nie so gern. Die sind mir zu vieldeutig. Für Geduldsspiele gibt es immer nur eine Lösung, selbst wenn man sie auf vielen verschiedenen Wegen erreichen kann.« Ich vervollständige eine Farbenreihe an dem Würfel. »Und ein Rabe und ein Schreibpult gleichen sich in vielerlei Hinsicht. Zum einen bestehen beide aus Materie. Und beide sind schwerer als ein Grashalm.«

»Klar, aber ein *gutes* Rätsel hat auch immer nur *eine* Lösung, und wenn man sie gefunden hat, ist sie total offensichtlich. Da passt dann plötzlich alles zusammen.«

Ich zögere. »Okay, dann sag mir doch mal eins.«

»Ein ganz leichtes: Welcher Hund kriegt nie einen Knochen?«

»Ein toter Hund.«

Er zieht eine Grimasse. »Ein *Seehund*, Himmelnochmal.«

»Meine Antwort passt aber auch.«

»Ja schon, aber …« Er stößt einen kleinen Seufzer aus. »Okay, hier ist ein besseres: Ein Haus mit vier Wänden, die alle nach Süden zeigen, und um dieses Haus kreist ein Bär. Welche Farbe hat der Bär?«

Ich hantiere noch hektischer mit meinem Würfel. »Wie soll man das denn beantworten. Die beiden Dinge haben doch überhaupt nichts miteinander zu tun. Außerdem gibt es kein Haus, bei dem alle vier Wände nach Süden zeigen. Das ist unmöglich.«

»Bist du sicher?«

»Na klar. Es sei denn …« Ich runzele die Stirn. »Es sei denn, es steht am Nordpol. Was bedeuten würde, dass es … ein Eisbär sein muss.« Mit einem Mal rastet die Erkenntnis ein. »Der Bär ist weiß.«

»Na bitte.«

Ich mache ein unbestimmtes Geräusch in der Kehle. »Okay, ich verstehe, was du meinst. Aber das war ja auch gar kein Rätsel, sondern ein logisches Problem.«

Er lacht leise in sich hinein. »Wie du meinst.«

Schon erstaunlich, wie leicht wir, nach allem, was passiert ist, in ein Gespräch zurückfinden.

Ein Bild taucht plötzlich auf meiner Netzhaut auf: Stanley, wie er weinend auf dieser Bank sitzt. »Weißt du noch, wie du damals dein Handy in den Teich geworfen hast.«

Sein Lächeln verblasst. »Ja, allerdings.«

»Warum hast du das gemacht.« Ich habe ihn das schon mal gefragt, aber da hat er nur gesagt, dass es eine Dummheit und nicht weiter wichtig war.

Er faltet die Hände. »Meine Mutter hatte Krebs«, sagt er.

»Sie war lange krank. Irgendwann hatte sie dann auch Metastasen im Gehirn, aber die konnte man nicht operieren. Die Ärzte meinten, wenn sie den Tumor rausnehmen, würde meine Mutter wahrscheinlich nur noch dahinvegetieren. Ohne jedes Bewusstsein. Das wollte sie nicht.«

Ich spüre einen kleinen Stich in der Brust, irgendwo zwischen Herz und Kehle, als hätte sich dort ein Angelhaken verfangen.

»Sie wusste, dass sie nicht mehr lange zu leben hatte. Deshalb ist sie hier ins Pflegeheim gegangen, wo sie rundum versorgt sein würde.« Das Mondlicht lässt die Ringe unter seinen Augen noch dunkler erscheinen, seine hohen Wangenknochen noch stärker hervortreten. »Als die Schmerzen unerträglich wurden, hat man sie gefragt, ob sie die Zeit, die ihr noch bleibt, lieber wach oder schlafend verbringen will. Sie hat sich fürs Schlafen entschieden. Also haben wir uns voneinander verabschiedet. Und dann habe ich mein Handy in den Teich geworfen, weil ich keinen Sinn darin sah, es noch länger zu behalten. Wen sollte ich denn noch anrufen?«

Ein schwacher Rest von Tageslicht hält sich noch am Himmel, aber ringsherum legen sich schon grauschwarze Schatten über die Wiese. Der Mond schlüpft hinter eine Wolke und kommt dann wieder hervor, von einem perlmuttfarbenen Lichthof umgeben.

»Das tut mir leid«, sage ich. Andere Worte habe ich nicht.

»Ist schon okay«, erwidert er.

Aber das ist es nicht. Worte sind nicht genug.

Zögernd hebe ich den Arm. Halte inne. Und schließe dann die Lücke zwischen uns, indem ich seine Hand ergreife. Seine

Finger zucken kurz zurück und legen sich dann um meine. Seine Hand fühlt sich so zerbrechlich an mit den langen, dünnen Knochen und der fiebrig heißen Haut, wie ein kleiner, zarter Vogel. Ganz leicht erwidert er meinen Druck.

»Das hast du mir noch gar nicht erzählt.« Die Worte stolpern mir über die tauben Lippen, hinaus in die kalte Luft. »Warum nicht.«

»Ich fand es nicht fair, dich damit zu belasten. Außerdem wollte ich dich nicht gleich wieder vergraulen. Schließlich … habe ich außer dir eigentlich keine Freunde.«

Wieder dieses Wort. Gefühle regen sich in mir, unangenehme Gefühle, als wären dünne Drähte in meinem Brustkorb verankert, an denen jetzt irgendetwas zieht und mich bis ins Innerste erbeben lässt.

»Bisschen schräg, das jetzt so aus heiterem Himmel einzugestehen, ich weiß. Aber es stimmt. Ich bin nun mal eher ein Einzelgänger. Was nur ein etwas freundlicherer Ausdruck für *Außenseiter ohne soziale Kontakte* ist.«

Das kann ich so schnell nicht verarbeiten. »Aber du redest doch mit den Leuten am College. Oder nicht.«

»Klar, aber das ist nicht dasselbe. Wir reden über unsere Lieblingsserie oder über Musik. Nicht über so was hier.«

Ich antworte nicht. Ich bin vollauf damit beschäftigt, meine Atmung unter Kontrolle zu bringen.

»Und jetzt habe ich dich doch damit belastet. Genau das, was ich eigentlich nicht wollte. Ogott. Tut mir leid.«

Dauernd entschuldigt er sich.

»Ich bin doch noch nicht mal nett zu dir«, sage ich.

»Natürlich bist du das. Du hast mir schließlich mehr als einmal bis vier Uhr morgens Gesellschaft geleistet, weil ich nicht schlafen konnte, weißt du nicht mehr?«

»Da hatte ich sowieso nichts Besseres zu tun.«

»Immer, wenn du mir was Gutes tust, spielst du das so runter. Hast du irgendwie Angst davor, als netter Mensch angesehen zu werden?«

»Ich *bin* nun mal kein netter Mensch.«

»Tja, da sind wir dann offenbar verschiedener Meinung.«

Ich lasse seine Hand los. Meine Finger sind plötzlich kalt.

»Ich weiß nicht, wie das geht«, murmele ich.

»Wie *was* geht?«

»Na, das hier. Alles.«

Er lächelt mich verschmitzt an. »Dann improvisieren wir halt einfach.« Er beißt sich auf die Unterlippe. »Wollen wir morgen zusammen Mittag essen?«

»Ich muss arbeiten.«

Er senkt den Blick.

»Aber wenn du willst, können wir uns abends treffen.«

Einen Moment lang ist er sprachlos. »Echt? Ich meine, super. Hört sich super an.«

»Wollen wir wieder zu *Buster's* gehen. Oder lieber woandershin.«

»Eigentlich dachte ich, ob du vielleicht mal … zu mir kommen magst?«

Verblüfft starre ich ihn an, unfähig zu antworten.

»Ich koche wirklich nicht schlecht«, fügt er hinzu.

Was hat das zu bedeuten, wenn er mich einlädt? Worauf lasse ich mich ein, wenn ich zusage? »Aber nur etwas essen«, sage ich. »Kein Sex.«

Die Farbe schießt ihm ins Gesicht. »Na klar, also, ich meine, nein. Natürlich nicht.«

»Was denn nun«, sage ich.

»War das eine Frage?«

»Ja.«

»Entschuldige. Du willst also wissen … ob ich …«

»Mir ist es lieber, wenn die Grenzen klar definiert sind«, sage ich. »Ich habe so was noch nie gemacht, deshalb muss ich wissen, wie deine Erwartungen aussehen.«

Sein Gesicht ist mittlerweile feuerrot. »Ich will einfach nur was für dich kochen. Ehrlich. Ganz ohne Hintergedanken. Nach dem gestrigen Abend hatte ich den Eindruck, wir sollten die Sache erst mal langsam angehen.«

Ich zupfe an einem losen Faden in meinem Ärmel. »Du meinst, einfach nur Freunde sein.«

»Wenn du damit einverstanden bist.«

Bin ich damit einverstanden?

Bei Tieren ist alles so schön einfach. Nur beim Menschen, da wird es immer gleich kompliziert und uneindeutig. Da gibt es Leute, die nur befreundet sind, ohne je miteinander zu schlafen. Und dann gibt es die sogenannten Bettgeschichten, wo alle anderen Aspekte einer Beziehung fehlen. Und natürlich die romantische Liebe, die mir immer schon ein Rätsel war.

Das wird mir alles zu gefährlich. Ich sollte Nein sagen, mich zurückziehen und erst mal neu sortieren, mir in Ruhe überlegen, wie das alles zu verstehen ist.

»Ich komme.«

Er strahlt übers ganze Gesicht und auf einmal bin ich froh, dass ich – allen Bedenken zum Trotz – einfach zugesagt habe.

»Super. Dann schicke ich dir eine Mail mit der Wegbeschreibung.«

Ich nicke.

Wir schauen uns an und wieder bin ich völlig gebannt von diesen seltsamen Augen. Blau inmitten von Blau. So etwas habe ich noch nie gesehen. Ich will schon danach fragen, aber ich bin nicht schnell genug.

»Weißt du«, sagt er, »eben ist es mir eingefallen.«

»Was.«

»Warum ein Rabe einem Schreibpult gleicht.«

Ich lege die Stirn in Falten. »Und warum.«

»Beide sind nicht aus Käse gemacht.«

Ich blinzele. »Jetzt bist du einfach nur albern.«

»Aber ich habe dich zum Lächeln gebracht.« Seine Stimme wird sanft. »Du hast ein schönes Lächeln.«

Überrascht fasse ich mir an die Lippen. Mir war gar nicht bewusst, dass ich lächle.

Später, auf meinem Sofa, klappe ich den Laptop auf. *Blaue Skleren.* Ich hämmere die Worte in die Suchmaschine und eine Reihe medizinischer Seiten ploppt auf. Ich klicke auf einen Link und fange an zu lesen.

Eine Blaufärbung der Sklera (Augapfel) ist meist auf einen verringerten Wassergehalt des Auges zurückzuführen, was eine Verdünnung der Lederhaut zur Folge hat, sodass die darunterliegende, dunklere Gefäßhaut durchscheint.

Ich scrolle weiter zu den möglichen Ursachen. 47 davon sind unten aufgelistet. Angefangen bei Knochen- und Augenerkrankungen über Chromosomenstörungen bis hin zu erhöhter Urinausscheidung. Soll ich Stanley anrufen und ihn fragen, ob er häufig pinkeln muss? Ich verwerfe den Gedanken gleich wieder und gehe weiter die Liste der möglichen Ursachen durch. Manchmal, steht dort, gibt es auch gar keinen spezifischen Grund. Es könnte vollkommen harmlos sein.

Ich schließe das Browser-Fenster. Vielleicht mache ich mir einfach zu viele Gedanken.

12. KAPITEL

Als ich am nächsten Abend vor Stanleys Haus anhalte, sind meine Bewegungen nur noch rein mechanisch, als hätte sich mein Verstand von meinem Körper gelöst. Was vielleicht gar nicht so falsch ist, denn verstandesmäßig fühle ich mich dieser Einladung absolut nicht gewachsen.

Stanleys Haus ist klein und blau, mit einem Ziegelschornstein, einem gepflegten Rasen und nur einem Auto – irgendein unauffälliger Gebrauchtwagen – in der Einfahrt. Unter dem Fenster steht eine Reihe Azaleen, die aber nicht mehr blühen.

Ich trage ein schwarzes T-Shirt, auf dem ein kleines weißes Kaninchen mit blutbefleckten Reißzähnen zu sehen ist, und darunter die Worte: KILLER-KANINCHEN. Als Stanley mir die Tür aufmacht, trägt er einen weinroten Pullover und hat seinen Gehstock aus Metall gegen einen aus dunkelrotem Holz getauscht – vielleicht Mahagoni. »Hi.« Seine Stimme überschlägt sich leicht. Er räuspert sich und versucht es noch mal. »Hallo. Komm rein.«

Ich lasse meine Schuhe auf der Fußmatte stehen und mache ein paar vorsichtige Schritte ins Wohnzimmer. Es ist klein und sauber und riecht schwach nach Zimt. Sessel und Sofa sind mit braunem Cord bezogen. Der sieht sehr weich aus. Ich widerstehe der Versuchung, mit den Händen darüberzustreichen, und stelle stattdessen eine Frage, die ich schon länger im Kopf habe. »Lebt hier sonst noch jemand.«

»Nein.« Er wendet den Blick ab. »Das Haus gehörte meiner Mutter. Sie hat es mir hinterlassen.«

Auf einem Bücherregal steht ein Terrarium aus Plexiglas, darin ein Geflecht aus bunten Röhren und kleinen runden Häuschen, der Boden mit Holzspänen bedeckt. Eine kleine braune Wüstenrennraus läuft in einem Rad.

»Das ist Matilda«, sagt Stanley.

»Hat sie etwas zum Kauen im Käfig«, frage ich.

»Meistens ein Stück Balsaholz.«

»Das brauchen sie. Ihre Zähne werden sonst zu lang.«

»Stimmt.« Pause. »Also, äh, hast du schon Hunger? Ich könnte mit dem Kochen anfangen. Oder soll ich dir erst mal das Haus zeigen? Viel zu sehen gibt es allerdings nicht.«

»Zeigen.«

Er führt mich einen kurzen Flur entlang. Vor einer geschlossenen Tür bleibe ich stehen. »Was ist dahinter.«

Für den Bruchteil einer Sekunde verändert sich seine Miene. Ob ich jemals lernen werde, in seinem Gesicht zu lesen? Es fühlt sich an, als säße ich vor einem Computerbildschirm, auf dem endlose Reihen grüner Chiffren vorbeirauschen, viel zu schnell, als dass ich sie entziffern könnte. »Nur ein überzähliges Schlafzimmer.«

Ich folge ihm bis ans Ende des Flurs und durch eine andere Tür. Er knipst das Licht an. »Das ist mein Zimmer«, sagt er.

Die Tagesdecke auf dem Bett ist blau und offenbar sehr alt, mit einem Muster aus gelben Monden und Sternen, die fast bis zur Unkenntlichkeit verblichen sind. Sein Computer, nagelneu und glänzend, steht auf einem schlichten Schreibtisch aus Kiefernholz. Auf dem Bord neben seinem Bett sind Modellflugzeuge in allen Farben, Formen und Größen aufgereiht. An der Decke hängen auch noch welche. Alles in allem zähle ich 32.

Ich streiche über sein Bett, beuge mich dann über sein Kopfkissen, drücke das Gesicht hinein und atme tief ein. Es duftet nach Zitronen. »Dein Weichspüler riecht gut«, sage ich, die Stimme noch vom Kissen gedämpft. Dann fällt mir ein, dass es ihm vielleicht gar nicht recht ist, wenn ich mein Gesicht einfach so in sein Bettzeug stecke. »Entschuldige«, sage ich und richte mich auf. »Ich hätte vorher fragen sollen.« Obwohl die Frage *Darf ich mal an deinem Kissen riechen?* wohl auch eher befremdlich wirken würde.

Bisher schlage ich mich nicht besonders gut.

»Kein Problem«, sagt er. »Wirklich. Falls ich ein bisschen verkrampft wirke, liegt es nicht an dir. Ich hatte nur schon ewig keinen Besuch mehr.«

Für ihn ist die Situation also auch ziemlich neu. Der Gedanke entspannt mich irgendwie.

Ich lege den Kopf in den Nacken und betrachte die Flugzeuge an der Decke. »Hast du die gebaut.«

»Ja. Ich habe schon als kleines Kind mit dem Modellbau angefangen und dann nicht mehr aufgehört. Sieht bestimmt ein bisschen albern aus, ein erwachsener Mann mit einem Zimmer voller Spielflugzeuge.«

»Ich finde sie gut.« Ich will schon nach einem dunkelgrünen

Jagdflieger aus dem Zweiten Weltkrieg greifen, halte aber inne.
»Darf ich den anfassen.«

»Klar.«

Ich nehme das Flugzeug in die Hand. Vorn auf die Nase hat jemand Augen und eine Reihe Haifischzähne aufgemalt. Die meisten Flugzeuge, die so bemalt werden, sollen bedrohlich wirken, aber dieses hier lächelt. Ich zeichne die Linie der Lippen nach. Dann drehe ich es um und sehe mir die Verbindungsstellen an. Es knackt, und eine Tragfläche liegt lose in meiner Hand. Ich erstarre.

Stanley zuckt zusammen. »Uuups«, sagt er, als hätte er das gemacht.

Ich starre auf die abgebrochene Tragfläche hinunter. »Ich ... ich weiß nicht, wie das passieren konnte. Ich dachte, ich bin ganz vorsichtig. Manchmal merke ich gar nicht, wie stark ich zudrücke ...«

»Nicht so schlimm.« Er nimmt mir das Flugzeug und die Tragfläche aus den Händen und legt beides auf seinen Schreibtisch.

Ich verschränke die Arme und klemme mir die Hände unter die Achselhöhlen, wo sie keinen weiteren Schaden anrichten können. »Tut mir leid.«

»Ich klebe ihn einfach wieder an. Ist doch nur ein Spielzeug.« Sanft berührt er das Flugzeug, als wäre es ein verletztes Kind. »Halb so wild.« Er lächelt, schaut mich dabei aber nicht so richtig an. »Ich mache jetzt mal das Essen fertig. Wenn du Lust hast, kannst du bis dahin noch ein bisschen fernsehen. Es wird nicht lange dauern.«

Ich folge ihm aus dem Zimmer.

Im Wohnzimmer lasse ich mich steif auf dem Sofa nieder und lausche auf die Geräusche von klappernden Töpfen und brutzelnder Butter in der Küche.

»Die Fernbedienung liegt auf dem Sofatisch«, ruft er.

Ich schalte den Fernseher ein und zappe mich durch Talkshows und Sitcoms, auf der Suche nach einer Tier- oder Wissenschaftssendung. Im Moment gibt es offenbar keine, aber schließlich finde ich einen Sender, der eine medizinische Dokumentation über Hirnoperationen bringt. Ich schaue zu, wie der Chirurg mit seinen blutverschmierten Handschuhen das Skalpell durch die Hirnhaut führt und dann die glänzenden grau-rosa Falten der Großhirnrinde untersucht.

Stanley tritt ins Wohnzimmer. »Das Essen ist ... oh Gott.« Er wird blass und hält sich die Augen zu.

Ich wechsele den Sender.

Er lugt zwischen den Fingern hervor. »Wie kannst du dir so was kurz vorm Essen ansehen?«

»Ist doch sehr lehrreich.« Ich habe nie verstanden, warum so viele Leute sich davor ekeln, sich das Innere eines menschlichen Körpers anzusehen. Schließlich laufen wir den ganzen Tag mit Blut und Organen in uns drin herum. Ist doch albern, so etwas Alltägliches abstoßend zu finden.

Er nimmt die Hand weg, ist aber immer noch ein bisschen blass. »Tja, also, das Essen ist fertig.«

Ich folge ihm in die kleine Küche. Der Tisch ist mit einem weißen Tuch gedeckt, darauf zwei flackernde Kerzen in silbernen Haltern. In der Mitte des Tischs steht eine Platte mit einem kuppelförmigen Silberdeckel. Stanley hebt ihn an.

»Du hast Pfannkuchen gebacken«, sage ich überrascht.

»Ich wollte was machen, von dem ich weiß, dass es dir schmeckt. Dazu gibt es fünf verschiedene Sorten Sirup.« Er weist auf die Reihe von Glasflaschen auf dem Tisch: Erdbeer-, Blaubeer-, Karamell-, Ahorn- und Bananensirup.

Ich bin sprachlos. In manchen Momenten frage ich mich, ob er wirklich echt ist oder ob ich ihn mir nur ausgedacht habe. Aber ich glaube, dafür würde meine Fantasie gar nicht reichen.

Sein Lächeln schwindet. »Magst du das nicht? Soll ich dir irgendwas anderes machen …?«

»Nein. Das ist gut.«

Die Spannung weicht aus seinen Schultern und wir setzen uns zum Essen hin. Die Pfannkuchen sind warm und butterweich.

»Also«, sagt er, »warum Kaninchen?«

Eine Gabel voll Pfannkuchen verharrt auf halber Strecke zu meinem Mund. »Was meinst du damit.«

»Na ja, ich weiß natürlich, dass du Tiere magst. Aber Kaninchen scheinen dich irgendwie noch mal besonders zu interessieren.« Er deutet auf mein T-Shirt. »Du hast schon öfter von ihnen gesprochen, und bei unserer ersten Begegnung hast du aus *Watership Down* zitiert.«

Das hat mich bisher noch niemand gefragt und die Antwort kann ich auch gar nicht so richtig in Worte fassen. Ich schlucke einen Bissen von den Pfannkuchen hinunter und sage: »Ich mag sie einfach.«

»Ich habe das Buch noch mal gelesen«, sagt er. »Ich hatte ganz vergessen, wie politisch das ist. Zum Beispiel die ganze Sache mit diesem faschistischen Oberkarnickel … General Woundwort? Ob das eine Metapher für Nazideutschland ist?«

Ich fange an, meine Pfannkuchen in Sechsecke zu schneiden. »Mir kam es eigentlich nie besonders politisch vor. Ich glaube, ich habe es einfach als das gelesen, was es ist: ein Buch, das vom Kampf ums Überleben erzählt.«

Das Messer rutscht mir aus der Hand und fällt klirrend auf den Tellerrand. Ich schrecke zusammen und nehme es hastig wieder auf.

»Alles gut«, sagt er. »Ich finds einfach nur schön, dass du da bist.«

Meine Nervosität scheint offensichtlicher zu sein, als ich angenommen habe.

»Und ich glaube auch, dass deine Lesart die bessere ist«, fährt er fort. »Also die Dinge einfach so zu nehmen, wie sie sind. Wenn man immer alles analysiert, nimmt man sich oft auch die unmittelbare Erfahrung. Wahrscheinlich habe ich einfach schon zu viele Englischseminare belegt.«

Ich stelle fest, dass ich gar nicht weiß, was genau er studiert. Unsere Gespräche waren immer eher abstrakt, es ging mehr um Gedanken und Gefühle als um unseren Alltag. »Ist das dein Hauptfach, Englisch.«

»Journalismus. Aber es ist nicht leicht, davon zu leben, gerade heute, wo viele Leute ihre Nachrichten nur noch aus dem Netz beziehen, aus Blogs und solchen Sachen. Ich bin gerade am Überlegen, ob ich lieber zu Computerwissenschaften wechseln und Programmierer werden soll.«

»Programmierst du denn gern.«

»Um ehrlich zu sein, nicht so richtig. Ich finds ziemlich langweilig. Aber ich kann es ganz gut.« Er zuckt die Achseln. »Wie schmecken dir die Pfannkuchen?«

»Sehr gut. Besser als bei *Buster's*.«

Er strahlt.

Als ich satt bin, nehme ich meinen Teller in die Hand, weiß aber nicht so genau, was ich damit machen soll. Zu Hause hole ich mir meist irgendetwas vom Imbiss. Ich habe kaum Geschirr, nur ein paar Plastikschüsseln, die ich dann im Spülbecken kurz unter fließendes Wasser halte. Oder, was wesentlich öfter vorkommt, tagelang darin vergesse.

»Lass mal, ich mach das schon«, sagt Stanley. »Möchtest du einen Kaffee?«

»Kaffee wäre gut.«

Er füllt Wasser in die Kanne. Während der Kaffee durchläuft, sage ich: »Ich muss mal zur Toilette.«

»Erste Tür rechts.«

Ich finde sie sofort, aber als ich herauskomme, gehe ich nicht gleich in die Küche zurück, sondern bleibe im Flur stehen und starre auf die offene Tür zu Stanleys Zimmer. Schließlich gehe ich hinein. Drinnen lächelt mich das beschädigte Flugzeug vom Schreibtisch an. Man sieht den Schlitz, aus dem die Tragfläche herausgebrochen ist. Ich nehme das Flugzeug hoch und versuche, die Tragfläche wieder hineinzustecken. Aber sie hält nicht.

Ich sollte lieber die Finger davon lassen, sonst mache ich alles nur noch schlimmer.

Ich lege das Flugzeug wieder hin und will schon gehen, als mein Blick auf die unterste Schreibtischschublade fällt. Sie steht ein Stückchen offen, und mein Blick fällt auf einen Buchrücken. Man sieht nur die untere Hälfte des Titels, aber irgendetwas daran kommt mir bekannt vor. Mir wird auf einmal ganz flau, als würde ich von der Dachkante eines hohen Gebäudes nach unten schauen.

Ich sollte jetzt sofort rausgehen. Das wäre sicher das Beste. Stattdessen strecke ich die Hand aus und ziehe die Schublade so weit auf, dass der ganze Titel zu lesen ist: *Das umfassende Handbuch zum Asperger-Syndrom.*

Es ist auch nicht das einzige Buch in der Schublade. Da liegt ein ganzer Stapel.

Ich ziehe das oberste heraus, lege es auf den Tisch und greife nach dem nächsten, und dann wieder nach dem nächsten. Sie haben alle dasselbe Thema. Ich schlage eines davon auf.

Das Asperger-Syndrom ist eine Form des Autismus, für die vor allem soziale und kommunikative Schwierigkeiten, ein atypischer Sprachgebrauch und obsessive Spezialinteressen kennzeichnend sind ...

Ich blättere durch die Seiten und meine Finger hinterlassen kleine Schweißflecke auf dem Papier. Einzelne Zeilen und Absätze sind mit Textmarker hervorgehoben oder unterstrichen. Ich blättere immer weiter, auch wenn ich kaum etwas lesen kann, weil sich mein Sichtfeld immer wieder eintrübt. Ich stoße auf eine weitere unterstrichene Stelle.

Eines der auffälligsten dysfunktionalen Merkmale des Asperger-Syndroms ist ein Mangel an Empathie. Das Fehlen dieser grundlegenden Fähigkeit hat zur Folge, dass viele Betroffene bis weit ins Erwachsenenleben hinein isoliert und ohne Freunde bleiben. Menschen mit Asperger-Syndrom wirken oft wie in sich selbst gefangen, unfähig, sich aus dem Käfig ihrer eingeschränkten sozialen Fähigkeiten zu befreien. Mit einem solchen Menschen eine Beziehung aufzubauen erfordert ganz besondere Geduld ...

Ob er mich so sieht? Als etwas, das kaputtgegangen ist? Und das er mit dieser Anleitung wieder reparieren will?

Das Buch rutscht mir aus der Hand und fällt mit einem dumpfen Knall zu Boden.

»Alvie?«

Er steht in der Tür, auf seinen Stock gestützt. Vorsichtig macht er ein paar Schritte auf mich zu. »Alles in Ordnung?«

Meine Brust tut weh. »Ich sollte jetzt gehen.« Steifbeinig marschiere ich an ihm vorbei, aus der Tür und durch den Flur ins Wohnzimmer. Ich kann ihn nicht ansehen. Das Blut pocht hinter meinen Augen.

Stanley folgt mir. »Warte doch. Sag mir, was los ist.« Er stellt sich mir in den Weg.

»Ich brauche dein Mitleid nicht.« Ich presse die Worte zwischen zusammengebissenen Zähnen hervor. »Und jetzt lass mich durch.«

»Glaubst du im Ernst, dass jemand wie ich aus Mitleid seine Zeit mit dir verbringt?«

Auf diese Frage bin ich nicht gefasst.

»Du hättest doch jeden haben können«, fährt er fort. »Jeden, den du willst. Für dein erstes Mal. Du bist eine schöne, intelligente junge Frau. Weißt du das nicht?«

Er macht sich über mich lustig. Es kann nicht anders sein. »Halt den Mund«, knurre ich. »Ich habe die Bücher in deiner Schreibtischschublade gesehen.«

Seine Wangen färben sich rot. »Ich habe diese Bücher gekauft, weil ich dich besser verstehen wollte. Nur deshalb. Nicht, weil ich glaube, dass mit dir irgendwas nicht in Ordnung ist. Das habe ich noch nie geglaubt.«

Ich verschränke die Arme und umklammere meine Ellbogen.

»Setz dich doch wieder«, sagt er. »Bitte.«

Ich zögere, dann nehme ich auf dem Sessel Platz. Er lässt sich mir gegenüber auf dem Sofa nieder.

»Wann hast du es herausgefunden«, frage ich. »Das über mich.«

»Na ja, vermutet habe ich es von Anfang an.«

So offensichtlich ist das also. Sollte mich eigentlich nicht überraschen. »Du hast da einen Absatz unterstrichen. Über Empathie.«

Er zieht die Augenbrauen zusammen. »Was …? Ach so, das habe ich gemacht, weil es mir völlig falsch vorkam. Du bist einer der gütigsten Menschen, die ich kenne.«

Gütig. Wo hat er das bloß her? Wann wäre ich jemals gütig gewesen? »Damit ist die kognitive Empathie gemeint.«

»Die was? Ich kann mich nicht erinnern, dass dieser Begriff in einem der Bücher gefallen wäre.«

»Das ist die Fähigkeit, die Gefühle anderer Menschen zu erkennen, zu analysieren und vorherzusagen. Also das, womit ich … womit Leute wie ich die meisten Probleme haben.«

Die Behauptung, autistische Menschen könnten kein Mitleid empfinden, ist nichts als ein hässliches Vorurteil, aber eines, das man mitunter sogar noch von Fachleuten hört, trotz eindeutiger Beweise des Gegenteils. So hat beispielsweise Temple Grandin – die wohl bekannteste lebende Autistin – artgerechtere Schlachthäuser in der Viehzucht entwickelt, um den Tieren einen friedlichen, stressfreien Tod zu ermöglichen. Sie wollte das unnötige Leid verringern, das so viele Tiere für die

Bequemlichkeit des Menschen erdulden müssen. Wie konnte man das *nicht* als Mitgefühl betrachten?

»In einem der Bücher steht, dass viele Leute mit Asperger-Syndrom gar nicht wissen, dass sie betroffen sind«, sagt Stanley.

Geistesabwesend rubbele ich mit dem Daumen über den braunen Cordbezug des Sofas. »Ich weiß es.«

Für den Großteil meiner Kindheit lautete meine Diagnose *Nicht näher bezeichnete tief greifende Entwicklungsstörung.* Als ich vierzehn war, wurde das in Asperger-Syndrom geändert. Nachdem dann der neue Diagnosenkatalog für psychische Störungen erschienen war, wurde die Asperger-Diagnose wieder fallen gelassen, sodass mein Zustand im Grunde gar nicht mehr existiert – sollte ich je wieder zu einem Psychologen gehen, wird er irgendein anderes Etikett finden müssen, das er mir anheften kann. Letzten Endes ist die genaue Bezeichnung ja auch völlig egal. Ich werde einfach immer so sein.

»Ich mag es nicht, eingeordnet und kategorisiert zu werden«, sage ich. »Ich bin, wie ich bin. Dafür braucht man doch keinen speziellen Begriff. Warum kann ich nicht einfach … *sein*. Warum müssen immer alle …« Ich stoße einen Seufzer aus, frustriert von meiner Unfähigkeit, das zu erklären.

Stille breitet sich zwischen uns aus. Als er wieder etwas sagt, ist seine Stimme ganz leise, fast so, als spräche er zu sich selbst. »In solchen Momenten würde ich dich gern mal in den Arm nehmen.«

Ich überlege kurz. Es muss Jahre her sein, dass ich von jemandem umarmt worden bin. Und auch damals ist es nur ganz selten passiert, und wenn, dann immer ohne Vorwarnung und gegen meinen Willen – meist vonseiten der Pflegeeltern, die meine Abneigung gegen Berührungen nicht verstanden –, sodass es eher stressige, unangenehme Gefühle bei mir ausgelöst hat. Aber mit Stanley könnte das natürlich anders sein. Er ist immer behutsam und rücksichtsvoll, also wird er mir wohl kaum die Luft aus dem Leib drücken. Trotzdem ist mir die Vorstellung irgendwie unangenehm, aus Gründen, die ich nicht recht in Worte fassen kann.

Dann fällt mir plötzlich ein, dass Stanley selbst sich vielleicht auch nach einer Berührung sehnt, ganz gleich wie ich das finde. »Wann war bei dir das letzte Mal«, frage ich.

»Was, dass ich umarmt wurde?«

»Ja.«

»Ähm.« Sein Blick wandert ab. »Schon länger her.«

»In Ordnung«, sage ich.

»In Ordnung?«

Ich setze mich neben ihn aufs Sofa. »Wenn du willst, können wir es versuchen.«

Er hebt die Augenbrauen. »Sicher?«

»Nun mach schon.«

Langsam – ganz langsam – legt er die Arme um mich. Als ich nicht zurückzucke, zieht er mich näher zu sich heran, aber sein Griff bleibt so locker, dass ich mich jederzeit daraus befreien könnte. Verkrampft sitze ich da und konzentriere mich auf meine Atmung. Seine Hand ruht auf meinem Rücken, zwischen den Schulterblättern. Allmählich lässt die Anspannung nach. Mit einer ungelenken Bewegung schiebe ich den Arm um seine Taille. Selbst durch den Pullover hindurch kann ich spüren, wie mager er ist. Sein Körper ist eine Ansammlung von Spitzen und Kanten, seine Wirbelsäule eine Kette kleiner Knubbel. Und ich spüre auch noch etwas anderes – einen langen, unebenen Grat, der schräg über seinen Rücken verläuft. Mit den Fingerspitzen wandere ich ihn entlang. »Wo ist das her.«

Es vergehen ein paar Sekunden, bevor er antwortet. »Als Kind bin ich viel Schlittschuh gelaufen. Das konnte ich gut. Mit zehn habe ich mir dann bei einem Sturz das Schulterblatt gebrochen. Sie mussten mich aufschneiden, um all die Bruchstücke wieder an ihren Platz zu schieben, und ich durfte monatelang nur auf dem Bauch schlafen, weil mein Rücken voller Metallstifte war.«

Allein bei der Vorstellung fängt mein eigener Rücken an zu schmerzen. »Hört sich schlimm an.«

»Es war furchtbar.«

Ich hebe den Kopf, um ihn anzusehen. Unsere Gesichter sind sehr dicht beieinander.

Normalerweise wäre ich bei einer solchen Flut von Nähe und Berührungen längst panisch geworden, aber ich empfinde keine Angst, keinen Kontrollverlust. Nur Wärme. Ich lege die Wange an seinen Pullover, gleich über dem Herzen, und spüre das sanfte Zucken tief drinnen, wie ein kleines, lebendiges Wesen. »Du riechst nach Bibliothek«, murmele ich.

»Ich hoffe, das ist für dich in Ordnung.«

Ich schließe die Augen. »Stört mich nicht.« Ich frage mich, warum ich das alles zulasse, wie er es fertiggebracht hat, unter all meinen sorgfältig errichteten Schutzwällen hindurchzuschlüpfen.

Irgendwo in meinem Hirn schrillen die Alarmglocken. *Viel zu nah.*

Draußen heult der Wind und eine feuchte Mischung aus Regen und Schnee türmt sich an der Fensterscheibe auf. Der Winter, scheint es, kommt früh dieses Jahr.

Dann löst Stanley sich sanft aus meiner Umarmung und ich spüre überrascht einen kleinen Stich der Enttäuschung. »Ich wusste gar nicht, dass es Sturm geben sollte«, sagt er.

»Sollte es auch nicht. Der Wetterbericht hat nur Wolken angesagt.«

»Tja, die Wetterleute wissen eben auch nicht alles.«

Ein Zweig kratzt über die Scheibe.

»Die Straßen werden jetzt ziemlich scheußlich sein«, sagt er. »Du kannst gern hier übernachten.«

Mein Blick zuckt zu ihm hinüber.

»Nur wenn du willst«, fügt er hastig hinzu. »Ich weiß, dass es schon nicht leicht für dich war, überhaupt herzukommen, von daher kann ich gut verstehen, wenn dir das zu viel wird. Ich dachte nur ...«

»Ich bleibe.« Meine Zustimmung überrascht sogar mich selbst. »Ich muss dann aber auch bald ins Bett.«

»Gut. Klar.« Er schaut mir in die Augen und ich habe den Eindruck, als wollte er noch irgendetwas anderes sagen. Dann beißt er sich auf die Unterlippe und senkt den Blick.

Er gibt mir eine unbenutzte Zahnbürste und einen seiner Schlafanzüge und geht ebenfalls ins Bett. Ich ziehe mich im Badezimmer um. Der Schlafanzug ist mir zu groß, ich muss Ärmel und Hosenbeine aufkrempeln.

Über dem Waschbecken hängt ein Arzneischrank mit Spiegeltüren. Einem spontanen Impuls folgend mache ich ihn auf. Drinnen finde ich das Übliche: ein Döschen Vaseline, eine Packung Q-tips. Und dann, auf dem untersten Regal, eine Reihe brauner Apothekerflaschen. Acht an der Zahl. Nicht alle Namen sind mir bekannt, aber an einem bleibt mein Blick hängen: *Fluoxetin.* Ein Generikum von *Fluctin.*

Ich klappe die Schranktüren zu.

Im Wohnzimmer mache ich mich auf dem Sofa lang und decke mich mit einer Wolldecke zu. Nachdem ich mich noch eine Stunde lang hin und her gewälzt habe, döse ich endlich ein.

13. KAPITEL

Stanley liegt auf einem OP-Tisch, ohne Bewusstsein. Sein Brustkorb ist weit geöffnet und gibt den Blick auf seine Lunge frei, rosa, feucht und schwammartig. Mit jedem Atemzug schwillt sie an und wieder ab. Eingebettet zwischen ihre Flügel, dort, wo eigentlich das Herz sein sollte, liegt ein Modellflugzeug mit einem aufgemalten Lächeln. Zahllose Venen und Arterien führen in sein kleines Cockpit hinein und wieder heraus. Eine Tragfläche ist gebrochen. Wenn ich sie nicht repariere, wird er sterben. Aber mit wachsender Panik wird mir klar, dass ich keine Ahnung habe, was ich tun soll. Meine Hände in den Latexhandschuhen zittern. In der einen halte ich ein blutiges Skalpell, in der anderen eine Tube Alleskleber. Stanleys Atem zischt leise durch die Maske über Mund und Nase. Ein Überwachungsmonitor piept im Rhythmus seines Herzschlags.

»Na los, worauf wartest du noch, zum Teufel?« Mein Kopf ruckt hoch und ich sehe eine Krankenschwester, die mich ungeduldig anstarrt: Miss Nell, die untere Gesichtshälfte von einer OP-Maske bedeckt. »Nun flick ihn schon zusammen!«

Aber ich bin wie gelähmt.

Das Überwachungsgerät gibt ein lautes Dauerpiepen von sich, als sein Herz stehen bleibt.

Ich schrecke hoch. Der Schlafanzug klebt mir auf der schweißnassen Haut. Ich strampele die Decke weg, stolpere zum Lichtschalter und knipse ihn an. Zusammen mit dem Licht kann auch die Realität sich wieder behaupten. Ich atme zitternd aus und lasse mich aufs Sofa zurückfallen. Hinter meinen geschlossenen Lidern blitzt kurz das Bild des beschädigten Flugzeugs auf.

Ich habe etwas kaputt gemacht, das ihm kostbar ist. Gleich bei meinem allerersten Besuch.

Ich muss das wieder in Ordnung bringen. Oder es zumindest versuchen.

Ich taste mich durch den Flur bis vor seine Zimmertür. Dort bleibe ich stehen. Mit etwas Glück kann ich das Flugzeug herausholen, ohne ihn zu wecken.

Leise drücke ich die Tür einen Spaltbreit auf und spähe hinein. Stanley hat sich die Decke über den Kopf gezogen, sodass nur noch ein Haarbüschel hervorguckt, und das Flugzeug liegt jetzt auf seinem Nachttisch, noch immer in zwei Teilen. Auf Zehenspitzen schleiche ich mich ins Zimmer.

Und erstarre.

Er atmet so komisch – ein hastiges, ersticktes Keuchen, das von der Decke nicht völlig verschluckt wird. Meine Augen versuchen, die Dunkelheit zu durchdringen. Ich sehe, wie die Decke sich ein bisschen bewegt. Ein Albtraum?

Er stöhnt leise auf. Sein Atem hebt und senkt sich, hebt und senkt sich, immer schneller.

»Stanley«, sage ich laut.

Er stößt einen Schrei aus und sein Kopf schießt unter der Decke hervor. Trotz der Dunkelheit sehe ich seine aufgerissenen Augen glänzen, darüber das völlig verwuschelte Haar. »Alvie! W-was zum Teufel …?«

»Du hast so hektisch geatmet«, sage ich.

»Ich … was machst du denn hier?«

»Ich wollte das Flugzeug reparieren.«

»Jetzt?« Seine Stimme klingt seltsam gepresst. Er zieht die Decke bis zum Kinn, windet sich verlegen und weicht meinem Blick aus.

»Was ist los.«

»Nichts!«

Ich starre ihn an. Die Intensität seiner Stimme bestätigt mir, dass durchaus irgendetwas los ist.

»Bitte.« Er schluckt schwer. »Ich brauche hier noch einen Moment. Kannst du vielleicht … in der Küche warten?«

Ich denke an seine Atmung, an die Bewegungen, seine Verlegenheit, und in meinem Kopf rastet etwas ein. »Du hast masturbiert.«

Er macht ein Geräusch, als würde er ersticken. »N-nein! Ich hab nur …«

»Mach ruhig weiter.« Ich verlasse das Zimmer, schließe die Tür hinter mir und gehe in die Küche. An Schlaf ist wohl nicht mehr zu denken, also koche ich eine Kanne Kaffee, gieße mir eine Tasse davon ein und setze mich zum Warten an den Tisch.

Ich höre, wie die Dusche läuft, dann knarrende Bodendielen. Stanley betritt die Küche, auf seinen Stock gestützt, die Haut noch feucht. Er trägt eine blaue Schlafanzughose, dicke Socken und ein zerknittertes langärmeliges Shirt mit dem Skelett eines

Tyrannosaurus rex vorne drauf. Zögernd lässt er sich auf einem Stuhl nieder, ohne mich anzuschauen.

Ich nippe an meinem Kaffee. »Bist du fertig.«

Die Röte auf seinen Wangen vertieft sich und er windet sich auf seinem Stuhl, als wollte er im Erdboden versinken. »Nein. Ich habe kalt geduscht.«

Ich hätte wissen müssen, dass es ihm peinlich sein würde, aber es wundert mich trotzdem. Für Tiere ist sexuelles Vergnügen mit keinerlei Schamgefühlen verbunden, das wäre ja auch kontraproduktiv. Warum sind wir die einzige Spezies, bei der das so ist? »Selbstbefriedigung ist was ganz Normales, weißt du. Über neunzig Prozent der erwachsenen Männer machen das und auch ein Großteil der Frauen. Sogar bei Babys im Mutterleib wurde es schon beobachtet.«

»Im Mutterleib? Echt?«

»Es gibt Ultraschallaufnahmen von In-utero-Masturbation, ja.«

»Aha.« Er reibt sich den Nacken.

Plötzlich kommt mir der Gedanke, dass er dabei vielleicht an mich gedacht hat, und ich betrachte eingehend die Socken an meinen Füßen.

»Und du bist reingekommen, weil du das Flugzeug reparieren wolltest?«, fragt er.

»Genau.«

»Mitten in der Nacht?«

»Es ging mir nicht mehr aus dem Kopf.«

»So wichtig ist das aber wirklich nicht.«

»Doch«, sage ich. »Ist es wohl. Deine Flugzeuge sind dir wichtig. Und ich finde keine Ruhe, bis es wieder heil ist.«

Er mustert mich ein paar Sekunden lang. »Ich hole es her.«

Kurz darauf sitzen wir am Küchentisch, das kaputte Flugzeug zwischen uns, daneben eine Tube Kleber, ein Töpfchen mit grüner Farbe und ein winziger Pinsel. Stanley trinkt Kaffee aus einer Schneemann-Tasse, während ich Klebstoff auf die Bruchstelle streiche. Stanley wirkt inzwischen etwas entspannter.

Mir fällt auf, dass das Flugzeug nicht ganz so ordentlich aussieht wie die anderen. Die Räder stehen ein bisschen schief und die Farbe ist ziemlich ungleichmäßig aufgetragen, sodass man an einigen Stellen die Pinselstriche sieht. »Wann hast du dieses hier gebaut.«

»Als ich acht war, zusammen mit meinem Vater. Es war unser allererstes.«

Na klar. Und ausgerechnet das habe ich kaputt gemacht.

Mein schlechtes Gewissen steht mir offenbar ins Gesicht geschrieben, denn er fügt hastig hinzu: »Ist schon in Ordnung. Ehrlich.« Er blickt ins Leere. »Ich meine, klar ist dieses Flugzeug was Besonderes, aber ... das ist ziemlich kompliziert. Mein Vater hat es mir als eine Art Wiedergutmachung geschenkt.«

»Wofür.«

»Ist doch jetzt egal.«

Ich drücke die Tragfläche ans Flugzeug und puste auf den Kleber, damit er schneller trocknet. Stanley hat noch nicht viel von seinen Eltern erzählt. »Du hast gesagt, dass du deinen Vater nicht mehr oft siehst. Warum nicht.«

Mit einem Finger lässt er den kleinen Propeller an der Flugzeugnase kreisen. »Er und Mom haben sich getrennt, als ich neun war. War nicht so schön.« Er fummelt an der Klebstofftube

145

herum, den Blick unverwandt auf die Tischplatte gerichtet. »Ich wünschte, sie hätte ihn nicht rausgeworfen. Ich meine ... er hat es ja nicht *absichtlich* getan.«

Seine Worte senden mir einen leichten Schauer über den Rücken. »Was hat er nicht absichtlich getan.«

Stanleys Lippen werden schmal. Er schweigt fast eine Minute lang. »Mein Vater war immer ein körperbetonter Mensch. Er hat gern gerauft und gerangelt, nur so zum Spaß, als Ausdruck seiner Zuneigung, verstehst du? Aber wenn er getrunken hatte, konnte er seine Kraft manchmal nicht mehr richtig einschätzen und da ... hat er mir halt den Arm gebrochen.«

Ich mache den Mund auf, aber es kommt nichts heraus.

»Es war ein ziemlich komplizierter Bruch«, sagt Stanley. »Ich musste operiert werden. Meine Mutter hat ihm das nie verziehen. Nachdem er ausgezogen war, habe ich ihn nur noch in den Ferien gesehen, und auch damit war dann irgendwann Schluss. Vielleicht hatte er Angst, dass ihm so was noch mal passiert ... Vielleicht war das aber auch nur ein Vorwand und er hatte nicht den Mumm, in der Nähe zu bleiben. Meine Eltern hatten es mit mir weiß Gott nicht leicht, aber trotzdem hätte er nicht ...« Er verstummt. Holt tief Luft. »Ab und zu telefonieren wir miteinander und er schickt mir Geld, wenn ich welches brauche. Er zahlt mein Studium und auch den Großteil meiner Arztkosten. Und dafür bin ich ihm auch dankbar ... wirklich. Ich weiß nicht, wie ich sonst klarkommen sollte. Aber als ich ihn das letzte Mal gefragt habe, ob wir uns mal wieder zum Essen treffen wollen, ist er ganz still geworden. Und dann hat er gesagt, lieber nicht. Das wäre besser für mich.« Stanleys Hand ballt sich zu einer Faust. »Und bei der Beerdigung mei-

146

ner Mutter hat er sich nicht mal blicken lassen. Hinterher hat er angerufen und sich entschuldigt – angeblich sei das alles zu schmerzhaft für ihn gewesen. Also habe ich ganz allein dort gestanden und zugesehen, wie sie ihren Sarg in die Erde gesenkt haben.«

Er nimmt das Modellflugzeug in die Hand, pustet sanft auf den Kleber und tupft ein bisschen Farbe auf den Flügel. Dann stellt er es wieder auf den Tisch. »Na bitte. Was habe ich gesagt? So gut wie neu.«

Über die Bruchstelle verläuft ein dunkelgrüner Streifen. Die Farbe hat offenbar nicht ganz den gleichen Ton, man sieht, dass dort etwas repariert worden ist.

Es dauert ein paar Sekunden, bis ich meine Stimme wiederfinde. »Tut mir leid«, sage ich. Ich weiß nicht, ob ich das Flugzeug oder alles andere meine.

Er versucht ein Lächeln, aber um die Ränder ist es ganz fest, als täte es ihm weh. »Schon okay. Könnte sehr viel schlimmer sein. Eigentlich kann ich noch von Glück sagen …«

Ich lege meine Hand auf seine und er verstummt. Eine Weile sagen wir beide nichts. In seinen Augen schimmern ungeweinte Tränen und er blinzelt heftig, um sie nicht entkommen zu lassen.

Schließlich wischt er sie mit dem Ärmel weg und lächelt wieder. Diesmal sieht es schon etwas natürlicher aus. »Soll ich mal Frühstück machen? Ich habe Eier da.«

14. KAPITEL

Als ich später an diesem Morgen Stanleys Haus verlasse, ist alles nass vom Regen, der Himmel fast noch dunkel und der Fußweg glänzt. Das schwache Licht der Dämmerung färbt den Horizont perlgrau.

Ich habe ein seltsames Gefühl in der Brust. Ein Gefühl von Leere – nein, das stimmt nicht ganz. Eher von Leichtigkeit. Alles ist irgendwie intensiver als sonst. Als der Morgen sich jetzt allmählich über die Welt ausbreitet, ist er so strahlend hell wie ein überbelichtetes Foto, als wäre die Luft mit elektrischen Teilchen geladen. In den letzten Tagen ist so viel passiert, dass ich gar nicht weiß, wie ich das alles verarbeiten soll.

Insgesamt, so beschließe ich, war die Erfahrung positiv.

Mit Dr. Bernhardt bin ich erst wieder für die nächste Woche verabredet, aber als ich an diesem Nachmittag von der Arbeit komme, steht sein Wagen vor meinem Haus.

Er wartet draußen, in einer Tweedjacke, einen schwarzen Schirm über sich aufgespannt. Ich steige aus und gehe auf ihn zu. Seine Kleidung ist feucht, seine Brille beschlagen. Feiner Nieselregen fällt unablässig vom Himmel und malt kleine Kringel in die Pfützen auf dem Fußweg.

Das ist jetzt schon das zweite Mal, dass er vor dem vereinbarten Termin bei mir auftaucht. Wo er doch *weiß*, wie sehr mich das aus der Fassung bringt. »Heute ist nicht Mittwoch«, sage ich.

»Ich weiß. Entschuldige, dass ich schon wieder unangemeldet hier aufkreuze, aber nach deinem Anruf neulich wollte ich dich gern persönlich sprechen. Offen gestanden war ich ziemlich beunruhigt. Du warst ja geradezu ... aufgewühlt. So emotional habe ich dich, glaube ich, noch nie erlebt.«

Ich starre auf meine Schuhe hinunter. »Ich hätte Sie nicht anrufen sollen. Ich habe unter Schlafentzug gelitten. Mein Urteilsvermögen war beeinträchtigt ...«

»Nein, nein, so meine ich das gar nicht. Ich wollte nur mal nachsehen, ob alles in Ordnung ist.«

»Es geht mir wieder gut. Und ich will auch kein *Elontril* mehr haben.«

Er runzelt die Stirn und mustert mein Gesicht durch seine kleinen, runden Brillengläser. »Tja, das freut mich, aber ehrlich gesagt ... frage ich mich schon, ob *ich* womöglich für diesen Vorfall verantwortlich bin.«

Mein Kapuzenpulli feuchtet allmählich durch. Ich fange an zu frösteln. »Wie meinen Sie das?«

»Na ja, schließlich habe *ich* dich aufgefordert, auf andere Leute zuzugehen. Ich dachte, soziale Kontakte würden dich vielleicht weiter stabilisieren, aber anscheinend war eher das Gegenteil der Fall.«

Meine Rückenmuskeln spannen sich an. »Ich *bin* stabil.«

Der Regen ist jetzt stärker geworden. Dicke Tropfen prasseln auf uns herab.

»Wollen wir vielleicht reingehen?«, schlägt er vor.

»Ich habe noch was vor«, murmele ich.

Er seufzt. »Also gut, ich fasse mich kurz. Zwischenmenschliche Beziehungen sind natürlich wichtig. Aber eine zu schnelle und zu enge Bindung kann sich genauso nachteilig auswirken wie völlige Vereinsamung. Wenn dein Interesse für diesen Jungen tatsächlich obsessive Züge annimmt, könntest du leicht in eine Abhängigkeitsbeziehung rutschen.«

Ich packe meinen Schlüsselbund so fest, dass mir die Metallkanten in die Handfläche schneiden. »Sie wollen, dass ich aufhöre, mich mit Stanley zu treffen.«

»Nein. Das musst du selbst entscheiden. Sei einfach … vorsichtig.«

»Ich nehme Ihren Rat zur Kenntnis.« Ich wende mich ab und gehe aufs Haus zu.

»Alvie.«

Ich bleibe stehen.

»Vergiss nicht unseren Gerichtstermin.«

Kalter Regen läuft mir in den Nacken. Was will er mir damit sagen?

Dr. Bernhardt hat zwar keinerlei Kontrolle über die richterliche Entscheidung, aber seine Meinung als Betreuer hat natürlich großen Einfluss. Ob er sich kritisch über mein Urteilsvermögen äußern wird, wenn ich mich weiterhin mit Stanley treffe? Mir wird plötzlich klar, dass eine Ablehnung meiner vorzeitigen Rechtsmündigkeit nicht das Schlimmste ist, was bei diesem Gerichtstermin passieren kann. Richterin Gray könnte auch zu dem Schluss kommen, dass ich nicht weniger, sondern *mehr* staatliche Betreuung brauche, und mir einige der Rechte und Freiheiten, die ich im Moment besitze, kurzerhand wieder entziehen.

»Den vergesse ich nicht«, sage ich.

Er nickt, lächelt ein undurchschaubares Lächeln und steigt in seinen Wagen. »Wir sehen uns Mittwoch.« Er schließt die Tür und fährt los. Das Wasser in den Pfützen spritzt unter seinen Reifen auf.

Ich presse die Zähne aufeinander. Nur wegen Dr. Bernhardt habe ich den Kontakt zu Stanley überhaupt aufgenommen. *Er* war es doch, der unbedingt wollte, dass ich mich anderen Leuten gegenüber öffne. Und jetzt scheint er plötzlich zu glauben, dass ich doch noch nicht so weit bin. *Abhängigkeitsbeziehung.* Ist er jetzt auch einer dieser Psychologen geworden, die meine Gefühle ans Licht zerren und mit medizinischen Etiketten versehen wollen? Oder teilt er insgeheim die Ansicht von Tobys Kumpel, dass so gestörte Leute wie ich lieber keine Beziehungen eingehen sollten? Bei dem Gedanken verhärtet sich etwas in meiner Brust.

Immer wieder höre ich seine Worte: *Aber eine zu schnelle und zu enge Bindung kann sich genauso nachteilig auswirken wie völlige Vereinsamung.* All die Jahre habe ich die Nähe anderer Menschen für gefährlich gehalten und Dr. Bernhardt hat mir ständig versichert, diese Angst sei unbegründet und ich sei zu wesentlich mehr in der Lage, als ich mir zutrauen würde. Aber jetzt scheint er seine Meinung geändert zu haben.

Vielleicht hat er jetzt endlich erkannt, wie kaputt ich in Wirklichkeit bin.

Die Stufen knarren unter meinen Füßen, als ich zu meiner Wohnung hochgehe. Meine Finger krallen sich immer noch fest um den Schlüsselbund.

Auf dem Treppenabsatz flackert eine Glühbirne unregelmäßig vor sich hin. Der Geruch nach ranzigem Käse dringt mir in die Nase, prickelt in meinen Nebenhöhlen und ein Niesen steigt in mir auf. Meine Brust fühlt sich heiß und eng an, die Luft ist so stickig und verbraucht, als würde man abgestandene, lauwarme Limonade einatmen. Einer plötzlichen Eingebung folgend kehre ich um und gehe wieder in den kühlen, regnerischen Nachmittag hinaus.

Ich muss unbedingt mit Stanley sprechen.

Das Westerly College besteht aus einer Ansammlung gesichtsloser, beigefarbener Gebäude, grüner Rasenflächen und Bäume. Es sieht eher aus wie ein Schulungscamp für Unternehmen. Stanley hat mir schon erzählt, dass er sein College nicht besonders mag, aber es gehörte zu den wenigen, die für ihn noch bezahlbar und halbwegs gut erreichbar waren.

Ich weiß, dass er heute um fünf Uhr Schluss hat, und so stelle ich mein Auto auf dem riesigen, fast voll besetzten Parkplatz vor dem Gebäude für Naturwissenschaften ab, in dem vermutlich gerade sein Neurobiologie-Seminar stattfindet. Ich steige aus, gehe auf das Gebäude zu und spähe in die Lobby. Von einem Haken an der Wand lächelt mir ein sehr vermenschlichter Hai entgegen – ein Sportmaskottchen, nehme ich an.

Kurz darauf verlassen die ersten Studenten das Gebäude. Die gläserne Doppeltür schwingt auf und ich entdecke Stanleys Gesicht. Ich will mich gerade entspannen, als sich plötzlich jeder Muskel in mir versteift.

Ein Mädchen in seinem Alter läuft neben ihm her und hat sich bei ihm eingehakt. Sie trägt eine glänzende pinkfarbene Jacke und blondes Haar umwabert in aufgeplusterten Wolken ihr Gesicht wie Zuckerwatte. Sie lächeln und unterhalten sich – worüber, kann ich nicht hören. Stanley sagt etwas und sie lacht, mit weit geöffnetem Mund, sodass zwei Reihen kleiner weißer Zähne sichtbar werden. Als Stanley mich entdeckt, bleibt er wie angewurzelt stehen. »Alvie?«

Das Mädchen ist zierlich und hübsch und hat große blaue Augen, wie eine Puppe. Sie mustert mich von oben bis unten, registriert mein schlabbriges T-Shirt, den ausgefransten Rock und die Falten werfende Strumpfhose und lächelt mich dann gezwungen an. Auf einem ihrer Schneidezähne hat sie einen winzigen pinkfarbenen Fleck von ihrem Lippenstift. »Oh, hallo.« Sie hat Stanleys Arm nicht losgelassen.

Er räuspert sich und macht sich sanft von ihr frei. »Das ist Dorothy. Dorothy, das ist meine Freundin Alvie.«

»Alvie? Echt? Wie dieser Typ aus dem *Stadtneurotiker*?«

»Der wird anders geschrieben«, nuschele ich. Sie ist von einer schweren, süßlichen Duftwolke umgeben – Parfüm oder Shampoo, irgendwas Künstliches, das mir in der Nase juckt.

»Wie findest du den Film?«, fragt sie. Ich weiß nicht, an wen ihre Frage gerichtet ist, aber da ich ihn nicht gesehen habe, halte ich den Mund.

Stanley nimmt es auf sich, die Stille zu füllen: »Das ist einer der besten Filme, die ich kenne.«

Sie strahlt. »Finde ich auch.«

Ich will, dass Dorothy verschwindet.

Ich schiebe mich näher an Stanley heran und ergreife so abrupt seinen Arm, dass er zusammenzuckt. Dorothys Blick flackert kurz zu meiner Hand, die sich wie eine Klammer um seinen Bizeps legt. Aber ich lasse nicht los und sehe mit Befriedigung, wie ihr allzu weißes Lächeln erlischt.

Sie räuspert sich. »Also, wir sehen uns morgen.«

»Alles klar, bis dann.«

Einen Moment lang bleibt sie noch unschlüssig stehen, während ihr Blick zwischen uns hin- und herwandert. Dann macht sie auf dem Absatz kehrt und geht ins Gebäude zurück.

«Alvie.« Stanleys Stimme klingt gequält.

Ich lasse seinen Arm los. »'tschuldigung.« Ich hatte gar nicht gemerkt, wie fest ich ihn umklammert hatte.

»Was ist denn los?«

Ich verschränke die Arme. Eben hatte ich noch unbedingt mit ihm reden wollen, aber jetzt weiß ich nicht mal mehr, warum. »Seid ihr … ich meine, ist sie …« Ich schlucke. Mein Herz fühlt sich an, als würde es von einer starken Faust zusammengedrückt.

»Sie ist in meinem Bio-Seminar«, sagt er und seine Stimme klingt überrascht.

»Sie hat sich …«, ich zeige auf seinen Arm, »bei dir eingehakt.«

»Ach so, das. Sie will mir unbedingt« – er deutet auf den Stock – »behilflich sein. Seit ich den Gips habe, besteht sie darauf, mich zum Auto zu begleiten. Eigentlich nervt mich das, aber ich bringe es nicht übers Herz, ihr das zu sagen.«

Die unsichtbare Faust in meiner Brust lockert sich ein wenig, aber das seltsame Gefühl in meinem Magen bleibt.

»Also, was führt dich her?«, fragt er. »Ich freue mich natürlich, dich zu sehen, aber ich habe überhaupt nicht damit gerechnet.« Ich starre auf meine Schuhe hinunter. In meinem Innern herrscht wirbelndes Chaos. Ich brauche erst mal ein bisschen Abstand, um diesen Wust an Gefühlen zu verarbeiten. »Ich wollte dich nur mal besuchen. Aber jetzt muss ich wieder los.«

»Oh.« Seine Augenbrauen ziehen sich zusammen. »Gut, also dann. Ich melde mich später noch bei dir, okay?«

Ich steige ins Auto und fahre los, die Hände fest ums Lenkrad geklammert. Sie ist nur eine Kommilitonin, das hat Stanley selbst gesagt, und ich glaube ihm. Aber der Knoten in meinen Bauch geht trotzdem nicht weg.

Bisher habe ich mir einreden können, Stanley und ich wären in der gleichen Situation – zwei Außenseiter am Rand der Gesellschaft –, aber das stimmt so nicht. Ihm stehen ganz andere Möglichkeiten offen, auch wenn er sich darüber vielleicht nicht im Klaren ist. Mit Dorothy zusammen hat er so entspannt gewirkt, so locker und unbefangen, wie es für normale Menschen selbstverständlich ist.

Der Knoten in meinem Magen ist keine Eifersucht. Das wäre zu einfach. Es ist eher die Erkenntnis, dass er dieses Gefühl der Sorglosigkeit mit mir niemals haben wird – haben kann.

Mit mir ist überhaupt nichts locker und unbefangen.

15. KAPITEL

Ich fahre eine Zeit lang durch die Gegend, ohne auf den Weg zu achten. Ich lasse die Gedanken schweifen und mein Körper bewegt sich wie auf Autopilot. Als ich wieder zu mir komme, stehe ich auf dem Parkplatz meiner alten Grundschule, einem gesichtslosen gelben Ziegelbau mit schmalen Fenstern.

Warum bin ich ausgerechnet hier gelandet? Seit Jahren habe ich keinen Fuß mehr auf dieses Gelände gesetzt.

Manchmal sehe ich im Traum noch die Gänge vor mir, die olivgrünen Kacheln und die eintönig blauen Schließfächer, und habe den muffigen Geruch in der Nase, eine Mischung aus altem Teppich, laminierten Postern und Sägemehl.

Einige meiner Erinnerungen sind ziemlich diffus, weil ich den Großteil meiner Zeit hier in einem Nebel der Betäubung verbracht habe. Dr. Evans, meine Psychiaterin, hatte die Dosis meiner angstlindernden Medikamente immer weiter erhöht, aber ich konnte noch so viele Pillen schlucken, ich spürte trotzdem, wie der Druck in mir immer größer wurde.

»Wenn ich doch bloß keine Tabletten mehr bräuchte«, habe ich mal bei einer unserer wöchentlichen Sitzungen zu ihr gesagt. »Wenn ich doch bloß nicht mehr ständig meine Gefühle unterdrücken müsste.«

»Deine Symptome«, hat sie erwidert. »Die Tabletten unterdrücken deine *Symptome*.«

Als ich ihre Praxis verließ, hatte ich das Gefühl, als hätte sie einen unsichtbaren Teil von mir verschlungen.

Die Abendsonne spiegelt sich in den Fenstern der Schule und verwandelt sie in flüssiges Gold. Mein Sichtfeld verschwimmt.

Und auf einmal bin ich wieder zehn Jahre alt, ein kleines, drahtiges Mädchen mit geflochtenen Zöpfen, blasser Haut und ausdruckloser Miene. Ich schlurfe den schmalen Flur entlang und beobachte meine verzerrtes Spiegelbild in den blanken Fliesen.

Schallendes Gelächter ertönt und ich hebe den Kopf. Vor mir sehe ich drei Jungen, die um einen kleineren, pummeligen Jungen herumstehen, dessen Augen vom Weinen rot und geschwollen sind. Ich kenne ihn. Sein Vater hat letztes Jahr Selbstmord begangen. Es wurde viel darüber geredet.

»Und wisst ihr auch, warum er sich umgebracht hat?«, fragt eine laute Stimme. »Weil er's nicht mehr ertragen konnte, eine Schwuchtel als Sohn zu haben.«

Weiteres Gelächter.

Das Blut pocht in meinem Schädel, immer lauter und lauter. Ein roter Nebel legt sich vor meine Augen. Langsam gehe ich auf die Gruppe zu.

Einer der größeren Jungs wendet sich zu mir um und grinst.

»Seht mal, da kommt Robo-Spast.«

Meine Faust kracht ihm in die Zähne und er kippt, mit den Armen wedelnd, nach hinten.

An den eigentlichen Kampf kann ich mich nur noch vage erinnern. Sie ziehen mich an den Haaren und versuchen, mich auf den Boden zu werfen, aber ich schlage und trete einfach immer weiter. Blut tropft auf den Boden. Ein Fausthieb landet in meinem Magen, aber ich spüre ihn kaum. Ich verbeiße mich in eine Hand und ein Schrei ertönt.

Ich bin schon öfter auf irgendwelche Schlägertypen in der Schule losgegangen, aber noch nie mit einem solchen Hass. Ich raste einfach aus. Vielleicht, weil ich diesmal mit ansehen musste, wie sie jemand anders fertigmachen; es fühlt sich jedenfalls so gut an, dass ich gar nicht mehr aufhören kann. Als alles vorbei ist, rennen die Jungs durch den Gang davon, und ich bin vor den Schließfächern zusammengesackt, schwitzend und keuchend. Meine Fingerknöchel sind blutig.

Später sitze ich dann im Büro des Direktors und rutsche auf dem harten Plastikstuhl herum. Meine linke Wange tut weh. Der Bluterguss färbt sich schon allmählich blau.

Der Direktor mustert mich aus seinen winzigen dunklen Knopfaugen.

Er kann mich nicht leiden. Das weiß ich, weil ich nach einem früheren Super-GAU und dem daraus folgenden Besuch in seinem Büro an der Tür gelauscht und gehört habe, wie er zu seiner Sekretärin sagte: *Dieses Mädchen ist irgendwie nicht normal. Mal benimmt sie sich wie eine kleine Erwachsene, dann wieder wie ein wildes Tier. Man weiß nie, woran man bei ihr ist.*

»Vielleicht ist dir der Ernst der Situation noch nicht so richtig bewusst«, sagt er. »Du hast drei deiner Mitschüler ernsthaft verletzt. Nach Aussage von Zeugen hast du sie grundlos angegriffen. Ich weiß, dass du besondere Herausforderungen zu bewältigen hast, und ich habe versucht, darauf Rücksicht zu nehmen, aber ich kann eine solche Gewalttätigkeit an meiner Schule nicht dulden. Ist das klar?«

Ich starre ihn wütend an. »Was die drei zu dem kleinen Jungen gesagt haben, war viel schlimmer, als das, was *ich* dann mit ihnen gemacht habe.«

Er atmet langsam durch die Nase ein und durch den Mund wieder aus. »Du hättest einen Lehrer holen oder gleich zu mir kommen sollen.«

»Das habe ich schon hundert Mal versucht, wenn *ich* das Opfer war, aber es hat nie etwas genützt. Wenn Sie glauben, ich lasse mir das ewig gefallen, sind Sie ein Idiot.«

Sein Mund ist nur noch eine schmale Linie. Er greift zum Telefon und wählt eine Nummer.

Kurz danach betritt meine Mutter das Büro. Er erzählt ihr, was passiert ist. Sie hört schweigend zu und wird immer blasser.

»Es tut mir sehr leid, Miss Fitz, aber Ihre Tochter braucht eine andere Förderung, als wir sie hier gewährleisten können. Wie Sie sicher wissen, gibt es spezielle Schulen für Kinder wie sie, wo man besser auf ihre Bedürfnisse eingehen kann.«

Mama krallt sich an ihrer Handtasche fest, dass die Haut um ihre Fingernägel fast weiß aussieht. »Das können Sie doch nicht machen.« Ihre Stimme klingt dünn und zittrig wie die eines kleinen Mädchens. »Bitte. Sie … sie hat doch schon große Fortschritte gemacht …«

»Es ist besser für Alvie«, sagt der Direktor. »Und für uns alle, Sie eingeschlossen.« Sein Tonfall ändert sich, wird zuckersüß und schleimig. »Sie stehen doch sicher auch unter großem Druck – alleinerziehend und mit Vollzeitjob. Sie brauchen auch mal eine Pause. Für Sie wäre etwas mehr Unterstützung doch sicher auch …«

Mama springt auf die Füße. Der Direktor zuckt zusammen, schnappt sich einen dicken Aktenordner und hält ihn vor sich wie einen Schild. Ich rutsche auf meinem Stuhl herum. Mama atmet schwer, ihre Augen sind glasig. »Was wissen Sie denn schon von mir?«, ruft sie. »Sie wissen doch gar nicht, was ich durchgemacht habe. Also erzählen Sie mir auch nicht, was *ich* brauche.«

»Natürlich nicht.« Er windet sich. »Ich meinte doch nur …«

»Was ich brauche, ist, dass Sie meiner Tochter noch eine Chance geben. Sie hat das Recht auf eine normale Kindheit. Verstehen Sie das?« Ihre Stimme wird immer höher. »Wenn Sie sie von der Schule werfen, dann verklage ich Sie bis auf den letzten Cent, den Sie besitzen, das schwöre ich bei Gott. Ich treibe diese Schule in den Ruin.«

Sein Gesicht wird hart. »Miss Fitz, ich muss Sie jetzt bitten zu gehen. Und nehmen Sie Ihre Tochter gleich mit.«

Ihre Finger zucken und krümmen sich, als wollte sie ihm jeden Moment mit einem Satz über den Tisch hinweg an die Gurgel springen. »Sie haben doch alle überhaupt keine Ahnung.« Ihre Worte klingen erstickt. »Sie wissen doch gar nicht, wie viel Mühe sie sich gegeben hat – wie viel Mühe *ich* mir gegeben habe. Und das wollen Sie uns jetzt einfach nehmen? Ist Ihnen denn nicht klar …«

»Mama«, flüstere ich. »Ist schon gut.«

Sie blinzelt ein paarmal, dann löst sich die Starre in ihrem

Gesicht und ihre Schultern sacken nach unten. Sie wendet sich ab. »Komm, Alvie, wir gehen.«

Als wir aus dem Schulgebäude kommen, riecht die Luft nach Regen und die Wolken hängen tief. Kleine Schottersteinchen knirschen unter meinen Sohlen, als wir zum Auto laufen. Auf der Heimfahrt sagt Mama kein Wort. Sie macht nicht mal das Radio an. Ich zappele mit den Füßen. Draußen sitzen Krähen auf Telefondrähten und beobachten uns.

»Mama«, sage ich, »wusstest du, dass viele Leute Krähen für Raben halten?«

Schweigen.

»Dabei kann man sie eigentlich gut auseinanderhalten, weil Raben viel größer sind, aber die Leute verwechseln sie trotzdem.«

Immer noch nichts.

»Krähen sind ziemlich intelligent. Sie benutzen Grashalme oder kleine Zweige als Werkzeug, um sich Nahrung zu beschaffen.«

»Alvie, bitte. Nicht jetzt.«

Als wir zu Hause sind, setzt sie sich einen Kaffee auf, vergisst ihn dann aber wieder. Sie läuft ziellos durch die Küche, nimmt einen Lappen und wischt den Tisch ab, obwohl der schon sauber ist. Dann kauert sie sich vor eine Schublade und nimmt ein kleines Stück Papier heraus. Ich kann es von meinem Platz aus nicht genau sehen, aber ich weiß, was sie in dieser Schublade aufbewahrt. Es ist ein Foto von meinem Vater – das einzige, das sie von ihm besitzt. Er steht in der Sonne, die Hände auf einem Fahrradlenker, und lächelt. Er ist groß und schlaksig, mit sehr kurzen Haaren und einer dicken

Brille mit schwarzem Gestell. Auf die Rückseite des Fotos hat jemand mit Bleistift ein Datum hingekritzelt – ein paar Monate vor meiner Geburt.

Ich hole mir einen überdimensionalen Hasen aus Plüsch vom Sofa und kauere mich mit ihm auf den Wohnzimmerboden. Ein paar Minuten später legt sie das Foto wieder weg, setzt sich aufs Sofa und schaut mich an, mit harten Falten um Mund und Augen.

Ich warte darauf, dass sie mich fragt, was passiert ist, aber sie tut es nicht.

»Du warst so nah dran, Alvie. Du hättest fast bis zum Ende des Schuljahrs durchgehalten.« Sie stützt die Ellbogen auf die Knie und lässt den Kopf in ihre Hände sinken. »Warum ausgerechnet jetzt?«

Ich rolle mich zu einer Kugel zusammen, den Hasen im Schoß, und drücke das Gesicht in sein Plüschfell.

»Bitte sags mir, Alvie.« Ihre Stimme bricht. »Was muss ich tun? Ich würde dir so gern helfen, aber ich weiß nicht, wie. Sag mir, was du brauchst. Sag mir, was ich tun kann, damit das aufhört. Soll ich dich noch mal zu einem anderen Arzt schicken?«

»Ich gehe zu keinen Ärzten mehr«, sage ich mit dumpfer Stimme in das Hasenfell hinein.

»Was dann? Soll ich tun, was dieser Mann gesagt hat, und dich auf die Sonderschule schicken? Wo die Hälfte der Kinder kaum sprechen kann?«

»Ich kann doch einfach zu Hause bleiben. Du kannst mich unterrichten.«

Sie fährt sich mit den Fingern durchs Haar. »Ach, Süße, das

ist doch nicht ... Du musst doch auch lernen, mit anderen Menschen zurechtzukommen. Wenn du hier allein bleibst, ist das mit Sicherheit das *Allerschlimmste.* Du sollst doch irgendwann selbstständig werden. Freunde finden. Aufs College gehen und eigene Kinder haben. Aber daraus wird nichts werden, wenn wir das jetzt nicht irgendwie hinkriegen.«

Sie schlägt die Hände vors Gesicht. »Ich habe immer wieder denselben Traum«, flüstert sie zwischen ihren Fingern hindurch. »In dem du vierzig bist und nichts sich geändert hat. In dem du den ganzen Tag in deinem Zimmer hockst und immer nur Labyrinthe malst. Ich will doch nur das Beste für dich, aber das ist so schwer. Ich weiß einfach nicht mehr, was richtig und was falsch ist.«

Meine Arme schließen sich noch fester um den Hasen und ich fange an, vor und zurück zu schaukeln. Ich wage es nicht, sie anzusehen, aber ich höre ihr Schniefen, ihre erstickten Schluchzer. Jeder einzelne davon tut weh.

»Manchmal«, flüstert sie, »bist du so weit weg.«

Ich verstehe nicht, was sie meint. Ich sitze doch direkt vor ihr.

»Und es kommt mir vor, als würde alles immer noch schlimmer«, sagt sie. »Als würdest du immer weiter von mir wegdriften und ich kann dich nicht retten.«

Ihre Worte ergeben für mich keinen Sinn, aber ich sehe, dass sie traurig ist, und ich weiß, dass ich daran schuld bin. Meine Finger vergraben sich im Fell des Hasen. Ich habe Angst, etwas Falsches zu sagen, sodass sie noch trauriger wird, also sage ich lieber nichts.

Sie holt zitternd Luft. »Tut mir leid.« Sie wischt sich die Augen und lächelte mich unsicher an. »Lass uns was unternehmen. Wir könnten zum See fahren. Wie hört sich das an?«

Die Anspannung in mir lässt nach. Ich mag den See. »Gut.«

Während der Fahrt sagt Mama: »Wir schaffen das. Du wirst schon sehen. Alles wird anders. Ich weiß noch nicht, wie, aber ich glaube ganz fest daran. Magst du Musik hören?«

»Ja.«

Wir legen eine Kassette ein. Ich lehne die Wange ans Seitenfenster. Mein Atem lässt das Glas beschlagen, während Felder und Häuser draußen vorbeirollen. Unten um meinen Hals ist es irgendwie ganz eng, wie von einem unsichtbaren Draht. »Tut mir leid, dass ich dir so viel Ärger mache, Mama.«

Erst sagt sie gar nichts. Dann: »Du kannst doch nichts dafür, Liebes. Wenn überhaupt jemand Schuld hat, dann ich.«

Ich rutsche auf meinem Sitz herum. Draußen ziehen immer noch Felder und Ladenzeilen vorbei.

»Du warst so ein fröhliches Baby.« Ihre Stimme ist ganz sanft, als spräche sie im Schlaf. »Und völlig normal. Aber dann bist du in die Schule gekommen und plötzlich gab es ständig ... Probleme und aus irgendeinem Grund konntest du mit den anderen Kindern nicht spielen. Manchmal hast du dich nach der Schule einfach nur auf dein Bett gesetzt und bist immer vor und zurück geschaukelt ...« Ihre Stimme bricht. »Die Ärzte sagen alle, so was kommt eben vor, und dass die Eltern nichts dafürkönnen. Aber ich denke immer, was, wenn sie sich irren? Wenn ich vielleicht *doch* irgendwas falsch gemacht habe? Oder es noch hätte *ändern* können, wenn ich es nur früher bemerkt hätte und dir geholfen worden wäre, *bevor* der ganze Ärger losging, oder … ach, keine Ahnung.« Sie reibt sich die Augenwinkel. »Ich fühle mich, als … hätte ich bei dir versagt.«

Das stimmt nicht. Das weiß ich ganz genau. Aber ich weiß nicht, wie ich ihr das begreiflich machen soll. Ich habe keine Worte dafür.

Als sie wieder etwas sagt, ist ihre Stimme kaum hörbar: »Ich vermisse dein wahres Ich.«

Ein eisiger Schauer überläuft mich. *Das* ist *mein wahres Ich, Mama,* will ich sagen, aber meine Kehle ist wie zugeschnürt.

»Ich weiß natürlich, dass du noch irgendwo da drin bist«, fügt sie hastig hinzu, als hätte sie ihren Fehler bemerkt. »Nur halt … tief unter … allem andern.«

Vor uns liegt jetzt der See, blau und friedlich, aber das flaue Gefühl im Magen will nicht verschwinden. *Ich bin nicht »irgendwo da drin«, Mama, ich bin hier, direkt vor dir. Siehst du mich denn nicht?*

Am Seeufer breitet Mama eine Picknickdecke im Sand aus und holt die Sandwiches hervor. Ich sitze neben ihr, ein Marmelade-Erdnussbutter-Sandwich in der Hand, und schaue auf das glatte, glasklare Wasser hinaus. Es ist ein Teil des Michigansees, hat Mama mir erzählt, aber nur ein kleiner. Der See ist so groß, dass er vier verschiedene Bundesstaaten berührt, aber dieser Strand wirkt klein und beschaulich. Der Sand bildet eine weiße Sichel, am Rand von Bäumen gesäumt.

Ich beiße von meinem Sandwich ab. Es schmeckt trocken und zäh. Ich versuche, mich auf die warmen Sonnenstrahlen zu konzentrieren, auf die frische Brise und das beruhigende Plätschern der Wellen, die ans Ufer schwappen.

Mama streicht mir übers Haar. Ich habe nicht damit gerechnet, deshalb zucke ich ein bisschen zusammen, aber sie tut so, als würde sie es nicht bemerken. »Ich liebe dich so sehr. Du bist mein Ein und Alles. Das weißt du doch, oder?«

Der Sandwich-Bissen bleibt mir im Halse stecken. Mühsam schlucke ich ihn hinunter.

Ich vermisse dein wahres Ich.

Mit welchem *Ich* sie wohl gerade redet?

»Das weißt du doch, oder?«, wiederholt sie.

Ich bringe ein winziges Nicken zustande. Normalerweise würde ich jetzt *Ich dich auch* erwidern. Aber auf einmal habe ich Angst, überhaupt noch etwas zu sagen.

Ein Einsiedlerkrebs kriecht über den Sand. Ich sperre alles andere aus und beobachte die Bewegungen seiner segmentierten Beine, das Wedeln seiner Fühler, den Glanz seiner winzigen Stielaugen.

»Verzeihung, Miss? Entschuldigung?«

Blinzelnd hebe ich den Kopf. Ein übergewichtiger Mann mit schütterem, ergrautem Haar steht vor meinem Auto und späht zu mir herein. »Darf ich fragen, was Sie hier machen?«

Ich weiß nicht, wie lange ich hier schon auf dem Parkplatz vor der Schule stehe. Aber ich bin überrascht, dass um diese Zeit noch jemand hier ist. »Nichts.« Ich lasse den Wagen an und lege den Rückwärtsgang ein.

»Kenne ich Sie nicht?«, fragt der Mann mit seltsamer Stimme.

Erschrocken schaue ich noch mal zu ihm hoch. Es ist mein ehemaliger Direktor. Er ist massiger, als ich ihn in Erinnerung

166

habe, und in sein Gesicht sind tiefere Falten gekerbt, aber er
hat dieselben stechenden, kleinen Augen. »Nein«, sage ich. »Wir
sind uns noch nie begegnet.« Und bevor er noch etwas erwidern kann, fahre ich auch schon vom Parkplatz runter.

Inzwischen regnet es wieder, der Scheibenwischer flitzt hin
und her und durchschneidet das Wasser. Die Welt ist nur noch
ein grauer Nebel.

Mein Handy brummt und ich halte kurz an. Eine Nachricht
von Stanley: *Alles in Ordnung?* Ich starre auf die Worte, bis sie
vor meinen Augen verschwimmen.

– *Alles gut*, schreibe ich zurück.

– *Du bist so schnell verschwunden.*

– *Tut mir leid.*

Nach einer Minute kommt dann: *Hast du heute Abend
Zeit?*

Ich antworte: *Um acht im* Buster's.

Ich werfe einen Blick in den Rückspiegel. Meine Haut ist
blass und teigig, was die dunklen Ringe unter meinen Augen
noch besonders hervorhebt. Meine Lippen sind aufgesprungen
und zerbissen.

Für ein Treffen mit Stanley sollte ich mich wohl lieber noch
ein bisschen herrichten. Ich besitze kein Make-up – das Gefühl auf meiner Haut habe ich immer schon gehasst –, deshalb
kratze ich ein paar Münzen zusammen, die noch irgendwo zwischen den Sitzen in meinem Auto klemmen, und kaufe mir
im nächsten Drogeriemarkt eine Tube getönte Tagescreme. Ich
schmiere mir ein bisschen davon unter die Augen und schaue
wieder in den Rückspiegel. Keine große Verbesserung, aber immerhin.

Du bist eine schöne, intelligente junge Frau, hat Stanley gestern Abend gesagt. Und auch wenn es vollkommen lächerlich ist, möchte ich ihm möglichst keinen Anlass bieten, seine Meinung zu ändern.

16. KAPITEL

»Alvie?«

Ich beobachte gerade, wie die Kaffeesahne in meiner Tasse kreist. Jetzt schaue ich blinzelnd auf. »Was.«

»Ich habe gefragt, woran du denkst«, sagt Stanley.

Wir sitzen in einer Nische bei *Buster's*. Stanley war schon da, als ich kam.

Ich fahre mit einem Finger den Tassenrand entlang und antworte: »Ich habe an Kaninchen gedacht. Und wie konsequent sie sind.«

»Konsequent?«

»Wenn ein Weibchen trächtig ist, eine Geburt aber ungünstig wäre – weil sie unter Stress steht, das Futter knapp ist oder mit dem Embryo irgendetwas nicht stimmt –, dann kann es seinen Nachwuchs einfach reabsorbieren.«

Er runzelt die Stirn – unangenehm berührt, oder vielleicht auch nur erstaunt.

Ein Bild taucht plötzlich vor mir auf: Das ruhige Blau des Sees und Mama auf der Picknickdecke neben mir, ihre nackten, sommersprossigen Arme um die Knie geschlungen; ihr rötliches Haar – das gleiche Rot wie meines – umrahmt ihr Gesicht, die hellgrauen Augen sind auf einen Punkt in weiter Ferne gerichtet. Sie hat mir mal erzählt, dass sie mir als Kind sehr ähnlich war. Sehr ruhig, sehr schüchtern. Vielleicht nicht ganz so ausgeprägt, aber sie gehörte auch nie zu denen, die einen großen Freundeskreis um sich versammelten. Und ich vermute, dass mein Vater der einzige Mann war, mit dem sie je geschlafen hat, und er ist nicht lange geblieben.

Sie war neunzehn, als sie mich bekam. Nur zwei Jahre älter, als ich es jetzt bin.

»Bei Kaninchen«, fahre ich fort, »werden keine Jungen zur Unzeit geboren.« Mein Blick wandert aus dem Fenster. Draußen rumpelt ein Lkw vorbei und streut Salz auf die Straßen. »Das ist doch sehr konsequent, oder?«

»Vermutlich.« Mit den Schneidezähnen zieht er die Unterlippe nach innen und kaut auf ihr herum. Wenn er das tut, wirkt er immer viel jünger. »Ich meine, natürlich ist es immer besser, wenn solche Dinge geplant sind. Aber viele Kinder sind ungeplant und ihre Eltern lieben sie trotzdem.«

Liebe.

Ich erschauere und irgendetwas in mir drin klappt fest zu. »Aber Liebe ist kein Zaubermittel, das alle Probleme überwindet. Sie kann keine hungrigen Mäuler stopfen und auch keine Rechnungen bezahlen.«

»Nein. Das wohl nicht.« Seine Stimme klingt dünn und weit entfernt.

Ich hätte lieber den Mund halten sollen – ich sehe ja, wie unbehaglich er sich fühlt –, aber ich habe es satt, dass alle immer über Liebe reden, als könnte die alles heilen. Liebe macht die

Menschen unvernünftig, verleitet sie dazu, sich dumm und unbesonnen zu verhalten. Oder Schlimmeres. Für mich hat Liebe nichts mit Sicherheit oder Wärme zu tun, sondern mit Angst, mit Kontrollverlust. Mit Ertrinken.

Ich leere meine Kaffeetasse, ohne etwas zu schmecken. Ich habe nichts zu essen bestellt, mein Appetit hat sich verflüchtigt.

»Bist du sicher, dass alles in Ordnung ist?«

Meine Schultern versteifen sich. »Mir gehts gut.«

Er schaut weg, die Lippen zu einer blassen Linie zusammengepresst. Draußen vorm Fenster hat sich der Regen in nassen, schmuddeligen Schnee verwandelt. In fetten Flocken schwebt er vorbei und bleibt vorm Fenster liegen.

Stanley holt tief Luft. »Alvie, ich …«

Die Tür schwingt auf. Drei ältere Jungs stapfen herein, in Winterjacken und Pudelmützen, und fläzen sich in eine Nische auf der anderen Seite des Lokals. Sie reden laut, ihre Stimmen übertönen einander und vermischen sich. Einer von ihnen, ein Blonder mit einer ganzen Kollektion von Piercings, nimmt seine Mütze ab und legt die Füße auf den Tisch. Raues Gelächter erfüllt den Raum.

Stanley schaut kurz zu ihnen hinüber, dann wieder zu mir. »Hör mal … ich bin doch nicht blöd. Ich merke doch, dass irgendwas nicht stimmt. Wenn du nicht darüber reden willst, werde ich dich nicht drängen. Aber wenn du *meinetwegen* sauer bist, möchte ich das wissen. Du …«

Erneuter Ausbruch von Gelächter am anderen Tisch. Einer der jungen Männer hält sich zwei der Pudelmützen an die Brust, während ein anderer so tut, als würde er sie begrapschen. Stanley knirscht mit den Zähnen.

»Oooooh, Baby!«, quiekt der erste Junge in durchdringendem Falsett. Der blonde Junge hat jetzt angefangen an dem Mützenbommel zu saugen wie an einer Brustwarze.

»Leck ihr die Titten, Alter!«, grölt der dritte Junge. »Aber so richtig!«

Noch mehr Gelächter.

»Hey«, sagt der Blonde, »kennt ihr den? Unterhalten sich ein Hotdog und ein Schwanz, sagt der Hotdog …«

»Verzeihung«, ruft Stanley und wendet sich zu ihnen um. »Gehts auch etwas leiser? Ihr seid hier im Restaurant.«

Die jungen Männer verstummen und fixieren uns mit ihren Blicken. Der Blonde kneift die Augen zusammen. Er sieht aus wie Draco Malfoy aus den *Harry Potter*-Filmen, bis auf die silbernen Stecker in Nase und Ohren. »Kannst du das bitte noch mal sagen?«, fragt Draco. »Ich habs nicht ganz verstanden.«

»Ich habe gesagt …«

Ich lege Stanley die Hand auf den Arm. »Komm, lass uns einfach gehen.« Gerade jetzt habe ich überhaupt keine Lust, mich mit diesem Rudel halbwüchsiger Kojoten anzulegen, die ihre Dominanz beweisen wollen.

Stanley versteift sich und öffnet den Mund, als wollte er widersprechen. Dann senkt er den Blick, wirft ein paar Scheine auf den Tisch und steht auf, den Stock fest umklammert. Steifbeinig humpelt er zur Tür und ich folge ihm langsam, um zwischen ihm und den Jungs zu bleiben.

»Cleverer Schachzug«, ruft Draco. Ich ignoriere ihn.

Draußen auf dem Parkplatz rutscht Stanley im Schneematsch aus. Ich nehme seinen Arm, um ihn zu stützen.

Er zieht den Arm weg, ohne mich anzusehen. »Wo steht dein Auto?«

»Ich bin zu Fuß gekommen. Wo steht deins.«

»Der Parkplatz war voll.« Er weist auf die Autoreihen vor dem Restaurant. »Ich stehe etwas weiter die Straße runter. Ungefähr einen Block von hier.«

Mein Blick fällt auf einen der leeren Plätze gleich vorm Eingang.

»Die sind für Behinderte«, sagt er.

»Aber bist du nicht ...« Ich unterbreche mich und klappe den Mund zu.

»Andere Leute brauchen die dringender als ich.«

Ich beobachte ihn aus dem Augenwinkel, während wir die Straße hinuntergehen. Sein Auto steht fast ganz am Ende, unter einer einsamen Straßenlaterne. Es sieht ziemlich weit entfernt aus.

Sein Hinken kommt mir etwas ausgeprägter vor, während unsere Sohlen durch den schmutzigen Schneematsch platschen. Die Straße ist leer, die Stille wattig. Selbst mein eigener Herzschlag klingt seltsam gedämpft.

Er rutscht wieder weg. Ich hake mich bei ihm unter. »Halt dich an mir fest.«

Er zieht seinen Arm weg. »Ich komm schon klar.«

»Halt dich an mir fest, sonst fällst du hin.«

Er stolpert unsicher weiter, verliert das Gleichgewicht und stützt sich an einer Laterne ab. »Ich komm klar!«

Ich starre ihn nur wortlos an.

Er lässt sich an der Laterne nach unten gleiten, bis auf den Fußweg. Sein Stock landet neben ihm auf dem Boden. Sein

Atem geht stoßweise. »Verfluchte Scheiße«, flüstert er heiser und kneift die Augen zu. Er atmet immer noch schwer und hält den Laternenpfahl umklammert.

Ich mache einen zögernden Schritt auf ihn zu. Er sieht nicht auf. Dann durchbricht ein stetiges *Wump-Wump* die Stille. Schritte. Hinter uns.

Ein Kribbeln wie von einem Stromschlag fährt durch meinen Körper und sofort bin ich in höchster Alarmbereitschaft. Ich wende mich um und sehe drei Gestalten auf uns zukommen, die Gesichter in Schatten gehüllt.

Ich greife nach Stanleys Hand und ziehe ihn auf die Füße.

Er bückt sich nach seinem Stock. »Alvie, was …«

Ich beuge mich vor und flüstere: »Einfach weitergehen.« Wir laufen wieder los. Ich schiebe meine Hand in die Jackentasche mit meinem Schlüsselbund und fasse ihn so an, dass die einzelnen Schlüssel wie bei einem Schlagring zwischen meinen Fingern hervorstehen.

Stanley wirft jetzt auch einen Blick über die Schulter. »Vielleicht gehen sie bloß zu ihrem Auto zurück.« Doch sein Ton ist gedämpft und angespannt.

Ich sage nichts, sondern packe die Schlüssel nur noch fester. In Gedanken erstelle ich eine Skizze des menschlichen Körpers, auf der alle empfindlichen Stellen rot markiert sind: Augen, Kehle, Nieren, Leistenbeuge. Ich werfe einen Blick in die Runde, auf der Suche nach jemandem, den wir um Hilfe bitten könnten, aber die Straße ist verlassen.

Die Schritte werden jetzt lauter. Ich schaue mich um.

Die Gestalten hinter uns haben ihren Schritt beschleunigt und holen weiter auf. Es sind die drei Halbwüchsigen aus dem

Restaurant, immer noch mit ihren albernen Pudelmützen auf
dem Kopf. Doch ihr Gang ist jetzt ruhig und geschmeidig, wie
der eines Raubtiers.

»Lauf, Alvie«, flüstert Stanley keuchend. »Kümmere dich
nicht um mich. Mach, dass du wegkommst.«

»Vergiss es.« Mein Arm hakt sich noch fester in seinen. Die
jungen Männer hinter uns schweigen unheilvoll.

Ich presse die Kiefer aufeinander.

Einer von ihnen – der Blonde, der mich an Draco erinnert
hat – löst sich von der Gruppe, überholt uns in einem Bogen
und bleibt dann vor uns stehen. Er lächelt und zeigt dabei
einen schmalen Streifen weißer Zähne. Die beiden anderen
sind immer noch hinter uns und schneiden uns den Rückweg
ab. Sie sehen sich so ähnlich, dass sie beinahe Zwillinge sein
könnten. Beide sind sehr groß und stiernackig, mit Baseball-
Jacken und dünnem braunem Haar, das unter ihren Mützen
hervorschaut. Im Lokal sind sie mir irgendwie längst nicht so
groß vorgekommen.

Ich drücke mich enger an Stanley. Mein Herzschlag füllt
meinen ganzen Körper aus, bis in die Zehen und Fingerspitzen.
Ich kenne diese Typen. Ich habe sie noch nie gesehen, aber ich
weiß trotzdem, wer sie sind.

Sie sind die tausendfachen Feinde.

17. KAPITEL

»Ganz ruhig«, sagt Draco, immer noch lächelnd. »Wir wollen euch nichts tun. Wir erwarten nur eine höfliche, aufrichtige Entschuldigung.« Sein Akzent und sein Wortschatz haben einen Hauch von College – obere Mittelschicht –, aber die Schultern hat er in der aggressiven Haltung eines Schlägers nach vorne geschoben. Ich frage mich, ob er bewaffnet ist.

Stanleys Puls pocht sichtbar an seinem Hals. »Wir wollen keinen Ärger.«

»Na super«, sagt Draco. »Wir auch nicht. Also, wie siehts aus? Um uns zu beweisen, dass ihrs ernst meint, könntet ihr als Erstes mal auf die Knie gehen.«

Die Zwillinge lachen schnaubend, mit aufeinandergepressten Lippen. Sie versuchen, bedrohlich zu wirken. In Anbetracht ihrer Größe müssen sie sich da nicht allzu sehr anstrengen.

»Und wenn wir Nein sagen?«, fragt Stanley.

Draco hebt die Augenbrauen. »Tja, dann müssen wir wahrscheinlich unsere Enttäuschung zum Ausdruck bringen.«

Mein Arm spannt sich noch fester um den von Stanley. Er schiebt sich vor mich, schirmt mich mit seinem Körper ab.

Draco mustert mich kurz.»Was ist denn mit dieser kleinen Rothaarigen da? Kann die überhaupt sprechen?«

»Lass sie in Ruhe«, sagt Stanley energisch.

»Oha, jetzt wächst ihm plötzlich ein Schwanz«, sagt einer der Zwillinge.

»Deine Freundin?« Draco starrt mich unverwandt an. Ich starre zurück.»Nicht schlecht.«

»Halt dich von ihr fern«, sagt Stanley.

»Sonst?«

Meine Hand steckt immer noch in meiner Tasche und hält die Schlüssel umklammert. Meine Oberlippe zuckt und zieht sich von meinen Zähnen zurück. Mein Kopf ist heiß und mein Gehirn scheint anzuschwellen. Ich spüre, wie es pulsiert, mir von hinten gegen die Augen drückt.

»Ich meins ernst«, sagt Stanley.»Keinen Schritt weiter, sonst ...«

»Sonst was? Willst du dich mit mir prügeln?« Er versetzt Stanley einen kräftigen Stoß.

Stanley stolpert kurz zurück, stürmt aber gleich wieder vor. Draco gibt ihm einen zweiten Schubs, diesmal stärker, und er taumelt nach hinten, droht zu fallen. Ich fange ihn auf und wanke unter seinem Gewicht. Ich spüre, wie er zittert vor Wut.

Die Zwillinge lachen bellend. Es klingt wie Seehunde. Etwas passiert in meinem Kopf, als türmten sich Wolken auf und verdunkelten mein Gehirn.

»Wie siehts aus?« Draco fixiert mich mit seinem Blick.»Willst du diesen Krüppel nicht einfach abschießen und bei uns mitmachen?«

Ich öffne den Mund. Aber anstelle von Worten dringt ein katzenartiges Fauchen aus meiner Kehle.

Das Lachen der Zwillinge verstummt. Dracos Lächeln verblasst.

Als ich klein war, kam es öfter mal vor, dass ich in tierische Verhaltensweisen zurückgefallen bin. Als ich älter wurde, habe ich gelernt, diesen Impuls zu unterdrücken, aber jetzt steigt er unwiderstehlich aus irgendeinem Abgrund in mir auf und ich lasse mich von ihm überwältigen. Ich balle die Fäuste, stampfe mit dem Fuß auf und knurre tief in der Kehle, wie Kaninchen es tun, wenn sie andere Tiere verjagen wollen.

Den Zwillingen bleibt der Mund offen stehen.

Ich stampfe noch fester auf, knurre und zische sie an, so laut ich kann, und versprühe Spucketröpfchen in der Luft. »Feinde!«, rufe ich. Das Blut in meinem Schädel dröhnt wie ein Wasserfall. Ich schnappe mit den Zähnen. »Feinde, Feinde, Feinde!«

Draco weicht einen Schritt zurück. »Ogott«, stößt er hervor.

Mein Herz schlägt schneller. Es ist, als hätten sich meine seltsamen, peinlichen Eigenarten urplötzlich in etwas Machtvolles verwandelt.

Ich fauche und stampfe noch ein bisschen mehr. Dracos überhebliches Grinsen ist wieder zurückgekehrt, aber jetzt ist es nur noch Fassade; ich spüre seine Angst dahinter, ich kann sie fast riechen. Er wird keinen Schritt mehr näher kommen. »Angeblich sollen durchgeknallte Mädels im Bett ja die besten sein«, sagt er laut.

Wie aufs Stichwort fangen die Zwillinge wieder an zu lachen. Stanleys Rücken strafft sich. Lautlos holt er aus und lässt seinen Stock durch die Luft sausen. Der knallt gegen Dracos Schläfe.

Draco taumelt. »Scheiße!«, brüllt er. Bevor er sein Gleichgewicht wiederfinden kann, holt Stanley ein zweites Mal aus und erwischt ihn an der anderen Seite des Kopfes. Dracos Hand fliegt an seine Schläfe.

Die Zwillinge halten sich den Bauch vor Lachen, als wäre das Ganze nur eine Show. »Saubere Leistung, TJ«, ruft der eine. »Lässt sich von einem Krüppel fertigmachen.«

»Halts Maul!«

Ich bin inzwischen verstummt, völlig perplex.

Stanley atmet schwer und schwingt den Stock wie ein Schwert, die Zähne zusammengebissen.

Er und Draco – oder vielmehr TJ – bewegen sich tänzelnd umeinander herum. TJ macht einen Ausfallschritt und Stanley rammt ihm den Stock in den Magen. »Ich schieb dir das Ding gleich in den Arsch!«, knurrt TJ. Er wirft den Zwillingen einen wütenden Blick zu. »Helft mir doch mal, ihr blöden Wichser!«

»Och nö«, sagt der eine und stützt sich auf den anderen. »Ist doch lustig.«

TJ keucht jetzt auch, vor Wut quellen ihm fast die Augen aus den Höhlen. Wieder stürzt er sich auf Stanley und Stanley schwingt seinen Stock. Der pfeift durch die Luft, aber diesmal kann TJ sich rechtzeitig ducken. Er packt das Ende des Stocks und zieht daran, und Stanley gerät ins Straucheln. Mit einem Ruck reißt ihm TJ den Stock aus der Hand. Stanley holt mit der Faust aus und der Kopf von TJ fliegt zur Seite. Einen Moment lang bilden sie nur noch ein Knäuel aus Bewegungen, dann befreit sich TJ und tritt Stanley in den Magen, mit voller Kraft.

Stanley geht zu Boden, landet auf seinem Arm und stößt einen Schrei aus. Seine Stirn prallt vom Asphalt ab. Im nächsten Moment tritt TJ ihm erst in die Rippen und dann auf den Arm. Ich höre ein Knacken und Stanley schreit laut auf.

In mir drin wird es ganz kalt.

Die Zwillinge lachen nicht mehr. »He, es reicht, TJ. Du musst ihn ja nicht gleich …«

»Schnauze, ihr Pisser!«, brüllt TJ. »Eben wolltet ihr doch auch bloß zusehen. Dann seht jetzt mal ganz genau hin!« Er hebt wieder einen Fuß in den schweren Stiefeln, um ihn auf Stanleys Gesicht runterkrachen zu lassen. Stanley krümmt sich und hebt schützend beide Arme vor den Kopf.

Ich mache einen Satz nach vorn. Weißes Rauschen erfüllt meinen Kopf. Gedämpft höre ich jemanden schreien.

Als sich der rote Vorhang hebt, liegt TJ rücklings auf dem Fußweg, röchelnd und würgend. Ich sitze auf ihm, die Hände um seinen Hals gelegt, und drücke ihm mit beiden Daumen die Luftröhre zusammen. Sein bleicher Hals ist rot gefleckt und ich schmecke Blut auf der Zunge, leuchtend rot und metallisch. Er blutet am Ohr.

Von oben ergreifen mich Hände und ich schnappe nach ihnen. Die Zwillinge packen mich an den Armen und zerren mich von ihm weg.

TJ kommt torkelnd auf die Füße, wobei er seltsam schluchzende, stöhnende Geräusche macht, und rennt dann weg, eine Hand an sein Ohr gepresst. Die Zwillinge werfen mich auf den Boden und bleiben dann einen Moment lang unschlüssig vor mir stehen. Ihr Blick fällt auf meinen blutverschmierten Mund, meine blutbefleckten Hände, und einer von ihnen murmelt: »Scheiße, Mann, lass uns abhauen.«

Sie machen kehrt und rennen in die gleiche Richtung wie TJ davon. Das Geräusch ihrer Schritte wird immer schwächer und ihre Umrisse lösen sich in den Schatten auf.

Schwer atmend drücke ich mich auf die Füße hoch. Meine Jacke hat einen Riss, mein Kapuzenpulli ist voller Blut, ebenso wie mein Kinn und meine Lippen, aber ich weiß nicht, wie viel davon meines ist und wie viel von TJ. Ich wische mir mit dem Ärmel übers Gesicht.

Die Straße ist dunkel und still, nur die Laterne spendet etwas Licht. Stanley liegt zusammengekrümmt auf dem Asphalt und hält seinen Arm an sich gepresst.

Ich gehe auf ihn zu und kauere mich neben ihn. Er sieht zu mir auf. Sein Atem klingt gequält, sein Gesicht ist aschfarben.

»Mein Arm ist gebrochen.« Seine Stimme wirkt seltsam ruhig. Blut sickert durch seinen Jackenärmel. Der Stoff hat einen Riss und irgendetwas ragt aus dem blutgetränkten Shirt darunter hervor. Etwas Weißes, Spitzes.

Mir wird schlecht. Ich schließe einen Moment lang die Augen und reiße mich zusammen. »Ich rufe einen Krankenwagen.«

Er schüttelt den Kopf. »Fahr mich einfach ins Krankenhaus.« Seine Stimme ist sanft, seine Augen sind schläfrig und halb geschlossen. Hier stimmt überhaupt nichts mehr. Ein Knochen hat sich durch seine Haut gebohrt. Eigentlich müsste er vor Schmerzen schreien, aber stattdessen sieht er aus, als würde er gleich einschlafen.

»Stanley ...«

»Krankenwagen sind teuer.« Er lächelt – ein gespenstisches, distanziertes Lächeln. »Es ist nicht so schlimm, wie es aussieht.« Er ist nicht dabei, das Bewusstsein zu verlieren und er wird auch nicht gleich verbluten – so viel Blut hat er noch gar nicht verloren. Also müssen das die Endorphine sein, die jetzt seinen Körper überfluten, den Schmerz betäuben und ihn in einen drogenartigen Rausch versetzen. Trotzdem macht es mir furchtbare Angst. Als würde er unaufhaltsam wegdriften, irgendwohin, wo ich ihn nicht mehr erreichen kann.

»Ich hole das Auto«, sage ich.

Ich sitze im Wartezimmer, die Schultern hochgezogen, die Arme fest vor der Brust verschränkt. Stunden sind inzwischen vergangen. Gleich nach unserem Eintreffen haben sie Stanley in den Operationssaal geschoben, um den Knochen wieder zu richten. Soweit ich weiß, ist er immer noch dort.

Jemand berührt mich an der Schulter, und ich schrecke hoch. Ein junger, bebrillter Asiate, vermutlich ein Krankenpfleger, beugt sich über mich. »Es wird noch eine Weile dauern«, sagt er. »Und nach der OP werden sie ihn sicher auch noch ein, zwei Tage hierbehalten.«

»Ich möchte ihn sehen.«

Der Pfleger zögert. »In welchem Verhältnis stehen Sie zu ihm?«

Was soll ich sagen? Wie kann ich das in wenigen Worten zusammenfassen? Mein Verstand ist völlig vernebelt. Ich versuche zu denken, aber es ist, als wollte ich Wasser mit den Händen greifen. »Er ist ein Freund von mir.« Noch während die Worte meinen Mund verlassen, fühle ich mich, als hätte ich Stanley verraten.

»Kommen Sie morgen wieder, während der Besuchszeiten«, sagt der Mann. »Vorher kann er ohnehin keinen Besuch empfangen.«

Ich schüttele den Kopf. »Ich bleibe hier.«

»Hier können Sie im Moment überhaupt nichts für ihn tun, er ist bei uns in guten Händen. Fahren Sie nach Hause und schlafen Sie ein bisschen.«

Ich schaue auf das Blut auf meinem Kapuzenpulli hinunter. Falls es jemand bemerkt hat, ist er sicher davon ausgegangen, es stamme von Stanleys Verletzung, aber ich kann TJs Blut immer noch ganz leicht schmecken, obwohl ich mir den Mund bestimmt ein Dutzend Mal am Wasserhahn in der Krankenhaustoilette ausgespült habe.

So einen Ausbruch habe ich nicht mehr gehabt, seit …

Ob Stanley mich überhaupt noch wiedersehen will, nachdem er mich so erlebt hat?

Ich verlasse das Krankenhaus, fahre aber nicht nach Hause. Stattdessen rolle ich mich auf dem Rücksitz von Stanleys Wagen zusammen und falle in einen dumpfen, leeren Schlaf. Einige Stunden später wache ich bibbernd vor Kälte wieder auf und drehe die Heizung hoch.

Die Krankenhausfenster leuchten wie kleine gelbe Quadrate in der Dunkelheit. Ich sehe Stanley hilflos und ohne Bewusstsein auf einem OP-Tisch liegen. Gesichter mit weißen Masken. Handschuhe mit blutverschmierten Fingern.

Bis zum Morgen bleibe ich im Auto liegen, immer nur kurz ins Dunkle hinein- und wieder hinausdriftend.

18. KAPITEL

Als ich Stanley am nächsten Tag besuche, sitzt er in seinem Krankenhausbett, ein paar Kissen im Rücken, den Arm in einem Kunststoff-Cast und in einer Schlinge. Er ist blass und unter beiden Augen ist die Haut violett und geschwollen.

»Hallo.« Seine Stimme klingt irgendwie anders. Wie ein Lied, das nicht ganz sauber gesungen wird. Und er weicht meinem Blick aus.

Unschlüssig bleibe ich auf der Schwelle stehen. »Was macht dein Arm.«

»Tut weh, aber ich werds überleben. Sie lassen mich heute raus. Eigentlich wollten sie mich noch länger hierbehalten, aber ich habe Nein gesagt. Ich will einfach nur nach Hause.« Er lächelt mich unsicher an. »Könntest du mich fahren?«

Während der Fahrt bleibt er schweigsam und zurückgezogen. Vielleicht ist er wegen der Schmerzmittel noch ein bisschen benebelt.

Ich frage mich, ob er den Angriff der Polizei melden wird. Ich selbst meide den Kontakt zu Behörden, wo ich kann, aber soweit ich weiß, hat er keine solchen Vorbehalte. »Was hast du den Leuten im Krankenhaus erzählt? Was passiert ist?«

»Ich habe gesagt, ich wäre auf einer vereisten Pfütze ausgerutscht.«

Ich fasse mir mit einer Hand an meinen blutbefleckten Pullover und frage mich, ob er meinetwegen gelogen hat. Um mir die unangenehmen Folgen zu ersparen.

»Ich stehe tief in deiner Schuld«, sagt er. »Wärst du nicht dazwischengegangen, hätte ich jetzt vermutlich einen Ganzkörper-Gips statt nur den Arm in der Schlinge.« Aber er schaut mich immer noch nicht an. Er ist irgendwie verunsichert. Natürlich ist er das. Schließlich hat er mit angesehen, wie ich fast zum Tier geworden bin. Wie ich jemandem beinahe das Ohr abgebissen hätte.

Bei ihm zu Hause angekommen, helfe ich ihm ins Bett und stopfe ihm ein paar Kissen in den Rücken. Ich sehe, dass er friert, und ziehe ihm die Decke bis über die Brust.

»Danke.« Die Lampe auf seinem Nachttisch brennt, aber das Zimmer ist voller Schatten. Die Modellflugzeuge stehen auf ihrem Bord aufgereiht, die Farben im trüben Licht gedämpft.

Ich setze mich auf die Bettkante.

Ihm fallen die Augen zu. Seine Lider sind durchscheinend und von Adern durchzogen. »Tut mir leid«, flüstert er.

Ich blinzele. »Was denn.«

»Er hat so fiese Sachen zu dir gesagt. Ich war so … so *wütend*. Aber ich konnte nichts tun. Das war ja nicht mal ein Kampf, das war ein einziges Gemetzel.«

Ob es das ist, was ihn quält? »Ist doch jetzt vorbei. Und auch völlig egal.«

»Es ist überhaupt nicht egal.« Er ballt die Hand zur Faust. »Die Welt ist voll von solchen Menschen. Wozu bin ich denn überhaupt nütze, wenn ich dich nicht mal beschützen kann?«

Meine Schultern versteifen sich. »Ich habe nie gesagt, dass ich beschützt werden muss.«

»Ich weiß. Ich *will* dich aber beschützen. Ich will endlich mal jemandem das Leben leichter machen, statt allen immer nur zur Last zu fallen. Ist das ein Fehler?«

»Red keinen Blödsinn. Du bist keine Last.« Die Worte klingen barscher, als ich beabsichtigt hatte.

Sein unregelmäßiger Atem erfüllt das Zimmer. »Entschuldige.« Er lächelt ohne Zähne und wendet den Blick ab. »Ich bin wohl noch etwas benommen.«

Ich stemme mich von der Bettkante hoch. »Du solltest deine Schmerzmittel nehmen.«

Ich hole ihm die Pillen, die wir auf der Rückfahrt in der Apotheke gekauft haben, und ein Glas Wasser, und er schluckt sie herunter. »Du kannst ruhig gehen, wenn du willst«, murmelt er. »Ich werde jetzt erst mal eine Weile schlafen.«

Ich bleibe, wo ich bin. Irgendetwas stimmt hier nicht, etwas, das weit über diese Schlägerei gestern hinausgeht. »Rede mit mir.«

Er presst die Lippen zu einer schmalen Linie zusammen und schaut weg.

»Stanley.«

Er schließt die Augen. Mehrere Minuten vergehen, und als ich fast schon glaube, dass er eingeschlafen ist, fängt er an zu sprechen, mit leiser und seltsam ruhiger Stimme. »Du hast es sicher längst bemerkt, oder? Also … meine Augen.«

»Was ist mit ihnen.«

»Ich hätte schwören können, dass du es inzwischen rausge-
funden hast«, sagt er. »Du kennst dich in so vielen Bereichen
gut aus. Andererseits ist es natürlich ein ziemlich seltenes Leiden.«

»Welches Leiden.«

»*Osteogenesis imperfecta,* oder auch Glasknochenkrankheit.
Was, wie der Name schon sagt, bedeutet, dass meine Knochen
leicht brechen. Im Alltag habe ich nicht allzu viele Probleme,
aber ... sagen wir, dass ich als Kind nicht gerade eine Sports-
kanone war.«

Mir fällt ein, wie er von seinem gebrochenen Schulterblatt
erzählt hat und dass er Krankenhäuser hasst. *Ich bin halt ein
ziemlicher Trampel,* hatte er gesagt. »Wie viele hattest du denn
schon.«

»Knochenbrüche? Alles zusammen? Keine Ahnung. Bei
fünfzig habe ich aufgehört zu zählen.«

»Fünfzig.« Meine Stimme klingt fremd. Distanziert.

»Die meisten davon als Kind. Während des Wachstums sind
die Knochen ohnehin etwas brüchiger. Ich habe ständig in der
Schule gefehlt. Musste immer wieder operiert werden. Manchmal komme ich mir vor wie Frankensteins Monster, so oft haben sie mich aufgeschnitten und wieder zugenäht.« Er kichert.
Als wäre das ein guter Witz. »Bei mir gehen jetzt immer die
Metalldetektoren los, weil sie mir in beide Oberschenkelkno-
chen Metallstifte implantiert haben. Sonst könnte ich gar nicht
ohne Krücken laufen. Aber alles in allem komme ich ganz gut
zurecht. Und ich habe mein Gehör nicht verloren, was bei Leuten mit dieser Krankheit oft passiert. Da kann ich mich echt

glücklich schätzen.« Kurze Pause. »Lange Rede, kurzer Sinn: Das ist jedenfalls der Grund für meine merkwürdigen Augäpfel. Hat irgendwie mit dem Kollagen zu tun, das bei mir nicht richtig gebildet wird.«

Ich spüre einen beklemmenden Druck in der Brust. Es dauert einen Moment, bis ich ihn als Schuldgefühl identifiziere – aber weshalb sollte ich mich schuldig fühlen? Ich weiß es nicht genau. »Das tut mir leid.«

»Ist schon in Ordnung. Ich habe mich damit abgefunden. Jedenfalls so halbwegs. Aber ich weiß, wie das ist, wenn man ständig mit einem Diagnose-Etikett um den Hals herumläuft und alle einem erzählen, was für Beeinträchtigungen man hat und was man alles nicht mehr machen kann.«

Ich sitze reglos da, die Arme verschränkt, die Knie zusammengepresst. In der Rückschau ist es so was von offensichtlich: sein Stock, seine Augen, seine Art, über Knochenbrüche zu sprechen, als gehörten die quasi zum Alltag. Wieso habe ich das nicht begriffen? Oder *wollte* ich es nicht begreifen?

»Meine Eltern haben sich ständig gestritten«, sagt er. »Meist über Geld, denn das war immer knapp. Es ging alles für meine Arztrechnungen drauf. Ich war so oft im Krankenhaus, dass ich die Namen aller Ärzte und Pfleger kannte. Sie mochten mich, weil ich immer so schön gelächelt habe, und auf die Frage, wie es mir geht, habe ich immer *Gut* geantwortet. Ich habe ihnen gesagt, wie froh ich darüber bin, dass sich so viele Leute so nett um mich kümmern. Und alle haben mich für einen ach so tapferen kleinen Jungen gehalten. Dabei war ich das gar nicht. Ich meine, was hatte ich denn für eine Wahl? Ich war doch vollkommen von ihnen abhängig, *sie* mussten mich schließlich aufschneiden und wieder ordentlich zusammenflicken und die richtige Dosis für meine Schmerzmittel einstellen. Ich war darauf angewiesen, dass sie mich mochten. Das war keine Tapferkeit, das war der reine Kampf ums Überleben.«

Meine Hand wandert zu einem Zopf und fängt an zu ziehen.

»Ich habe noch mal an gestern Abend gedacht«, fährt er fort. »An das, was du gesagt hast, über die Kaninchenmütter, die ihre Jungen reabsorbieren, wenn mit denen irgendwas nicht stimmt.«

Ich ziehe scharf die Luft ein.

»Es ist genau so, wie du sagst. Mit Liebe allein kann man keine Rechnungen bezahlen.«

Nein, nein, nein. Ich möchte am liebsten die Zeit zurückdrehen und meine Worte ausradieren. »Damit warst *du* doch nicht gemeint«, flüstere ich.

»Ich weiß. Aber das hier wird mein Leben sein, Alvie. Noch mehr Knochenbrüche, noch mehr Krankenhausaufenthalte, monatelang den Arm in der Schlinge tragen oder an Krücken gehen und bei allem Hilfe brauchen. Und eines Tages werde ich vielleicht doch noch taub oder lande im Rollstuhl oder beides. Ich kann doch nicht so tun, als spielte das überhaupt keine Rolle. Als wäre das alles nur halb so schlimm. Ich kann doch von niemandem erwarten ...« Seine Stimme bricht.

Ich umklammere meinen Arm und drücke die Finger so fest ins Fleisch, als wollte ich mir selbst blaue Flecken verpassen.

»Ich bin doch auch beeinträchtigt.«

»Nein, bist du nicht. Du hättest dich sehen sollen.« Er lächelt schmerzlich. »Du brauchst keinen weißen Ritter, der

dich rettet. Und selbst wenn, könnte ich das niemals sein ...«
Seine Stimme wird wieder brüchig. »Ich bin bloß ein nutzloser ...«

Ich küsse ihn. Ich denke nicht mal darüber nach, mein Körper bewegt sich wie von selbst.

Aber ich habe zu viel Schwung. Unsere Zähne klackern aneinander und er schnappt an meinem Mund nach Luft. Ich weiche ein Stückchen zurück und nähere mich dann wieder etwas vorsichtiger, sanfter. Seine Lippen sind warm, ein bisschen rau und rissig. Ich weiß nicht, ob ich alles richtig mache. Aber vielleicht ist das auch völlig egal.

Ich richte mich wieder auf und er schaut zu mir hoch, mit weit geöffneten, glasigen Augen. »Warum hast du das ...«

»Weil ich es gern wollte.«

Er blinzelt ein paarmal. Sein Gesicht ist vollkommen ausdruckslos, als wäre eine winzige Atombombe in seiner Großhirnrinde explodiert und hätte alles Denken ausgelöscht.

»Du bist jemand, den es unbedingt geben muss, Stanley. Ich hätte das alles gestern bei *Buster's* nicht sagen sollen. Das war völlig gedankenlos. Ich war bloß sauer, weil ich ...« Der Satz bricht ab, als wären die Worte in meiner Kehle gegen eine Wand geprallt. Meine Wangen brennen. Aus irgendeinem Grund fällt mir dieses Eingeständnis furchtbar schwer. »... dich mit ihr gesehen hatte.«

»Mich? Warte mal. Mit wem?«

Mein Gesicht steht jetzt in Flammen. »Mit diesem Mädchen. Dorothy.«

Ihm fällt die Kinnlade runter. »*Deshalb* warst du gestern so abweisend?«

Ich würde am liebsten im Boden versinken.

»Alvie … ich habe dir doch gesagt, dass Dorothy und ich nur zusammen studieren. Wir sind nicht mal befreundet.«

»Aber sie mag dich«, murmele ich.

»Sie mag mich gern ein bisschen bemuttern. Dieses Gefühl scheine ich bei vielen Mädchen auszulösen, weil ich dieser ruhige, kleine Nerd mit dem Gehstock bin. Ansonsten haben sie mich überhaupt nicht auf dem Radar. Deshalb war ich doch auch so überrascht, als du ausgerechnet mich gefragt hast, ob ich …« Eine leichte Röte steigt ihm in die Wangen. »Du weißt schon.«

Na klar: Stanley hält sich selbst für überhaupt nicht attraktiv. Er würde nicht mal merken, dass eine Frau etwas von ihm will, wenn sie den Rock hochzieht und ihren Hintern präsentiert wie ein paarungsbereites Bonobo-Weibchen.

»Alvie. Schau mich an.«

Ich zwinge mich, seinem Blick standzuhalten.

»Ich will sie nicht. Ich will nur … also, ich interessiere mich nur für … dich.«

In mir herrscht ein einziges Chaos. Wäre ich ein besserer Mensch, würde ich Stanley direkt in Dorothys Arme treiben, weil sie ihm so vieles geben kann, das er bei mir nie bekommen wird. Aber ich kann nicht leugnen, dass mich bei seinen Worten eine wilde, animalische Freude durchzuckt. *Ich will dich.*

Er umschließt meinen Nacken mit seinen Händen und zieht mich zu sich hinunter.

Diesmal ist der Kuss etwas langsamer. Weicher. Stanley schmeckt ein bisschen nach Kirschen, vielleicht gab es im Krankenhaus zum Nachtisch rote Götterspeise.

Bisher habe ich nie verstanden, wie man so etwas schön finden kann. Ich dachte immer, die Spucke von jemand anderem ist einfach nur eklig, aber irgendwie stimmt das gar nicht. Vielleicht, weil es die von Stanley ist.

Ich löse mich von ihm und lecke mir über die Lippen. »Ziemlich nass«, sage ich. »Diese Küsserei.«

»Das ist ja quasi der Sinn der Sache.« Er sucht meinen Blick. »Wollen wir weitermachen?«

»Weitermachen.«

Wieder pressen sich seine Lippen auf meine. Seine Augen öffnen sich einen Spalt und er blinzelt mich durch seine Wimpern hindurch an. »Mach die Augen zu«, flüstert er.

Ich tu's und verstehe auch sofort, warum. Es ist viel intensiver, wenn man nicht durchs Sehen abgelenkt wird. Das Zimmer kommt mir plötzlich viel wärmer vor, ich bin wie benommen, völlig durcheinander. Was ich hier tue, ist furchtbar gefährlich. Ich laufe auf einem Drahtseil über einen bodenlosen Abgrund und ein falscher Schritt wird uns beide ins Nichts hinunterreißen. Aber ich will nicht aufhören. Ich kann nicht aufhören.

Als ich mich schließlich von ihm löse, stößt er einen zitternden kleinen Seufzer aus. Langsam öffnet er die Augen und sein Blick ist weich und verschwommen.

Auf einmal verzieht er das Gesicht und ich will schon fragen, ob sein Arm wehtut.

Aber dann spüre ich, wie etwas Hartes gegen meinen Oberschenkel drückt. »Oh«, sage ich.

Hastig dreht er die Hüfte von mir weg. Sein Erröten ist selbst in dem gedämpften Licht zu erkennen. »Tut mir leid.«

Ich erinnere mich an unseren Abend im Motelzimmer. Wie sein Atem schneller wurde, als er mich angesehen hat. Seine sanften, vorsichtigen Liebkosungen. Die Wärme seiner Hände.

Unter der Decke berühre ich leicht seinen Oberschenkel und seine Muskeln spannen sich an. Meine nächsten Worte habe ich nicht geplant, sie kommen einfach so heraus. »Wenn du willst, können wir es noch mal versuchen.«

»Im Ernst?«

»Ja.« Meine Hand liegt weiter auf seinem Oberschenkel.

Er schweigt, rührt sich nicht, atmet noch nicht mal.

»Stanley?« Die zweite Silbe biegt sich fragend ein bisschen nach oben.

Er nimmt einen tiefen, langsamen Atemzug und stößt ihn durch die Nase wieder aus. »Ich habe dir doch vorhin erzählt, dass ich mich manchmal wie Frankensteins Monster fühle. Das war nicht bloß ein Scherz.«

Nach über fünfzig Knochenbrüchen wäre es auch ein Wunder, wenn er *nicht* mit Narben übersät wäre. »Na und.«

»Du hast mich noch nicht gesehen. Was immer du dir vorstellst, es ist auf jeden Fall schlimmer.«

»Das sind doch bloß Narben.«

Er schluckt, ich höre das Glucksen in seiner Kehle. Ganz leicht berührt er mich an der Schulter. Seine Hand gleitet an meiner Seite hinunter, folgt der Kurve meiner Taille und bleibt dann auf meiner Hüfte liegen, ein sanftes, stetiges Gewicht. Ich spüre jeden einzelnen seiner Finger, sogar durch den Stoff meiner Jeans hindurch. Und warte, mit angehaltenem Atem. Ein Teil von mir möchte von ihm abrücken, weil selbst dieser leichte Kontakt fast schon überwältigend wirkt. Reizwellen überfluten meinen Körper, als läge jede einzelne meiner Nervenbahnen blank. Die instinktive Angst vor Berührung ist immer noch da und schnürt mir die Kehle ab. Doch gleichzeitig spüre ich auch eine wohlige Lust, eine wellenförmig aufsteigende Hitze.

Dann gleitet seine Hand von mir herunter und hinterlässt eine kalte Stelle auf meiner Hüfte. »Ich weiß nicht, ob das jetzt der richtige Zeitpunkt ist.« Er lächelt entschuldigend.

Ich nicke. Aber aufstehen will ich auch noch nicht, und so lasse ich mich vorsichtig neben ihn sinken.

Allmählich beruhigt sich sein Atem. »Alvie?« Seine Stimme klingt schläfrig, weit entfernt.

»Ja.«

»Gestern, als diese Typen uns angegriffen haben, da hast du gezischt und geknurrt. Und mit dem Fuß aufgestampft.«

»Das machen Kaninchen auch manchmal, wenn sie sich bedroht fühlen.«

»Ach so.«

Ich rechne damit, dass er noch weiter fragt, aber er döst einfach ein, als würde ihm die Erklärung genügen.

Eine Weile liege ich ganz still und höre zu, wie er atmet. Er ist ganz nah und sehr warm. Obwohl ich sämtliche Symptome der Erschöpfung verspüre – trockene Augen, Kopfschmerzen, schwere Gliedmaßen –, ist mein Geist hellwach. Vielleicht wegen des unbehaglichen Gefühls, in einem fremden Bett zu liegen, oder wegen der unvertrauten Textur der Bettwäsche, oder wegen seines Geruchs, der an den Kissen haftet. Ich drehe den Kopf und atme ihn tief ein, halte ihn in meiner

Lunge fest. Winzige Partikel von ihm, die sich mit meinen vermischen.

Schließlich fängt meine Blase an zu drücken. Lautlos gleite ich aus dem Bett. Stanley bewegt sich ein bisschen und murmelt irgendetwas Unverständliches vor sich hin, wacht aber nicht auf. Mondlicht sickert durch die Vorhänge und ich schleiche auf Zehenspitzen aus dem Zimmer und durch den Flur.

Auf dem Rückweg vom Bad komme ich an der geschlossenen Tür vorbei und bleibe stehen. *Nur ein überzähliges Schlafzimmer*, hat Stanley gesagt.

Ich drücke die Klinke hinunter. Die Tür schwingt knarrend auf und ich spähe ins Zimmer.

Wände, Vorhänge und Tagesdecke haben alle das gleiche Rosenmuster. Auf der Kommode liegen mehrere Halsketten. Eine Bürste. Ein Deostift. Eine geblümte Bluse hängt in einem halb geöffneten Schrank. Und in einer riesigen Glasvitrine stehen unzählige kleine Porzellanfiguren: Kinder, Hunde, Katzen und Vögel, die mich aus ihren viel zu großen, leblosen Augen anstarren.

Ich mache ein paar Schritte ins Zimmer und lasse eine Fingerkuppe über die Kommode gleiten. Eine dünne Staubschicht sammelt sich auf ihr. Auf dem Nachtschrank steht ein Foto: eine blonde Frau und ein kleiner blonder Junge in einem blauen Poloshirt, vielleicht fünf oder sechs Jahre alt, die beide in die Kamera lächeln. Stanley und seine Mutter.

Ihr Zimmer. Ihre Sachen. Seit Monaten unberührt.

Draußen vorm Fenster schiebt sich eine Wolke vor den Mond und die Schatten bewegen sich. Für einen Moment scheint sich die Tagesdecke auf dem Bett zu kräuseln, als wehte eine Brise durch den Raum, und mir sträuben sich die Nackenhaare. Ich ziehe mich zurück, schließe leise die Tür hinter mir, schlüpfe wieder zu Stanley ins Bett und rolle mich neben ihm zusammen.

19. KAPITEL

»Du scheinst heute ja bester Laune zu sein«, stellt Dr. Bernhardt fest.

Ich sitze ihm gegenüber in meinem Wohnzimmer. Er hat ein Klemmbrett und einen dicken Hefter dabei. »Meine Stimmung ist gut.«

Seine Augenbrauen klettern in Richtung seiner beginnenden Stirnglatze. »Das hast du, glaube ich, noch nie gesagt.«

Ich zucke die Achseln. Es stimmt aber. Mehr als eine Woche ist seit dem Abend mit Stanley vergangen, und die ganze Zeit über habe ich mich seltsam leicht gefühlt, fast schon euphorisch. Aber das werde ich Dr. Bernhardt gegenüber wohl kaum erwähnen. Nach unserem Gespräch vor der Haustür – als er mich vor einer Abhängigkeitsbeziehung gewarnt hat – ist Stanley das letzte Thema, das ich mit ihm diskutieren will. »Was ist in dem Ordner?«, frage ich stattdessen.

»Ah.« Er wirft einen Blick auf sein Klemmbrett und zieht dann einen Stapel Papier hervor. »Ich wollte doch noch ein paar Sachen mit dir durchgehen. Schließlich sollst du bei dem Termin mit der Richterin möglichst professionell und erwachsen wirken. Sie wird dir sicher eine Menge Fragen stellen, über deinen Job, deine Lebenssituation und all so was. Wir machen einfach mal einen Übungsdurchlauf, ich bin der Richter und du beantwortest meine Fragen. Also, Alvie, wie gefällt Ihnen das Leben so allein?«

»Gut.«

»Hier steht, dass Sie in einem Tierpark arbeiten ... Macht die Arbeit Ihnen Spaß?«

»Ja, die ist gut.«

»Du kannst nicht jede Frage nur mit *gut* beantworten. Du musst schon ein bisschen ausführlicher werden. Du magst doch Tiere, oder? Dann erzähl ihr davon. Du sollst zwar professionell wirken, aber auch ... warmherzig. Menschlich.«

»Dass ich ein Mensch bin, sollte offensichtlich sein. Sie wird mich wohl kaum für einen Androiden halten. Oder einen Außerirdischen.«

»Du weißt doch, was ich meine. Versuch, sie für dich einzunehmen, ihre Sympathie zu gewinnen.«

»Sie muss doch nur darüber entscheiden, ob ich in der Lage bin, für mich selbst zu sorgen. Da sollte Sympathie doch wohl keine Rolle spielen.«

»Das stimmt. Sollte es nicht. Tut es aber.« Er lächelt schmallippig. Sein Blick wandert ab. »Sozialarbeiter sind auch nicht sehr beliebt, weißt du. Unser Job ist zwar wichtig, aber die meisten Leute halten uns für lästige Moralprediger, die sich überall einmischen und anderen vorschreiben, wie sie zu leben haben. Und wenn die Leute einen nicht mögen, wird alles sehr viel schwieriger. Das ist zwar nicht fair, aber so funktioniert die Welt nun mal.«

Ich rutsche auf meinem Stuhl herum und weiß nicht, was ich sagen soll. Sonst spricht er eigentlich nie über sich selbst. Und ich persönlich mag Dr. Bernhardt eigentlich auch nicht so besonders. Andererseits mag ich sowieso nicht sehr viele Leute. Und ich muss zugeben: Abgesehen von unserer letzten Begegnung gehört er zu den halbwegs erträglichen Erwachsenen in meinem Leben. »Es ist nicht so, dass ich Sie *nicht* mag«, sage ich.

»Freut mich zu hören«, erwidert er. »Das ist bei dir manchmal schwer zu sagen.«

Ich hätte nie gedacht, dass es Dr. Bernhardt irgendwie interessieren könnte, was ich von ihm halte.

»Wie läuft es denn mit deinem neuen Freund?«, fragt er. »Stanley hieß er, hab ich recht?«

Ich erstarre. Wenn er mich so direkt darauf anspricht, kann ich das Thema wohl kaum vermeiden – jedenfalls nicht, ohne zu lügen. Also gebe ich meine Standardantwort: »Gut.«

»Ihr trefft euch also noch?«

Als ich schweige, wendet er den Blick ab. »Ich weiß, dass ich neulich einige Vorbehalte gegen deine Freundschaft mit ihm geäußert habe. Aber vielleicht war ich da ein bisschen voreilig. Jedenfalls gilt auch weiterhin, dass das allein deine Entscheidung ist. Ich werde mich da nicht einmischen.«

Ist das möglich? Sollte ich ihn tatsächlich missverstanden haben? Hat er mir am Ende gar nicht gedroht, hat mein Geisteszustand in dem Moment vielleicht meine Wahrnehmung getrübt? Ich möchte ihm gern glauben, aber ich bin schon so oft verraten worden.

Trotzdem beschließe ich spontan, ihn beim Wort zu nehmen.

»Das ist gut. Wir sind nämlich Freunde, und das wird sich auch nicht ändern, ganz egal was Sie davon halten.«

Er sieht mir in die Augen. »Es geht mich zwar nichts an, aber … seid ihr wirklich nur befreundet?« Selbst wenn ich diese Frage beantworten wollte, ich könnte es nicht. Genau genommen weiß ich selbst noch nicht, was für eine Art von Beziehung wir haben, Stanley und ich. Seit dem Tag, an dem er aus dem Krankenhaus entlassen wurde, haben wir uns nicht mehr geküsst. Wir haben nicht mehr darüber gesprochen und er hat auch keinen Anlauf mehr unternommen. Vielleicht wartet er darauf, dass ich die Initiative ergreife. Angesichts meiner Abgrenzungsprobleme ist das auch sicher kein Fehler. Aber ich denke oft an den Moment zurück, spiele ihn in Gedanken immer wieder durch. Einerseits würde ich es gern noch mal versuchen, andererseits hält eine diffuse Angst mich jedes Mal wieder davon ab, eine geflüsterte Warnung aus dem Inneren der Gruft.

»Wir sind befreundet, sonst nichts.« Allmählich fühlt sich das an wie ein Mantra. »Und jetzt würde ich das Thema gern abschließen.«

Er stößt einen leisen Seufzer aus und schaut auf sein Klemmbrett. »Okay, machen wir weiter.«

Während wir die nächsten Fragen durchgehen, höre ich wieder seine Worte: *Wenn die Leute einen nicht mögen, wird alles sehr viel schwieriger.* Die Richterin, soweit ich mich an sie erinnere, ist eine ziemlich strenge, nüchterne Person. Ein bisschen wie Miss Nell, nur ohne deren netzhautversengenden Modegeschmack. Und ich gehöre wohl eher nicht zu den Leuten, die jeder auf Anhieb sympathisch findet.

Wenn Dr. Bernhardt also recht hat, wenn die Entscheidung der Richterin tatsächlich davon abhängt, ob sie mich mag oder nicht – dann habe ich ein echtes Problem.

»Das ist also Chance«, sagt Stanley.

Ich nicke.

Chance spreizt den Flügel ab und verlagert sein Gewicht, streckt und dehnt seine Krallen und schließt sie dann wieder um den Ast.

»Schön sieht er aus«, merkt Stanley an. »Und er frisst dir wirklich aus der Hand?«

»Ja. Inzwischen ist er bei mir schon ziemlich zutraulich geworden. Aber ich muss natürlich immer noch aufpassen.«

»Ist er denn gefährlich?«

»Nur wenn man keinen Respekt vor ihm hat. Ich bin die Einzige, die er im Gehege duldet, aber ich habe da keinen besonderen Trick oder so. Man muss sich einfach nur langsam bewegen und geduldig sein.« Eigentlich selbstverständlich. Aber viele Leute scheinen diese Art von Geduld nicht zu besitzen.

Stanley schaut mich an und seine bläulichen Augäpfel leuchten. Im Sonnenlicht fällt es ganz besonders auf, als wäre das strahlende Blau seiner Iris bis in das Weiße um sie herum hineingesickert. Ich warte darauf, dass er mich – wie eigentlich jeder – nach Chance' amputiertem Flügel fragt, aber er tut es nicht.

Ich wende mich zum Gehen. »Komm mit. Ich zeige dir jetzt die anderen Tiere.«

Wir folgen dem Schlängelweg, der uns an den Hyänen, den

Flussottern und dem Gibbon-Pärchen vorbeiführt. Butterblume, das alleinstehende Pumaweibchen, liegt zusammengerollt in der Sonne, den Kopf auf die fast tellergroßen Pranken gebettet.

Ich schaue Stanley von der Seite an und mein Blick bleibt an seinen Lippen hängen. Nur mit Mühe kann ich ihn wieder lösen.

Seit dem Tag, an dem wir uns geküsst haben, scheinen wir irgendwie auf der Stelle zu treten. Als wüsste keiner von uns beiden so recht, wie es weitergehen soll. Er hat mich zu sich nach Hause eingeladen und mir ist klar, dass ich jetzt im Gegenzug dran wäre, ihn zu mir einzuladen – aber bisher habe ich mich davor gedrückt und er hat auch nicht nachgefragt. Vielleicht spürt er mein Widerstreben.

Es liegt nicht daran, dass ich ihm nicht trauen würde. Sicher, die Vorstellung, jemanden in meine Privatsphäre einzulassen, ist mir schon unangenehm, aber der eigentliche Grund ist sehr viel banaler: Meine Wohnung ist, ganz objektiv betrachtet, einfach widerlich. Ich habe mich zwangsläufig daran gewöhnt, aber ich sehe keinen Grund, auch Stanley mit dem penetranten Käsegeruch oder den allgegenwärtigen Ohrenkneifern zu konfrontieren.

»Um halb zwei hast du Mittagspause?«, fragt er.

»Ja. Ich muss mich nur ausstempeln, dann können wir uns irgendwo treffen und was essen.«

»Wie wärs mit dem Delfinbecken? Laut Karte gibt es dort einen Unterwasserbereich. Da sitzt man doch bestimmt ganz nett.«

Ich bleibe stehen.

Das Delfinbecken meide ich, wann immer ich kann. Es ist riesengroß und fast fünf Meter tief und die Nähe von tiefem Wasser löst bei mir immer Angst und Unbehagen aus. Andererseits, wenn ich jetzt einen anderen Treffpunkt vorschlage, muss ich auch erklären, warum, und das will ich nicht. Vielleicht könnte ich es auch gar nicht.

»Alvie?«

Ich schließe kurz die Augen und reiße mich zusammen. Meine Mittagspause geht nur eine halbe Stunde. So lange sollte ich das wohl aushalten können. »Ist gut, ich komme dann nach.«

Ich stempele mich aus, hole meine Lunchtüte aus dem Auto und laufe zu den Delfinen. Ein langer, gewundener Weg aus Zement führt in den Unterwasserbereich. Drinnen ist es dunkel, die höhlenartigen Wände haben eine raue Kieselstruktur. Stanley sitzt schon auf der niedrigen Steinbank, in blaues Leuchten gehüllt. Er blickt auf, als er meine Schritte hört.

Ich setze mich neben ihn, die Lunchtüte an mich gedrückt.

»Was ist denn da drin?«

»Mortadella-Sandwich.« Das Übliche. Erschwinglich und halbwegs sättigend, wenn auch nicht besonders gesund.

Hinter einer Plexiglas-Scheibe erstreckt sich das Becken in seiner ganzen Größe. Mit den gewölbten weißen Wänden sieht es aus wie das Innere einer riesigen Eierschale. Die beiden Delfine, Charlie und Silver, gleiten geschmeidig durch das Blau. Sie sind die Lieblingstiere von Miss Nell, vermutlich weil sie die meisten Besucher anziehen.

Stanley beobachtet sie. »Delfine sehen immer fröhlich aus, findest du nicht? Als gäbe es absolut nichts auf der Welt, das ihnen die Laune verderben kann.«

Ich schlucke einen Bissen von meinem Sandwich runter. »Dabei gelten gerade diese großen Tümmler-Delfine als besonders aggressiv. Manchmal schließen sich ein paar Männchen zusammen, um Schweinswale anzugreifen und zu töten. Niemand weiß, warum sie das tun. Schweinswale haben einen ganz anderen Speiseplan, sind also auch keine Nahrungskonkurrenten. Sie zu töten hat für die Delfine keinerlei evolutionären Vorteil. Anscheinend können sie sie einfach nicht ausstehen.«

Stanley runzelt die Stirn.

Charlie gleitet dicht an die Scheibe heran und starrt mit einem dunklen Auge zu uns hinaus. Er klappt seinen lächelnden Mund auf und zeigt mehrere Reihen spitzer kleiner Zähne. Ganz schwach sehe ich mein Spiegelbild in der Scheibe neben Stanley sitzen. Keine drei Zentimeter feste Materie trennen uns von all dem Wasser.

Ich kaue auf meinem Sandwich herum, das mir auf einmal trocken und geschmacklos wie Papier vorkommt. Mühsam würge ich den Bissen hinunter.

Stanley faltet die Hände über seiner Krücke und stützt das Kinn darauf. »Du hältst nichts davon, sie zu idealisieren, stimmts? Tiere, meine ich.«

Ich lecke mir einen Tropfen Senf vom Finger. »Sie sind von Natur aus nicht besser oder schlechter als wir Menschen auch. Im Grunde genommen sind sie uns sogar sehr ähnlich. Wir alle essen, pflanzen uns fort und kämpfen ums Überleben. Wir alle töten, auch wenn wir Menschen diese Tatsache gern vor uns selbst verstecken würden. Diese Mortadella war auch mal ein lebendes Wesen. Na ja, vermutlich mehrere.«

»Glaub ich auch. Aber aus Hunger zu töten ist doch was anderes.«

Die Delfine schwimmen wieder vorbei und ziehen einen Schwarm von Luftblasen hinter sich her. Ich weiß, dass es nur Einbildung ist, aber es kommt mir so vor, als könnte ich das Wasser *hören* – ein dumpfes Dröhnen in meinem Kopf, eine Vibration, die ich bis in die Knochen spüre.

Silver stößt einen schrillen Ruf aus – *Ih-ih-ih-ih-üh!* Wie Hohngelächter. Das Wasser zeichnet Wellenmuster auf den Betonboden vor uns. Hastig ziehe ich meinen Fuß aus den tanzenden Lichtflecken zurück.

»Alvie?«

Das Dröhnen in meinem Kopf nimmt zu und übertönt meine Gedanken. Der Druck in mir steigt weiter an und plötzlich ist es zu viel. Als ich die Augen schließe, explodiert ein Bild in meinem Kopf: Ich sehe, wie die Plexiglasscheibe Risse bekommt und zersplittert. Wasser schießt heraus, überflutet die ganze Höhle. Wasser überspült mich. Alles wird unscharf und als ich nach Luft schnappe, dringt Wasser in meinen Mund. Es bedrängt mich von allen Seiten, kalt und dunkel. Mein Kopf durchbricht die Oberfläche, aber eine Welle spült über mich hinweg und zieht mich wieder nach unten, ins Schwarze …

Stanley berührt mich am Arm und ich fahre zusammen. Mit einem Ruck öffne ich die Augen. Die Scheibe ist intakt, das Wasser dahinter blau und friedlich.

»Hey«, sagt er, »was ist denn los?«

Mein eigenes Keuchen hallt mir in den Ohren wider. Das halb gegessene Sandwich fällt mir aus der Hand und landet in Einzelteilen auf dem Boden. »Ich muss weg.« Ich stolpere den Zementweg hinauf in die Sonne. Ich hocke mich hin, rolle mich zu einer Kugel zusammen und schaukele auf den Fersen vor und zurück, den Kopf in die Hände gelegt.

Als der Schleier in meinem Hirn sich lüftet, höre ich, wie Stanley meinen Namen ruft. Höre seine langsamen, ungleichmäßigen Schritte näher kommen. Sein Schatten fällt auf mich. Ich will nicht, dass er mich so sieht. Keuchend, zitternd. Ich stehe schwankend auf und wende mich ab.

Seine Hand legt sich auf meine Schulter. Ich habe nicht damit gerechnet und ein unerträglicher Schmerz, wie ein elektrischer Schock, durchfährt mich. Mein Körper reagiert wie von selbst: Im Bruchteil einer Sekunde wirbele ich zu Stanley herum und meine Faust fliegt auf ihn zu, losgelöst von meinem Willen. Die Zeit verlangsamt sich, dehnt sich aus. Ich sehe, wie er die Augen aufreißt. Zurückweicht, den Kopf einzieht, die Augen zukneift.

Gleich wird meine Faust ihn treffen. Sie wird ihn treffen und ich kann es nicht mehr verhindern.

Nein!

Die Impulse aus meinem Hirn erreichen endlich meinen Arm. Im letzten Moment halte ich inne, die Faust nur noch wenige Zentimeter von seinem Gesicht entfernt. Schwer atmend steht er da. Langsam öffnet er die Augen. Sie sind von einem matten Schleier überzogen, der Begriff *Dissoziation* schießt mir durch den Kopf. »Alvie?«, flüstert er.

Ich weiche ein paar Schritte zurück und lasse mich gegen die Rückwand des Reptilienhauses sinken. Die Welt verschwimmt vor meinen Augen und kippt dann weg. Als sie wieder scharf wird, wirkt Stanley immer noch benommen, aber der seltsam glasige Blick ist verschwunden. Ich schlucke. »Stanley ... ist alles ...«

»Mir gehts gut.«

Ich schlinge die Arme um mich selbst, die Finger fest in meinen Bizeps gebohrt, und senke den Kopf. »Entschuldige bitte.«

Er zögert. Ich spüre, wie er mich ansieht. »Was war denn los?«

Ich hole tief Luft. »Super-GAU«, murmele ich.

So haben die Lehrer und Ärzte es jedenfalls immer genannt, wenn ich als Kind in der Schule einen Ausraster hatte – wenn ich Pulte umwarf, auf fiese Typen losging oder mich im Putzschrank versteckte. Einen Super-GAU. Als wäre ich nicht bloß ein wütendes kleines Mädchen, sondern ein Atomkraftwerk, das radioaktive Strahlung freisetzt. Aber vielleicht ist das Bild auch gar nicht so unpassend.

»Aber warum?« Stanleys Stimme ist sanft und beruhigend, doch die Frage lässt mich trotzdem zusammenzucken.

Ich hasse es, davon zu erzählen. Aber ich sehe keine andere Möglichkeit. »Ich mag kein Wasser.« Mein Gesicht brennt.

»*Jede* Art von Wasser?«

»Nein, nicht jede.« Mein Blick bleibt fest auf meine Schuhe gerichtet. »Wasser aus der Leitung ist kein Problem. Der Ententeich im Park ist auch nicht so schlimm, der ist flach. Aber ich mag es nicht, von Wasser überspült zu werden, und ich mag es auch nicht, wenn so viel davon in der Nähe ist. Ich … kriege dann das Gefühl zu ertrinken.«

»Warum hast du mir das nicht gesagt?«

Meine Ohren werden heiß. »Weil es albern ist, vor Wasser Angst zu haben.«

»Ist es gar nicht. Überhaupt nicht.«

Ich werfe ihm einen skeptischen Blick zu.

Er zuckt die Achseln. »Ich habe mal eine Talkshow gesehen, da gab es einen Typen, der vor eingelegten Gurken Angst hatte, und eine Frau, die sich vor Knöpfen fürchtete. Also, so ganz normale Knöpfe an der Kleidung. Und ich hatte als Kind einen echten Horror vorm Karussellfahren.«

»Vorm Karussellfahren.«

»Na ja, heute ist das natürlich kein Problem mehr, aber mit fünf war ich mal mit meinem Vater auf der Kirmes und da wollte er mich auf eins dieser Kinderkarussells setzen. So ein richtig großes, das sich rasend schnell gedreht hat – jedenfalls kam mir das damals so vor – und irgendwas an dieser Kombination aus Drehbewegung, Leierkasten-Gedudel und sich auf und ab bewegenden Pferden hat mich in Panik versetzt. Ich konnte mich erst wieder beruhigen, als mein Vater mir eine Zuckerwatte gekauft hat. Verglichen damit ist deine Angst vor Wasser doch total normal.«

Ich habe einen Kloß im Hals. Ich schlucke, aber er geht nicht weg. »Ich hätte dich fast geschlagen.«

»Aber du hast es nicht getan. Du hast dich noch zurückhalten.«

»Im allerletzten Moment.« Und wenn nicht …

In Gedanken sehe ich, wie meine Faust gegen seinen Kiefer

kracht. Knochen knacken und knirschen. Er liegt am Boden, vor Schmerz gekrümmt. Er muss wieder ins Krankenhaus, Metallstifte in den Kiefer eingesetzt bekommen, um die Knochenfragmente zu fixieren. Monate der Qual, nur weil ich mich nicht rechtzeitig beherrschen konnte.

Ein Schauer überläuft mich. »Ich hätte dir etwas brechen können.«

»In Zukunft bin ich vorsichtiger. Kommt nicht wieder vor, okay?«

Ich schaue in seine blau-in-blauen Augen. »Ich verstehe nicht, warum du keine Angst vor mir hast«, flüstere ich.

»Ich habe den Großteil meines Lebens mit Angsthaben verbracht, Alvie. Ich bin es leid. Wegen so eines kleinen Fehlers werde ich nicht den Kontakt zu dir abbrechen.« Er lächelt und reibt sich den Nacken. »Obwohl, wenn du Angst vor Wasser hast, kann ich meine Pläne für heute Abend wohl getrost vergessen.«

»Was für Pläne.«

»Ach, nichts Besonderes. Sollte eine Überraschung sein.«

»Aber irgendetwas mit Wasser.«

»Na ja, sozusagen. Gefrorenes Wasser.«

Ich überlege kurz, ob Eis schon mal eine negative Wirkung auf mich hatte. »Gefroren ist in Ordnung.«

»Na, wenn das so ist … wollen wir uns dann heute Abend im Park treffen?«

Am liebsten würde ich ihn fragen, was genau er vorhat – aber es soll ja eine Überraschung sein. Oder ist das leichtsinnig von mir? In letzter Zeit bin ich ganz schön viele Risiken eingegangen. Aber ich weiß, was Stanley damit meint, dass er es leid ist, ständig Angst zu haben. Vielleicht sind Überraschungen ja nicht immer nur schlecht.

»Einverstanden«, sage ich.

20. KAPITEL

Um fünf Uhr hole ich Stanley am Parkeingang ab. Da er den Arm in Gips hat, bleibe ich am Steuer sitzen und er dirigiert mich durch die Stadt. Ich habe nicht die geringste Ahnung, wo er uns hinführt. Als wir schließlich auf einen Parkplatz einbiegen, wird meine Verwirrung nur noch größer.

Vor uns erstreckt sich eine große Wiese, von Bäumen gesäumt und von einer Flutlichtanlage erhellt. In ihrer Mitte liegt eine glatte, spiegelnde Fläche, die von einer hüfthohen Bande eingefasst wird. Erst als wir darauf zugehen, begreife ich, was ich dort sehe, und frage mich, ob das seine merkwürdige Vorstellung von Humor ist. »Eine Eisbahn.«

»Jepp.«

»Wir haben aber gar keine Schlittschuhe.«

Er deutet auf ein kleines Holzhaus mit Spitzdach. »Da kann man welche leihen. Und heiße Schokolade gibts da auch.«

Ich schaue auf seinen Stock hinunter, dann auf seinen gebrochenen Arm. Stanley steht nur da und lächelt. Er hat offenbar nicht vor, die unübersehbare Tatsache anzuerkennen, dass Eislaufen in seinem Zustand so ungefähr das Dümmste ist, was man tun kann, außer vielleicht, sich wiederholt die Treppe hinunterstürzen.

»Ich kann das aber gar nicht«, sage ich.

»Kein Problem. Bei mir ist es auch schon ziemlich lange her.«

Er hatte mir ja erzählt, dass er als Kind viel Schlittschuh gelaufen ist, bis er sich das Schulterblatt gebrochen hat. Ob diese Aktion jetzt irgendetwas damit zu tun hat? Bestimmt. Trotzdem erscheint mir das wie eine ziemlich unvernünftige Art, sich seinen Dämonen zu stellen. Als würde jemand, der Opfer eines Brandes geworden ist, seine Ängste dadurch zu überwinden versuchen, dass er sein eigenes Haus anzündet.

Sein Lächeln verblasst. »Ich bin nicht verrückt geworden, ehrlich. Ich will nur mal ein paar Minuten lang da rausgehen und auf dem Eis stehen. Ich weiß nicht, wie ich das erklären soll. Ich brauche das jetzt einfach. Und ich dachte …« Seine Wangen röten sich. »Ich dachte, es fällt mir sicher leichter, wenn du dabei bist.« Er schaut weg. »Ziemlich egoistisch von mir, nehme ich an. Aber wenn du keine Lust hast, dann lassen wir es einfach.«

Mein Blick wandert zu der Eisbahn, die gerade vollkommen leer ist. Das Eis sieht stabil aus, obwohl mir das Wetter dafür nicht kalt genug erscheint. Vermutlich ist das gar kein echtes Eis, sondern irgendein chemischer Ersatzstoff, zum Beispiel hochverdichtetes Polyethylen. Das würde erklären, warum es so hart ist, obwohl die Temperatur über dem Gefrierpunkt liegt. Aber selbst wenn es doch Wasser wäre, könnte man unmöglich darin ertrinken.

»Ich bin dabei«, sage ich.

Wir leihen uns Schlittschuhe aus und setzen uns auf eine Bank.

Die Sonne ist inzwischen untergegangen und die Farben sind gedämpft. Der Ring aus Flutlichtern ist zwar eingeschaltet, aber noch nicht auf voller Leistung; er spendet ein sanftes, warmweißes Licht. Schnee schwebt in dicken Flocken auf uns herab, sammelt sich auf der Bank, auf unserer Kleidung, unserem Haar. Ich ziehe mir meine Schlittschuhe an und hocke mich dann vor ihn hin, um ihm die Schnürsenkel zu binden. Ich mache eine feste Schleife und wickele ihm den Rest noch um die Knöchel, für zusätzlichen Halt.»Sitzen sie gut.«

»Ja, danke.«

Ein paar Minuten lang starrt er geistesabwesend aufs Eis hinaus. Ich bemerke, wie sich die Finger seiner einen Hand in seinen Oberschenkel bohren.»Stanley ...«

»Entschuldige.« Er stößt den angehaltenen Atem aus.»Gerade kommen mir doch noch Bedenken.«

Unbeholfen lege ich die Arme um ihn. Ich kann das immer noch nicht besonders gut – meine Bewegungen sind hölzern und steif, wie die einer Schaufensterpuppe –, aber er entspannt sich ein bisschen. Jemanden trösten zu können ist für mich ein ganz neues Gefühl. Ein machtvolles Gefühl.»Ich lasse dich nicht fallen«, sage ich.

Er lacht kurz auf.»Das sollte *ich* wohl eher zu *dir* sagen. Schließlich stehst *du* zum ersten Mal auf dem Eis.«

Ich löse mich wieder von ihm.»Na gut, dann lässt *du* mich eben auch nicht fallen.«

»Ist gut.« Er steht auf, indem er sich auf meine Schulter stützt, und hält mir dann die Hand hin.»Alles klar?«

Ich nehme seine Hand und er führt mich aufs Eis. Seinen Stock hat er zurückgelassen, an die Bank gelehnt. Er bewegt sich mit kleinen, schlurfenden Schritten vorwärts und hält sich dabei an meiner Schulter fest.

Mir zittern die Knie. Ich bleibe am Rand und hangele mich an der Bande entlang. Stanley nimmt mich bei der Hand. »Komm, wir gehen weiter in die Mitte.«

Ich beiße die Zähne zusammen, starr vor Anspannung, und lasse mich von ihm von der Bande wegziehen. Warum habe ich mich bloß darauf eingelassen? »Ich glaube, ich höre lieber auf«, presse ich mühsam hervor.

»Wir fallen nicht hin. Versprochen.«

Unsicher mache ich ein paar Schritte, schiebe erst den einen Schlittschuh vor, dann den anderen. Mein Körper kippt mal nach vorn, mal nach hinten, die Arme abgespreizt. Und noch immer hält er meine Hand. »Das war ernst gemeint«, knurre ich. »Ich glaube, ich habe es mir anders überlegt.«

»Einfach nur festhalten.«

Ich funkele ihn wütend an, aber er sieht ganz unschuldig aus. Hier draußen auf dem Eis scheint er seine anfänglichen Bedenken überwunden zu haben. Ich hingegen war erst mal vergleichsweise entspannt, bis ich dann gemerkt habe, wie wackelig man auf den Schlittschuhen steht. Wie soll man sich auch nur eine Minute auf diesen Dingern halten?

Aber Stanley ist diese Sache hier wichtig. Ich atme tief durch und nicke.

Er kommt langsam ins Gleiten und ich tue es ihm nach. Fast schon widerwillig spüre ich, wie ich mich entspanne. Dann rutscht er weg und ich fange ihn auf, einen Arm um seine Taille geschlungen. Er klammert sich an meiner Jacke fest. Mein Herz klopft heftig an seinem.

»Alles okay?«, fragt er.

Ich nicke, wage aber nicht, mich zu rühren, weil ich fürchte, dass wir dann beide zu Boden gehen. Ich komme mir linkisch und staksig vor wie ein Fohlen, das seine ersten Schritte tut. »Siehst du?«, flüstert er an meinem Ohr. »Ist doch gar nichts dabei.«

Einen Moment lang lässt er sein Kinn auf meinen Haaren ruhen und wir bleiben einfach nur stehen. Es ist seltsam, jemanden zu berühren und nicht den Drang zu verspüren, mich gleich wieder zu entziehen.

Er führt mich zur Bande zurück. Ein winziges Lächeln sitzt in seinen Mundwinkeln. »Und jetzt pass mal gut auf.«

Das hört sich gar nicht gut an. »Worauf soll ich aufpassen.«

Er macht kehrt und fährt mit kleinen, gleitenden Bewegungen in die Mitte der Bahn, während ich hilflos zurückbleibe und mich an die Bande klammere. »Einfach nur aufpassen!«, ruft er.

Und mit einem Mal gleitet er so leicht und anmutig über das Eis, dass es mir wie ein Traum vorkommt. Er fängt an weite Bögen zu fahren und schafft es sogar, die erste Hälfte einer Acht zu beschreiben, bevor seine Beine erst zu wackeln anfangen und dann wegknicken. Er fällt eigentlich nicht, er sinkt eher zusammen.

Ich will zu ihm hinrennen, doch das Eis saust plötzlich unter mir weg und ich lande schmerzhaft auf den Knien. Hektisch krabbele ich auf ihn zu. Er liegt auf dem Rücken, Arme und Beine von sich gestreckt. »Stanley!«

Zu meiner Verblüffung scheint er zu lachen, obwohl es etwas angestrengt und atemlos klingt – eher wie ein Keuchen.

»Du bist wohl völlig verrückt geworden.« Ich helfe ihm hoch und er schlingt einen Arm um meine Taille. Vorsichtig gleiten wir zum Rand der Eisbahn und setzen uns dann, erhitzt und atemlos, wieder auf die Bank. Stanley lächelt mich an und in seinen Augenwinkeln bilden sich kleine Fältchen.

Ich schaue auf seine Beine hinunter, während wir die Schnürbänder an unseren Schlittschuhen lösen. »Bist du sicher, dass nichts gebrochen ist?«

»Keine Sorge, ich habe schließlich Metallstifte in den Oberschenkeln, weißt du nicht mehr?« Er hämmert sich mit der Faust aufs Bein. »Der bionische Mensch. Unzerstörbar.«

»Dein Kopf ist garantiert unzerstörbar. Der ist nämlich zu hundert Prozent aus Holz.«

Er blinzelt verblüfft. »Moment mal, war das gerade ein Witz?« Ein strahlendes Lächeln breitet sich auf seinem Gesicht aus. »Nicht zu fassen. Du hast einen *Witz* gemacht.«

»Das kann ich auch, wie du siehst.«

Grinsend nimmt er sich die Mütze ab und rubbelt sich über den Kopf. Seine Wangen sind leuchtend rot und sein Haar völlig verstrubbelt – an einigen Stelle platt gedrückt, an anderen steht es ab. In einem der umstehenden Bäume hängt eine Lichterkette – dabei haben wir noch nicht mal Dezember – und ich sehe ihren Widerschein in seinen Augen. Ich wünschte, ich hätte eine Kamera dabei. Stattdessen kneife ich ein Auge zu und denke *klick*. Das mache ich oft, wenn ich ein Bild nicht vergessen will. Ich streiche mit den Fingerspitzen über seinen Jackenärmel. Er fühlt sich weich an.

Dann merke ich plötzlich, wie gequält sein Atem klingt. »Wie groß ist der Schmerz«, frage ich. »Von eins bis zehn.«

Er zögert, dann nuschelt er: »Vier.«

Ich beobachte den Puls, der in seiner Halsschlagader hämmert – 135 Schläge pro Minute –, und korrigiere den Wert im Geiste auf sechs. Er hat sich heute ziemlich übernommen, aber ich spare mir jeden Kommentar. Das musste wohl einfach mal sein.

Auch Stanley hat inzwischen wie ich seine Schlittschuhe gegen Straßenschuhe eingetauscht, aber statt aufzustehen, rutscht er nervös auf der Bank herum, bis er schließlich tief durchatmet und etwas aus der Innentasche seiner Jacke zieht.

Eine Nelke, blutrot, mit ganz vielen zarten, gekräuselten Blütenblättern und schon ein bisschen zerdrückt, weil sie so lange in seiner Jacke gesteckt hat.

Er hält sie mir hin. Sein Adamsapfel bewegt sich auf und ab. »Hier.«

Ich starre ihn an.

»Ich habe doch gesagt, ich will dir den Hof machen. Weißt du nicht mehr?«

Zögernd nehme ich sie entgegen. Ich bin völlig durcheinander. Verwirrt. In der Blumensprache hat die rote Nelke eine bestimmte Bedeutung, aber als ich versuche, mich zu erinnern, schnappt irgendetwas in meinem Innern zu.

Stanley sitzt neben mir, die Schultern verkrampft, die Hände im Schoß ineinander verschlungen. Die Röte auf seinen Wangen vertieft sich und wandert bis zu den Ohren.

»Stanley ... ich ...« Meine Finger schließen sich fester um den Stängel der Nelke. »Ich ...«

»Ich wollte sie dir einfach nur schenken. Mehr nicht. Du musst nichts sagen.«

Ich starre auf die Nelke hinunter. Ich weiß nicht so recht, was ich mit ihr machen soll, deshalb stopfe ich sie in meine Jackentasche.

Stanleys Hände krampfen sich um seine Knie. Dann setzt er seine Mütze wieder auf, greift nach seinem Stock und stemmt sich hoch. »Fahren wir wieder zurück?«

Ich stehe ebenfalls auf, und nachdem wir unsere Schlittschuhe zurückgegeben haben, gehen wir zum Auto.

Als ich wieder zu Hause bin, allein, hole ich die Nelke aus meiner Jackentasche und sehe sie mir an. Die Blütenblätter sind zerknautscht, einige abgerissen, und der Stängel hat eine Knickstelle, aus der eine klare Flüssigkeit quillt, wie Blut. Mit meinen groben Pranken habe ich offenbar schon wieder alles Leben aus ihr rausgequetscht.

Trotzdem kann ich sie nicht wegwerfen. Ich nehme ein Stück durchsichtiges Klebeband und wickele es wie eine Bandage um den Knick im Stängel. Dann fülle ich ein Glas mit Wasser, stecke die Nelke hinein und stelle sie auf den Sofatisch.

Wenn man mal darüber nachdenkt, ist eine Blume ein ziemlich morbides Geschenk: das abgetrennte Reproduktionsorgan einer Pflanze, das quasi nur noch durch künstliche Ernährung am Leben erhalten wird. Welchen Sinn sollte es haben, ihren unvermeidlichen Tod nur noch weiter hinauszuzögern?

Aber vielleicht ist das gar nicht der Punkt. Alles muss sterben. Im Grunde machen wir die ganze Zeit nichts anderes, als das Unvermeidliche möglichst lange hinauszuzögern … und doch gibt es auch so viel Schönheit und Zartheit. Ob es das wert ist?

Mit der Fingerkuppe streiche ich über ein blutrotes Blütenblatt. Ich denke an Stanleys Lächeln.

Dann fällt mir ein, wie er mir neulich, am Tag nach der Schlägerei, erzählt hat, dass Leute wie er manchmal das Gehör verlieren. Wenn das passiert, wie soll ich dann noch mit ihm kommunizieren?

Ich werfe mir die Jacke über, gehe zur Bibliothek und suche mir drei Bücher heraus. Ich setze mich an einen der langen Tische und schlage als Erstes den dicksten Band auf, der den schlichten Titel *Amerikanische Gebärdensprache* trägt. Ich finde das Zeichen für »Freund« und übe es ein paarmal, indem ich meine Zeigefinger zweimal aufeinandertippen lasse.

Ich blättere die Seite um – und erstarre. Auf einer Illustration sieht man eine Hand, bei der Daumen, Zeigefinger und kleiner Finger ausgestreckt sind. *Liebe.*

Ein dumpfes Grollen dringt aus der Gruft und die gewaltigen Tore erzittern. Aus dem Abgrund meiner Erinnerung dringt ein Flüstern zu mir herauf: *Was immer ich auch tue, tue ich nur aus Liebe.*

Hastig schlage ich das Buch wieder zu. Es dauert ein paar Sekunden, bis ich meine Atmung wieder unter Kontrolle habe.

21. KAPITEL

Mein Gerichtstermin rückt jetzt schnell heran: Ich streiche die Tage auf meinem Kalender ab und die roten Kreuze füllen schon die halbe Seite.

Am Mittwoch kommt Dr. Bernhardt zur gewohnten Zeit, das schüttere Haar sorgfältig gekämmt. »Also«, sagt er, »jetzt ist es so weit. Unser letztes Treffen.« Er setzt sich hin und faltet die Hände. »Wie fühlst du dich?«

»Ich fühle mich ...« Ich will schon *Gut* sagen, unterbreche mich aber. »Ich weiß es nicht.«

»Gibt es noch irgendwas Bestimmtes, das du gern besprechen würdest?«

Ich rutsche auf meinem Stuhl herum. *Unser letztes Treffen.* Komischer Gedanke. Beunruhigend. »Ich glaube, ich bin noch nicht so weit«, stoße ich hervor.

»Noch hast du die Möglichkeit, deine Meinung zu ändern.«

Aber so kurz vorm Ziel kann ich nicht mehr zurück. »Nein, ich will sie gar nicht ändern. Ich habe einfach ...«

»Angst?«

Ich antworte nicht. Ist doch klar, dass ich Angst habe. Ich atme tief durch die Nase ein. »Aber ich ziehe das jetzt durch, koste es, was es wolle. Ich will endlich unabhängig sein.«

Die Muskeln in seinem Gesicht verhärten sich. Er nimmt die Brille ab und putzt sie mit seinem Pulloverärmel. Ohne die vergrößernden Gläser sehen seine Augen klein und wässerig und schutzlos aus. »Sind meine Besuche denn wirklich so schlimm?«

Die Frage trifft mich unvorbereitet. Ich setze mich anders hin. »Darum geht es nicht.«

»Worum dann? Warum ist es dir so ungeheuer wichtig, die vorzeitige Rechtsmündigkeit zu erhalten? Du bist doch schon weitgehend unabhängig. Der einzige Unterschied wäre der, dass ich hier nicht mehr vorbeikomme. Und dass du rechtlich weniger abgesichert bist.«

Ich zerre heftig an meinem linken Zopf. Ein wichtiger Grund ist die Angst, wieder ins Wohnheim zurückgeschickt zu werden. Aber das ist nicht der einzige. Ich weiß nicht, wie ich es ihm erklären soll. »Als ich klein war, haben viele Ärzte gesagt, ich würde immer unselbstständig bleiben und könnte niemals ein normales Leben führen. Ich will ihnen das Gegenteil beweisen.«

»Ein normales Leben zu führen bedeutet nicht, dass man nie mehr Hilfe braucht. Außerdem bist du noch sehr jung. Du bist ein siebzehnjähriges Mädchen, das Vollzeit arbeitet und sich ganz allein finanziert. Das ist vielleicht kein Einzelfall, aber auch nicht gerade die Regel. Die meisten Jugendlichen in deinem Alter erhalten noch in der einen oder anderen Form Unterstützung. Mit deiner Beeinträchtigung hat das überhaupt nichts zu tun.«

Und ob es was damit zu tun hat. Ohne meine Beeinträchtigung wäre ich doch gar nicht erst in diese Lage gekommen. »Ich habe mich dafür entschieden, unabhängig zu sein. Also werde ich das jetzt auch. Fertig.«

Er lächelt mit gesenktem Blick. »Das habe ich mir schon gedacht. Also gut … wenn es dir wirklich so wichtig ist, werde ich dich natürlich nach Kräften unterstützen.«

Meine Schultern entspannen sich. Ich nicke.

Er wirft einen Blick auf die Nelke, die noch immer auf meinem Sofatisch steht. Sie ist längst vertrocknet, die krausen Blütenblätter sind zu einer brüchigen Skulptur erstarrt. »Ich glaube, das ist das erste Mal, dass ich eine Blume in deiner Wohnung sehe.«

Ich sollte sie endlich mal wegwerfen. Aber irgendwie kann ich mich nicht dazu durchringen. Ich berühre das Klebeband, das den Stängel zusammenhält. Ohne nachzudenken sage ich die Wahrheit: »Die ist von Stanley.«

Er hebt die Augenbrauen, sodass seine Stirn sich in Falten legt. »Aha.« Ein winziges Lächeln zupft an seinen Mundwinkeln. »Ist doch toll.«

Ich hatte nicht erwartet, dass er sich darüber freuen würde.

»Genau genommen«, sagt er dann, »hast du mir von diesem Jungen noch so gut wie gar nichts erzählt.«

Ich ziehe an meinem Zopf. »Kommt das auch in Ihren Bericht.«

»Nein. Reine Neugier.«

Wo soll ich bloß anfangen? Aus meinen Gesprächen mit Stanley habe ich so viele beliebige Details abgespeichert, dass ich mich kaum entscheiden kann. »Er mag Katzen. Aber er ist allergisch gegen sie, deshalb kann er keine haben. Dafür hat er eine Rennmaus, die Matilda heißt. Sein Lieblingsgeruch ist frisch geschnittene Salatgurke.«

»Klingt so, als würdet ihr euch allmählich näherkommen.«

»Tun wir auch. Aber ...« Ich spüre ein Glucksen in der Kehle, als würden Worte in mir hochblubbern und zu entkommen versuchen. Ich kneife die Lippen fest zusammen, aus Gewohnheit, aber irgendwie kommt es mir sinnlos vor, wieder alles drin zu behalten. Ich *muss* einfach mal mit jemandem reden, um das Wirrwarr meiner Gefühle zu sortieren. Das ist Dr. Bernhardts letzter Besuch. Wenn nicht jetzt, wann dann?

»Ich weiß einfach nicht ...« Ich unterbreche mich wieder und umklammere meine Knie. Ein Kloß sitzt mir im Hals und ich muss mehrmals schlucken, damit er sich genügend lockert, um meine Stimme durchzulassen. »Ich weiß einfach nicht, wie so was geht. Mit jemandem befreundet sein. Ich habe ständig das Gefühl, alles falsch zu machen. Und es gibt auch noch ... so einige Dinge ... die er nicht weiß. Über meine ... Vergangenheit.«

Einen Moment lang mustert er mich schweigend. »Wie viel hast du ihm denn schon erzählt?«, fragt er ruhig.

»Fast nichts.«

Er holt tief Luft und stößt sie wieder aus. »Ich will dir nicht zu nahe treten und ich weiß ja auch gar nicht, wie ernst es dir mit ihm ist. Aber selbst wenn ihr wirklich nur Freunde seid, wirst du diesem Jungen über kurz oder lang davon erzählen müssen, wenn er ein Teil deines Lebens werden soll.«

»Und wenn nicht. Was dann.«

»Die Wahrheit kommt sowieso immer irgendwann ans Licht.

Man kann bestenfalls versuchen, wenigstens den Ort und die Zeit dafür selbst zu bestimmen. Ich spreche jetzt nicht als dein Sozialarbeiter. Nimm es als einen freundschaftlichen Rat unter Erwachsenen: Wenn man vor Menschen, die einem nahestehen, Geheimnisse hat, bringt das immer nur Kummer und Leid.«

Ich öffne den Mund, um zu antworten, aber es kommt nichts heraus. Ich zittere am ganzen Körper.

»Es muss ja nicht gleich alles auf einmal sein«, sagt er. »Fang mit den leichteren Sachen an, und dann …« Den Rest des Satzes lässt er unausgesprochen.

Er hat recht. Stanley hat mir schon so viel von sich erzählt, während ich kaum etwas von mir preisgegeben habe. Ich kann mich nicht ewig vor ihm verstecken.

Und ich habe auch schon eine Idee.

»Wo fahren wir denn nun hin?«, fragt Stanley.

Die Schnellstraße dehnt sich vor uns aus, bis sie schließlich mit dem Horizont verschwimmt. Winterbraune Maisfelder gleiten zu beiden Seiten vorbei. »Lass dich überraschen«, sage ich.

»Zeigst du mir ein neues Restaurant?«

»Nein.«

»Das verborgene Tor zu einem Paralleluniversum?«

»Schon näher dran.«

Er lacht.

Wir sind jetzt schon seit fast zwei Stunden unterwegs und weit draußen auf dem Land. Die Felder sind riesig, mit ein paar verstreuten Häusern und Silos hier und da. Bleiche Wolken überziehen den Himmel mit einer gleichförmigen Schicht, die so dick und massiv aussieht, als könnte man darauf laufen. Wir kommen an einem baufälligen Zaun vorbei, auf dem eine Reihe Krähen hockt, und alle drehen im selben Moment den Kopf, um uns mit den Blicken zu folgen. Als wir in die Oak Lane einbiegen, wird mein Herzschlag schneller.

Gleich werde ich ihm etwas zeigen, das ich bisher noch niemandem gezeigt habe. Nicht die Gruft, um Gottes willen, nein. Aber auch das hier wird sicherlich nicht leicht.

»Ich muss zugeben«, sagt er, »dass ich keinen blassen Schimmer habe, wo wir sind. Irgendwo mitten im Nichts. Was willst du mir hier bloß zeigen?«

Ich biege in eine kiesbestreute Auffahrt ein und halte an. »Das.«

Der Vorgarten ist mit Unkraut und wild wachsenden Büschen überwuchert. Das Haus selbst steht ein bisschen von der Straße zurückgesetzt, von den Schatten erdrückt. Die Einfahrt ist leer, die Fenster sind dunkel und ein gelber Zettel ist an die Tür geheftet – wahrscheinlich die Ankündigung der Zwangsversteigerung. Wie lange der hier wohl schon hängt?

Ich öffne die Autotür und steige aus.

Stanley runzelt die Stirn. »Wem gehört denn dieses Haus?«

»Mir«, antworte ich. »Oder vielmehr hat es mir mal gehört.«

Ich führe ihn in den Garten hinter dem Haus, wo eine rostige alte Doppelschaukel steht, neben einem Holzpferd zum Wippen. Ich setze mich auf eine der Schaukeln.

Stanley lässt sich vorsichtig auf der anderen nieder. Das

Gestell protestiert mit lautem Knarren, hält uns aber beide aus.

Die Spitzen meiner schwarzen Turnschuhe sind schlammbespritzt und ich trete damit in die feuchte Erde. »Hier habe ich mit meiner Mutter gewohnt, bis ich elf war. Danach bin ich in verschiedene Pflegefamilien gekommen, aber das hat nicht funktioniert. Ich war ein schwieriges Kind. Irgendwann haben sie mich dann in ein Wohnheim für verhaltensauffällige Jugendliche gesteckt. Das hat aber auch nicht funktioniert. Ich bin mit den anderen Mädchen einfach nicht klargekommen. Ein paar von ihnen haben immer alle anderen herumkommandiert, und als ich nicht vor ihnen kuschen wollte, haben sie versucht, mich fertigzumachen. Sie haben Reißzwecken in meinen Schuhen versteckt und tote Insekten in meinem Bett. Einmal sogar eine tote Maus. Und irgendwann sind sie natürlich auch dahintergekommen, dass ich Angst vor Wasser habe ...« Mir versagt die Stimme, aber das Bild lässt sich nicht aus meiner Erinnerung verbannen – zwei ältere Mädchen, die mich lachend in eine Duschkabine schubsen und mich trotz meiner panischen Schreie unter dem eiskalten Wasserstrahl festhalten. »Das war ziemlich schlimm«, fahre ich fort. Meine Stimme bleibt flach und neutral, aber ein Zittern hat sich in meine Hände geschlichen. »Ich bin immer wieder weggelaufen und einmal sogar vor Gericht gelandet, bis Dr. Bernhardt mir schließlich geholfen hat, eine eigene Wohnung zu finden.«

»Wer?«

Offenbar habe ich Dr. Bernhardt ihm gegenüber noch nie erwähnt. »Mein Sozialarbeiter. Ohne ihn wäre ich wahrschein-

lich schon tot oder im Gefängnis.« Im Nachhinein betrachtet
hätte ich mich wohl ruhig etwas dankbarer zeigen können. Andererseits bin ich froh, wenn seine Besuche endlich vorbei sind
und ich mir nie wieder das Gemäkel über den Mangel an Vitaminen in meiner Küche anhören muss. Meine Gefühle sind
wohl doch ein bisschen komplexer, als ich dachte.

Ich hole meinen Zauberwürfel hervor und drehe daran herum, während ich unser Haus betrachte, mit der vertrauten
Veranda aus Kiefernholz. Selbst die Vogeltränke ist noch da,
wenn auch leer und gesprungen.

Seit das damals passiert ist, bin ich nicht mehr hier gewesen.
Eigentlich hatte ich fest damit gerechnet, spätestens hier und
jetzt in Panik zu geraten, aber seltsamerweise passiert das nicht.
Vielleicht, weil Stanley dabei ist.

Ein paar Regentropfen stechen mir wie winzige Eisnadeln
ins Gesicht. Düstere Wolken ballen sich am Himmel und es fallen weitere Tropfen. »Als ich klein war«, sage ich, »habe ich mich
immer auf die Schaukel gesetzt, wenn ich irgendwelche Sorgen hatte, und bin dann so hoch geschaukelt, wie ich konnte.
Ich dachte, wenn ich es nur hoch genug schaffe, trägt mich der
Schwung bis in den Himmel hinauf und dann fliege ich einfach
davon.«

»Warum wolltest du denn gern davonfliegen?«

»Wegen allem.«

Der Wind pfeift durch die Bäume, die wie alte Schiffsplan-
ken knarren.

»Jetzt habe ich dich den ganzen Weg hierhergeschleppt, nur
um ein verlassenes Haus anzustarren«, sage ich. »Nicht ganz die
Art von Überraschung, mit der du gerechnet hast, oder.«

»Nein«, sagt er ruhig. »Aber ich bin trotzdem froh, dass wir hier sind.«

Die Muskeln in meinem Rücken lockern sich ein wenig. Ich bringe die Schaukel ganz leicht zum Schwingen, vor und zurück, vor und zurück. Die Bewegung wirkt beruhigend, und doch breitet sich ein dumpfer Schmerz in meinem Brustkorb aus. Blitzartig taucht eine Erinnerung vor mir auf: Ich bin noch klein, vielleicht drei oder vier, und Mama schubst mich auf der Schaukel an. Ich schließe die Augen. In meiner Erinnerung ist die Welt blitzsauber und strahlend hell. Sonnenlicht sprenkelt das grüne Gras. Als ich die Augen öffne, ist der Garten wieder grau und leer. »*Mein Herz hat sich mit den Tausend verbunden*«, murmele ich vor mich hin, »*denn mein Freund hörte auf zu laufen.*«

»Was ist das?«

»Ein Zitat aus *Watership Down*.«

»Ach ja, stimmt. Das sagen die Kaninchen, wenn einer von ihnen stirbt, hab ich recht?«

Ich nicke.

Er runzelt die Augenbrauen.

»Ist bei dir denn jemand …?«

»In letzter Zeit nicht.«

Ich fand schon immer, dass keine anderen Worte das Gefühl der Trauer so treffend zum Ausdruck bringen. Wenn man jemanden verliert, wird das eigene Herz zu einem dieser tausendfachen Feinde, zu einer zerstörerischen Macht, die einen von innen zerfleischt, wie ein Knoten aus glänzendem Stacheldraht. Manchmal kann man das nur überleben, indem man sein Herz tötet. Oder in einen Käfig sperrt.

Donner grollt.

»Willst du zurückfahren?«, fragt er.

Vielleicht glaubt er, dass ich vor Unwettern Angst habe. Wäre ja auch naheliegend, wenn man bedenkt, welche Wirkung schon das Rauschen von Wasser auf mich hat. Aber ich schüttele den Kopf. Eigentlich seltsam, dass ich ein Feuerwerk oder eine Explosion unerträglich finde, ebenso wie das Klappern von Besteck und das Klirren von Glas, und manchmal sogar schon beim Ticken einer Uhr aus der Haut fahren könnte – aber Donner stört mich überhaupt nicht. Den finde ich eher beruhigend.

Ein Windstoß bringt das Schaukelpferd zum Wippen. Seine Sprungfeder quietscht.

»Alvie …« Er nagt an seiner Unterlippe, und ich weiß, dass er mich etwas fragen will.

Ich warte.

»Was ist eigentlich mit deiner Mutter passiert?«

Ich schaue auf den Zauberwürfel in meiner Hand hinunter und meine Finger schließen sich fest um das glatte Material. Das kommt natürlich nicht unerwartet. Stanley weiß, dass ich meinen Vater nie kennengelernt habe, aber von meiner Mutter habe ich auch noch nie gesprochen. Ist doch klar, dass ihn das neugierig macht. Ich habe von Anfang an damit gerechnet, dass unsere Fahrt hierher, an diesen Ort, bestimmte Fragen zu meiner Vergangenheit auslösen würde, und mich mental darauf vorbereitet. Trotzdem fangen meine Hände an zu zittern.

»Sie …« Meine Stimme bricht ab, aber ich zwinge mich, den Satz zu vollenden: »Sie ist gestorben.«

»Wie denn?«

Ich sehe ihn an. Mein Mund öffnet sich und für einen Moment liegen mir die Worte ganz vorn auf der Zunge. Dann ziehen sie sich wieder zurück und alles, was herauskommt, ist ein ersticktes Geräusch. Ich senke den Kopf.

»Schon gut«, sagt Stanley sanft. »Du musst darauf nicht antworten.«

Mehr sage ich nicht dazu. Ich traue mich nicht. Ich schließe die Augen und atme. Ein und aus. Das Engegefühl in meiner Brust lässt nach.

Der Regen fällt jetzt dichter und schneller vom Himmel, die Tropfen brennen auf meiner Haut, aber es fühlt sich gut an. Es beruhigt meine Nerven. Ich lasse den Zauberwürfel in die Jackentasche gleiten. »Ist das schlimm, wenn dein Cast nass wird«, frage ich.

»Kein Problem, der ist aus Fiberglas. Mit dem könnte ich sogar schwimmen gehen. Auch wenn ich das niemals tun würde.«

Ich will gerade fragen, warum nicht, da fällt es mir ein: Na klar, die Narben.

Ich beobachte, wie der Regen in kleinen Rinnsalen an der Schaukel hinunterläuft und vom Holzpferd tropft.

»Früher«, sage ich, »bin ich bei Gewitter oft heimlich hier rausgekommen und habe mich zwischen den Bäumen auf den Rücken gelegt, habe den Regen auf mich herabprasseln lassen und dem Donner zugehört. Dabei konnte ich alles vergessen.«

Er schaut mich an. Im Dämmerlicht schimmert das Blau seiner Augen fast schon metallisch.

Dann steht er von der Schaukel auf und legt sich ins Gras. Einen Moment lang starre ich ihn entgeistert an … und strecke

230

mich dann vorsichtig neben ihm aus. Er greift nach meiner Hand. Ich verschränke meine Finger mit seinen und dann sehen wir zu, wie der Himmel sich immer mehr verdunkelt und das Gewitter endgültig über uns hereinbricht. Ich fange an zu zittern und mit den Zähnen zu klappern, während der Regen meine Jacke durchnässt und mir das T-Shirt am Leib klebt. Nur Stanleys Hand ist warm.

Blitze schießen über den Himmel und tauchen die Bäume in blassblaues Licht. Ein Schauer der Begeisterung durchläuft mich und züngelt wie eine Flamme in meinem Innern.

Lange liegen wir reglos auf dem Rücken, immer noch Hand in Hand, während ringsum das Unwetter tobt und die Bäume sich biegen und der Wind in ihren Wipfeln heult. Ich weiß, dass wir ziemlich unvernünftig sind – wir könnten vom Blitz getroffen werden oder uns eine Lungenentzündung holen. Aber vielleicht ist es gerade deshalb so aufregend. Und vielleicht ist das auch der Grund, warum Stanley aufs Eis gehen wollte. Ab und zu muss man auch mal ein Risiko eingehen, um zu spüren, dass man noch lebt.

Irgendwann flaut der Wind schließlich ab, der peitschende Regen wird zu einem schwachen Tröpfeln. Ich setze mich auf, schlammbedeckt und bis auf die Haut durchnässt. »Alles in Ordnung?«

Ein paar Sekunden lang antwortet er nicht. Er liegt immer noch auf dem Rücken und grinst in den Himmel hinauf. »Das war …« Er stößt ein atemloses Lachen aus. »Wow.« Dann setzt er sich ebenfalls auf, fährt sich mit der Hand durchs Haar und lächelt – ein so schönes Lächeln, dass es mir den Atem raubt. »Mir gehts blendend. Und dir?«

Ich analysiere meine Gemütsverfassung. Ich fühle mich … irgendwie ruhiger, und leichter, als wäre mir eine Last von den Schultern genommen. »Mir auch«, sage ich.

Ich stehe auf und helfe ihm hoch. Er klappert jetzt auch mit den Zähnen.

»Lass uns zum Auto zurückgehen«, sage ich.

Und so stapfen wir nass und bibbernd ums Haus herum und die Einfahrt entlang. Im Auto drehe ich die Heizung voll auf. Regen klopft sacht auf die Windschutzscheibe.

Während der Rückfahrt sagen wir beide kein Wort. Aber es ist ein behagliches Schweigen.

Als ich vor Stanleys Haus anhalte, ist es schon spät. Er räuspert sich. »Kommst du noch mit rein? Ich könnte uns einen Kaffee machen. Und trockene Sachen raussuchen.« Er schaut auf seine nasse, verdreckte Hose hinunter.

Ich nicke.

Drinnen setzt er einen Kaffee auf und zieht sich etwas Frisches an. Er leiht mir ein T-Shirt und eine Jogginghose, beides wieder viel zu lang. Wir sitzen nebeneinander auf dem Sofa und schlürfen unseren Kaffee, der die Kälte des Regens verjagt. Ich rieche Haselnuss und Zichorie und noch etwas anderes: den behaglichen Geruch von Büchern, der Stanleys ganzes Haus erfüllt und auch schon zu ihm selbst gehört. Das Zimmer ist hell und warm, ein scharfer Kontrast zu der Dunkelheit draußen.

»Ich danke dir«, sagt er.

»Wofür.«

»Für heute. Das war sehr mutig von dir.«

»Ich habe doch gar nichts gemacht.«

»Alvie! Das kannst du ruhig mal annehmen.«

Unsere Blicke begegnen sich. Seltsame Gefühle wallen in mir auf, so plötzlich und machtvoll, dass ich wegschauen muss. Irgendwo weit hinten in meinem Kopf schrillt eine Alarmglocke, die mich warnt, dass der gefährliche Punkt bald erreicht ist – Reizüberflutung kündigt sich an. Ich muss mich zurückziehen, auf Distanz gehen, die Ereignisse der letzten Stunden erst mal verdauen. Ich stelle die Kaffeetasse ab und sage: »Ich sollte jetzt gehen.«

»Warte.« Er stellt ebenfalls seine Tasse ab und befeuchtet sich die Lippen.

Ein kahler Zweig klopft ans Fenster wie der Finger eines Skeletts. Das Unwetter ist uns offenbar gefolgt; ein Blitz erhellt den Himmel und der Schatten des Zweigs erstreckt sich über die Wand, lang und schwarz. Ich halte mich an der Sofakante fest.

»Ich habe viel nachgedacht in letzter Zeit«, sagt er.

Die Alarmglocken in meinem Kopf schrillen noch lauter. *Rückzug.* »Worüber.«

»Über uns.«

Ich zucke zusammen und verkrampfe die Finger ins Polster. Vor meinen Augen verschiebt sich etwas und plötzlich ragen die Tore der Gruft vor mir auf, mattgrau und mit Rostflecken übersät, so nah und real, als könnte ich sie anfassen. Ich blinzele ein paarmal. »Können wir ein andermal darüber sprechen.«

»Ich muss das jetzt einfach mal loswerden.« Er fährt sich mit der Hand durchs Haar und über den Nacken. Dann nimmt er wieder seinen Kaffee und trinkt einen Schluck, als bräuchte er

Zeit, um seine Gedanken zu sammeln. Seine Hände zittern. Klirrend setzt er die Tasse wieder ab. »Ich wollte das schon längst mal sagen, aber ich habe noch gewartet. Weil mir das zwischen uns wirklich wichtig ist und weil ich das nicht verlieren will.«

Kurz über dem Fußboden entdecke ich einen kleinen Riss in der Wand und mein Verstand sucht dort Halt.

»Ich wollte die Sache langsam angehen. Aber ich merke, dass ich auch endlich mal wissen muss, wo wir eigentlich stehen. Was das hier ist. Was *wir* sind. Und ich …«

»Stanley«, falle ich ihm ins Wort.

Er verstummt.

Ich kriege kaum noch Luft. Der Riss in der Wand ist dunkel und gezackt und scheint sich plötzlich zu erweitern, zu einem Abgrund zu öffnen. »Ich muss gehen.« Ich mache Anstalten aufzustehen.

»Alvie, *bitte*.«

Die Worte lassen mich innehalten.

»Lauf jetzt nicht weg. Bitte.«

Ich habe das Gefühl, nach hinten wegzugleiten, tiefer und tiefer in mich hinein. Mein Körper ist völlig gefühllos geworden. Ich schwebe irgendwo außerhalb von ihm, über ihm.

»Lass es mich einfach sagen, und dann kannst du immer noch gehen, wenn du willst. Ich …«

»Stanley.« Meine Stimme ist heiser und schwach.

»Ich liebe dich.«

Die Worte hängen zwischen uns in der Luft und einen Atemzug lang ist alles wie eingefroren. Keine Reaktion, keine Bewegung, als hätten wir uns eben von einer Klippe gestürzt und befänden uns im freien Fall, die Welt wie erstarrt in diesem kurzen Moment vor dem Aufprall.

»Alvie?«

»Das darfst du nicht«, flüstere ich.

Etwas verändert sich in seinem Gesicht, seine Augenbrauen ziehen sich zusammen. »Ich tu's aber. Ich … Mir ist klar, dass du vielleicht nicht dasselbe empfindest, aber …«

»Nicht.« Meine Hand wandert zu meiner Brust und krallt sich fest, meine Finger zwirbeln und zerknüllen mein T-Shirt, genau dort, wo der Schmerz mich von innen zerreißt. »Nicht weiterreden.«

Stanley streckt die Hand nach mir aus, aber ich rücke von ihm ab.

Ein dumpfes Dröhnen erfüllt meinen Kopf und wird lauter und lauter. Nein, kein Dröhnen. Eher ein Rauschen, das Rauschen von Wasser, das immer mehr anschwillt, von allen Seiten auf mich einströmt und mich in eisige Schwärze hinunterzieht. Mein Blickfeld verzerrt sich, der Raum kippt seitlich weg. Ich springe auf und weiche zurück, bis mein Rücken die Wand berührt.

»Alvie, was ist denn los? Sag doch was.«

Ich schüttele den Kopf, dass die Zöpfe fliegen. »Nein.« Meine Stimme ist nur noch ein Hauch, von Panik erfüllt. »Nein. Nein.« Meine Knie werden weich und ich kann mich kaum noch aufrecht halten, die Hände an die Schläfen gepresst. Stanley ruft verzweifelt meinen Namen. Ich höre ihn nur noch gedämpft, wie durch Watte, und als ich den Blick hebe, kommt ein verschwommener Schatten auf mich zu und streckt die Hand nach mir aus.

Ich schlage zu. Ich entscheide das nicht, es passiert einfach so. Ich sehe zu, wie meine Faust nach vorne fliegt und sein Kinn trifft.

Stanley schreit auf, taumelt zurück und wäre fast gestürzt. Im letzten Moment kriegt er die Sofalehne zu fassen und starrt dann aus aufgerissenen Augen zu mir hoch, das Gesicht so weiß wie ein Totenschädel, bis auf einen einzelnen knallroten Fleck. Seine Hand wandert zu der geröteten Stelle und wir starren uns wortlos an.

Ich habe das Gefühl zu fallen, als wäre der Boden plötzlich verschwunden.

Ich muss hier raus. Sofort.

Ich wende mich ab, renne in die Nacht hinaus und springe in mein Auto. Mit fahrigen Händen lasse ich den Motor an und gebe Gas, ohne mich noch mal umzusehen, während die Scheibenwischer durch den Regen pflügen. Ein dunkles Grollen übertönt meine Gedanken, aber ich weiß nicht, ob das der Donner draußen oder ein Geräusch aus meinem Innern ist.

Immer wieder sehe ich vor mir, wie Stanley fast zu Boden geht. Ich glaube nicht, dass ich ihm etwas gebrochen habe, doch der Hieb war immerhin hart genug, um ihn jetzt noch bis in die Schulter zu spüren.

Ich bringe Stanley in Gefahr. Ich muss so weit wie möglich weg von ihm.

Ich fahre immer weiter. Als ich endlich anhalte, blicke ich auf eine dunkle Wasserfläche hinaus. Ein See. *Der* See. Der See, an dem ich so oft mit Mama war.

Wie eine Schlafwandlerin steige ich aus dem Wagen. Kalter Regen prasselt mir auf Kopf und Rücken und durchnässt mein Shirt. Der Himmel ist pechschwarz. Der See wirbelt und schäumt wie die Gewitterwolken darüber, sodass die Grenze zwischen Wasser und Himmel verschwimmt. Bis auf den schmalen Uferstreifen zu meinen Füßen ist die Welt nur noch ein tosendes Inferno. Meine Füße tragen mich weiter nach vorn. Das Wasser zieht mich zu sich heran, als hätte sich eine Angelschnur in meinem Nabel verhakt, die bis in die kalten Tiefen des Sees führt und mich hinunterzuzerren versucht. Wieder zerteilt ein Blitz den Himmel und blendet mich sekundenlang.

Er ruft mich. Der See ruft mich. *Ich liebe dich, Alvie.*

Nein, nein. Ich halte mir die Ohren zu und renne zum Auto zurück.

Als ich endlich wieder zu Hause bin, breche ich erschöpft auf meiner Matratze zusammen. Ich trage immer noch Stanleys Klamotten. Sie riechen nach ihm, ein Hauch von Zimt und alten Büchern. Ich reiße sie mir vom Leib und werfe sie zusammengeknüllt in die hinterste Ecke des Schranks. Dann strecke ich mich nackt unter den Laken aus und versuche mich zu beruhigen, aber es reicht noch nicht, ich habe immer noch das Gefühl zu ersticken. Mein Heizlüfter rattert; er ist alt und funktioniert nur noch halb, die Luft ist eiskalt, aber ich bin trotzdem nass geschwitzt. Wenn ich meine Haut wie einen Taucheranzug von mir abschälen könnte, würde ich es tun.

Mit zitternden Händen greife ich nach meinem Handy und schalte es ein. Ein verpasster Anruf von Stanley. Er hat mir auf die Mailbox gesprochen. Mein Daumen schwebt zögernd über der Taste. Schließlich halte ich mir das Handy ans Ohr und spiele die Nachricht ab.

»Alvie, ich … wenn du das hier hörst, ruf mich bitte zurück. Wir können über alles reden. Ich weiß nicht, was passiert ist, womit ich dich verletzt habe, aber …«

Energisch drücke ich eine weitere Taste und lösche die Nachricht.

Ich kann nicht mehr zurück. Vielleicht würde ich Stanley sonst irgendwann ernsthaft verletzen. Jede lächerliche Kleinigkeit könnte der Auslöser sein, könnte einen weiteren Super-GAU verursachen; ich könnte ihn jederzeit ins Krankenhaus bringen. Und selbst dann würde er immer noch lächeln, den Schmerzen zum Trotz, und mir alles verzeihen, weil er einfach nicht begreift, dass ich ein Monster bin. Ein Monster, das er immer noch nährt und liebt und beschützt, obwohl es ihn Stück für Stück verschlingt.

Wie meine Mutter.

Ich schließe die Augen und atme tief ein. Eine eisige Ruhe senkt sich herab und ich erkenne glasklar, was zu tun ist. Ich muss ihn gehen lassen. Um seinetwillen. Wenn ich die Sache jetzt beende, wird es ihm wehtun, aber er wird es überstehen. Wenn ich bleibe …

Eine Erinnerung blitzt auf, gestochen scharf – eine kalte Hand, die meiner entgleitet.

Tief in meinem Innern habe ich immer gewusst, dass es mit Stanley und mir nicht gut gehen kann. Das Ganze war ein Traum, aber ich war zu blind und zu egoistisch, um es mir einzugestehen. Wenigstens ein Mal in meinem Leben – und sei es auch nur ganz kurz – wollte ich erleben, wie es sich anfühlt, normal zu sein. Es war ein Traum, aber jetzt ist er vorbei, und Stanley muss für meine Dummheit büßen. Ich kann meinen Fehler nicht ungeschehen machen, aber ich kann verhindern, dass er noch größer wird. Das Band durchtrennen, sauber und schnell.

Ich schicke ihm eine SMS. *Es wäre besser, wenn wir uns nicht mehr sehen.*

22. KAPITEL

Während der nächsten Tage hinterlässt Stanley mir noch mehrere Sprachnachrichten. Ich lösche sie, ohne sie mir anzuhören. Am Anfang ist der Schmerz konstant, wie ein Gewicht, das mir ständig auf der Brust sitzt und das Atmen erschwert. Doch ich folge einfach stumpf meinem alten Trott: arbeiten, Bücher lesen und spazieren gehen, auch wenn ich den Park jetzt meide. Nach und nach setzen sich die alten Gewohnheiten wieder durch und der Kummer lässt nach.

Solange ich die Tiere habe, werde ich alles überleben. Sie sind mein Lebensinhalt. Hätte mir eigentlich längst klar sein müssen. Ich gehöre nun mal nicht in die Welt der Menschen. Aber ich habe aus meinen Fehlern gelernt: So etwas passiert mir nicht noch mal.

Mein Handy klingelt und ich schrecke auf. Ich greife danach, um es auszuschalten, aber dann sehe ich, dass es gar nicht Stanleys Nummer ist, sondern die von Dr. Bernhardt. Zögernd nehme ich den Hörer ans Ohr. »Hallo.«

»Hallo, Alvie. Ich bins. Ich wollte nur noch mal nachfragen, ob alles für den Gerichtstermin morgen vorbereitet ist?«

Bei seinen Worten trifft mich fast der Schlag. Ich war so sehr mit mir selbst beschäftigt, so darauf fixiert, jeden Tag irgendwie hinter mich zu bringen, dass ich den Termin fast vergessen hätte. Mein Mund ist trocken, als ich mich sagen höre: »Alles vorbereitet.«

»Gut, dann sehen wir uns morgen um halb acht vorm Gerichtsgebäude.«

»Okay.«

»Geh noch mal alles durch, was wir besprochen haben.« Eine Pause. »Viel Glück.«

Ich lege auf.

Das war eindeutig gelogen. Ich bin alles andere als vorbereitet. Aber jetzt kann ich keinen Rückzieher mehr machen. Ich habe es schließlich so gewollt.

Ich stelle mir vor, wie ich all meinen Schmerz und die Verwirrung zusammenfalte und in einer Schublade ganz hinten in meinem Kopf verstaue, in der Nähe der Gruft. Wenn ich morgen der Richterin gegenübertrete, muss ich so normal wie möglich wirken. Dafür brauche ich meine ganze Konzentration.

Mit Nachdruck schiebe ich die Schublade zu, drehe den Schlüssel herum und Stanley gehört der Vergangenheit an.

Das Gerichtsgebäude liegt am anderen Ende der Stadt, eine Viertelstunde mit dem Auto entfernt. Es sieht genauso aus, wie ich es in Erinnerung habe: ein wuchtiges quadratisches Gebäude aus dunklem, poliertem Stein, der eine spiegelnde Fläche bildet, und mit einer breiten Treppe davor, die zu einer schweren grauen Flügeltür hinaufführt.

Dr. Bernhardt wartet oben vor der Tür auf mich, die Wangen von der Kälte gerötet und mit einem gestrickten Schal um den Hals. Er hat eine Einkaufstüte aus Papier dabei, die er mir in die Hand drückt. »Hier. Zieh das an.«

Ich hole eine Pappschachtel hervor, in der ein dunkelgrauer Hosenanzug mit Nadelstreifen liegt. »Warum.«

»Du willst doch professionell und erwachsen wirken.«

Ich mustere meinen Rock, die geringelte Strumpfhose und mein T-Shirt, auf dem in metallisch schimmernder Schrift HEAVY METAL steht, über der verwaschenen Zeichnung einer voll gepanzerten Frau, die auf einem pterodaktylusartigen Wesen reitet. »Was stimmt denn nicht mit meinen Sachen.«

Er lacht und schüttelt den Kopf. Ich versteife mich. »Entschuldige«, sagt er. »Ich lache nicht über dich. Vertrau mir ausnahmsweise mal, okay?«

Wir gehen hinein. Ein Sicherheitsbeamter fordert uns auf, den Inhalt unserer Taschen in eine Plastikschale zu legen, und winkt uns dann durch einen Metalldetektor. Ich befürchte schon, dass er mich auch noch abtasten will, aber zum Glück tut er nichts dergleichen. Im Toilettenraum ziehe ich mich rasch um und stopfe meine alten Sachen in die Papiertüte. Der Hosenanzug ist aus Polyester und ziemlich kratzig auf der Haut, aber ich muss ihn ja nicht lange tragen.

Als ich wieder herauskomme, wartet Dr. Bernhardt auf mich. »Schon besser.« Er lächelt mir zu. »Und denk dran: ehrlich sein, aber nicht *zu* ehrlich. Und ganz ruhig bleiben.«

»Ich versuche es.« Mein Magen tut weh. Was, wenn die Sache schiefgeht? Nein, daran darf ich jetzt nicht denken, sonst gerate ich in Panik.

»Du kriegst das schon hin«, sagt er.

Ich zögere. »Wenn die Richterin meinen Antrag bewilligt, kommen Sie mich nicht mehr besuchen, oder.«

»Genau. Dann musst du mein Genörgel nicht länger ertragen.« Er lächelt.

Ich will etwas darauf erwidern, stelle aber fest, dass ich aus irgendeinem Grund einen Kloß im Hals habe. *Du hast es so gewollt,* ermahne ich mich.

Er hält mir die Hand hin. »Alles Gute, Alvie.«

Ich wappne mich innerlich, ergreife seine Hand und schüttele sie kurz. Seine Haut ist weich und trocken; der Kontakt ist längst nicht so unangenehm, wie ich erwartet hatte. Ich lasse seine Hand wieder los und er dreht sich um und geht.

Ich sehe den Gang vor mir hinunter. Der Gerichtssaal liegt ganz am Ende. Ich fühle mich sehr klein und allein und bin plötzlich felsenfest davon überzeugt, dass die Sache ein böses Ende nehmen wird. Meine Beine verweigern ihren Dienst, doch ich zwinge sie, sich vorwärtszubewegen … aber ganz langsam, weil mir die Knie zittern.

Der Gerichtssaal ist nicht sehr groß. Er wirkt eher privat und übersichtlich, wie ein Verhörraum. Der Boden ist mit schmuddeligem blauem Teppich ausgelegt, die Wände sind mit Holz verkleidet. Richterin Gray – um die fünfzig, mit einem kleinen, verkniffenen Mund – ist schon da und sitzt auf einem Stuhl hinter einem klobigen Schreibtisch. Sie hat auch bei meinem Antrag auf vorzeitige Geschäftsfähigkeit den Vorsitz geführt. Die einzige andere Person im Raum ist eine jüngere Frau, die an einem Tisch in der Ecke sitzt und, wie ich annehme, Protokoll führen wird.

Ich sitze der Richterin gegenüber, die Hände im Schoß gefaltet. Einen Moment lang mustert sie mich schweigend und schaut dann auf den Zettel in ihrer Hand. Ich rutsche nervös herum und könnte jetzt schon meinen Zauberwürfel gebrauchen, aber den habe ich draußen gelassen, in der Tüte mit meinen alten Sachen. Ich versuche, mich an die Fragen zu erinnern, die ich mit Dr. Bernhardt in den letzten Wochen durchgegangen bin, aber mein Kopf ist wie leer gefegt.

»Alvie Fitz«, sagt sie. »Sie sind jetzt siebzehn Jahre alt. Ist das korrekt?«

Die Neonröhren an der Decke blenden mich mit ihrem gleißenden Licht. »Ja.«

»Und Sie wohnen seit achtzehn Monaten in Ihrer eigenen Wohnung und haben eine Vollzeitstelle im Hickory Tierpark?«

»Korrekt.«

»Mr Bernhardt hat angegeben ...«

»Doktor.«

Sie runzelt die Stirn. »Verzeihung?«

»*Doktor* Bernhardt«, korrigiere ich sie und begreife sofort, dass ich lieber den Mund gehalten hätte. Aber nachdem ich ihn nun mal aufgemacht habe, sollte ich die Sache jetzt auch klarstellen. »Er hat einen Doktor in Soziologie.«

»Verstehe. Nun gut.« Sie räuspert sich. »Nach Aussage von *Dr.* Bernhardt hat sich Ihre Situation inzwischen deutlich gebessert.« Sie faltet die Hände und lässt ihre langen Daumennägel aneinanderklackern. Ich winde mich bei dem Geräusch.

»Soweit ich mich erinnere, waren Sie bei unserer letzten Begegnung in einem Mädchenwohnheim untergebracht. Sie haben dreimal versucht, von dort wegzulaufen, was einmal sogar zu einer Anzeige führte. Vor Ihrem Wohnheimaufenthalt haben

Sie mehrere Pflegefamilien durchlaufen und auch einige Zeit in der Psychiatrie verbracht. Ist das korrekt?«

Meine Nägel bohren sich in meine Handfläche. Mühsam kontrolliere ich meine Atmung. »Das ist korrekt.«

»Sind Sie zurzeit in therapeutischer Behandlung?«

»Nein.«

»Und warum nicht?«

Ich spreche langsam und wähle meine Worte mit Bedacht. »Meine emotionalen Probleme sind inzwischen unter Kontrolle. Ich bin sehr viel stabiler als noch vor anderthalb Jahren. Ich sehe keine Notwendigkeit für eine Therapie.«

Ihre blassblauen Augen werden schmal. »Dann halten Sie Ihre Diagnose also für unzutreffend?«

Unten an meinem Rücken sammeln sich ganze Bäche von Schweiß. Meine Hände wollen unbedingt an meinen Zöpfen ziehen, aber ich widerstehe dem Drang. Mir ist klar, dass die Richterin jeden Tick, jeden Gefühlsausbruch als Zeichen der Instabilität werten wird. Aber was soll ich jetzt bloß antworten? Meine Blicke schießen hin und her. Das Bedürfnis, vor und zurück zu schaukeln, wird auch immer stärker, bis es sich schließlich so anfühlt, als versuchte ich, nicht zu blinzeln.

»Miss Fitz? Haben Sie meine Frage verstanden?«

»Welche Diagnose meinen Sie«, frage ich, um Zeit zu gewinnen. »Es gab mehrere.«

»Ich beziehe mich auf die Diagnose des Asperger-Syndroms. Sie werden sicher verstehen, dass es für meine Entscheidung wichtig ist, ob eine geistige Behinderung bei Ihnen vorliegt.«

Man sollte ihr vielleicht mal erklären, dass das Asperger-Syndrom keine geistige, sondern eine *soziale* Behinderung ist, oder vielleicht auch nur eine ganz normale Abweichung von der neurologischen Standardausstattung. Aber ich habe das Gefühl, dieser Hinweis würde sie nicht umstimmen, sondern allenfalls gegen mich aufbringen. »Sie meinen, bei einer geistigen Behinderung würden Sie mich für meine früheren Handlungen nicht verantwortlich machen?«

»Nein. Ich meine vielmehr, dass ich Sie dann vielleicht dauerhaft unter Vormundschaft stellen müsste. Der Staat würde Ihnen einen Betreuer zuweisen, der Sie bei der Bewältigung Ihrer Angelegenheiten unterstützt.«

Dauerhaft unter Vormundschaft stellen. Ich fange an zu zittern. Das kann doch jetzt nicht wahr sein! Sie hat doch wohl nicht wirklich vor, einem wildfremden Menschen die Kontrolle über mein Leben anzuvertrauen? Ich bemühe mich um einen ruhigen Tonfall. »Nicht alle Autisten stehen unter Vormundschaft. Viele Leute mit einer Asperger-Diagnose sind beruflich sehr erfolgreich, manche sind sogar verheiratet und haben Kinder.«

»Dann war die Diagnose wohl offensichtlich falsch.« Sie schnaubt durch die Nase. »Ärzte werfen immer gern mit medizinischen Begriffen um sich. Ich mag da vielleicht altmodisch sein, aber ich glaube schon, dass man auch einfach mal auf die schiefe Bahn geraten kann und dass die Begegnung mit der kalten, harten Realität schon so manchen von Unreife und pubertärer Rebellion kuriert hat.«

Ich würde ihr gern erklären, dass die Sache so einfach nun auch wieder nicht ist. Auch wenn ich in der Lage bin, über längere Zeit meinen Job zu behalten, kann ich doch trotzdem *anders* sein. Mein Gehirn ist schließlich immer noch dasselbe, auch wenn meine Situation sich geändert hat. Aber meine nächsten Worte werden vermutlich über meine gesamte weitere Zukunft entscheiden, deshalb sollte ich lieber vorsichtig sein.

»Was genau wollen Sie von mir wissen?«

»Ich möchte wissen, ob Sie sich selbst als Autistin sehen«, sagt sie.

In meinem Gehirn explodiert einen Panik-Bombe und mir wird schwarz vor Augen. Egal, was ich jetzt sage, es kann eigentlich nur falsch sein. Aber *irgendetwas* muss ich sagen. Im Bruchteil einer Sekunde fälle ich die Entscheidung. »Nein. Ich glaube, die Diagnose war falsch.«

»Dann sind Sie also völlig normal?«

Ich versuche, das brennende Gefühl hinten im Rachen hinunterzuschlucken. Wenn ich Stimmen doch bloß etwas besser interpretieren könnte. Ich weiß einfach nicht, ob diese Frage bloß ironisch oder ernst gemeint ist. Aber jetzt kann ich nicht mehr zurück. »Ja.«

Sie presst die Kuppen ihrer Zeigefinger gegeneinander. Ihre Miene ist ausdruckslos. »Nun gut«, sagt sie schließlich. »Mir scheint, dass Sie in den vergangenen anderthalb Jahren doch um einiges erwachsener geworden sind. Und ich bin der Meinung, dass man jedem, der den entsprechenden Einsatz zeigt, eine zweite Chance geben sollte. In Anbetracht der Tatsache, dass Sie Ihr Leben nun schon seit Längerem erfolgreich meistern und ein nützliches Mitglied der Gesellschaft geworden sind, sehe ich keine Veranlassung, Ihren Antrag auf vorzeitige Rechtsmündigkeit abzulehnen.« Sie drückt einen Stempel auf das Blatt Papier vor ihr und reicht es mir über den Tisch. »Sie können jetzt gehen.«

Wie betäubt verlasse ich den Gerichtssaal, mein Reifezeugnis an mich gedrückt. Ich kann es noch gar nicht begreifen. Mir ist heiß und es juckt überall, und unten im Hals spüre ich ein leichtes Brennen. Vielleicht Sodbrennen, vom Stress.

Ich habe den Verdacht, dass der Hosenanzug nicht unerheblich an meinem überraschenden Erfolg beteiligt war – auch wenn es völlig absurd erscheint, dass etwas so Banales wie Kleidung das Urteil einer Person beeinflussen sollte, die doch den Auftrag hat, ohne Ansehen der Person das Gesetz anzuwenden. Nicht mal im Traum wäre mir eingefallen, mich für die Anhörung anders anzuziehen. Ich hätte mich wohl wirklich besser vorbereiten sollen. Ohne Dr. Bernhardts Hilfe wäre die Sache sicher nicht so gut gelaufen.

Und ich habe ihm noch nicht mal dafür gedankt – jedenfalls nicht so richtig. Ich schaue mich um, doch er ist nirgends zu sehen.

Vielleicht ist er schon gegangen. Ich spüre ein leichtes Ziehen in meiner Brust, das ich nach kurzem Nachdenken als Enttäuschung identifiziere. Andererseits ist er jetzt ja nicht mehr für mich verantwortlich. Und er hat bestimmt auch ohne mich reichlich zu tun – andere schwierige Jugendliche betreuen zum Beispiel.

Eine Zeit lang stehe ich noch unschlüssig auf dem breiten, mit glänzend schwarzem Marmor gefliesten Gang. Nach all diesen Monaten ist die Entscheidung nun in weniger als zehn Minuten gefallen und dafür musste ich einfach nur lügen. Ich sehe mir die amtlich beglaubigte Urkunde an, die mich zu einem vollwertigen Mitglied der Gesellschaft erklärt, und fühle mich seltsam leer.

Wieder zu Hause, verstaue ich das Zeugnis in einer Schreibtischschublade.

Ein Blick auf die Uhr sagt mir, dass es schon fast halb zehn ist. Ich schiebe alles andere beiseite, streife den Hosenanzug ab und greife nach meiner Tierpark-Uniform.

Zeit zum Arbeiten.

23. KAPITEL

Die Sonne scheint, das Wetter ist kalt und klar. Als ich das Hauptgebäude des Tierparks betrete, um mich einzustempeln, steht eine ganze Traube von Mitarbeitern auf dem Gang versammelt. Miss Nells flamingofarbenes Jackett sticht deutlich heraus. Toby ist an der Wand zusammengesackt, das Gesicht kreidebleich. Als ich näher komme, sehe ich, dass er ein Handtuch auf den Arm presst. Blut sickert hindurch, rot auf weiß.

»Hab ich dich nicht oft genug gewarnt?«, schreit Miss Nell.

»Ich wollte ihn doch bloß füttern«, heult Toby. »Diese Alvie macht das doch auch die ganze Zeit. Aber als ich den Käfig aufgemacht hab, ist er gleich wie ein Irrer auf mich los!«

Mein Magen wird ganz hohl. *Chance.* Er redet von Chance.

»Nicht mehr zu ändern«, seufzt Miss Nell. »Ich rufe jetzt deine Eltern an und du drückst weiter das Handtuch auf die Wunde, bis der Krankenwagen kommt.«

Er schnieft. »Dafür krieg ich jetzt aber Krankengeld, oder?«

»Das besprechen wir später.« Sie blickt ärgerlich in die Runde. »Und ihr anderen macht jetzt, dass ihr wegkommt. Es gibt viel zu tun!«

Die Menge zerstreut sich. Miss Nell verfrachtet Toby in den Pausenraum und kommt dann, leise vor sich hin schimpfend, wieder herausgestürmt.

Bevor ich sie ansprechen kann, ist sie auch schon in ihrem Büro verschwunden und knallt die Tür hinter sich zu. Ich warte einen Moment, dann drücke ich das Ohr ans Holz und lausche. »Ja? Nein, dem gehts gut ... Ihrem Sohn gehts gut.« Eine Pause. »Ich glaube, unsere Anwälte können wir da raushalten. Das war einfach ein Unfall. Wir werden sicher auch so zu einer Einigung kommen.« Noch eine Pause. »Jetzt hören Sie mal zu. Sie können uns doch nicht dafür verantwortlich machen, wenn ein Mitarbeiter die Regeln bricht. Toby ist mehrfach davor gewarnt worden, diesen Käfig zu betreten.«

In meiner Nase kribbelt es, ein Niesen baut sich auf. Ich ersticke es mit dem Ärmel, aber Miss Nell sagt plötzlich nichts mehr, und ich weiß, dass sie mich gehört hat. Ich schleiche mich weg und renne den birkenbestandenen Pfad entlang, der zu Chance' Gehege führt.

Doch er hockt friedlich auf seiner Stange, offensichtlich unversehrt. Spuren von Blut glänzen an seinen langen schwarzen Krallen. Als ich auf ihn zugehe, krächzt er tief unten in der Kehle. *Kroo-ark.*

Ich lasse mich neben dem Gehege auf den Boden gleiten und bleibe lange dort sitzen.

Als ich am nächsten Tag zur Arbeit komme, steht ein weißer Lastwagen auf dem Platz, wo ich üblicherweise parke. Was hat der hier zu suchen? Der Laster für Futtermittel ist gelb, der für Veterinärbedarf grün. Diesen hier habe ich noch nie gesehen.

Ich stempele mich im Hauptgebäude ein und gehe dann als Erstes zum Gehege von Chance, wo mir fast das Herz stehen bleibt: Der Käfig ist leer.

Ich mache kehrt und renne zum Hauptgebäude zurück, bis zu Miss Nells Büro. Ihre Tür ist nicht verschlossen und sie sitzt gerade über ihren Schreibtisch gebeugt und liest einen Groschenroman. Als ich hineinstürme, schreckt sie hoch. »Alvie! Was zum Teufel …?«

Ich marschiere geradewegs auf sie zu und bleibe erst stehen, als meine Knie schon gegen die Rückwand ihres Tisches stoßen. Ihre Schultern straffen sich.

»Jetzt hör mal zu, du kannst hier nicht einfach so reingeplatzt kommen und …«

»Wo ist Chance.«

Sie verzieht das Gesicht und stößt dann einen Seufzer aus. »Nach allem, was passiert ist, konnte ich ihn nicht mehr hierbehalten. Er ist einfach zu aggressiv, zu unberechenbar.«

»Chance hat keine Schuld an dem, was passiert ist«, sage ich, so ruhig ich kann. »Ich *kenne* ihn. Er ist nicht aggressiv, er ist einfach nur in Panik geraten.«

Sie kneift sich in die Nasenwurzel. »Darum gehts ja auch gar nicht. Aber Tobys Eltern hatten fast Schaum vorm Mund. Seine Mutter ist eine stinkreiche Anwältin und sein Vater ist Arzt, und ihr verwöhnter kleiner Hosenscheißer ist mit fünf Stichen im Arm nach Hause gekommen. Sie wollten Blut sehen. Irgendwas *musste* ich ihnen anbieten.«

Bei ihren Worten breitet sich die Kälte in meinem Magen noch weiter aus. »Wo ist Chance.«

Sie schaut weg. »Es ist zu spät, Alvie. Er ist weg.«

Ich beuge mich vor und stütze mich mit den Händen auf den Tisch. »Wo. Ist. Chance.«

Ihre rot bemalten Lippen sind zu einer dünnen, fast unsichtbaren Linie zusammengepresst, ihre Finger halten das Groschenheft umklammert. Ein Mann mit nacktem Oberkörper und Cowboyhut starrt mich vom Cover an. »Muss ich den Sicherheitsdienst rufen?«

Mein Atem geht schnell und flach, als die Erkenntnis jetzt endlich durchsickert. »Sie haben ihn einschläfern lassen«, flüstere ich.

Ein Muskel zuckt in ihrer Wange und ihre Stimme klingt plötzlich gefährlich sanft. »Ich habe nur meine Pflicht getan. Chance war krank …«

»War er nicht.«

»Er war krank im Kopf«, faucht sie. »Und es wurde auch nicht besser. Ihn einzuschläfern war ein Akt der Gnade.«

Ich möchte am liebsten schreien. »Er war Ihnen doch einfach nur lästig, sonst nichts.«

Das verschlägt ihr für einen Moment die Sprache. Dann läuft sie rot an. »Glaubst du etwa, mir ist das leichtgefallen? Ich hatte doch gar keine andere Wahl. Diese reichen Arschlöcher können mir den ganzen Laden dichtmachen. Für *einen* durchgeknallten Vogel setz ich doch nicht meine Existenz aufs Spiel … von meinen Angestellten mal ganz zu schweigen! Dich möchte ich sehen, wenn es diesen Tierpark nicht mehr gibt! Du weißt doch gar nicht, was du da redest!«

»Ich weiß nur, dass Sie Chance gegenüber eine Verantwortung hatten.« Ich mache alles nur noch schlimmer, aber ich kann es nicht ändern.

Eine Ader pulsiert an ihrer Schläfe. »Tja, aber dieser Tierpark gehört nun mal nicht dir, sondern mir, und deshalb ist es nicht deine, sondern meine Entscheidung, was mit Chance passieren wird.«

Passieren *wird*? Dann ist es also noch gar nicht passiert? Dann kann ich es vielleicht noch verhindern? Ich hole tief Luft und wende mich zum Gehen, aber die Stimme von Miss Nell hält mich auf: »Setz dich hin. Ich bin noch nicht fertig mit dir.«

Wie angewurzelt bleibe ich stehen. Mein Herz hämmert mir gegen das Brustbein.

»Wenn du jetzt diesen Raum verlässt, brauchst du nicht mehr wiederzukommen. Nie mehr. Ich habe dir vieles verziehen, jede noch so große Dummheit, jede unpassende Bemerkung den Besuchern gegenüber, weil du mir irgendwie leidgetan hast. Aber meine Geduld ist am Ende. Wenn du dich jetzt nicht sofort hier hinsetzt, kannst du diesen Job vergessen.«

Meine Nägel bohren sich so fest in meine Handfläche, dass der Schmerz bis in den Arm hinaufzieht.

Ich verlasse den Raum.

Die Sonne starrt wütend auf mich herab, blendend grell, während ich in Richtung Parkplatz marschiere. Der Laster steht immer noch da, mit laufendem Motor. Zwei Männer stehen danebe, sie reden und rauchen.

Ich steige ins Auto und sehe mit klopfendem Herzen zu, wie die Männer in den Lastwagen steigen und langsam vom Parkplatz rollen. Ich warte einen Moment oder zwei, dann folge ich ihnen.

Es vergeht viel Zeit, ich bin wie in Trance, während ich dem Laster an Ladenzeilen und Feldern vorbei über lange, wenig befahrene Landstraßen folge, immer in ausreichendem Abstand, um nicht aufzufallen. Ich habe keinen Plan und auch nicht die geringste Ahnung, wo sie hinwollen – ich fahre ihnen einfach nur hinterher.

Endlich biegt der Laster auf den Parkplatz vor einem grauen, fensterlosen Gebäude ein. Am Himmel ziehen dunkle Wolken auf.

Ich parke vor einem Donut-Laden gegenüber und beobachte im Rückspiegel, wie die Männer aussteigen und die hintere Tür zum Laderaum öffnen. Aus meiner Position kann ich nicht sehen, was er enthält. Die Männer gehen um das Gebäude herum und verschwinden dahinter – vielleicht holen sie sich eine Sackkarre, um den Laster zu entladen. Ich steige rasch aus und überquere die Straße. Hinter dem grauen Gebäude liegt eine Weide mit braunem Stoppelgras. In ihrer Mitte steht ein kleiner, rechteckiger Backsteinbau. Könnte ein Lagerschuppen sein.

Beim Näherkommen steigt mir ein seltsamer Geruch in die Nase, nach kalter, toter Asche. Ich sehe mir den Schuppen etwas genauer an und entdecke seitlich eine kleine Tür, aus Stahl und so niedrig, dass man nur gebückt hindurchgehen kann. Um den Rahmen herum sind die Ziegel rußgeschwärzt und auf der Tür sehe ich ein paar rotbraune Spritzer. Mir sträuben sich die Nackenhaare. Das ist gar kein Schuppen. Das ist ein Verbrennungsofen.

Wütendes Brummen hebt in meinen Ohren an und schwarze Punkte tanzen mir vor den Augen.

Der Tod ist ein Teil der natürlichen Ordnung, das weiß ich. Schließlich habe ich Chance jeden Tag mit toten Mäusen gefüttert und in zahllosen Tiersendungen gesehen, wie Gazellen zerfleischt werden. Aber das hier ist etwas anderes. Hier wird nicht aus Hunger getötet, nicht, um das eigene Überleben zu sichern. Hier werden Tiere, die der Mensch als wertlos betrachtet, einfach ausgelöscht, restlos verbrannt, bis nicht mal mehr Knochen übrig sind. Der rostfarbene Fleck auf der Tür scheint sich jetzt auszudehnen, bis er mein ganzes Gesichtsfeld ausfüllt und dann in einen rotgrauen Wirbel auflöst. Die Farben verschmelzen am Ende zu Schwarz und ich kneife die Augen zusammen und weiche langsam zurück, die Hände an die Schläfen gepresst.

Ich sehne mich nach Stanley, nach seiner Wärme, seinem tröstlichen Geruch. Aber Stanley ist jetzt nicht hier und auch das habe ich ganz allein mir zuzuschreiben. Dann muss ich halt ohne ihn klarkommen.

Die Männer sind nirgends zu sehen. Ich gehe um den Laster herum zum Laderaum.

Aus seinem Innern starren mich zwischen Käfiggittern hindurch fluoreszierende Augenpaare an: weitere unerwünschte Tiere. Ich sehe ein paar abgemagerte, räudige Katzen, einen zitternden, einäugigen Hund und ein übergewichtiges Meerschweinchen. Und dann, ganz hinten, halb von den anderen Käfigen verdeckt, sehe ich Chance. Das *muss* er sein. Reglos liegt der braun gefiederte Haufen auf dem Käfigboden und für einen unerträglichen Moment glaube ich schon, ich käme zu spät. Doch dann sehe ich, wie seine Brust sich leise hebt und senkt. Er ist noch am Leben. Wahrscheinlich wurde er betäubt.

Ich klettere in den Laderaum, greife nach seinem Tragekäfig und springe damit auf den Parkplatz hinunter. Ich will schon losrennen, drehe mich dann aber noch mal um und sehe in die angstgeweiteten Augen der anderen Tiere.

Wenn ich sie freilasse, wo sollen sie dann hin? Ich kann mich nicht um sie kümmern, ich habe weder den Platz dafür noch die Mittel. Sie wären ganz auf sich gestellt und wahrscheinlich sehr verängstigt. Es gäbe keine Garantie dafür, dass sie überleben. Aber wenn ich sie hier zurücklasse, werden sie mit Sicherheit getötet.

Der Hund winselt leise.

Die Käfige sind alle mit einfachen Riegeln versehen. Ich schiebe einen nach dem anderen zurück. Manche Tiere sind schon so lange hinter Gittern, dass sie die offene Tür einfach gar nicht beachten, sondern lieber im sicheren Käfig bleiben. Ich kann sie nicht zum Weglaufen zwingen. Ich kann ihnen nur die Möglichkeit bieten.

Aber Chance lasse ich auf keinen Fall zurück. Ich habe inzwischen fast alles kaputt gemacht, was mir wichtig ist, aber *ihn* will ich wenigstens noch retten. Das ist das Mindeste, was ich tun kann.

Ich hebe den Käfig wieder hoch und renne damit auf mein Auto zu. Mein Körper fühlt sich seltsam schwerelos an, während ich gleichzeitig nur in Zeitlupe voranzukommen scheine, als versuchte ich, auf dem Mond zu rennen. Ich reiße die Autotür auf, schiebe den Käfig auf den Beifahrersitz und drehe hektisch den Zündschlüssel um.

Während der Fahrt nehme ich die Welt vorm Fenster kaum wahr und mein Verstand scheint irgendwo außerhalb meines Körpers zu schweben wie ein Ballon. Unter einer dünnen Schicht der Ruhe spüre ich, wie Panik in mir aufsteigt.

Ich beschließe, Chance fürs Erste mit nach Hause zu nehmen, damit ich mich ein bisschen erholen und mir mein weiteres Vorgehen überlegen kann. Irgendwie kriege ich das schon hin.

Er wird Nahrung brauchen, also halte ich kurz bei einer Zoohandlung für exotische Tiere – Schlangen, Leguane und einige große Vogelarten – und kaufe eine Packung tiefgefrorene weiße Futtermäuse, die in ihren durchsichtigen Plastikhüllen wie haariges Eis am Stiel aussehen.

Ich fahre nach Hause, drücke die Wohnungstür mit dem Ellbogen hinter mir ins Schloss und stelle den Käfig auf den Sofatisch.

Schrapp, schrapp. Der Käfig wackelt. Chance wacht auf.

Sobald ich die Käfigtür öffne, stürzt er nach draußen und landet als fedriger Haufen auf dem Sofa, mit offenem Schnabel, die kupfergoldenen Augen starr vor Entsetzen, während sich seine Pupillen in raschem Wechsel verengen und erweitern.

Ich strecke die Hand nach ihm aus. Er drückt sich vom Sofa ab, wild mit seinem einen Flügel flatternd, und prallt gegen die Fensterscheibe. Seine Krallen bleiben im Vorhang hängen und reißen ihn herunter, sodass er, in den Stoff verknäult, auf den Boden plumpst und sich dort panisch hin und her wirft. Ich packe ein Ende des Vorhangs und befreie ihn, woraufhin er prompt den nächsten Flugversuch startet und in einen der Bücherstapel kracht, der umstürzt und sich auf dem Boden verteilt. Seine Krallen zerfetzen den glänzenden Umschlag eines Science-Fiction-Romans, auf dem er flügelschlagend Halt sucht.

Eine Weile läuft er noch hektisch im Zimmer auf und ab,

hebt zwischendurch den Schwanz und lässt einen Kothaufen fallen.

Na ja, der Teppich ist eh schon schmutzig, und in sein blaugraues Muster fügt sich der Fleck praktisch nahtlos ein.

Einatmen, ausatmen. Konzentrieren. Ein Problem nach dem andern.

Ich breite ein paar Zeitungen auf dem Boden aus und klebe auch gleich welche vors Fenster, als Ersatz für den zerrissenen Vorhang.

Nächster Punkt: Futter für meinen neuen Gast.

In der Küche mache ich einen Topf Wasser heiß, stelle dann die Flamme ab und werfe eine gefrorene Maus hinein. Sie ploppt an die Oberfläche zurück und starrt mit ihren schwarzen Knopfaugen zu mir hoch.

Greifvögel sind als Haustiere nicht erlaubt, außer mit einer Lizenz, die ich nicht habe, aber fürs Erste, solange niemand seine Anwesenheit bemerkt, wird er hier wohl in Sicherheit sein. Das viel drängendere Problem ist meine überraschend eingetretene Arbeitslosigkeit.

Achtzehn Monate lang war der Job im Hickory Tierpark der Dreh- und Angelpunkt in meinem Leben. Der Beweis dafür, dass ich für mich allein sorgen kann, dass ich eine funktionstüchtige Erwachsene bin und keine nutzlose Last, wie viele vorher dachten. Aber jetzt ist er weg.

Und ich kann es mir nicht leisten, allzu lange darüber zu brüten. In einer Woche ist die Miete fällig und ich habe noch genau zweiundsechzig Dollar auf dem Konto. Ich brauche einen neuen Job.

Ich drücke die eingeschweißte Maus zwischen den Fingern

zusammen, um zu sehen, ob sie schon schön weich ist, nehme sie aus der Folie und lege sie Chance vor die Füße. »Essenszeit«, sage ich.

Chance legt den Kopf schief und blinzelt mehrmals mit seiner Nickhaut, einer milchigen Membran, die blitzschnell über seine glänzenden Augäpfel huscht. Er durchsticht mit der Schnabelspitze die Bauchdecke der Maus und zieht einen langen Eingeweidefaden heraus, wie rosa Spaghetti.

Ich setze mich aufs Sofa, fahre meinen Rechner hoch und gebe eine Jobsuche in der näheren Umgebung ein. *Burrito Mania*, der mexikanische Imbiss ein paar Straßen weiter, stellt Leute ein.

Ich rufe den Online-Bewerbungsbogen auf. Vom Bildschirm grinst mir ein Comic-Burrito mit Sombrero entgegen und ich lese die erste Frage: *Verraten Sie uns, warum SIE so leidenschaftlich gern bei uns arbeiten wollen?*

Was soll man darauf antworten? Warum sollte überhaupt irgendwer *leidenschaftlich gern* bei *Burrito Mania* arbeiten wollen? Mir wurde schon mal gesagt, dass *Ich brauche Geld* keine gute Antwort ist, dabei ist das doch für die meisten Leute der entscheidende Grund, einen Job zu suchen. Am Ende schreibe ich: *Ich esse gern Burritos*, was nicht nur wahr, sondern auch wichtig ist: Es könnte doch sein, dass ich als Mitarbeiterin einen Nachlass auf alle Gerichte bekomme. Der Vollständigkeit halber füge ich hinzu, dass ich von mexikanischem Essen immer Blähungen kriege und deshalb versuche, den Konsum auf ein bis zwei Mal pro Woche zu beschränken.

Die nächste Frage lautet: *Sind Sie ein geselliger Mensch?*

Ich sehe mich außerstande, diese Frage ehrlich zu beantworten, ohne mich selbst in ein schlechtes Licht zu rücken, also lasse ich diese Zeile frei.

Während ich weitere Bewerbungsseiten für Imbisse und Supermärkte aufrufe, wird mir allerdings klar, dass ich wohl überall ziemlich viel frei lassen muss.

Würden Sie sich als teamfähig bezeichnen?

Sind Sie kontaktfreudig?

Was schätzen Ihre Freunde an Ihnen?

Wie würden Ihre Freunde Sie beschreiben?

Die Worte verschwimmen vor meinen Augen und tanzen über den Bildschirm wie boshafte kleine Ameisen.

Auf der Webseite eines Coffee Shops klicke ich auf einen Link und rufe ein weiteres Bewerbungsformular auf. *Was sind Ihre zentralen Werte und wie könnte die Arbeit bei* Jitters *Ihnen helfen, diese Werte umzusetzen?*

Ich glaube, dass es wichtig ist, ehrlich zu sein, dass man alle Lebewesen und ihre Gefühle respektieren sollte und dass man weder Mensch noch Tier ein Leid zufügen darf, es sei denn aus Notwehr. Ich verstehe allerdings nicht so ganz, was ein Coffee Shop aus diesem Bekenntnis ablesen kann, außer dass ich offenbar nicht vorhabe, irgendwelche Kunden umzubringen.

Was ist Ihrer Meinung nach Ihre größte Schwäche?

Ich verstehe nicht, warum ich nicht einfach irgendwo hingehen und meine Arbeit machen kann. Ich verstehe nicht, warum das nicht reicht und alle unbedingt in meiner Psyche herumwühlen und schmutzige Geheimnisse hervorkramen müssen.

Beschreiben Sie ein Problem an Ihrem letzten Arbeitsplatz und erläutern Sie, wie Sie es gelöst haben.

Das hat sich von ganz allein gelöst: Ich bin gefeuert worden.

Mein Magen zieht sich krampfhaft zusammen. Ich kann das alles nicht. Ich kann es nicht ... Ich kann nicht ...

Abrupt springe ich auf und werfe dabei den Sofatisch um. Der Laptop kracht auf den Boden und Chance sieht sich überrascht nach mir um. Ein Stückchen Mäusedarm hängt ihm aus dem Schnabel.

Doch dann verlässt mich plötzlich alle Kraft und ich sacke an der Wand zusammen, als wären meine Knochen aus Wachs. Meine Brust hebt sich keuchend.

Ich muss mich jetzt zusammenreißen.

Ich hebe den Laptop auf und setze mich wieder hin. Dann nehme ich mir ein Formular nach dem anderen vor und fülle immer nur den Teil aus, bei dem ich mir sicher bin: Name, Adresse, Telefonnummer, Ausbildung und bisherige Berufserfahrung. Alles andere lasse ich frei. Dann muss ich sie eben halb leer verschicken und hoffen, dass es reicht.

Als ich damit fertig bin, lasse ich mich erschöpft aufs Sofa fallen. Draußen ist es stürmisch geworden. Der Wind heult und Schneeregen prasselt gegen das Fenster. Mein Blickfeld verschwimmt und wird dunkel, während ich tief in mich selbst versinke.

24. KAPITEL

Wir haben Juli und draußen ist alles von einem samtigen Dunkelgrün. Die Luft ist heiß und stickig und erfüllt vom süßlichen Sirren der Zikaden. Unsere Klimaanlage ist kaputt und feuchte Kleidung klebt an meiner verschwitzten Haut.

»Du kannst doch nicht immer nur zu Hause sitzen«, sagt Mama. »So machst du ja nun überhaupt keine Fortschritte.«

Ich kicke mit den Füßen gegen den Stuhl und schaue sie über den Frühstückstisch hinweg an. Seit ich vor ein paar Monaten von der Schule verwiesen wurde, habe ich die meiste Zeit mit Lesen verbracht. Ich schlucke einen Bissen Pfannkuchen hinunter und sage: »Ich lerne gerade etwas über das Verhalten von Kaninchen.«

Sie lächelt verkniffen und sagt: »Das meine ich nicht, mein Schatz.«

Ich stochere mit der Gabel im Pfannkuchen herum. Mir fällt auf, dass sie ihr T-Shirt falsch herum und auf links anhat. Das Etikett steht vorne ab.

»Ich denke, wir sollten dich noch mal einem anderen Arzt vorstellen«, sagt Mama. »Einem Spezialisten.«

Es gab mal eine Zeit, als Mama und ich Freunde waren, als wir zusammen gelacht haben und als es sie noch nicht groß gekümmert hat, dass ich anders war als andere Kinder. Ich war halt ihre kleine Tochter. Aber inzwischen geht es nur noch um Psychologen und Behandlungen und Therapien. Ich weiß, dass ich selber daran schuld bin, weil ich immer so viele Schwierigkeiten mache, aber ich wünschte trotzdem, es wäre alles wieder so wie früher. »Ärzte sind viel zu teuer«, wende ich ein. »Sagst du doch selber immer.«

»Das ist mir egal.« Sie hat ihre Gabel gepackt wie eine Waffe. »Geld spielt keine Rolle. Ich kriege das schon hin. Hauptsache, es geht dir besser.«

Ich zerre an meinem Zopf.

»Bitte lass das«, sagt sie, »auch wenns schwerfällt. Weißt du nicht mehr, was Dr. Evans gesagt hat? Je früher du lernst, das zu kontrollieren, desto besser.«

Ich setze mich auf meine Hände. Mein Atem ist schnell und flach.

»Ich habe schon einen Termin vereinbart«, sagt sie. »Heute Nachmittag fahren wir zu Dr. Ash.«

Es hat keinen Sinn, zu widersprechen oder überhaupt irgendetwas zu sagen. Die Entscheidung ist längst gefallen. Früher habe ich mich immer unterm Bett versteckt, wenn ich nicht mitgehen wollte. Dann hat Mama mich einfach rausgezerrt, ohne auf mein Protestgeschrei zu achten.

Um vier betreten wir die Praxis von Dr. Ash und er bittet Mama, im Vorzimmer zu warten, während er sich mit mir unterhält. Ich setze mich auf den Stuhl, nervös und angespannt. Dr. Ash hat schütteres blondes Haar, eine Menge Diplome an den Wänden und ein mehrfarbiges Kunststoffgehirn auf dem Schreibtisch. Er bemerkt, wie ich es mir ansehe, und sagt lächelnd: »Willst du es mal in die Hand nehmen?«

Ich nicke.

»Nur zu.«

Ich betrachte es von allen Seiten. Es besteht aus mehreren ineinandergesteckten Teilen. Ich nehme sie auseinander, betaste den Hippocampus, der klein und gekrümmt ist wie eine Krabbe, und erkunde die Falten und Windungen der Großhirnrinde.

»Deine Mutter hat mir erzählt, dass du sehr viel liest.«

»Ja.«

Er zieht einen Schreibblock hervor. »Was machst du denn sonst noch gern?«

»Zeichnen. Meistens Labyrinthe. Und ich mag Tiere.«

Er notiert sich etwas. »Ich werde dir jetzt noch ein paar andere Fragen stellen. Vor einigen Jahren hast du die Diagnose *Nicht näher bezeichnete tiefgreifende Entwicklungsstörung* erhalten und bist auch daraufhin therapiert worden, aber die Probleme in der Schule gingen trotzdem weiter. Ist das korrekt?«

Ich nicke und drücke den Kunststoff-Hippocampus an meine Brust. Seine Form hat irgendwie etwas Tröstliches.

»Und vor ein paar Monaten gab es dann den Schulverweis. Kannst du mir sagen, wie es dazu gekommen ist?«

»Ich habe ein paar Jungs verprügelt«, murmele ich.

Er faltet die Hände und seine schmalen, sandfarbenen Augenbrauen ziehen sich zusammen. »Und warum hast du das getan?«

Ich denke an diese gemeinen Typen zurück, an ihr Lachen

und ihre hässlichen, grausamen Worte. Meine Nägel bohren sich in meine Handflächen. »Weil sie es verdient hatten.«

Er macht ein summendes Geräusch in der Kehle, tippt seine Daumen gegeneinander und mustert mich einen Moment lang schweigend. Dann stellt er eine Frage, die ich nicht erwartet habe: »Hast du manchmal das Gefühl, dass alle gegen dich sind? Die Lehrer zum Beispiel, oder deine Mitschüler?«

Ich denke daran, wie die anderen Kinder hinter meinem Rücken flüstern. Ich denke an die Mädchen auf dem Schulhof, die mich beim Hündchenspielen ausgelacht haben, an die Lehrerin, die mich hinter eine Pappwand gesteckt hat. Ich denke an den Schulleiter mit seinem stechenden Blick, an seinen Kommentar der Sekretärin gegenüber, als er dachte, ich könnte ihn nicht hören: *Dieses Mädchen ist irgendwie nicht normal.* Ich schlucke und mein Herzschlag beschleunigt sich. »Ja.«

Er schreibt wieder etwas auf seinen Block. »Kannst du das etwas näher erläutern?«

Ich lasse den Kopf hängen. »Keiner mag mich. Alle sagen, sie wollen mir helfen, aber niemand hilft mir wirklich.«

»Hm-hmm. Gilt das auch für deine Mutter?«

Ich zögere. »Nein. Mama ist nicht so.« Nach ein paar Sekunden füge ich hinzu: »Aber manchmal glaube ich, sie mag nur mein anderes Ich.«

Er hebt die Augenbrauen. »Dein *anderes* Ich?«

»Ja.« Mein Körper schaukelt langsam vor und zurück, während ich den Hippocampus mit einer Hand umklammere und nach Worten suche, um das zu erklären. *Ich vermisse dein wahres Ich.* »Mama sagt, in mir drin gibt es noch ein anderes Ich. Mit dem spricht sie manchmal, glaube ich.«

»Aha, das ist … interessant.« Er räuspert sich und macht sich wieder eine Notiz. »Alvie, kommt es manchmal vor, dass du seltsame Dinge siehst oder hörst? Dinge, die andere Leute offenbar gar nicht bemerken?«

Ich denke an das Klirren von Glas, das mir die Nerven entlangschrammt, an das Ticken von Uhren, das in meinem Kopf widerhallt, und an laute Stimmen, bei denen ich mich am liebsten zu einer Kugel zusammenrollen und irgendwo verstecken würde. Außer mir scheint das nie jemanden zu stören. »Ja.«

»Sind das dann eher Stimmen oder Geräusche?«

»Beides.«

»Und die lösen dann Stress bei dir aus?«

»Ja.«

Dr. Ash nickt und schreibt noch ein paar Dinge auf. »Dann muss die Schule ja wirklich eine Qual für dich gewesen sein.«

Mein Herz schlägt schnell. Vielleicht ist das ja endlich ein Arzt, der mir wirklich mal *zuhört*. Einer, der mich ernst nimmt und unterstützt und nicht einfach glaubt, dass ich an allem selber schuld bin. »Ja.«

Dann beugt er sich vor und sagt mit tiefer, ernster Stimme: »Bei der nächsten Frage musst du unbedingt ganz ehrlich sein, auch wenn du glaubst, dass mir die Antwort vielleicht nicht gefällt.«

Ich nicke.

»Hast du auch schon mal Stimmen gehört, die dir befehlen, anderen wehzutun?«

Mir stellen sich die Nackenhaare auf. Irgendetwas ist anders geworden. Er mustert mich viel zu intensiv. Hinter seiner sanften Miene lauert irgendetwas Bedrohliches, wie bei einem

Panther, der gleich auf mich losspringen wird. Ich weiß nicht, was passiert ist oder warum er mir eine solche Frage stellt, aber eines weiß ich genau: dass jede Antwort, die ich darauf gebe, die falsche sein wird.

Ich schaue die Wand an. »Ich will nicht mehr darüber reden.«

»Warum nicht?«

Ich sage nichts.

Er stellt mir immer noch weitere Fragen, aber ich reagiere nicht mehr. Schließlich holt er Mama herein. Sie setzt sich und umklammert nervös ihre Handtasche. Sie hat Make-up aufgelegt, was sie sonst fast nie macht. Ihre knallroten Lippen sehen aus wie aufgemalt und ihre Augen blicken starr aus ihren verwischten blauschwarzen Umrandungen hervor, die man für Blutergüsse halten könnte.

»Miss Fitz ... die Frage wird Sie vielleicht wundern, aber können Sie mir irgendetwas über Alvies Vater erzählen? Sie erwähnten, dass der Kontakt schon seit Längerem abgebrochen ist. Was war er für ein Mensch? Hat er jemals irgendein auffälliges Verhalten gezeigt?«

»Auffällig?« Sie presst die Lippen zusammen und verschmiert dabei ihren Lippenstift. »Er war ... ein bisschen exzentrisch, würde ich sagen. Er hatte lauter so seltsame Ideen, von Verschwörungen und von der Regierung und irgendwelchen Chemiestreifen am Himmel. Ich habe nie richtig verstanden, wovon er da redet. Ich habe ja nicht mal Abitur.« Sie kichert matt.

»Erzählen Sie mir mehr«, sagt Dr. Ash. »Ist er je gewalttätig geworden?«

Ihr Lächeln verebbt. »Er hat nie die Hand gegen mich erhoben, und auch gegen sonst niemanden. So ein Mensch war er nicht.«

Dr. Ash mustert sie nur abwartend.

»Seine Laune konnte allerdings ziemlich schnell wechseln«, sagt Mama. »Wenn es ganz schlimm wurde, fing er an zu schreien und über alles und jeden zu schimpfen. Dann hat er auch mal Tische und Stühle umgeworfen. Das war ziemlich … beängstigend. Aber das hat sich nie gegen mich gerichtet. Und hinterher hat er sich immer hundertmal entschuldigt. Hat gesagt, ich sei der einzige Lichtblick in seiner Welt.«

»Verstehe.«

»Er hat uns verlassen, als Alvie noch ein Baby war. Zu mir hat er gesagt, er würde sich nicht als Vater eignen.« Ihr Blick wandert zur Seite. »Das war ziemlich schlimm.«

»Hmm«, sagt der Arzt. »Ist er denn irgendwann mal von einem Psychiater beurteilt worden?«

»Nein. Warum wollen Sie das wissen?«

»Weil ich mich frage, ob es in Alvies Familie vielleicht früher schon Fälle von Schizophrenie gegeben hat.«

»Was? Nein. Aber Sie glauben doch nicht … Ogott.« Das Blut weicht ihr aus dem Gesicht und sie klammert sich an die Armlehne ihres Stuhls, als könne sie jeden Moment runterfallen. »Nein. Das ist unmöglich. Keiner der anderen Ärzte hat je was in dieser Richtung gesagt.«

Ich winde mich auf meinem Sitz.

»Bei Kindern in ihrem Alter ist das auch relativ selten«, sagt Dr. Ash. »Aber es hat schon Fälle gegeben. Und es ist erblich.«

Mama presst eine Hand vor den Mund und schließt die Augen.

»Vielleicht haben wir es ja in einem frühen Stadium entdeckt«, fährt er fort. »Ich kann es auch noch nicht mit Sicherheit sagen, weil sie sich standhaft weigert, meine Fragen zu beantworten. Aber aufgrund dessen, was sie mir erzählt hat, und angesichts ihrer Neigung zu Gewaltausbrüchen sollten wir wohl lieber auf Nummer sicher gehen.«

»Was mache ich denn jetzt bloß?«, flüstert Mama.

Dr. Ash blickt kurz zu mir hin, dann wieder weg. »Ich kann Ihnen ein neues Medikament verschreiben, das nicht nur die Wahnvorstellungen und Psychosen im Zaum hält, sondern auch eine gewisse emotionale Glättung bewirkt – in diesem Fall eine erwünschte Wirkung. Es wird sie sozusagen etwas ausgeglichener machen.«

Ich starre auf meine Füße hinunter. »Mit mir ist alles in Ordnung.«

»Wir wollen dir doch nur helfen«, sagt Dr. Ash.

Mir wird übel. Ich hatte gedacht, er wäre anders, aber das war ein Irrtum. »Ich brauche Ihre Hilfe nicht. Ich habe Sie nicht darum gebeten. Ich will einfach nur meine Ruhe.«

»Bitte, Alvie«, sagt Mama leise. »Mach doch einfach, was er sagt.«

Ich senke den Kopf.

»Sollte es irgendwelche Probleme geben«, sagt Dr. Ash, während er etwas auf einen kleinen Zettel schreibt, »rufen Sie mich einfach an.«

Ich nehme die Tabletten. Ich will das nicht, aber Mama fleht mich an.

Während der nächsten Wochen werde ich von einem schwarzen Nebel verschluckt. Ich habe auch vorher schon mal Medikamente bekommen, aber das war überhaupt kein Vergleich. Diese Tabletten betäuben Fühlen und Denken zugleich. Ich bewege mich wie im Innern einer Wasserblase, durch die ich alles nur verzerrt und gedämpft wahrnehme. Ich sehe von außen zu, wie mein Körper sich anzieht, frühstückt und dann wie ein Schlafwandler durch die Tage schleicht. Mir ist alles gleichgültig, also stört mich auch nichts mehr.

Aber irgendwo tief in diesem Nebel, dort, wo ich doch noch etwas spüre, hasse ich diese Tabletten.

Jeden Morgen nach dem Frühstück muss ich eine davon nehmen und Mama lässt mich jedes Mal den Mund aufmachen, um nachzusehen, ob ich sie verschluckt habe. Erst versuche ich die Tabletten unter der Zunge zu verstecken, um sie später in den Abfluss zu spucken, aber das merkt Mama ziemlich schnell und guckt dann auch immer noch unter meiner Zunge nach. Also gehe ich dazu über, die Tabletten zwar zu schlucken, mir danach aber im Badezimmer den Finger in den Hals zu stecken, damit sie wieder rauskommen. Irgendwann belauscht Mama mich dabei und ab da lässt sie mich immer erst zwei Stunden nach Pilleneinnahme wieder ins Bad.

Während die Medikamente mir im Kopf herumschwimmen, fällt mir das Denken schwer, aber ich weiß, dass ich unbedingt einen Ausweg finden muss, sonst wird es für immer so bleiben.

Als ich schließlich durch Zufall auf die Lösung stoße, ist sie fast schon lächerlich einfach. Im örtlichen Drogeriemarkt entdecke ich Vitamintabletten, die exakt so aussehen wie meine Tabletten, und kaufe mir von meinem Taschengeld gleich mehrere Packungen. In der nächsten Nacht, als Mama schläft, kippe ich dann sämtliche Pillen ins Klo und ersetze sie durch die Vitamintabletten.

Es klappt. Mama glaubt, ich nähme meine Medikamente, und der Nebel löst sich langsam auf.

Gottseidank.

Sobald mein Kopf wieder klar ist, gehe ich in die Bibliothek und lese nach, was für ein Medikament Dr. Ash mir da verschrieben hat, und ich bin entsetzt angesichts der langen Liste von Nebenwirkungen, von denen einige sogar lebensbedrohlich sein können. Diese Erwachsenen wollen mich offenbar alle umbringen.

Nein, Mama vermutlich nicht. Mama glaubt einfach nur alles, was die Ärzte ihr erzählen. Ich muss in Zukunft sehr viel vorsichtiger sein. Erwachsenen kann man nicht vertrauen.

Ein paar Wochen später fährt Mama wieder mit mir zu Dr. Ash. Ich erzähle ihm natürlich, dass alles gut ist, dass es mir besser geht, dass ich nicht mehr wütend oder verängstigt bin und dass ich brav meine Tabletten genommen habe. Lauter Lügen. Er sagt, mein Zustand habe sich dramatisch gebessert und im Herbst könne ich wieder zur Schule gehen. Natürlich nicht auf meine alte Schule, aber Mama sucht mir eine andere – eine normale staatliche Schule mit ganz normalen Kindern.

»Na bitte!«, sagt Mama strahlend. »Du hast einfach nur das richtige Medikament gebraucht.«

Nachdem wir in der Apotheke einen Nachschlag bekommen haben, schleiche ich mich wieder nachts ins Bad, kippe die Tabletten aus der Flasche im Arzneischrank ins Klo und ersetze sie durch Vitamine.

Eine Zeit lang ist alles in Ordnung.

Dann verändert sich etwas. Mir fällt auf, dass Mama immer öfter an dem Schreibtisch in ihrem Schlafzimmer sitzt, irgendwelche Unterlagen durchsieht, sich Notizen macht und die ganze Zeit vor sich hin murmelt. Dann klingelt immer öfter das Telefon, aber wenn ich hingehen will, ruft sie jedes Mal: »Nicht drangehen!« Es kommen Briefe, auf denen in großen roten Buchstaben LETZE MAHNUNG steht. Ich merke, dass irgendetwas los ist, aber wenn ich Mama danach frage, schüttelt sie nur den Kopf und sagt lächelnd: »Nichts, worüber du dir Sorgen machen musst.«

Eines Tages, gegen Ende August, kommt Mama von der Arbeit nach Hause und sieht ganz merkwürdig aus. Ihr Blick ist glasig und ihr Mund leicht geöffnet, als wäre sie gar nicht richtig wach. »Mama«, sage ich, »was hast du denn?«

»Nichts.« Sie schließt sich in ihrem Schlafzimmer ein.

Ich klopfe an die Tür und rufe. Erst reagiert sie nicht, doch dann höre ich, wie sie über den Teppich schlurft und mit heiserer Stimme flüstert: »Mir gehts nicht so gut, meine Süße. Ich muss ein bisschen allein sein.«

Für den Rest des Abends kommt sie nicht mehr heraus, nicht mal zum Essen. Als sie am nächsten Morgen immer noch drinbleibt, kriege ich langsam Angst. Ich klopfe wieder an die Tür. »Mama. Alles in Ordnung.« Nach ein paar Minuten klopfe ich noch mal. »Mama.«

Endlich antwortet sie, mit kratziger Stimme und fast unhörbar: »Ich habe die Grippe. Ich brauche einfach ein bisschen Ruhe.«

Der Tag vergeht, ohne dass sie ihr Zimmer verlässt. Ich kann nicht kochen, also esse ich Müsli aus der Packung.

Nicht mehr lange, denke ich. Dann geht es ihr besser.

Auch wenn ich weiß, dass sie nicht die Grippe hat.

Immer wieder klingelt das Telefon, sein schriller Ton hallt durchs ganze Haus, und irgendwann kommt sie dann doch heraus. Mit ausdrucksloser Miene, zerzausten Haaren und geschwollenen Augen schlurft sie zum Telefon, zieht den Stecker aus der Wand, geht wieder in ihr Zimmer zurück und schließt die Tür hinter sich ab.

Als Mama endlich wieder aus ihrem Zimmer kommt, finde ich sie am Küchentisch, den Kopf in die Hände gestützt.

»Mama ...«

Mühsam hebt sie den Kopf. »Wie lange war das?«

Ich zögere. »Drei Tage.«

»Ogott.« Sie schließt die Augen und presst die Handballen dagegen. Ich warte. »Entschuldige. Es ist nur ... ich weiß mir nicht mehr zu helfen.« Lange Pause. »Ich habe meinen Job verloren.«

Ich nähere mich vorsichtig, wie bei einem verwundeten Tier, und setze mich auf den Stuhl neben ihr. »Macht doch nichts. Suchst du dir halt einen neuen.«

»So einfach ist das nicht.«

Ich lege meine Hand auf ihre, weil ich nicht weiß, was ich sonst tun soll.

»Ich habe dich allein gelassen«, flüstert sie. Ihre Hand unter meiner bebt. »Ich habe mein Baby allein gelassen.«

»Nicht so schlimm. Mir gehts gut.« Mein Magen ist ein harter Ball.

Eine Träne tropft auf den Tisch. »Es tut mir so leid, Alvie.«

Ich zerre an meinem Zopf, wieder und wieder.

Ihr Blick richtet sich auf meine Hand und sie beobachtet mich. Dann legt sie den Kopf wieder in ihre Hände.

Als sie das nächste Mal spricht, ist ihre Stimme matt und belegt. »Ich habe als Mutter versagt. Ich kann einfach nicht so für dich sorgen, wie du es brauchst. Konnte ich noch nie. Und jetzt kann ich nicht mal mehr deine Tabletten bezahlen. Wo es doch endlich mal besser wurde mit dir, aber jetzt ist alles aus.« Sie lässt den Kopf hängen und ihr langes rotes Haar schwingt wie ein Vorhang vor ihr Gesicht. Ihre schmalen Schultern sind gebeugt. »Es ist nichts mehr übrig. Ich weiß nicht mal, wie ich den Strom für diesen Monat bezahlen soll. Die Klimaanlage ist kaputt. Alles ist kaputt.«

Ich zerre noch fester an meinem Zopf und schaukele auf meinem Stuhl vor und zurück.

»Lass das bitte«, flüstert sie.

Ich packe mich selbst am Handgelenk und zwinge mich zum Aufhören.

Aber dann schüttelt sie den Kopf. »Nein, nein. Du kannst ja nichts dafür. Entschuldige. Aber … ich weiß einfach nicht mehr weiter. Ohne diesen Job habe ich keine Krankenversicherung mehr, und was soll aus dir werden, wenn du diese Pillen nicht mehr nimmst?«

Aber Mama, ich nehme sie schon seit Wochen nicht mehr und es geht mir gut!

Doch das sage ich nicht laut, weil ich nicht weiß, was passiert, wenn sie das erfährt. Vielleicht wird dann alles nur noch schlimmer. »Ich glaube nicht, dass mit mir irgendetwas nicht stimmt«, sage ich stattdessen vorsichtig.

Sie lächelt düster. »Das hat dein Vater auch immer gesagt.«

Ich weiß nicht, was ich darauf antworten soll. Also fülle ich einen Kessel mit Wasser für Kamillentee. Manchmal geht es Mama nach einer Tasse Tee wieder besser, aber das klappt nicht immer. Ich habe so ein Gefühl, als würde es diesmal nicht klappen.

»Was soll ich denn bloß tun?«, flüstert sie.

Ich stelle den Kessel auf den Herd. »Ich mache einen Tee«, sage ich.

Mama starrt unverwandt vor sich hin. Ihr Gesicht ist schlaff, der Mund leicht geöffnet, als hätte sie vergessen, wie man die Muskeln bedient. »So kann es nicht weitergehen. Ich schaffe das einfach nicht. Aber ich kann dich auch nicht allein lassen.«

Ich erstarre. Ein Schauer läuft mir über den Rücken. »Willst du weggehen.«

Sie schweigt.

»Bitte geh nicht weg«, sage ich.

Sie schaut auf, mit einem seltsamen Ausdruck im Gesicht. Sie schaut ins Nichts. Dann lächelt sie. »Keine Sorge, Liebes. Ich gehe nirgendwohin.«

25. KAPITEL

Ein nervöses Zucken hat sich an meinem linken Augenlid entwickelt. Ich spüre das unwillkürliche Muskelflattern unter der Haut. Es kommt in Schüben und zuckt dann mehrere Minuten hintereinander. Danach ist ungefähr eine halbe Stunde lang Ruhe, bevor es wieder von vorn losgeht. Ob das die ersten Vorboten eines Nervenzusammenbruchs sind?

Chance kauert auf der Rückenlehne meines Sessels, dessen Polster inzwischen von Krallenlöchern durchsiebt sind. Ich sitze auf dem Sofa, esse Choco-Krispies aus der Packung und sehe mir eine alte Folge von *Unser Kosmos* an. Normalerweise wirkt diese Sendung immer sehr beruhigend auf mich – es gibt nichts Besseres, als sich die Größe des Universums vor Augen zu führen, um die eigenen Probleme zu relativieren –, aber heute klappt das irgendwie nicht.

Eine Woche ist vergangen, seit ich meinen Job verloren habe. Ich habe mehr als hundert Bewerbungen abgeschickt, aber bisher hat sich niemand bei mir gemeldet. Bis auf ein paar Packungen Müsli habe ich nichts mehr zu essen, mein Konto ist leer und ich kann putzen, soviel ich will, die Wohnung ist immer voller Mäuseblut, Federn und Vogelkacke. Inzwischen kann man wohl ohne Übertreibung behaupten, dass ich in einer biologisch verseuchten Zone lebe. Da hilft auch das Raumspray nicht mehr, das ich überall versprühe, um den Gestank zu überdecken.

Als ich das nächste Mal die Hand in die Krispies-Packung stecke, kommt sie leer wieder heraus. Ich stelle die Packung auf den Kopf, schüttele mir die letzten Schoko-Krümel in den Handteller und lecke ihn dann ab. Ich fühle mich widerlich. Ich *bin* widerlich. Aber ich habe nicht vor, kostbare Kalorien zu vergeuden. Meine Rippen zeichnen sich ohnehin schon ab.

Plötzlich klopft es laut an die Tür. Ich schrecke zusammen, und der Kopf von Chance fährt herum.

»Miss Fitz?« Mrs Schultz, meine Vermieterin. Ihre dröhnende Stimme durchschneidet die Stille. »Miss Fitz, kann ich kurz mit Ihnen sprechen?«

Ich schlucke den Schokomatsch in meinem Mund hinunter. Er bleibt mir fast in der Kehle stecken. Ich weiß natürlich, worüber sie mit mir sprechen will. Schließlich hat sie mir wegen der Miete schon drei Nachrichten auf dem Anrufbeantworter hinterlassen, die ich geflissentlich ignoriert habe, weil ich sowieso nichts dazu sagen kann – jedenfalls nichts, was mir weiterhelfen könnte. Die Aussage *Ich bin wegen eigenmächtiger Tierschutzaktivitäten gefeuert worden* dürfte wohl kaum ihr Mitgefühl wecken.

Erneutes Klopfen. »Miss Fitz, ich weiß, dass Sie da drin sind. Muss ich weiter hier rumschreien, oder machen Sie jetzt mal auf?«

Ich werfe einen Blick auf Chance. Wenn sie ihn entdeckt, setzt sie mich gleich vor die Tür. »Nein.«

Kurzes Schweigen. Als sie weiterspricht, klingt ihre Stimme scharf, fast schon schrill. »Halten Sie das für witzig?«

»Nein. Aber ich will jetzt nicht die Tür aufmachen. Ich bin …« Ich unterbreche mich und suche fieberhaft nach einer Ausrede. »Ich bin noch im Bademantel.« Was im Übrigen stimmt.

Sie stößt einen Seufzer aus, murmelt irgendetwas vor sich hin und hebt dann wieder die Stimme: »Sie wissen, dass Sie mit der Miete im Rückstand sind?«

»Ja.«

Chance wird unruhig, seine Krallen öffnen und schließen sich. Meine Hände umklammern die Sofalehne. *Jetzt bitte nicht kreischen.*

»Und? Haben Sie das Geld?«

»Nein.« Ich schlucke. Ich muss ihr irgendeine Erklärung liefern, sonst wird sie nicht lockerlassen. »Ich habe meinen Job im Tierpark verloren. Aber ich finde sicher bald einen neuen. Ich schicke jeden Tag Bewerbungen raus.« Auch wenn ich die nur halb ausfülle, zählen sie ja wohl trotzdem. »Sie kriegen Ihr Geld. Geben Sie mir nur noch ein bisschen Zeit.«

Eine lange Pause tritt ein. »Aber nur bis zur Monatsmitte. Danach müssen Sie sich eine neue Wohnung suchen. Haben Sie mich verstanden?«

Mir schnürt sich die Kehle zu. »Ja, habe ich.«

»Gut. Ich meine es nämlich ernst.« Wieder eine Pause, dann: »Was ist das eigentlich für ein Gestank?«

Ich mustere die weiß gesprenkelte Zeitung auf dem Teppich und das Häufchen Ratteninnereien neben dem Tischbein.

Normalerweise bin ich nicht gerade schlagfertig, aber zufällig läuft in diesem Moment eine Werbung von *Burrito Mania* im Fernsehen. Der Comic-Burrito hampelt grinsend herum, während die Kamera über einer Enchilada schwebt, die in einer rötlichen Soße schwimmt. Einer spontanen Eingebung folgend sage ich: »Ich habe gestern mexikanisch gegessen. Davon kriege ich immer Verdauungsprobleme.«

Was sogar stimmt, aber wenn meine Blähungen *dermaßen* stinken würden, wäre es höchste Zeit für einen Arztbesuch.

»Mein lieber Scholli«, murmelt sie und dann knarren die Dielen unter ihren sich entfernenden Schritten.

Ich atme langsam aus. Ob sie mir nun geglaubt hat oder nicht, jedenfalls habe ich einen kurzen Aufschub erreicht. Andererseits gibt es jetzt aber auch eine klare Deadline. Monatsmitte. Noch vierzehn Tage.

Chance beobachtet mich. Seine Nickhaut schließt und öffnet sich.

Ein paarmal war ich schon so verzweifelt, dass ich überlegt habe, Dr. Bernhardt anzurufen und um Hilfe zu bitten. Aber dann stelle ich mir immer seine enttäuschte Miene vor. Und was könnte er schon für mich tun?

Ich ziehe mir rasch etwas über, greife nach meiner Jacke und nehme mir vor, nicht eher zurückzukommen, bis ich einen Job gefunden habe. Wenn ich wirklich hier rausmuss, was passiert dann mit Chance? Es steht ja nicht nur mein eigenes Zuhause auf dem Spiel, sondern auch seins.

Könnte ich ihn einfach freilassen, wäre das alles kein Problem. Aber das geht natürlich nicht. Mit etwas Glück würde er vielleicht ein paar Wochen in freier Wildbahn überstehen, aber am Ende würde er verhungern, wenn ihn nicht schon vorher irgendein Fressfeind erwischt.

Ich frage mich, ob es überhaupt irgendwo einen Ort für ein Lebewesen gibt, das so wild und zugleich so abhängig ist.

Draußen auf der Straße klingelt mein Handy.

»Hallo?« Eine Männerstimme. Sie kommt mir nicht bekannt vor. »Miss, ähm, Alvie Fitz?«

»J-ja.«

»Ich bin von *Maxon's Burgers*. Wir haben Ihre Bewerbung erhalten. Da Sie offenbar einige Erfahrung im Umgang mit Kunden haben und wir so schnell wie möglich jemanden brauchen, wollte ich fragen, ob Sie heute Nachmittag Zeit für ein Vorstellungsgespräch hätten?«

So bald schon. Mir wird ein bisschen schwindelig. »Ja, habe ich«, antworte ich und versuche, das Zittern aus meiner Stimme herauszuhalten.

»Super. Wie wäre es mit 15 Uhr?«

Ich sage zu und lege auf. Einen Moment lang weiß ich nicht mehr, wie man atmet, aber dann sauge ich mit einem lauten Geräusch wieder Luft in meine Lungen.

Ich kriege das hin.

Um Punkt drei stehe ich vor dem Imbiss. An den Wänden hängen alte Coca-Cola-Plakate, japanische Kinoposter von *Godzilla* und *Mothra* und eine Reproduktion der Mona Lisa mit Schnurrbart. Im Eingangsbereich ist ein Karussellpferd aufgestellt, an der Decke hängt ein Fahrrad und überall blinkt grüne Weihnachtsbeleuchtung. Mein Hirn tut sich schwer, das alles zu verarbeiten, deshalb richte ich den Blick lieber auf den

Boden vor mir. Meine nass geschwitzten Hände wische ich mir an der Hose ab.

Das Lokal ist weitgehend leer und der Inhaber setzt sich mir gegenüber an einen kleinen Tisch und überfliegt die Angaben auf meinem Bewerbungsbogen. Er trägt ein Ziegenbärtchen und eine schwarz gerahmte Brille, in der sich die Lichter spiegeln. »Wir suchen nur Teilzeit, wissen Sie«, sagt er. »Und auch nur bis Weihnachten. An der Kasse. Abends und am Wochenende.«

»Ich bin flexibel.«

»Das ist gut. Sie müssen ja nicht viel machen, einfach nur nett sein, auf die Kunden eingehen, Sie wissen schon.«

Nett sein ist nicht gerade meine Stärke, aber ich nicke trotzdem.

»Ich stelle Ihnen jetzt noch ein paar Fragen, nur so das Übliche«, sagt er, während er seine weichen, fleischigen Hände vor sich faltet. »Was verstehen Sie unter einem guten Kundenservice?«

Wieso *ich*? Der Begriff ist doch klar definiert und keine Ansichtssache. »Kundenservice«, sage ich, »umfasst eine Vielzahl von Aktivitäten, die alle darauf abzielen, die Kundenzufriedenheit vor, während und nach dem Kauf zu erhöhen. Guter Kundenservice bedeutet einfach nur, dass diese Aktivitäten erfolgreich durchgeführt werden.«

»Aha.« Er räuspert sich. »Aber was bedeutet es für *Sie*?«

Ich will schon an meinem Zopf ziehen, lasse die Hand aber schnell wieder sinken. »Ich verstehe nicht.«

»Wie wollen Sie selbst hier zur Kundenzufriedenheit beitragen? Damit jeder Kunde ein Stammkunde wird?«

Ich blinzele ein paarmal. Kalter Schweiß rinnt mir die Wirbelsäule entlang. Ich merke, dass ich schon jetzt keinen besonders guten Eindruck mache.

»Äh ... Miss?«

Ich schließe die Augen. »Warten Sie.« *Stell dir einen gelungenen Imbissbesuch vor.*

Ungefähr zehn Sekunden später öffne ich wieder die Augen.

»Die Kunden kommen herein, um hier zu essen. Sie kriegen genau das, was sie bestellt haben. Die Pommes sind nicht matschig, der Burger ist medium gebraten, wie sie es haben wollten. Die Preise erscheinen ihnen angemessen. Es gibt keine bösen Überraschungen. Sie kommen an die Kasse, um zu zahlen. Ich frage sie, wie es geschmeckt hat. Sie sagen, gut. Ich gebe das korrekte Wechselgeld heraus, wünsche einen schönen Tag und sie verlassen das Lokal.«

Er starrt mich einen Moment lang an, den Mund leicht geöffnet. »Okay, das war ... sehr detailliert.« Er räuspert sich wieder. »Und, äh, was machen Sie so in Ihrer Freizeit?«

Was hat das mit einem Job als Kassiererin zu tun? »Ich lese Bücher zur Quantentheorie, spiele Go, mache Geduldsspiele und sehe mir Natur-Dokumentationen an.«

»Aha.«

»Und ich mag Tiere. Vor allem Kaninchen.« Ich weiß, dass er das nicht hören will, aber ich bin jetzt nervös und kann nicht mehr sortieren, was passend oder unpassend ist. »Eine der seltensten Arten ist das gestreifte Sumatra-Kaninchen. Es ist nachtaktiv und äußerst scheu. In der Sprache der Einheimischen hat es nicht mal einen Namen, weil die gar nicht wissen, dass es existiert.«

»Okay, ich denke, das ist dann alles, was wir brauchen. Wir nehmen Ihre Bewerbung in die Kartei mit auf.«

Ich verspüre einen Anflug von Panik. Diese Formulierung bedeutet doch eigentlich immer *Sie kriegen den Job auf keinen Fall.* »Habe ich irgendetwas falsch gemacht.«

»Na ja ...«

»Bei solchen Gesprächen schneide ich immer schlecht ab, aber ich bin für diesen Job geeignet, ganz bestimmt. Ich übernehme alle Schichten, die Sie wollen. Lassen Sie es mich versuchen. Nur für einen Tag.«

Er schüttelt den Kopf. »Tut mir leid. Nehmen Sie es nicht persönlich. Sie sind nun mal nicht das, was wir suchen.«

Ich verlasse das Lokal.

Das passiert mir natürlich nicht zum ersten Mal. Ich will bloß irgendwo arbeiten gehen und dafür bezahlt werden, genau wie der Rest der Bevölkerung. Aber ich komme selten über das Vorstellungsgespräch hinaus.

Auf der Fahrt nach Hause lege ich eine Mozart-CD ein.

Es gibt Vermutungen, dass Mozart Asperger hatte. Vielleicht konnte auch er seine Gedanken nicht so gut zum Ausdruck bringen und die Musik bot ihm die Möglichkeit, sie in etwas zu übersetzen, das jeder verstand. Obwohl er durchaus auch sehr klar sein konnte. Es gibt zum Beispiel einen weniger bekannten Kanon von ihm, der *Leck mich im Arsch* heißt und dessen kompletter Text aus der ständigen Wiederholung dieses Satzes besteht.

Als ich in meiner alten Grundschule mal nachsitzen musste, habe ich die Lehrerin gefragt, ob ich bei den Hausaufgaben ein bisschen Mozart hören könnte. Sie hat Ja gesagt und dann habe ich diesen Kanon auf meinem Kassettenrekorder abgespielt. Und nicht mal Ärger bekommen, denn die Lehrerin konnte kein Deutsch.

Manchmal, wenn ich so richtig wütend auf alles und jeden bin, höre ich mir dieses Lied an, und dann geht es mir gleich ein bisschen besser.

Die Sonne steht schon tief am Himmel, eine kleine weiße Scheibe, die sich durch die Wolken brennt, als ich jetzt, die Hände tief in den Jackentaschen vergraben, eine Seitenstraße hinuntergehe, weil ich bei mir vorm Haus keinen Parkplatz mehr gefunden habe. Der Fußweg ist mit einer hauchdünnen Schneeschicht überzogen.

Ich komme an einem kleinen rot-gelben Flachbau vorbei, mit einem Schild vor der Tür, auf dem ein lächelnder Kunststoff-Hahn sitzt. CLUCKY'S CHICKEN steht auf dem Schild. Im Fenster hängt ein Stück Pappkarton mit der Aufschrift WIR STELLEN EIN, in rotem Filzstift geschrieben.

Ich gehe hinein.

Wenige Minuten später sitze ich schon an einem der vollgekrümelten Tische und fülle ein simples einseitiges Bewerbungsformular aus. Die Inhaberin Linda – mit dunklen Ringen unter den Augen und grauen Strähnen im Haar – lädt mich gleich hier und jetzt zum Vorstellungsgespräch ein. Sie nimmt mir gegenüber Platz und liest sich meine Angaben zur Berufserfahrung durch. »Ach, in einem Tierpark? Dann wirst du dich hier ja wie zu Hause fühlen.« Sie lacht. Ich verstehe nicht, was daran lustig ist. »Hast du ein Auto?«

»Ja.«

»Fein. Könntest du denn sofort anfangen? Der Kassierer, der für heute eingeteilt war, hat eben gekündigt, und sonst kann keiner seine Schicht übernehmen, deshalb brauche ich dringend jemanden, der mir beim abendlichen Ansturm hilft.«

Mein Herzschlag erhöht sich. Kann das wirklich wahr sein? Es erscheint mir viel zu leicht. »Das ... klingt gut.«

Sie schiebt ein Paket über den Tisch zu mir rüber: eine gelbe Arbeitsuniform, in knisternde Folie gehüllt. »Willkommen im Team.«

Ich ziehe mich in der Toilette um. Die Uniform ist gestärkt und reibt auf der Haut, die knallgelbe Mütze hat einen roten Hahnenkamm obendrauf. Als ich wieder herauskomme, führt mich Linda durch eine Tür mit der Aufschrift NUR FÜR PERSONAL in die von Schwaden erfüllte Küche. Im Hintergrund sind mehrere Männer und Frauen in Schürzen damit beschäftigt, Hähnchen in dem blubbernden gelblichen Öl der Fritteusen zu braten. Einer der Männer grinst mich an, wobei eine Reihe sehr weißer Zähne aufblitzt, und sagt dann etwas in rasend schnellem Spanisch. Die anderen lachen.

An der Wand hängt ein großer Terminkalender. Quer darüber hat jemand mit einem schwarzen Stift FUCK CLUCKY'S geschrieben.

Linda wirft einen Blick darauf und lacht. »Das war sicher Rob.«

Ich schließe daraus, dass Rob derjenige ist, der heute gekündigt hat. Ich weiß nicht, wie ich reagieren soll.

Sie führt mich einmal kurz herum und zeigt mir, wie man die Kasse bedient. »Ich werde versuchen, dich während der Arbeit noch ein bisschen anzuleiten, aber wir sind ohnehin gerade unterbesetzt, von daher wird es sicher etwas hektisch. Du nimmst die Bestellungen auf, ich packe sie aufs Tablett. Und vergiss nicht, jeden Kunden zu fragen, ob er auch Kartoffelecken will.«

»Was ist das.«

»Pommes. Aber du sagst Kartoffelecken.«

Die ersten Kunden tröpfeln herein. In der ersten Stunde oder so klappt alles ganz gut. Ich muss nur die Bestellungen wiederholen und Wechselgeld rausgeben. Doch dann strömen immer mehr Leute ins Lokal und wir kommen kaum noch hinterher. Eine lange Schlange bildet sich. Das Klappern von Geschirr dringt aus der Küche und lenkt mich ab. Jedes Geräusch ist wie verstärkt.

»Möchten Sie auch Kartoffelecken dazu«, frage ich.

Ein Mann im Anzug runzelt die Stirn und sein Toupet rutscht nach vorn. »Die habe ich doch eben bestellt.«

»Ich soll das jedes Mal fragen. Das ist eine Regel.«

»Meinst du, ob ich noch eine zweite Portion will, oder was?«

Ich erstarre.

»Jetzt gib schon die verfluchten Pommes her«, sagt er.

Linda, die bisher immer die Bestellungen auf die Tabletts gelegt hat, ist gerade zu einem ärgerlichen Kunden ans Telefon gerufen worden. Ich bin ganz allein hinterm Tresen. Nach jeder Bestellung muss ich mich erst mal umdrehen und Brathühnchen, dünne Kartoffelstreifen oder Berge von Käsemakkaroni auf Styroporteller schaufeln.

»He, mach mal hin!«, ruft jemand. »Ich stehe hier schon seit 'ner Viertelstunde!«

Vor Schreck fällt mir ein Stück Huhn auf den Boden.

Das Telefon im Büroraum klingelt schon wieder und ich weiß nicht, wo Linda steckt. Der Ofen piept und piept, was bedeutet, dass sein Inhalt längst fertig ist, aber ich habe keine Zeit, mich darum zu kümmern. Der Geruch nach Verbranntem hängt in der Luft und meine Hände zittern so sehr, dass ich kaum noch das Wechselgeld aus der Kasse fummeln kann.

Wenn es mir im Hickory Tierpark zu laut oder zu voll wurde, konnte ich mir einfach ein ruhiges Eckchen suchen, um mich wieder zu sammeln. Hier kann ich mich nirgends zurückziehen, nirgends durchatmen. Um mich herum dreht sich alles und mein Körper bewegt sich nur noch auf Autopilot. Clucky, der Maskottchen-Hahn, grinst von einem Poster an der Wand auf mich herab. Sein Kopf löst sich langsam auf, die Augäpfel tropfen ihm aus den Höhlen wie dickflüssige Farbe. Oder es ist mein Hirn, das sich langsam zersetzt. Die Leute vor mir biegen und verformen sich wie in einem Zerrspiegel und die Wände verschwimmen zu einem rot-gelben Wirbel. Mein Schädel ist zu einer Echokammer geworden, die jedes Geräusch grotesk verzerrt. Ich höre jemanden rufen. Dann rufen plötzlich ganz viele Leute. In mir bricht alles zusammen, und es fühlt sich an, als würde ich fallen.

Wie in Trance klettere ich über den Tresen, schiebe mich durch die Menge hindurch und renne auf eine Tür zu. Ich höre nichts als mein eigenes Keuchen, das alles andere übertönt. Als der Nebel sich irgendwann lichtet, liege ich zu einer Kugel zusammengerollt hinter den Mülltonnen im Hof, inmitten von fettigen, zerknüllten Klumpen Wachspapier.

Ein paar Stunden später gebe ich meine Uniform zurück

und Linda zahlt mich in bar für meine ersten und einzigen Arbeitsstunden aus. Fünfunddreißig Dollar.

Als ich nach Hause komme, hängt ein Zettel an der Tür: *Mehrere Mieter haben sich beschwert, dass merkwürdige Geräusche aus Ihrer Wohnung dringen, vermutlich von Tieren. Wie Sie wissen, sind Haustiere NICHT erlaubt. Bitte sorgen Sie SOFORT für Abhilfe. Wenn ich noch eine einzige Beschwerde erhalte, verkürze ich den Mietzahlungsaufschub auf JETZT.*

Viele Großbuchstaben. Das ist meist kein gutes Zeichen.

Als ich die Tür aufschließe, sitzt Chance auf seinem angestammten Platz auf der Sessellehne. Er legt den Kopf schief und wirkt einen Moment lang geradezu besorgt. Er öffnet den Schnabel, als wollte er mir eine Frage stellen, aber es kommt nur ein Krächzen heraus. *Kroo-ak.* Ich spüre auf einmal den drängenden Wunsch, ihn fest an mich zu drücken und das Gesicht in seinen Federn zu vergraben, aber das würde er wohl kaum zulassen.

Ich sacke auf dem Sofa zusammen.

Ich weiß jetzt, was ich tun muss. Ich sollte ihn bei einer Wildtier-Auffangstation abgeben. Dort wäre er wirklich in Sicherheit. Von Chance zu erwarten, dass er die Leere in meinem Leben füllt, ist ihm gegenüber einfach nicht fair.

»Ich muss dich gehen lassen«, flüstere ich.

Er gähnt und putzt sich die Brustfedern. Bussarde sind offenbar immun gegen Rührseligkeit.

Vorsichtig strecke ich einen Arm in seine Richtung aus. Immer weiter. Er fixiert mich mit einem kupferfarbenen Auge. Ein Strom wechselseitigen Verstehens fließt zwischen uns hin und her. Wie selbstverständlich, als hätte er das schon tausend

Mal gemacht, hüpft er auf meinen ausgestreckten Arm und hält sich mit seinen kräftigen Fängen daran fest. Als ich ihn in den Tragekäfig setze, leistet er keinen Widerstand.

Chance mag nicht die gleichen Gedanken und Gefühle haben wie ich, aber ich bin sicher, dass sein Innenleben ebenso vielfältig und komplex ist wie das eines Menschen. Auf eine Art, für die mir die Worte fehlen, sind wir uns gleich.

Während der Fahrt ist er erstaunlich entspannt.

Mein Ziel ist das Elmbrooke Wildlife Center – es liegt nah genug, um Chance hin und wieder besuchen zu können, und das Personal dort hat einen hervorragenden Ruf. Was mich nicht daran hindert, mich wie eine Verräterin zu fühlen.

Würden wir in einem dieser Tierfilme leben, zum Beispiel *Free Willy – Ruf der Freiheit* oder *Duma – Mein Freund aus der Wildnis*, hätte Chance noch seine beiden Flügel und ich könnte einfach in einen der Feldwege am Straßenrand einbiegen und ihn freilassen. Er würde Richtung Wald davonfliegen, während im Hintergrund erhebende Musik erklingt. Die Realität ist jedoch sehr viel weniger glanzvoll.

Ich halte auf dem Parkplatz vor der Wildtierstation an – ein kleiner gelber Ziegelbau, umgeben von Büschen und Bäumen. Ich schreibe Chance' Namen auf einen Zettel, stecke ihn zwischen den Gitterstäben hindurch und gehe dann mit dem Käfig zur Eingangstür. Jenseits des Fensters sitzt die Empfangsdame hinter einem Tresen und starrt in ihren Computer. Ich stelle den Käfig vorm Eingang ab und klopfe an die Scheibe. Die Frau hebt den Kopf, aber bevor sie mich richtig wahrnehmen kann, mache ich kehrt und renne zum Auto zurück. Als sie vor die Tür tritt und den Käfig entdeckt, fahre ich schon vom Parkplatz.

Mein Herz tut mir weh, aber für Chance ist es besser so. Eigentlich sollte ich froh sein, aber ich bin es nicht. Erst habe ich Stanley verloren, dann meinen Job und jetzt auch noch Chance ... Am liebsten würde ich jetzt irgendetwas kaputt machen.

Ein Bild schießt mir durch den Kopf – dieses dämliche Schild im Hickory Tierpark, das den Besuchern weismachen will, Tiere hätten keine Gefühle.

Das wollte ich doch schon immer mal aus dem Boden reißen und vernichten.

Was sollte mich jetzt noch daran hindern?

Die Nacht bricht herein. Straßenlaternen leuchten gelb durch die nebelverhangene Dunkelheit. Autos gleiten vorbei wie Gespenster.

Ich parke ein paar Straßen entfernt und laufe zum Hickory Tierpark. Erwartungsgemäß ist er leer und verschlossen. Es gibt nur eine Überwachungskamera – der Tierpark kann sich kein aufwendiges Sicherungssystem leisten – und die ist leicht zu umgehen. Ich klettere über den Zaun, der das Gelände umgibt.

Halb benommen vor Erschöpfung laufe ich die dunklen Wege entlang. Das Pumaweibchen schaut kurz auf, als ich vorbeikomme, und ihre Augen sind wie goldene Münzen, die das Licht reflektieren. Auch die Hyänen in ihrem Gehege regen sich leise und stellen die Ohren in meine Richtung auf.

Das Schild steht an seinem üblichen Platz:

GLÜCKLICH? TRAURIG? WÜTEND?

Wenn man Tieren menschliche Gefühle zuschreibt, ,
nennt man das ...

Ich trete gegen den hölzernen Pfosten, an dem es befestigt ist,
bis er schließlich bricht.

Dann schleiche ich mich zum Zaun zurück, das Schild unter
den Arm geklemmt. Der Zaun ist nicht besonders hoch. Wahrscheinlich kann ich das Schild einfach hinüberwerfen und dann
hinterherklettern.

Da erhellt blendendes Licht den Himmel. Scheinwerfer.
Mein Herz fängt an zu hämmern, ich laufe schneller und
schlängele mich durch das Gewirr von Wegen. Als ich um die
nächste Ecke biege, bleibe ich wie angewurzelt stehen.

Zwei Männer in Tierparkuniform stehen direkt vor mir
und starren mich an. Ich erkenne ihre Gesichter. Die beiden
Haustechniker. Vielleicht hat Miss Nell sie endlich mal beauf-
tragt, das verstopfte Klo zu reparieren.

Ich mache kehrt und renne weg, aber der Größere der beiden erwischt mich am Arm. Das Schild fällt zu Boden. Ich
winde mich in seinem Griff und versuche mich loszureißen.

»Was zum Teufel machst du hier?«, fragt er.

Ich schlage und trete blindlings um mich.

»Du meine Güte, gehts noch?«

»Hey, die hab ich doch schon mal gesehen«, sagt der kleinere
Mann. »Die hat hier bis vor Kurzem gearbeitet.«

Er hält immer noch meinen Arm umklammert und es tut
weh. »Lassen Sie mich los!«

»Erst sagst du uns, was du hier zu suchen hast, *dann* lasse ich dich los.«

Aber ich kann nicht denken, nicht atmen, während er mich anfasst. Mit aller Kraft trete ich ihm auf den Fuß.

»Aua! Scheiße!«

Er lässt mich los und ich renne in Richtung Zaun, aber er holt mich ein und packt mich von hinten, sodass ich die Arme nicht mehr bewegen kann. Ich wehre mich verzweifelt, trete und kreische.

Der kleinere Mann mustert mich kopfschüttelnd. »Wer stellt denn so eine Bekloppte ein?«

»Keine Ahnung.« Der große Mann umklammert mich noch fester. »Halt endlich still«, knurrt er. »Du machst alles nur noch schlimmer.«

Ich schreie los.

Der Kleinere der beiden kramt ein Handy aus der Tasche und tippt darauf herum. »Hallo, Mrs Nell? Oh, Entschuldigung, *Miss* Nell. Wir haben hier eine Einbrecherin. Ja, dieses Mädel mit den roten Zöpfen. Was sollen wir mit ihr machen?«

Nachdem ich mich noch eine Zeit lang vergeblich gewehrt habe, sacke ich erschöpft zusammen. Mein Sichtfeld trübt sich und ich habe das Gefühl, nach hinten wegzukippen, in einen langen Tunnel hinein. Die Männer reden miteinander, aber ihre Stimmen klingen dumpf und weit entfernt, und ich kann die Worte nicht verstehen.

Sie zerren mich zum Hauptgebäude im Zentrum des Tierparks. Obwohl ich gar keinen Widerstand mehr leiste, schubsen sie mich in die Putzkammer und werfen die Tür hinter mir zu.

»Kann man die nicht abschließen?«, raunzt der eine.

»Nee.«

»Und was machen wir jetzt?«

»Wir klemmen einfach eine Stuhllehne unter den Knauf.«

Ich höre, wie Holz über Fliesen schrammt, und werfe mich mit der Schulter gegen die Tür. Sie erbebt in den Angeln, aber sonst tut sich nichts. Ich rüttele am Knauf, aber er lässt sich nicht bewegen. Ich bin gefangen. Ermattet lehne ich mich an die Wand. Es ist stockfinster und der zitronige Geruch nach Putzmitteln hängt so intensiv in der Luft, dass ich würgen muss. Ich hämmere gegen die Tür.

»Immer schön ruhig. Miss Nell sagt, du bleibst da drin, bis die Bullen kommen.«

»Was haben die eigentlich gesagt, wann sie hier sind?«

»In einer Stunde oder so.«

»In *einer Stunde*? Das ist nicht dein Ernst, oder? Wir haben hier einen Notfall!«

»Das sehen die offenbar anders.«

Ich höre auf zu hämmern und lasse mich zu Boden sinken. Zentnerschwere Benommenheit legt sich über mich.

»He, sag mal«, ruft einer der Männer durch die Tür, »was wolltest du eigentlich mit diesem Schild?«

Ich öffne den Mund, aber heraus kommt nur ein schwaches Krächzen. Die Worte wollen sich nicht aneinanderreihen, keine ordentlichen Sätze bilden. »Lügen«, kann ich gerade noch flüstern.

»Was?«

»Ach komm, gib dir keine Mühe«, sagt der andere. »Die hat doch 'n Sprung in der Schüssel.«

Das Blut pocht in meinem Kopf und mir wird schwindelig.

Ein hohes, durchdringendes Wimmern ertönt, wie von einem leidenden Tier, und ich merke, dass es aus meiner eigenen Kehle kommt. Ich umklammere meine Knie und schaukele vor und zurück. Ich kann es nicht unterdrücken. Immer heftiger wippe ich hin und her, bis mein Kopf schließlich gegen die Wand knallt.

»Was *macht* die denn da drin?«, fragt einer der Männer.

»Einfach ignorieren.«

Ich schaukele immer schneller, und mein Kopf knallt immer wieder gegen die Wand. *Rumms, rumms, rumms.*

Inzwischen bin ich froh, dass sie nicht die Tür aufmachen, denn ich weiß genau, wie ich jetzt aussehe. Ich sehe aus wie das, was ich bin: ein autistisches Mädchen, das einen Zusammenbruch hat.

Mein Körper ist nicht mehr zu bremsen und so lasse ich es einfach zu und schaukele so lange vor und zurück, bis der Schmerz mich betäubt und meine Bewegungen sich verlangsamen, wie bei einem Aufzieh-Spielzeug, das allmählich an Schwung verliert. Als es vorbei ist, drücke ich mich in eine Ecke der Kammer, die Fäuste geballt und gegen die Schläfen gepresst, und alles ist dunkel und still. Der überwältigende Geruch nach Zitrone beißt mir immer noch in der Nase und ein dumpfer Schmerz pocht in meiner Stirn. Als ich die Stelle berühre, sind meine Finger nass von Blut.

Ich löse ein paar Algebra-Aufgaben im Kopf, um sicherzugehen, dass ich keine Gehirnerschütterung habe. Flach durch den Mund atmend drücke ich ein Ohr an die Tür, aber ich höre weder Stimmen noch irgendwelche Geräusche. Ich weiß nicht, ob die Männer noch da sind. Ein paar Minuten lang sitze ich nur da und lausche. Mein eigener unterdrückter Atem erfüllt die Stille.

Ich stehe auf und taste nach dem Türknauf, aber er rührt sich nicht. Ich lasse die Hand wieder sinken.

Die Polizei wird sicher bald hier sein. Ob sie mir Handschellen anlegen werden? Muss ich die Nacht womöglich im Gefängnis verbringen?

Ich drehe noch mal am Türknauf. Ich rüttele daran. Ich trete mit dem Fuß gegen die Tür, einmal, mehrmals, und irgendetwas löst sich und fällt krachend zu Boden. Der Stuhl? Ich bleibe reglos stehen und halte die Luft an, aber draußen ist immer noch nichts zu hören. Dann taste ich wieder nach dem Knauf. Und diesmal lässt er sich problemlos drehen.

Als ich die Tür öffne, ist der Gang ganz leer und der Stuhl liegt auf dem Boden. Gebückt schleiche ich mich zum nächsten Fenster und spähe hinaus. Die beiden Männer stehen rauchend vor der Eingangstür.

»Wie lange warten wir hier jetzt eigentlich schon?«, fragt der eine.

Der andere schnaubt durch die Nase. »Ich wette, die kommen gar nicht mehr. Die Bullen in dieser Stadt sind ein Witz.«

Vorsichtig ziehe ich mich zurück und laufe geduckt in einen der Büroräume auf der anderen, vom Eingang abgewandten Seite. Dort öffne ich ein Fenster, quetsche mich hindurch und renne, bis ich den Zaun erreiche. Mühsam klettere ich hinüber und renne immer noch weiter, bis zu meinem Auto.

Keuchend lehne ich mich dagegen und schließe die Augen.

Ob die Polizei schon nach mir sucht? Die Jagd auf eine kleine Irre, die in den Tierpark eingebrochen ist, hat sicher keine

Priorität. Ich überlege, wo genau ich das Schild habe fallen lassen, aber eigentlich spielt das keine Rolle. Morgen stellen sie es wahrscheinlich einfach wieder auf.

Es hat angefangen zu schneien. Dicke, schwere Flocken schweben vom Himmel und lassen sich auf meinen Haaren und meiner Kleidung nieder. Ich schaue ihnen ein paar Minuten lang zu, dann steige ich ins Auto und fahre los.

Als ich endlich wieder vor meiner Wohnung stehe, hängt dort ein neongelber Räumungsbefehl an der Tür.

26. KAPITEL

Wie betäubt starre ich ihn an.

Ich dachte, ich hätte noch etwas mehr Zeit, aber letztlich ist es egal. Die Miete hätte ich so oder so nicht mehr zusammenbekommen und Mrs Schwartz hat nur auf eine Gelegenheit gewartet, mich endlich loszuwerden. Ich beschließe, gleich jetzt zu verschwinden und mir die unwürdige Situation einer Zwangsräumung zu ersparen.

Viel muss ich ohnehin nicht mitnehmen. Der Fernseher ist steinalt, das Mobiliar meistenteils vom Trödel. Ich stopfe meine Kleidung, Toilettenartikel, den Zauberwürfel, den Laptop, den letzten Rest von meinem Geld und so viele Bücher, wie ich noch hineinkriege, in meine Reisetasche. Zögernd betrachte ich die Nelke, die einsam und vertrocknet auf dem Sofatisch steht. Ich nehme sie aus dem Glas und lege sie oben auf den Kleiderberg in der Tasche.

Ich hänge mir die Tasche über die Schulter, bleibe aber noch mal stehen und lasse den Blick durch das Wohnzimmer schweifen, wo ich so viele Abende auf dem Sofa gesessen und ferngesehen und Müsli und *Cool Whip* dabei gegessen habe, mit

Orangenlimo zum Runterspülen. Kahle Wände und schmutziger, verschlissener Teppichboden erwidern meinen Blick. Nicht toll, aber das ist – *war* – immerhin meine erste eigene Wohnung. Ich werfe alle meine Habseligkeiten auf den Rücksitz meines Autos.

Das Handy brummt in meiner Tasche. Ich klappe es auf und mein Herzschlag beschleunigt sich. Eine SMS von Stanley: *Ich weiß, dass uns wirklich etwas verbindet. Das habe ich mir nicht bloß eingebildet.*

Er versucht es noch immer. Nach all der Zeit.

Ich überlege, ob ich ihn anrufen und versuchen soll, ihm alles zu erklären. Aber dazu bin ich nicht stark genug. Am Ende würde ich ihm doch noch alles erzählen und er würde sich verpflichtet fühlen, mir zu helfen. Wenn ich jetzt nicht fortgehe, schaffe ich es nie mehr. Und ich *muss* es schaffen. Ihm das Herz zu brechen ist der größte Gefallen, den ich ihm erweisen kann.

Mein Magen krampft sich plötzlich zusammen. Keuchend beuge ich mich vor, eine Hand auf den Bauch gepresst.

Stanley, wie er neben mir auf der Parkbank sitzt und mir die Hand reicht.

Stanley und ich im Motelzimmer, als er mich berührt und mir sagt, ich sei wunderschön.

Stanley, wie er mit mir übers Eis gleitet, mich festhält, als ich zu fallen drohe, und mich an sich drückt, während um uns herum die Schneeflocken wirbeln.

Stanley und ich, wie wir in seinem Bett liegen, unsere Körper ganz dicht beieinander, so warm und so nah, dass wir ineinander verschmelzen könnten wie zwei Tropfen flüssiges Wachs.

Stanley und ich, wie wir nebeneinander im Gras liegen, Hand in Hand, während Blitze über den Himmel schießen und eisiger Regen auf uns niedergeht und plötzlich ein völlig unerwartetes Geräusch das irre Tosen des Sturms durchdringt: sein Lachen, hell und jung und wunderschön.

Langsam richte ich mich wieder auf. Ich starre auf mein Handydisplay und schicke eine SMS zurück: *Leb wohl.* Ich lösche sämtliche Daten auf meinem Handy, sodass es völlig leer ist. Dann werfe ich es in den Müllcontainer im Hinterhof.

Und schon habe ich ihn aus meinem Leben getilgt. Es gibt keine Nummer mehr, die er anrufen kann, keine Adresse, unter der er mich findet. Jetzt bin ich nur noch auf mich gestellt.

Ich fahre quer durch die Stadt und halte auf einem verlassenen Parkplatz, wo ich meine Ruhe habe. Ich rolle mich auf der Rückbank zusammen, die Reisetasche als Kissen unter dem Kopf, und sinke in einen diffusen Halbschlaf. Ich habe einen merkwürdigen, chaotischen Traum, in dem es um eine buddhistische Fabel geht, die ich mal gelesen habe.

Ein Affe, ein Otter, ein Schakal und ein Kaninchen beschließen gemeinsam, eine gute Tat zu vollbringen, in der Hoffnung, dass große Tugendhaftigkeit auch großen Lohn bringen wird. Sie treffen einen alten Bettler, der am Feuer sitzt und halb verhungert ist. Der Affe sammelt Früchte, der Otter fängt einen Fisch und der Schakal stiehlt einen Krug mit Milch, aber das Kaninchen kann nur ein bisschen Gras ausrupfen.

Sie bringen dem alten Mann ihre Gaben und legen sie neben dem Feuer ab. Doch das Gras kann der Alte natürlich nicht essen und das Kaninchen ist tief beschämt angesichts der Wertlosigkeit seiner Gabe. Und so stürzt es sich selbst ins Feuer, damit der Alte sein Fleisch essen kann.

In der Fabel erweist sich der alte Mann als ein Heiliger mit magischen Kräften, der das Kaninchen wieder zum Leben erweckt und für seine Selbstlosigkeit großzügig belohnt. In meinem Traum geschieht das nicht. In meinem Traum brennt das Kaninchen einfach immer weiter.

27. KAPITEL

Weihnachtsbeleuchtung flackert in den Schaufenstern, an denen ich vorbeilaufe. Schmutziger Schneematsch türmt sich an den Straßenrändern auf und spritzt von den Reifen der Autos hoch, die an mir vorbeirauschen. Ein kalter Wind spielt mit den Schleifen der Tannenkränze, die an den Straßenlaternen hängen.

Ich betrete einen Hotdog-Imbiss und schiebe ein paar zerknüllte Dollarscheine über den Tresen. »Einen Chili-Cheese-Hotdog mit allem.«

Die Bedienung reicht mir einen in Papier gewickelten Hotdog, zusammen mit dem Vierteldollar und dem Penny, die jetzt – buchstäblich – mein allerletztes Geld sind.

Ich setze mich auf die harte Plastikbank in einer der Nischen, nehme dankbar die Wärme und Helligkeit des Raumes in mich auf und beiße von dem Chili-Hotdog ab. Er schmeckt unglaublich gut. Wenn man kein Zuhause mehr hat, lernt man die einfachen Dinge des Lebens plötzlich sehr schätzen: ein warmer Ort, eine sättigende Mahlzeit, ein sauberes Klo.

Seit einer Woche wohne und schlafe ich nun schon in meinem Auto. Ich trage tagelang dasselbe T-Shirt und mein Haar ist fettig und verfilzt. Ich sehe aus wie eine Obdachlose – und genau das bin ich ja auch. In gewisser Hinsicht ist das eine Erleichterung.

Also klar, es ist natürlich furchtbar, jeden Morgen von nagendem Hunger geweckt zu werden und jeden Abend frierend und immer noch hungrig einzuschlafen. Ständig juckt es irgendwo, weil ich mich nur selten waschen kann. Und mir ist auch bewusst, dass – statistisch gesehen – mein Risiko, vergewaltigt oder ermordet zu werden, sehr viel höher geworden ist. Trotzdem fühle ich mich, unter all diesem schauderhaften Elend, so frei und entspannt wie schon sehr, sehr lange nicht mehr. Der Tiefpunkt ist erreicht. Tiefer kann ich nicht fallen. Ich kann endlich aufhören, mich ständig zusammenzureißen. Und wenn ich mit mir selbst rede oder vor und zurück schaukele, fällt das überhaupt keinem auf, weil Obdachlose ja sowieso alle verrückt sind.

Beim Essen meines Hotdogs saue ich ziemlich herum, lasse mir den Fleischsaft am Kinn runterlaufen und auf meine Jacke tropfen. Als ich fertig bin, lecke ich mir die Finger ab und wische sie an der Papiertischdecke trocken. Die übrigen Gäste mustern mich missbilligend. Eine Frau schüttelt den Kopf und flüstert dem Mann neben ihr etwas ins Ohr. Früher hätten mich ihre bösen Blicke wahrscheinlich gestört, aber inzwischen sind sie mir ziemlich egal. Einen Moment lang frage ich mich, was Stanley wohl denken würde, wenn er mich so sehen könnte, schiebe den Gedanken aber rasch beiseite.

Nach einer Weile kommt der Geschäftsführer auf mich zu und bittet mich zu gehen. Wortlos verlasse ich das Lokal.

Ein alter Mann sitzt auf dem Fußweg und schüttelt einen Styroporbecher voller Münzen und Dollarscheine. Er trägt eine Sonnenbrille auf der langen Nase und ein kleiner, schmuddeliger Hund liegt zusammengerollt neben ihm. Der Mann singt mit tiefer, volltönender Stimme ein Weihnachtslied.

Der Hund gähnt, sodass man seine winzige rosafarbene Zunge sieht, und leckt sich eine Wunde an der Pfote.

Ich höre ein paar Minuten zu und werfe dann meine letzten sechsundzwanzig Cent in seinen Becher. Er unterbricht seinen Gesang und hebt eine Augenbraue. »Mehr kannst du nicht entbehren?«

Ich mustere den Hund, der nach irgendeiner Terrier-Mischung aussieht. Er wedelt mit dem kupierten Schwanz, schüttelt sich und leckt dann wieder seine Wunde. »Seine Pfote ist verletzt. Sie müssen die Wunde versorgen.«

Er lacht leise. »Ganz schön vorlaut für jemanden, der gerade mal zwei Münzen für mich übrig hat.«

Mehr kann ich nicht tun, also gehe ich weiter.

Hinter mir lässt der Mann mit sonorer Stimme »Herbei, oh ihr Gläubigen« erklingen.

Mein Kopf juckt und ich frage mich besorgt, ob ich Läuse habe. Kann man die im Winter überhaupt kriegen?

Mein Wagen steht vor einer *Dunkin' Donut*-Filiale. Ich wechsele immer mal wieder den Standort, damit ich kein Knöllchen kriege oder wegen Herumlungerns angezeigt werde. Hin und wieder fülle ich eine Bewerbung aus, obwohl ich eigentlich nicht weiß, warum ich mir die Mühe mache. Ich habe kein Telefon, also kann mich sowieso niemand anrufen, selbst wenn er es wollte. Ich habe mir angewöhnt, schonungslos ehrlich zu sein, und habe ein diebisches Vergnügen dabei, Antworten hinzuschreiben, die mit Sicherheit dafür sorgen werden, dass meine Bewerbung sofort im Müll landet. Bei der Frage, warum ich diesen Job haben will, schreibe ich: *Bin obdachlos. Brauche was zu essen.* Und wenn sie mich fragen, warum ich meine letzte Anstellung aufgegeben habe, schreibe ich: *Meine Chefin wollte einen Freund von mir umbringen.* Und auf die Frage nach meinem größten Fehler schreibe ich: *Ich mache alles kaputt, was mir wichtig ist.*

Ich steige ins Auto und sitze ein paar Minuten lang nur so da und starre ins Leere. Mein gesamtes Geld ist weg, einschließlich des Notzwanzigers, den ich immer im Handschuhfach versteckt hatte. Nicht mehr lange, dann muss ich wie dieser Mann vorhin auf der Straße betteln. Die Vorstellung ist mir zwar ein Graus, aber der Hunger wütet wie ein Messer in meinem Magen und wird von Tag zu Tag schlimmer. Ich könnte mein Auto verkaufen, aber dann habe ich keinen Schlafplatz mehr. Meinen Laptop habe ich längst verpfändet.

Ein Blick auf die Benzinanzeige sagt mir, dass der Tank auch schon fast leer ist, und nachfüllen kann ich ihn nicht, es sei denn, ich komme wundersamerweise irgendwie zu Geld.

Ich klettere nach hinten auf den Rücksitz und ziehe den Reißverschluss an der Reisetasche auf. Die vertrocknete Nelke liegt immer noch oben auf dem Stapel zerknitterter T-Shirts.

Das Einzige, was mir von Stanley geblieben ist. Selbst jetzt bringe ich es nicht über mich, sie wegzuwerfen.

Ich denke an den Park, in dem wir uns ein paarmal getroffen haben, und einem plötzlichen Impuls folgend fahre ich hin und stelle den Wagen gegenüber vom Eingang ab. Schneeflocken

schweben vom Himmel herab, während ich über weite Rasenflächen auf die Bank zugehe, auf der ich ihn zum ersten Mal
gesehen habe. Mit dem Handschuh wische ich den Schnee vom
Holz und setze mich hin.

Tiefe Erschöpfung überkommt mich. Ich rolle mich auf der
Sitzfläche zusammen, die Knie an die Brust gedrückt. Läh-
mende Kälte dringt mir in die Knochen, aber diese Lähmung
hat auch etwas Tröstliches. Als könnte ich einfach davonschwe-
ben und es wäre völlig egal. Ist das Frieden? Ist das Freiheit?

Die Lider fallen mir zu und ich gleite sanft in diesen diffusen
Zustand zwischen Wachen und Schlafen hinüber.

Nach Mamas Tod habe ich einige Monate in einer geschlossenen Anstalt verbracht. Ich kann mich nicht an viel erinnern.
Eine Zeit lang habe ich nur so dahinvegetiert, in grauen Nebel
gehüllt. Worte wie *katatonisch* und *nicht ansprechbar* waberten
an der Peripherie meines Bewusstseins.

Jedenfalls war ich lange Zeit in einem weißen Raum untergebracht, das weiß ich noch.

In meiner Erinnerung treibe ich dann ganz langsam dem
Licht am Ende des Tunnels entgegen. Stück für Stück wird
mir bewusst, dass ich nicht länger in einem weißen Zimmer
liege, sondern in einem anderen, mit hellgrün gefliestem Boden. Ich bemerke immer mehr kleine Details: das Muster auf
meiner Bettwäsche, die Maserung der Wandverkleidung, den
Geschmack der matschigen grünen Bohnen, mit denen mich
eine Frau im weißen Kittel füttert, und die Anzahl der Pillen
in dem kleinen Pappbecher, die ich jeden Morgen und jeden
Abend einnehmen muss. Es sind neun.

Eines Abends kommt die Frau im weißen Kittel in mein Zimmer und stellt das Tablett mit dem Abendessen – Hühnchen mit grünen Bohnen – vor mir ab, auf dem gleich daneben auch der Pappbecher mit den Pillen steht. Sie greift nach ihm. »Zeit für deine Medizin, Alvie. Machst du mal schön *Aaah?*« Mühsam setze ich mich auf, fahre mir mit einer trockenen Zunge über noch trockenere Lippen. In meinem Kopf hört sich das an wie Schmirgelpapier. Mit einer ausholenden Armbewegung schlage ich ihr den Becher aus der Hand und wische auch gleich noch den Teller mit dem zerkochten Essen vom Tablett, der scheppernd auf dem Boden zerspringt. Die Krankenschwester stößt einen kleinen Schrei aus.

Später erfahre ich, dass dies die erste eigenständige Bewegung war, die ich in den vier Wochen seit meiner Ankunft gemacht habe.

Während der nächsten Wochen bessert sich mein Zustand, was bedeutet, dass ich wieder herumlaufe, allein zur Toilette gehe und selbstständig meine Mahlzeiten einnehme. Aber innen drin bin ich hart und leer wie eine Nussschale. Ich kann nicht mal weinen. Jeden Morgen starre ich in den Spiegel und warte darauf, dass die Tränen kommen, aber nichts passiert. Ich rede kein Wort mit den Schwestern oder den Ärzten. Sie glauben, ich sei *regrediert*, ich hätte wegen meiner Traumatisierung vorübergehend die Sprachfähigkeit verloren. Aber es ist gar nicht so, dass ich nicht sprechen *kann*, ich habe nur einfach keine Lust dazu.

Mangels anderer Beschäftigungsmöglichkeiten lese ich sehr viel, meist Bücher über naturwissenschaftliche Themen oder das Verhalten von Tieren. Den Ärzten scheint nicht klar zu sein, dass ich die Bücher wirklich verstehe. Sie glauben, ich würde mir nur die Bilder anschauen oder die Wörter zählen. Was mir egal ist, solange sie mich nicht davon abhalten.

Eines Tages entdecke ich im Bücherregal des Aufenthaltsraums einen dicken Wälzer über europäische Mythen. Der Ledereinband ist mit einer Borte aus erhabenen, goldschimmernden Blättern und detaillierten Darstellungen von Drachen und Rittern und Wäldern verziert. Eigentlich interessiere ich mich nicht für Märchen oder Geschichtliches, aber diese Bilder üben eine hypnotische Wirkung auf mich aus.

In diesem Buch gibt es ein Kapitel mit der Überschrift »Der Wechselbalg« und dem Bild eines gehörnten Trolls, der mit runzligem Grinsen ein Baby aus seiner Krippe hebt.

Vor Hunderten von Jahren (so stand es in dem Buch) glaubten viele Menschen, dass es Trolle und Elfen wirklich gibt, dass sie im Wald leben und übernatürliche Fähigkeiten haben und hin und wieder in die Dörfer kommen, um dort ein Neugeborenes zu stehlen und durch ihren eigenen Nachwuchs zu ersetzen – ein Wesen, das zwar wie ein Mensch aussieht, aber keiner ist. Dieses Kind nannte man einen Wechselbalg.

Wenn ein Kind also anfing, sich seltsam zu benehmen, bekamen die Eltern Angst und dachten, man hätte ihnen einen Wechselbalg untergeschoben. Es hieß, wenn man dieses vertauschte Kind dann misshandelte – mit Schlägen oder indem man es in einen heißen Ofen steckte –, würden die Entführer das richtige Kind zu seinen Eltern zurückbringen.

Wie viele Kinder mögen wohl in dieser Zeit von ihren Eltern verbrannt oder zu Tode geprügelt worden sein, nur wegen dieses seltsamen Aberglaubens?

Nachdem ich das gelesen habe, gehe ich zum Fenster des Aufenthaltsraums und öffne es. Alle Fenster der Einrichtung lassen sich nur einen Spaltbreit öffnen, damit die Patienten nicht rausspringen können, aber die Öffnung ist breit genug für das Buch. Ich lasse es hindurchgleiten und schaue zu, wie es fällt und sich dabei dreht, bis es schließlich mit einem dumpfen Knall auf dem Fußweg landet.

Als ich mich wieder umwende, steht eine Krankenschwester im Zimmer.»Ach, Liebes«, sagt sie,»haben die Bilder in dem Buch dir Angst gemacht? Wenn du möchtest, bringe ich dir ein paar schönere Bücher.«

Ich lege den Kopf schief. Sie erwartet nicht ernsthaft eine Antwort. Schließlich habe ich in den fast sechs Monaten, die ich jetzt hier bin, noch kein Wort gesprochen.»Ich hätte gern ein paar Bücher über Quantenmechanik«, sage ich.»Das Thema interessiert mich.«

Ihr klappt die Kinnlade herunter.

Natürlich erzählt sie das gleich überall herum und die Ärzte bombardieren mich mit Fragen, bis ich mir wünsche, ich hätte nie den Mund aufgemacht.

Aber mir wird auch klar, dass ich zum ersten Mal seit Monaten tatsächlich wieder etwas empfinde: Rastlosigkeit. Ich will endlich hier raus. Ich weiß nicht, wie es dann mit mir weitergeht, aber das ist mir egal. Ich bin das alles so leid, den Krankenhausgeruch, die erbsenfarbenen Fliesen, die matschigen grünen Bohnen zu jeder Mahlzeit. Ich will wieder Tiere sehen. Echte Tiere, nicht diese albernen Zeichnungen, die hier irgendwer ans Schwarze Brett geheftet hat.

Also spreche ich weiter. Ich beantworte alle Fragen der

Ärzte. Ich lese immer mehr. Die Schwestern fangen an, mich *unser kleiner Einstein* zu nennen, und bringen mir stapelweise Bücher mit. Eine von ihnen schenkt mir *Watership Down*.

Irgendwann sagt dann einer der Ärzte: »Gute Nachrichten, Alvie. Dein Zustand hat sich so sehr gebessert, dass du in die Pflegeunterbringung wechseln kannst. Du bekommst eine neue Familie! Ist das nicht schön?«

Ich warte auf irgendeine Empfindung, wenigstens einen Anflug von Erleichterung. Aber aus meinem Inneren kommt keine Reaktion.

Was sie Verbesserung nennen, ist einfach nur der mühsame Prozess, alles in mir wegzusperren, in den hintersten Winkel meines Verstandes zu verbannen, bis ich so abgestumpft bin, dass ich wieder halbwegs funktioniere. Stein um Stein habe ich in den letzten Monaten die Gruft in mir errichtet. Jetzt laufe und spreche ich wieder, aber ein Teil von mir ist immer noch ganz weit weg und ich weiß nicht, wie ich ihn erreichen soll.

Ich bin schuld an Mamas Tod. Eigentlich müsste ich mit ihr zusammen tief unten im See verfaulen.

Aber vielleicht tue ich das ja schon – vielleicht ist das der Grund, warum ich überhaupt nichts empfinde. Vielleicht bin ich wie Schrödingers Katze, tot und lebendig zugleich.

28. KAPITEL

Das Quietschen von Gummi auf Asphalt reißt mich aus meinen Träumen. Mit einem Ruck setze ich mich auf und sehe gerade noch, wie ein Auto einen wilden Schlenker macht, um einem Eichhörnchen auf der Straße auszuweichen. Das Eichhörnchen erstarrt für einen Moment und flitzt dann so schnell davon, dass nur noch ein verschwommener Fleck aus rötlichem Fell zu sehen ist.

Wenn alles nur ein bisschen anders gelaufen wäre – wenn auch nur ein Quantenteilchen nicht in die eine, sondern in die andere Richtung rotiert wäre –, hätte der Fahrer vielleicht nicht mehr rechtzeitig bremsen können und das Eichhörnchen überfahren. Vielleicht ist das in einem anderen Universum auch tatsächlich passiert. Oder das Auto hat, in noch einer anderen Realität, kein Eichhörnchen, sondern einen Menschen überfahren. Mich zum Beispiel. Oder sonst irgendwen.

Der Schnee fällt jetzt dicht und schnell und überzieht die Welt mit einer weißen Schicht, die alle Geräusche dämpft. Mein Atem bildet Wolken in der Luft.

Ich gehe zu meinem Auto zurück und rolle mich auf der

Rückbank zusammen, aber das ist auch nicht viel wärmer. Bibbernd wühle ich in meiner Reisetasche, bis ich mein abgegriffenes, zerlesenes Exemplar von *Watership Down* finde, ebenjenes Buch, das mir die Krankenschwester vor bald sechs Jahren geschenkt hat. Damals habe ich es noch in derselben Nacht in einem Rutsch durchgelesen.

Vorher hatten mich erfundene Geschichten nie so besonders interessiert – schon als Kind mochte ich lieber Bücher über die Natur und Naturwissenschaften. In Romanen ging es immer um Gefühle und Beziehungen, Dinge, die ich verwirrend und beängstigend fand. Aber *Watership Down* war irgendwie anders. Ich konnte gar nicht mehr aufhören zu lesen. Hazel und Fiver und Bigwig erschienen mir genauso real wie die Menschen aus Fleisch und Blut um mich herum. Ich war bei ihnen in den Seiten und fühlte alles mit: ihren Hunger, ihre Angst und ihre verzweifelte Sehnsucht nach einem Ort, wo sie zu Hause waren.

Ich blättere durch die Seiten und mein Blick bleibt an einem vertrauten Satz hängen: *Mein Herz hat sich mit den Tausend verbunden, denn mein Freund hörte auf zu laufen.*

Aus irgendeinem Grund läuft mir bei diesen Worten ein Schauer über den Rücken.

Ich klappe das Buch wieder zu und stecke es behutsam in meine Reisetasche zurück. Trotz der Handschuhe sind meine Finger vor Kälte fast taub; ich bewege sie ein bisschen, um die Durchblutung anzuregen.

Ich will nicht den letzten Rest Sprit für die Autoheizung verbrauchen, aber wenn ich hier sitzen bleibe, kriege ich bestimmt Frostbeulen. Etwas weiter die Straße hinunter liegt der Tankstellen-Shop, in dem ich früher, als ich noch die Wohnung hatte, immer eingekauft habe. Seine Fenster sind hell erleuchtet und schimmern in einladender Wärme. Vielleicht kann ich mich ein Viertelstündchen dort aufhalten, bevor sie mich rauswerfen.

Beim Eintreten bimmelt die Türglocke über meinem Kopf. Der Angestellte schaut kurz zu mir herüber und dann wieder weg. Ob er mich erkannt hat, trotz der schmutzigen Kleidung und zotteligen Haare?

Ich tue so, als würde ich die Zeitungen durchsehen. Mein Blick gleitet über die Schlagzeilen hinweg, ohne sie wirklich zu lesen, aber dann ... bin ich plötzlich wie versteinert.

JUGENDLICHER WEGEN SCHWERER KÖRPERVERLETZUNG ANGEKLAGT. Daneben ein Foto. Ich erkenne TJ.

Darunter dann: *Der 18-jährige Timothy J. H. wurde gestern nach einer Schlägerei mit dem 19-jährigen Stanley F. in einem öffentlichen Park verhaftet. Allem Anschein nach wurde das Opfer mit seinem eigenen Stock verprügelt. Nach Aussage von Timothy J. H. hatte das Opfer den Streit provoziert, ihn verbal attackiert und auch den ersten Schlag geführt. Allerdings wurden nur bei Stanley F. Verletzungen festgestellt, deren Ausmaß bisher nicht bekannt ist. Er liegt im Krankenhaus. Timothy J. H. muss sich am Montag vor Gericht verantworten.*

Die Worte verschwimmen vor meinen Augen. Meine Finger krampfen sich um das Papier und zerknittern es.

Ich lasse die Zeitung fallen und renne hinaus.

29. KAPITEL

Als ich am Krankenhaus ankomme, werde ich gleich am Eingang abgefangen. Vielleicht, weil ich nicht mit Stanley verwandt bin, vielleicht aber auch, weil ich mit meinen verdreckten Sachen und dem fettigen Haar wie eine Irre aussehen muss. Aber ich weigere mich zu gehen und mache es mir stattdessen auf einem Stuhl im Wartezimmer bequem. Jedes Mal, wenn mich jemand anspricht, wiederhole ich nur stumpf, dass ich Stanley Finkel besuchen will.

Ich bin müde und mir ist schwindelig vor Hunger, aber das ist mir egal. Ich bleibe hier so lange wie nötig.

Irgendwann kommt eine Pflegerin auf mich zu: »Wir haben ihm mitgeteilt, dass Sie hier sind. Er sagt, Sie können raufkommen.«

Ich folge ihr in den Fahrstuhl und wir steigen in der dritten Etage aus. Sie führt mich einen langen, in sterilem Weiß gestrichenen Gang entlang und bleibt vor einer der Türen stehen. »Er ist mehrfach operiert worden«, sagt sie. »Ich rate Ihnen, den Besuch möglichst kurz zu halten.«

Sie hält mir die Tür auf, aber ich zögere auf der Schwelle.

Nur ein einziges Bett steht im Raum, durch einen Vorhang abgeschirmt.

Ich hole tief Luft und mache ein paar Schritte ins Zimmer. Die Schwester schließt die Tür hinter mir.

»Stanley«, sage ich. Keine Reaktion.

Vorsichtig gehe ich bis zum Vorhang und ziehe ihn ein Stück beiseite.

Der Anblick trifft mich wie ein Schlag und einen Moment lang wird mir schwarz vor Augen. Es gibt kaum noch eine Stelle an ihm, die nicht irgendwie verbunden oder eingegipst ist. Überall ragen Schläuche aus ihm heraus, an seinen Handgelenken, aus seiner Brust, wie bei einer kaputten Maschine, aus der die Drähte herausquellen. Von der Taille abwärts steckt sein Körper in unförmigen Gipsverbänden, die Beine sind mit Drähten an dem Baldachin über seinem Bett fixiert. Eine Halskrause liegt um seinen Nacken und auf seiner Stirn klebt ein Pflaster, in der Mitte ein kleiner rostfarbener Fleck, wo das durchgesickerte Blut getrocknet ist.

Seine Lider öffnen sich einen Spaltbreit. Mühsamer Atem durchbricht die Stille. Er befeuchtet die aufgesprungenen Lippen mit der Zungenspitze. »Hi.« Seine Stimme ist schwach und heiser. Einen Moment lang starrt er mich an, seine Miene unlesbar. Dann schließt er wieder die Augen, als wäre es zu anstrengend, sie offen zu halten.

Ich kann den Blick nicht von ihm abwenden. Mir tut das Atmen weh. »Wie fühlst du dich?« Blöde Frage, aber irgendetwas muss ich ja sagen.

»Ziemlich benommen. Sie haben mich ordentlich mit Schmerzmitteln vollgepumpt.«

Er klingt überhaupt nicht wütend oder irgendwie aufgeregt. Ich stehe unschlüssig herum, dann ziehe ich mir einen Stuhl heran und setze mich erst mal hin. »Ich habe den Artikel in der Zeitung gesehen.«

»Sie haben darüber in der Zeitung berichtet?«

»Ja.«

Seine Augen rollen zu mir herüber. In einer Iris sehe ich einen kleinen, sternförmigen roten Fleck, wo ein Äderchen geplatzt ist, aber der Rest ist immer noch klar und leuchtend blau. »Gab wohl sonst nichts Interessantes.«

»Er hat die Polizei belogen. Er sagt, du hättest angefangen. Du hättest ihn provoziert.«

»Hab ich ja auch«, sagt Stanley.

Mir bleibt der Mund offen stehen.

Die Augen fallen ihm wieder zu. »Wir sind uns im Park über den Weg gelaufen. Reiner Zufall. Er war allein, ohne die beiden Schlägertypen. Er wollte einfach weitergehen, aber ich habe ihn angebrüllt und ein Arschloch genannt. Er hat immer wieder gesagt, ich soll die Klappe halten, aber ich habs nicht getan. Nicht mal, als er mich zusammengeschlagen hat. Und dann, als es vorbei war … stand er nur so da und wir haben uns angeschaut und …« Er holt röchelnd Luft. »Er sah aus wie ein Kind. Wie ein dummer kleiner Junge, trotz seiner Piercings und der Lederjacke. Und er hatte Angst. Nicht vor mir. Vor sich selbst … vor dem, was er getan hatte.«

Das Licht vorm Fenster wird immer intensiver, honiggelb, und seine Augenlider wirken zart und zerbrechlich.

»Wie viele Brüche?«, frage ich.

»Siebzehn. Die meisten in den Beinen, aber das Schlüsselbein und ein paar Rippen sind auch angeknackst.« Er hat die Augen immer noch geschlossen. Sein Atem rasselt leise. Als er weiterspricht, ist seine Stimme seltsam ruhig: »Du kannst ruhig wieder gehen, weißt du. Der Gedanke, dass du hier nur aus Pflichtgefühl rumsitzt, macht alles nur noch schlimmer.« Ein scharfer Schmerz schießt mir durch die Brust. »Darum bin ich nicht hier.«

»Warum dann?«

Ich öffne den Mund, aber es kommt nichts heraus.

»Geh jetzt bitte.« Es ist immer noch keine Wut in seiner Stimme zu hören. Fast wäre es mir lieber, wenn es so wäre. »Du musst dir um mich keine Sorgen machen, ich hab das schon tausendmal durchgestanden. Geh nach Hause.«

»Ich kann nicht nach Hause gehen.«

Er blinzelt und schaut mich zum ersten Mal richtig an: das verknotete Haar, die schmutzige Kleidung. Seine Stirn legt sich in Falten: »Was soll das heißen?«

»Ich wohne jetzt in meinem Auto.«

Seine Augen weiten sich. »Und wann hattest du vor, mir das zu erzählen?«

Ich senke den Blick und zerre verlegen an einem Zopf. »Gar nicht«, sage ich.

Eine lange Pause entsteht. Sein Atem klingt sonderbar, aber ich habe keine Ahnung, was in ihm vorgeht. »Du kannst erst mal bei mir wohnen. Der Schlüssel liegt da vorn auf dem Tisch, neben meiner Brieftasche. Du kannst alles aufessen, was du in der Küche findest, und wenn du irgendwas einkaufen musst, kannst du dir Geld aus der Brieftasche nehmen.«

Ich habe einen Kloß im Hals. »Ich … ich danke dir«, bringe

ich flüsternd hervor. »Draußen wird es jetzt schon ziemlich kalt.« Aber ich rühre mich nicht vom Fleck. Unsere Blicke begegnen sich.

»Es tut mir leid«, sage ich. »Es war nicht richtig, einfach so zu verschwinden.«

Er starrt an die Decke. »Ist doch jetzt auch egal.« Seine Stimme klingt matt. Leer.

Ein paar Minuten lang bleibe ich noch so sitzen, dann feuchte ich ein Tuch am Waschbecken an und tupfe ihm damit vorsichtig über die schweißbedeckte Stirn.

»Nicht«, flüstert er. »Lass das bitte.«

»Ist der Lappen zu kalt.«

Eine Träne rollt ihm aus dem Augenwinkel. »Verstehst du denn nicht? Ich hatte mich endlich damit abgefunden.« Er kneift die Augen zu. »Lass mich einfach in Ruhe.«

Ich wende den Blick ab. Natürlich freut er sich nicht, dass ich da bin. Schließlich habe ich ihm das Herz gebrochen. Ich kenne mich mit menschlichen Gefühlen zwar nicht so gut aus, doch mir ist schon klar, dass man, wenn man jemanden verletzt hat, nicht einfach wieder ankommen und so tun kann, als wäre alles okay.

Aber ich kann ihn auch nicht allein lassen. Nicht jetzt, nicht in dieser Verfassung.

Nach einer Weile fange ich wieder an, ihm die Stirn abzutupfen. Er protestiert nicht mehr, er sagt einfach gar nichts. Die untergehende Sonne färbt seine linke Wange rosa. Als sie hinter dem Horizont versinkt, wird das Licht erst blau, dann violett und verschwindet dann ganz. Seine Augen blicken durch mich hindurch, als wäre er ganz woanders.

30. KAPITEL

Während der folgenden Woche besuche ich Stanley jeden Tag. Ich füttere ihn, wenn er zu schwach ist, um sich aufzusetzen. Ich halte das Tuch auf seiner Stirn immer schön feucht, und wenn seine Schmerzmittel zu niedrig dosiert sind, lasse ich den Krankenschwestern keine Ruhe, bis sie die Dosis erhöhen. Ich bleibe bei ihm, wenn ihm Blut abgenommen wird und wenn er zur Computertomografie muss.

Die Schwestern sind jetzt weniger abweisend. Ich habe bei Stanley geduscht und meine Sachen gewaschen.

Er selbst bleibt während der ganzen Zeit verschlossen. Fragen beantwortet er nur einsilbig und mit immer derselben tonlosen Stimme. Ich weiß nicht, ob er immer noch wütend auf mich ist oder ob es an den Medikamenten liegt. Vielleicht ist er aber auch einfach nur deprimiert. Schließlich hängt er jetzt schon wieder hier fest, an diesem verhassten Ort, wo er eine Flut von unangenehmen Untersuchungen über sich ergehen lassen muss, und es wird noch Monate dauern, bis seine Verletzungen verheilt sind. Wer wäre da nicht deprimiert?

Er kommt mir so weit entfernt vor. Aber das ist er nicht, ermahne ich mich. Er ist hier bei mir. Und er braucht mich.

So wie vorher kann es nie mehr werden, das ist mir durchaus bewusst. Aber im Moment haben wir nun mal beide niemand anderen, auf den wir uns verlassen können.

Als Stanley endlich entlassen wird, sind die unförmigen Gipsschalen um seine Beine durch Bandagen und Schienen ersetzt worden, aber er kann immer noch nicht laufen, nicht mal auf Krücken.

Ich fahre ihn nach Hause. Sobald wir das Krankenhaus hinter uns lassen, ändert sich sein Verhalten merklich. Er ist zwar immer noch still, wirkt aber wacher, munterer.

Bei ihm zu Hause hole ich den Rollstuhl aus der Garage, um Stanley ins Haus zu schieben. Als ich ihm hineinhelfe, seufzt er. »Ich hatte gehofft, dieses blöde Ding nie mehr zu brauchen.«

»Ist doch nur vorübergehend.«

»Ich weiß. Jetzt bin ich erst mal froh, aus dem Krankenhaus raus zu sein. Ich kanns kaum erwarten, mich mal wieder gründlich zu waschen.«

In seinem derzeitigen Zustand wird er das wohl kaum alleine schaffen. Trotzdem zögere ich einige Sekunden, bevor ich frage: »Brauchst du Hilfe.«

Er presst die Lippen aufeinander. Röte steigt ihm in die Wangen und seine Halsmuskulatur kontrahiert sich, als er schluckt. »Vielleicht kannst du mir in die Wanne helfen und einen Waschlappen holen. Den Rest mache ich dann allein.«

Ihn in die Wanne zu verfrachten erfordert einiges Herummanövrieren, obwohl es sogar Haltestangen gibt. Wenigstens kann er seinen linken Arm schon wieder bewegen – die Armschlinge von seinem ersten Zusammentreffen mit TJ ist er los. Trotzdem verzieht er schon bei dem Versuch, sein Hemd aufzuknöpfen, schmerzhaft das Gesicht.

»Ich helfe dir beim Ausziehen«, sage ich.

»Geht schon.«

»Der Arzt hat gesagt, du sollst dich noch nicht so viel bewegen.« Ich strecke schon die Arme nach ihm aus, aber er hält mich an den Handgelenken fest. »Ich komm schon klar.«

»Ich will dir aber helfen.« Ich greife nach dem obersten Knopf und sein ganzer Körper wird starr.

»Alvie, *stopp*!«

Ich halte inne.

Sein Blick ist gesenkt, seine Wangen glühen und sein Atem geht schnell. »Bitte«, flüstert er. »Lass mich das selber machen.«

Ein brennender Kloß sitzt mir im Hals. Ich schlucke. »Ich weiß, dass du sauer auf mich bist. Aber es wäre doch blöd, wenn du dich jetzt in Gefahr bringst, nur weil ...«

»Darum geht es doch gar nicht.«

Blitzartig fällt mir das Motelzimmer ein, wo er sich auch schon nicht ausziehen wollte. Nicht mal jetzt kann er ertragen, dass ich ihn nackt sehe. Ich würde ihm gern sagen, dass mir seine Narben völlig egal sind, aber ich weiß, dass meine Worte nichts ändern würden. »Und wenn ich die Augen zumache, während ich dir helfe.«

Eine Pause. »Würdest du das tun?«

»Klar, ich guck nicht hin, versprochen.«

»Und wenn ich *stopp* sage, hörst du auf?«

»Mache ich.« Ich bin überrascht, dass er das überhaupt fragen muss.

Zögernd nickt er.

Ich schließe die Augen und greife nach seinen Hemdknöpfen, was aber gar nicht so einfach ist. Ich fasse ihm erst mal mitten ins Gesicht, taste mich dann aber an seinem Hals entlang, bis ich die obersten Knöpfe finde und öffne. Danach wird es leichter. Meine Fingerkuppen streifen etwas Raues, Runzeliges auf seiner Brust, und er zieht zischend die Luft durch die Zähne, als täte die Berührung weh.

»'tschuldigung«, sage ich.

»Schon gut.«

Vorsichtig ziehe ich ihm das Hemd über den Kopf und achte darauf, möglichst nur Stoff zu berühren, keine Haut. Es dauert ein bisschen.

»Warte, lass mich mal eben …«, sagt Stanley. »So, jetzt.«

Schließlich kann ich das Hemd beiseitelegen. Meine Hände wandern tiefer, um seine Hose aufzuknöpfen, und er zuckt zurück. Seine Atmung beschleunigt sich, während ich die Hose Stück für Stück nach unten ziehe. Im Stehen wäre das sehr viel einfacher, aber dazu ist er noch nicht in der Lage. Auch dieser Vorgang dauert eine Weile, doch irgendwann habe ich es geschafft. Ich lege auch die Hose beiseite, dann ziehe ich ihm die Socken aus. Meine Handfläche streicht über sein Bein – ich spüre das kühle Metall, das glatte Leder der Schiene und den rauen Stoff der Bandage darunter.

Sanfte, zitternde Atemzüge hallen in der Stille wider. Bis auf die Schienen und Verbände an seinen Beinen ist er nackt, jeder Quadratzentimeter seines Körpers entblößt.

Ich tunke den Waschlappen in einen Eimer mit warmem Seifenwasser, wringe ihn aus und berühre damit seine Schulter. Ein Seufzer entringt sich seiner Kehle.

»Sag Bescheid, wenn das Wasser zu kalt ist.«

»Es ist gut so.«

Während ich seinen Oberkörper wasche, passe ich gut auf, seine Haut nicht direkt zu berühren. Ich fahre ihm mit dem Lappen über Brust, Bauch und Rücken und in unserem Schweigen klingt sein Atem sehr laut.

Meine Finger streifen seine Wange und ich spüre die Hitze seiner Haut. »Schämst du dich«, frage ich.

»Ich fühl mich nur gerade vollkommen hilflos.«

»Ist das was Schlimmes.«

»Ich weiß nicht. Nicht so richtig, glaube ich.«

Ich reibe mit dem Lappen über die Innenseiten seiner Schenkel. Seine Muskeln spannen sich an. »Das mache ich vielleicht lieber selbst.«

Er nimmt mir den Lappen ab und wäscht schnell noch den Rest seines Körpers. »Kannst du mir ein paar saubere Sachen bringen?«, fragt er.

Ich hole ihm ein frisches T-Shirt und eine bequeme Baumwollhose mit Kordelzug aus seinem Zimmer und helfe ihm beim Anziehen, immer noch ohne ihn direkt anzusehen. Anziehen geht leichter als ausziehen – ich habe extra weite Sachen ausgesucht, die ich ihm ohne größere Schwierigkeiten überstreifen kann.

»Okay, jetzt kannst du wieder gucken.«

Ich tue es. Sein Gesicht ist gerötet und er atmet etwas schneller als sonst. Mein Blick wandert zu seinem Schritt und tatsächlich: Seine Hose beult sich aus. »Du hast eine Erektion«, platze ich heraus. Er schluckt, aber diesmal entschuldigt er sich nicht, sondern schaut mich nur unverwandt an.

Das hat nicht viel zu bedeuten, ermahne ich mich. Männer können nicht anders, als auf bestimmte Reize zu reagieren. Trotzdem kann ich nicht leugnen, dass es sich gut anfühlt, wenn wenigstens sein Körper mich immer noch will.

In plötzlicher Verlegenheit wende ich den Blick ab. »Ich habe nicht hingeguckt«, erkläre ich ihm. »Ich meine, beim Waschen. Ich wollte es gern. Aber ich habe es nicht getan.«

Er stößt ein leises Glucksen aus. »Tja, dass du in Versuchung geraten bist, kann ich dir wohl kaum zum Vorwurf machen. Ich meine, wer könnte da schon widerstehen ...« Er weist auf seinen mageren Körper, seine bandagierten und geschienten Beine, und lächelt mich schief an. Es wirkt etwas angestrengt und sein Gesicht ist blass und abgespannt, aber es ist sein erstes Lächeln seit Tagen.

Mein Blick bleibt an seinen Lippen hängen. Ich denke an die Nacht, die ich in seinem Bett verbracht habe, und an die Wärme dieser Lippen auf den meinen. Und für einen Augenblick wünsche ich mir das zurück.

Aber dann höre ich wieder seine früheren Worte: *Lass mich in Ruhe.* Ein dumpfer Schmerz erfüllt meine Brust. Warum sollte Stanley ausgerechnet von mir geküsst werden wollen, von der Person, die ihn verraten hat?

»Brauchst du sonst noch was«, frage ich. »Ich könnte uns eine Kleinigkeit vom Imbiss holen.« Ich würde ihm ja gern etwas kochen, aber ein Brot in den Toaster zu schieben ist schon das höchste der Gefühle, was meine Kochkünste angeht.

Er kaut auf seiner Unterlippe. »Danke, aber ich bin ziemlich müde. Kannst du mir ins Bett helfen?«

Ich verfrachte ihn in seinen Rollstuhl und schiebe ihn in sein Zimmer. Sobald er im Bett liegt, bis zum Kinn zugedeckt und ein Glas Wasser auf dem Nachttisch, gehe ich zur Tür.

»Wo willst du hin?«, ruft er.

»Aufs Sofa. Da schlafe ich schon die ganze Zeit.« Sein Bett zu benutzen hätte ich irgendwie anmaßend gefunden.

»Ach so.« Es kommt mir vor, als wollte er noch etwas sagen – oder als erwarte er, dass *ich* noch etwas sage. Aber ich weiß nicht, was. Er schaut weg. »Gute Nacht, Alvie.«

»Gute Nacht.« Ich gehe aus dem Zimmer und mache die Tür hinter mir zu. Dann lehne ich mich an die Wand.

Ich bin nur deshalb hier, weil ich nirgendwo anders hinkann und weil Stanley noch nicht allein zurechtzukommt. Das muss ich mir immer wieder vor Augen halten. Ich kann froh sein, dass er mir erlaubt hat, ihm zu helfen, und dass er mir wenigstens noch ein bisschen vertraut. Auch wenn er sich immer noch weigert, sich nackt vor mir zu zeigen.

Ich weiß, dass er sich für seine vielen Narben schämt – das ist sicher ein wichtiger Grund. Aber ich werde das Gefühl nicht los, dass es nicht der einzige ist.

31. KAPITEL

Am nächsten Morgen koche ich eine Kanne Kaffee und mache Rührei mit Toast. Jedenfalls versuche ich es. Die erste Ladung Eier verbrennt mir, die zweite wird zu flüssig, ist aber immerhin essbar.

Stanley sitzt mit einer Jogginghose und einem weißen Hemd bekleidet in seinem Rollstuhl, einen Becher Kaffee in der Hand. Ich habe ihm heute Morgen in den Stuhl geholfen, aber anziehen wollte er sich unbedingt allein. Es hat fast eine Stunde gedauert. Ich habe keine Ahnung, wie er es überhaupt geschafft hat mit seiner eingeschränkten Beweglichkeit, aber er hat ja schon reichlich Übung.

»Was hast du denn jetzt mit dem College vor«, frage ich.

»Ich habe im Sekretariat angerufen. Mein Attest ist angekommen und sie schicken mir jetzt per Mail die Skripte sämtlicher Seminare zu, die ich verpasst habe.« Er pult ein Stück Eierschale aus seinem Rührei. »Eigentlich wollte ich gleich heute wieder anfangen. Falls du mich hinfahren kannst.«

Ich nicke und gieße mir Kaffee nach. »Wann?«

»Um halb drei. Heute habe ich nur den Programmierkurs.«

Ich frage mich nicht zum ersten Mal, wie er sich das College neben allem anderen überhaupt leisten kann. Ich weiß, dass sein Vater ihn finanziell unterstützt, aber ob das reicht? Selbst wenn dieses Haus schon abbezahlt sein sollte – was ich nicht weiß –, fielen ja auch immer noch Strom und Wasser und Gas und die Grundsteuer an, ganz zu schweigen von den Krankenhausrechnungen. Vielleicht hatte seine Mutter eine Lebensversicherung, aber selbst dann hat er bestimmt nicht allzu viel übrig.

»Wenn ich noch länger hier wohnen bleibe«, sage ich durch einen Mundvoll Toast hindurch, »sollte ich mich auch an den Kosten beteiligen.«

»Das musst du aber nicht, Alvie.«

»Doch, muss ich. Ich brauche unbedingt einen neuen Job. Das Nichtstun bekommt mir sowieso nicht gut.« Außerdem fehlen mir die Tiere. Und auch wenn Stanley noch eine ganze Weile Unterstützung braucht, will er bestimmt nicht rund um die Uhr von mir betüdelt werden.

»Wie du meinst. Hast du irgendwas Bestimmtes im Auge?«

»Ich nehme alles, was ich kriegen kann. Ich habe schon jede Menge Bewerbungen abgeschickt. Das Problem ist nur ...« Ich stochere mit der Gabel in meinem glibberigen Rührei herum. »Mit einigen Fragen komme ich überhaupt nicht zurecht.«

»Ich kann dir gerne helfen.«

Ich zögere. »Das wäre wohl ein bisschen viel verlangt.«

»Überhaupt nicht. Und es muss dir auch nicht peinlich sein. Jobsuche ist für viele Leute stressig.«

»Aber ich glaube kaum, dass die alle beim Ausfüllen von Bewerbungen Panikattacken kriegen«, nuschele ich.

»Du würdest dich wundern.« Seine Stimme wird weicher. »Ich helfe dir gern.«

Er sagt das so sanft, dass ich mich einen Moment lang frage …

Nein. Ich darf mir keine Hoffnungen mehr machen. Wahrscheinlich will er mich bloß aus dem Haus haben, auch wenn er zu nett ist, mir das offen zu sagen.

»Also gut«, sage ich.

Kurz darauf ist der Küchentisch mit den Ausdrucken meines jüngsten Online-Bewerbungsmarathons übersät. Stanley nimmt die Bewerbung für einen Burger-Imbiss in die Hand. »Mit welchen Fragen hast du denn Probleme?«

»Mit allen.« Mein Gesicht glüht. »Ich verstehe sie einfach nicht. Die meisten lasse ich aus, und *wenn* ich sie mal beantworte, weiß ich nie, ob richtig ist, was ich schreibe. Aber ich weiß auch nicht, was ich sonst schreiben soll.«

»Hmm, mal sehen. Hier zum Beispiel … da hast du die Frage *Was ist Ihre größte Schwäche?* mit *Kann nicht gut mit Leuten reden* beantwortet.« Er überfliegt ein paar weitere Bewerbungen. »Und bei *Sind Sie teamfähig?* hast du mit *Nein* geantwortet.«

»Das bin ich doch auch nicht.«

»Ich glaube, solche Fragen sollte man immer mit *Ja* beantworten.«

Ich fange an, vor und zurück zu schaukeln, und zerre heftig an meinem Zopf. »In welcher Hinsicht könnte man mich denn als teamfähig bezeichnen?«

»Die wollen einfach nur wissen, ob du bereit bist, mit anderen zusammenzuarbeiten.«

»Dann sollten sie das auch so sagen.« Ich schaukele schneller.

Er legt die Unterlagen wieder hin. »Es ist alles gut, Alvie.«

Ich schließe die Augen. Mein Kopf ist heiß und ich zerre immer noch an meinem Zopf. Ich lasse ihn los und setze mich auf beide Hände, weil ich nicht weiß, wie ich sie sonst still halten soll.

»Du musst das nicht verstecken. Jedenfalls nicht vor mir.«

Überrascht sehe ich ihn an.

»Mach doch einfach weiter, wenn es dir hilft«, sagt er. »Aber hör mir zu. Diese Fragen hier …«, er deutet auf den Stapel Bewerbungen, »… die sind einfach nur ein Psychospiel, das sich irgendwelche Leute in den Chefetagen ausgedacht haben. Im Grunde sind die völlig bedeutungslos. Deine Fähigkeit, sie zu beantworten, sagt überhaupt nichts über deinen Wert als Mensch oder als Mitarbeiterin aus. Da muss man einfach nur durch, um überhaupt erst mal eingeladen zu werden. Womit ich sagen will, dass du beim Ausfüllen nicht unbedingt ehrlich sein musst. Das erwartet auch niemand von dir. Das heißt nicht, dass man einfach lügt. Es geht eher darum, die richtigen Worte zu finden, um sich in ein positives Licht zu setzen. Das macht jeder so.«

Ich kneife die Augen zusammen. Für mich hört sich das wie Lügen an. »Die spinnen doch alle.«

»Wer?«

»Na ja, eben alle. All diese angeblich so normalen Menschen.«

»Und was ist mit mir?« Er lächelt. »Ich bin doch auch so ein angeblich normaler Mensch, oder?«

Ich überlege. »Du bist auf atypische Weise neurotypisch. Auch wenn ich den Begriff noch nie leiden konnte: neurotypisch. Er suggeriert, dass es so etwas wie ein *normales* menschliches Gehirn gibt, und daran glaube ich einfach nicht.«

»Nein?«

Ich nehme einen Schluck von meinem Kaffee. »Bei Musikern ist das *Corpus callosum* – dieser Balken aus Nervenfasern, der die Gehirnhälften miteinander verbindet – besonders stark ausgebildet, vor allem bei denen, die schon sehr früh mit dem Musizieren angefangen haben. Bei Männern wiederum sind einige Bereiche des Hippocampus kleiner als bei Frauen, ebenso wie bei Menschen, die unter einer posttraumatischen Störung leiden. Bei manchen Leuten ist die linke Hirnhälfte dominant, bei anderen die rechte. Bei manchen Leuten liegen die Sprachzentren überall im Gehirn verteilt, bei anderen eng gebündelt in einer Hälfte. Es gibt sogar neurologische Unterschiede, die mit verschiedenen politischen und religiösen Überzeugungen in Zusammenhang stehen. Jeder Mensch hat ein Gehirn, das sich messbar von allen anderen unterscheidet. Wie soll ein *normales* Gehirn also überhaupt aussehen? Woran soll man es erkennen? Und welche objektiven Kriterien will man aufstellen, um zu beurteilen, was *normal* ist und was nicht.«

»So gesehen ist *dein* Gehirn also auch nicht mehr oder weniger normal als alle anderen, oder?«

»Kann sein. Aber meine Umwelt sieht das offenbar anders.«

»Komm, wir machen weiter«, sagt Stanley. Er nimmt die nächste Bewerbung vom Stapel und liest: »*Wenn Sie ein Getränk wären, welches wären Sie dann und warum?*«

Ich verziehe gequält das Gesicht. »Siehst du, genau das meine ich. Diese Fragen sind doch völlig absurd. Wie soll man so etwas beantworten?«

»Absinth«, sagt er.

Ich schaue ihn an. »Was.«

»Ich hab mal einen Absinth getrunken«, sagt er. »Da war ich ungefähr fünfzehn. Meine Mutter und ich waren auf irgendeiner Party mit einem Haufen Leuten und da habe ich mir heimlich einen genehmigt. Einer meiner wenigen Akte der Rebellion.« Er lächelt schief. »Sehr starker Alkohol. Milchig grün, wie Jade. Ziemlich scharf, fast schon bitter, deshalb wird er oft mit Wasser und Zucker verdünnt, aber ich habe ihn pur getrunken. Der hat mir bis in den Magen runter gebrannt, aber danach habe ich mich wunderbar beschwingt gefühlt. Stark und schwerelos zugleich. Als könnte ich fliegen.«

»Warte mal, du meinst also, als Getränk wärst du Absinth?«

»Nein, ich meinte eigentlich …« Er räuspert sich und seine Ohren laufen rot an. »Ach, egal.«

Ach so. *Ich* bin dieser Absinth?

Während ich noch herauszufinden versuche, was seine Worte bedeuten, redet er schon weiter: »Was haben wir hier noch? *Zählen Sie Ihre fünf besten Eigenschaften auf.* Na, das ist doch mal leicht. Du bist intelligent, zuverlässig, gutherzig …«

Ich will schon protestieren, dass ich überhaupt nicht *gutherzig* bin, klappe den Mund aber wieder zu – die Diskussion hatten wir schließlich schon mal. Stattdessen lausche ich seiner Stimme, während er weiterliest.

Ich kann kaum fassen, wie leicht er sich in diesem Labyrinth aus Fragen zurechtfindet. Als wäre das so eine Art psychologischer Kampfsport, den er ohne jedes Training beherrscht. Ich versuche, mich auf seine Worte zu konzentrieren, ertappe mich aber dabei, wie ich vor mich hin träume und mich vom warmen

Klang seiner Stimme umspülen lasse. Ich frage mich, wie sein Gehirn wohl von innen aussähe, wenn ich wie eine Kaulquappe hindurchschwimmen könnte – wahrscheinlich wäre es randvoll mit hochkomplexen neurologischen Strukturen, die in der Lage sind, solche Fragen wie *Welche Art von Getränk sind Sie?* zu verarbeiten.

Er hat gesagt, ich sei wie Absinth. Ich weiß immer noch nicht so genau, was er damit meint. Aber mir gefällt das Wort, und mir gefällt auch, wie er es ausspricht.

»Danke«, sage ich irgendwann. »Das hilft mir sehr.«

»Mach ich doch gern. Nicht der Rede wert.«

Selbst jetzt, wo *ich* mich eigentlich um *ihn* kümmern sollte, ist Stanley für mich da und lindert meine Angst. Während ich selbst doch nur so wenig für ihn tun kann.

Er redet fast nie über seine Schmerzen, aber ich weiß, dass er welche hat. Im Krankenhaus habe ich sie jeden Tag in seiner Stimme gehört und in dem matten, glasigen Schleier vor seinen Augen gesehen, in der Anspannung um seinen Mund. Manchmal schreit er im Schlaf. Er muss größere Schmerzen haben, als die meisten Leute sich überhaupt vorstellen können, und trotzdem lächelt er. Und er leidet ja auch nicht nur körperlich. Aus dem wenigen, was ich über seine Kindheit erfahren habe, schließe ich, dass auch einige Wunden aus seiner Vergangenheit noch nicht verheilt sind. Ein weiterer Punkt, in dem wir uns ähnlich sind.

Ich denke an jene erste Nacht zurück, die ich hier verbracht habe; an das, was er damals erzählt hat. Und was seitdem nie mehr Thema war.

»So, was haben wir noch«, sagt Stanley. »*Wo sehen Sie sich in zehn Jahren?* Oh nein, die Frage kann ich überhaupt nicht leiden. Wie soll man die beantworten? Aber wahrscheinlich wollen sie bloß wissen, ob man irgendwelche Ziele im Leben hat …«

»Du hast mir doch mal erzählt, dein Vater hätte dich als Kind misshandelt.«

Er erstarrt. Seine Miene wird ausdruckslos und alle Farbe weicht ihm aus dem Gesicht. »Ach, du meine Güte«, murmelt er.

Mir ist sofort klar, dass ich einen Fehler gemacht habe. Aber es ist zu spät, um die Worte zurückzunehmen.

Er atmet tief ein und lässt die Hand mit dem Bewerbungsbogen sinken. »Er hat mich nicht misshandelt. Überhaupt nicht. Er war nur manchmal etwas überschwänglich, und … aber wieso reden wir jetzt überhaupt davon?«

Ich knibbele an meinem Daumennagel. »An dem Abend, als ich hier übernachtet habe, nachdem Draco – also TJ – dir den Arm gebrochen hatte, da hast du solche Sachen gesagt. Dass deine Eltern ohne dich sicher besser dran gewesen wären und dass es ein Fehler war, dich in die Welt zu setzen. Und ich frage mich, wer dir diese Ideen in den Kopf gesetzt hat.«

Er schließt kurz die Augen und reibt sich die Stirn. »An dem Abend gings mir überhaupt nicht gut. Ich war völlig erschöpft und mit Schmerzmitteln zugedröhnt. Ich wusste kaum, was ich sage.«

»Ich fand dich aber ziemlich klar bei Verstand.«

»Herrgottnochmal, können wir das nicht einfach …« Er stößt einen Seufzer aus. »Hör zu, ich weiß, dass mein Selbstbewusstsein ziemlich lausig ist, aber das ist *mein* Problem und ich werde niemand anderen dafür verantwortlich machen. Mein Vater mag ein Feigling sein und kriegt auch weiß Gott keinen Preis als Vater des Jahres, aber gewalttätig ist er nicht. Können wir das Thema damit beenden?«

Ich senke den Blick. »Ist gut.«

Wir wenden uns wieder meinen Bewerbungen zu. Ich blättere darin herum, aber meine Augen gleiten über die Fragen hinweg, ohne sie wirklich zu sehen. Stanley gibt sich alle Mühe, seinen munteren Ton beizubehalten, aber ich höre den Unterschied in seiner Stimme. Ich bin zu weit gegangen.

Als wir noch über Hirnstrukturen und Absinth sprachen, fühlte sich ein paar Minuten lang alles fast schon normal zwischen uns an. Aber jetzt hat er sich wieder vor mir zurückgezogen.

32. KAPITEL

Nachmittags setze ich Stanley am Westerley College ab und
sehe zu, wie er in seinem Rollstuhl über den Parkplatz fährt,
dann die Rampe hinauf und durch die automatische Tür. Erst
als er drinnen verschwunden ist, fahre ich wieder los.

Auf dem Rückweg sehe ich einen Rotschwanzbussard, der
oben auf einem Telefonmast hockt. Als er auffliegt, zeichnen
sich seine Schwingen schwarz vor dem blassen Himmel ab und
ich denke an Chance.

Seit ich ihn vor der Wildtier-Rettungsstation abgesetzt habe,
habe ich ihn nicht mehr gesehen. Ich hatte einfach zu viele andere Sorgen. Aber jetzt sollte ich wenigstens mal nachschauen,
wie es ihm geht.

Die Fahrt zum Elmbrooke Wildlife Center dauert etwa fünfzehn Minuten. Die Augen der Dame am Empfang huschen
ohne ein Zeichen des Erkennens über mich hinweg. Ich schlen-
dere durchs Gebäude, in dem eine angenehme Atmosphäre
herrscht, wie in einer Bibliothek. Ich betrachte die Aquarien, in
denen Frösche und Schildkröten schwimmen, und die Käfige
und Terrarien mit Vögeln und Echsen.

Draußen, in einem kleinen Waldstück hinter der Station, finde ich weitere Gehege, in denen Kojoten, Füchse, Waschbären und sogar ein Steinadler-Pärchen leben. An jedem Käfig hängt ein Schild mit den Namen der Tiere und ihrer Geschichte. Die meisten von ihnen sind mit einer Verletzung hergebracht worden und können aus irgendeinem Grund nicht wieder ausgewildert werden.

Ein schmaler, sanft geschwungener Weg führt zwischen den Bäumen hindurch. Kurz vor seinem Ende entdecke ich ein großes Gehege, in dem ein einflügeliger Rotschwanzbussard gerade aus einer Wasserschale trinkt. Er hebt den Kopf und fixiert mich mit seinem kupferglänzenden Blick. Dann hüpft er auf den mit Zedernholzspänen bestreuten Boden hinunter und macht sich über die blutigen Überreste einer Ratte her.

Ich schaue auf das Schild vorn am Käfiggitter. Es ist aus Pappe – vielleicht hatten sie noch keine Zeit, eins aus Kunststoff zu drucken – und jemand hat mit Filzstift in Großbuchstaben CHANCE daraufgeschrieben.

Ich starre es einen Moment lang an. Dann drehe ich mich um und gehe zum Hauptgebäude zurück.

Drinnen, auf einer Ecke des Empfangstresens, entdecke ich einen Stapel Bewerbungsformulare. Ich strecke schon die Hand danach aus, aber irgendetwas hält mich zurück und ich lasse sie wieder sinken.

Die Frau hinterm Tresen schaut auf und hebt die Augenbrauen. Sie ist schon etwas älter, mit schulterlangen, grau melierten Haaren und einer kleinen Brille. »Kann ich helfen?«

Mein Mund klappt auf und dann wieder zu. Meine Hand

verkrallt sich in meinen Arm. »Die Bewerbungen da.« Ich zeige auf den Stapel Formulare. »Sie stellen Leute ein.« Meine Worte klingen steif und abgehackt.

»Wir suchen immer nach Unterstützung. Aber ich sage Ihnen gleich, dass wir nur Leute nehmen, die schon praktische Erfahrung im Umgang mit Tieren vorweisen können.«

Bevor ich endgültig den Mut verliere, schnappe ich mir einen Bewerbungsbogen und setze mich auf einen der Plastikstühle im Eingangsbereich. Die Bewerbung besteht aus einem doppelseitig bedruckten Blatt Papier. Ein Abschnitt für persönliche Angaben, einer für Bildungsweg und Berufserfahrung. Keine langen, indiskreten oder völlig unsinnigen Fragen nach meiner Persönlichkeit.

Rasch fülle ich den Bogen aus, schlurfe dann zum Tresen zurück und reiche ihn der Frau hinüber, ohne sie anzusehen. Wahrscheinlich wirft sie ihn weg, sobald ich ihr den Rücken kehre, aber dann habe ich es wenigstens versucht.

Ich rechne mit einem höflichen Lächeln und dem üblichen Spruch, dass sie mich in ihre Kartei aufnehmen. Stattdessen rückt sie ihre Brille zurecht und sagt: »Na, die nötige Berufserfahrung haben Sie ja schon mal. Wäre es Ihnen recht, am Freitag zum Vorstellungsgespräch vorbeizukommen?«

Ich sitze bei Stanley am Küchentisch und pike mit dem Essstäbchen ein frittiertes Krabbenfleischbällchen auf. Nachdem ich Stanley von der Uni abgeholt habe, haben wir uns beim Chinesen etwas zu essen bestellt.

»Warum bist du so still?«, fragt er. »Ist irgendwas passiert?«

Ich schiebe ein Stückchen süßsaures Huhn auf meinem Teller herum. »Ich habe am Freitag ein Vorstellungsgespräch. In der Wildtier-Rettungsstation.«

»Das ist doch super!« Er lächelt breit. »Klingt wie der perfekte Job für dich.«

»Wäre es auch.« Er hat recht, eigentlich sollte ich mich freuen. Sein Lächeln verblasst. »Aber …?«

»Ich komme sowieso wieder nicht über das Vorstellungsgespräch hinaus.« Meine Finger krampfen sich um die Essstäbchen. »Ich kann so was einfach nicht.«

»Wir können doch vorher ein bisschen üben. Ich stelle dir Fragen und du musst sie beantworten.«

Ich schaue immer noch nicht von meinem Teller auf. Und wenn ich noch so viel übe, ich glaube kaum, dass ich jemals ganz normal wirken werde. Spätestens, wenn ich meine Hobbys aufzählen soll, werden mich wieder alle für seltsam halten. Und wenn ich dann noch anfange, an meinem Zopf zu ziehen oder vor und zurück zu schaukeln, kann ich gleich wieder gehen.

»Alvie?«

»Ich wünschte, ich müsste nicht immer verstecken, wie ich wirklich bin.«

»Vielleicht solltest du es ihnen einfach sagen.«

Das Essstäbchen in meiner Hand zerbricht. »Was?«

»Einen Versuch wäre es doch zumindest mal wert, meinst du nicht?«

Ich lasse die zerbrochenen Stäbchenhälften auf meinen Teller fallen und schiebe ihn weg. »Wie soll ich das denn sagen? *Ach, und übrigens: Ich habe Asperger?*«

»Klingt für mich ganz in Ordnung.«

»Aber wieso muss ich ihnen das überhaupt erzählen. Andere Leute müssen beim Vorstellungsgespräch doch auch nicht ihre Krankheitsgeschichte ausbreiten. Oder würde irgendwer sagen: *Ach, und was ich vielleicht noch erwähnen sollte: Ich habe ganz fürchterliche Hämorrhoiden.*«

»Das ist was anderes. Asperger ist schließlich nichts, wofür du dich schämen musst.«

Ich starre auf meinen weitgehend unberührten Teller. Meine Kehle ist wie zugeschwollen. Wie kann er das sagen, nach allem, was er mit mir erlebt hat? Wie kann er immer noch behaupten, dass ich eigentlich gar nicht anders bin?

»Ich drängele auch nur deshalb«, sagt er, »weil ich glaube, dass du diesen Job gern hättest. Ansonsten besteht überhaupt keine Eile. Du kannst hier wohnen, solange du willst.«

»Aber ...« Die Worte bleiben mir im Halse stecken. Sagt er das, weil er mich gern in seiner Nähe hat? Oder weil er sich dazu verpflichtet fühlt?

Ich traue mich nicht zu fragen, zumal ich nicht weiß, welche Antwort mir mehr Angst machen würde.

Letztlich ist es ja auch egal, beschließe ich. Ich will diesen Job tatsächlich haben. So sehr habe ich schon lange nichts mehr gewollt. Meine Schwierigkeiten zu verstecken hat bisher nicht besonders gut funktioniert – vielleicht sollte ich wirklich mal die Taktik ändern.

Ich packe meinen Glückskeks aus und breche ihn entzwei. *Unbedachtes Risiko bringt schweres Unglück* steht auf dem winzigen Papierstreifen. Ich zerknülle ihn in der Faust.

Mein Vorstellungsgespräch findet am Nachmittag statt, aber schon beim Frühstück bringe ich kaum noch etwas hinunter. Dieser Job wäre für mich nicht nur ein Broterwerb, sondern auch die Wiedervereinigung mit Chance. Diese Aussicht verwandelt meinen Magen in ein wirres Knäuel.

Ich sitze im Eingangsbereich der Wildtierstation, schaukele leicht auf meinem Stuhl vor und zurück und warte auf mein Gespräch. Meine Hand wandert immer wieder zu meinem Zopf hinauf, obwohl ich mir alle Mühe gebe, sie davon abzuhalten. Die Empfangsdame – heute ein junges Mädchen mit knallrosa Lippenstift – starrt mich an. Als sie sieht, dass ich es merke, schaut sie hastig wieder auf ihren Bildschirm zurück. Aber ihr Blick schweift immer wieder zu mir herüber. Die Leute können das Glotzen wohl einfach nicht lassen.

Stanley sitzt neben mir in seinem Rollstuhl. Wenn ich mit Mama unter Leuten war, hat sie manchmal nach meiner Hand gegriffen, damit ich aufhöre, an meinen Zöpfen zu ziehen, oder entschuldigend in die Runde gelächelt, als hätte sie Angst, dass die Leute sich sonst auf uns stürzen und uns zu Tode prügeln.

Bei dieser Erinnerung fange ich nur noch heftiger an zu schaukeln und zu ziehen.

Als das Mädchen hinterm Tresen das nächste Mal zu mir herüberstarrt, greift sich Stanley zu meiner Überraschung ebenfalls ins Haar und fängt an, an einer Strähne zu ziehen. Dem Mädchen fällt die Kinnlade herunter und ihr Blick zuckt zum Bildschirm zurück.

Stanley zwinkert mir verschwörerisch zu, als hätte ich bei dem Scherz irgendwie mitgemacht.

Schließlich öffnet sich hinten im Raum eine Tür und die grauhaarige Frau, mit der ich vor ein paar Tagen gesprochen habe, steckt ihren Kopf hindurch. »Miss Fitz?«

Ich hole tief Luft, stehe auf und schaue Stanley an. Er erwidert meinen Blick und nickt.

Ich folge der Frau in ihren Raum und nehme ihr gegenüber am Schreibtisch Platz. Schweiß durchfeuchtet die Bluse, die ich mir vor ein paar Tagen gekauft habe. Sie ist steifer und kratziger als die verwaschenen Baumwoll-Shirts, die ich sonst immer trage. Das Etikett habe ich abgeschnitten, aber nicht alles erwischt; ein schmaler, gezackter Rand ist übrig geblieben und scheuert mir jetzt wie Stahlwolle im Nacken.

»Schön, dass Sie gekommen sind«, sagt die Frau. »Ich bin Edith Stone.«

»Sehr erfreut«, murmele ich.

»Sie haben in den letzten anderthalb Jahren im Hickory Tierpark gearbeitet«, sagt Edith. »Ist das richtig?«

»Ja.«

»Hat die Arbeit Ihnen Spaß gemacht?«

»Ja.«

»Und warum haben Sie die Stelle dann aufgegeben?«

Gestern Abend habe ich die Antwort auf diese Frage geübt, aber der Satz kommt trotzdem nur holprig heraus: »Ich fand es an der Zeit, mir eine neue Herausforderung zu suchen.«

»Da muss ich Sie allerdings warnen«, sagt Edith. »Wenn Sie sich beruflich verbessern wollen, ist das hier eher nicht das Richtige. Wir finanzieren uns hauptsächlich über Spenden und Fördermittel. Die Leute in dieser Station sind vor allem deshalb hier, weil sie gern mit Tieren arbeiten. Der Lohn wird in

etwa dem entsprechen, was Sie im Tierpark bekommen haben.
Vielleicht sogar etwas weniger.«

Ich sitze wie erstarrt. Plötzlich weiß ich nicht mehr, was ich
sagen soll. Meine Finger zucken und krallen sich um die Armlehne meines Stuhls.

Sie runzelt die Stirn. »Miss Fitz?«

Der Raum in meiner Brust schrumpft zusammen, bis höchstens noch ein Kubikzentimeter zum Atmen übrig bleibt. Ich
widerstehe dem Drang, an meinem Zopf zu ziehen.

»Ist alles in Ordnung?«

Ich mache alles falsch. Ich weiß es. Wahrscheinlich habe ich
meine Chance schon wieder verspielt. Mein Gesicht brennt.
Wenn ich unauffällig im Boden versinken könnte, würde ich
es tun.

Andererseits gibt es jetzt auch nichts mehr zu verlieren. »Ich
habe Asperger«, platze ich heraus.

Schweigen.

»Das ist eine Form von Autismus.«

»Verstehe«, sagt sie, aber ich kann ihren Tonfall nicht deuten.
Versteht sie es wirklich, oder ist sie jetzt völlig durcheinander?
»Wird diese Tatsache Sie daran hindern, irgendeine für Ihren
Job relevante Tätigkeit auszuführen?«

»Nein«, antworte ich. »Ich kann alles machen, was Sie mir
auftragen. Ich bin einfach nur … anders, deshalb.«

Ihr Gesicht verrät mir immer noch nichts. »Ich habe Ihre
letzte Arbeitgeberin, Miss Nell, angerufen«, sagt sie.

Meine Muskeln verkrampfen sich. Irgendwie glaube ich
kaum, dass Miss Nell mir ein glänzendes Zeugnis ausgestellt
hat. Aber ich frage trotzdem: »Was hat sie gesagt.«

»Dass Sie sehr gut mit Tieren umgehen können, ansonsten aber kalt, unfreundlich und verschlossen sind und noch dazu ›völlig durchgeknallt‹.«

Ich senke den Blick.

»Außerdem hat sie behauptet, sie hätten sich nach Ihrem Rauswurf aufs Gelände geschlichen und versucht, ein Schild zu stehlen.«

Mein Herz setzt einen Schlag lang aus.

»Stimmt das?«

Ich schlucke. Mein Mund öffnet sich, aber ich ersticke an den Worten. Ich weiß, dass ich jetzt sagen kann, was ich will – den Job werde ich sowieso nicht mehr kriegen. »Ja.«

Ihre Miene bleibt völlig ausdruckslos. »Und darf ich fragen, warum?«

Ich schaue hoch und begegne ihrem Blick. »Auf dem Schild stand, dass Tiere keine Gefühle haben. Ich halte das für eine Lüge.« Ich unterbreche mich und formuliere neu: »Das *ist* eine Lüge. Es war natürlich falsch von mir, das Schild zu stehlen, aber der Gedanke, dass die Besucher tagtäglich daran vorbeigehen und diese Worte lesen, war mir unerträglich.« Ich stoße die Luft aus und senke wieder den Kopf. »Ich arbeite sehr gern mit Tieren. Das wollte ich immer schon machen.«

Ein paar Sekunden vergehen und schließlich zwinge ich mich, zu ihr aufzusehen. Sie grinst, aber als sie meinen Blick bemerkt, macht sie schnell wieder ein ernstes Gesicht und räuspert sich. »So ein Verhalten können wir natürlich nicht dulden. Offiziell jedenfalls nicht. Aber ich mag Frauen mit Mumm.« Und angesichts meines verblüfften Schweigens fügt sie hinzu: »Ich will damit sagen, dass Sie den Job haben können.«

Sie streckt mir die Hand über den Tisch entgegen. Und lässt fast beiläufig fallen: »Mein Neffe hat auch Asperger.«

Ich schüttele ihre Hand, immer noch so benommen, dass ich die Berührung einer fremden Person kaum wahrnehme.

Sicher ist das alles nur ein Traum und gleich fängt mein Wecker an zu klingeln, und dann werde ich merken, dass ich mich anziehen und auf das echte Vorstellungsgespräch vorbereiten muss. Doch der Boden unter meinen Füßen bleibt stabil und der Griff von Ediths knochiger Hand ist fest und verlässlich.

»Montag können Sie anfangen.«

Wie in Trance gehe ich zurück in den Eingangsbereich. Stanley schaut mir erwartungsvoll entgegen. »Ich habe den Job«, sage ich.

Er nimmt mich in die Arme und flüstert mir ins Ohr, dass er sicher war, dass ich es schaffen würde.

Bevor wir zurückfahren, schiebe ich ihn noch in seinem Rollstuhl in das Waldstück hinter der Station, in dem sich die Freigehege befinden. Chance hat jetzt ein richtiges glänzendes Schild, auf dem sein Name steht und dass er von einem »geheimnisvollen Wohltäter« hergebracht wurde. Er putzt sich gerade die Brustfedern.

»Der sieht hier aber sehr zufrieden aus«, sagt Stanley.

»Findest du.«

»Ja.«

Wir beobachten ihn ein paar Minuten lang. Er hätte sich bestimmt nicht träumen lassen, mal an einem Ort wie diesem zu landen, aber er sieht *wirklich* zufrieden aus.

Als wir wieder zu Hause sind, rollt Stanley in die Speisekammer und kommt mit einer völlig verstaubten Flasche Weißwein heraus. »Wollen wir die aufmachen? Ich habe sie für besondere Gelegenheiten aufbewahrt. Ich glaube, das wär jetzt so eine.«

»Wir sind noch nicht alt genug, um zu trinken«, wende ich ein.

Er grinst. »Ich verrate es keinem, wenn du das auch nicht tust. Ich habe aber auch noch etwas Traubensaftschorle da.«

Ich überlege. Ich habe noch nie Alkohol getrunken und auch noch nie den Wunsch danach verspürt – ich bin bei allem skeptisch, was meine Hemmschwelle senkt –, aber heute ist wirklich ein besonderer Tag und ich habe Lust, etwas Neues auszuprobieren. »Wein.«

Stanley nimmt zwei langstielige Gläser aus dem Schrank und schenkt sie voll. Dann holt er auch noch eine Kerze aus der Schublade und zündet sie an. »Hilfst du mir, das rüberzutragen?«

Ich stelle die Gläser auf den Sofatisch. Er nimmt die Kerze und die Weinflasche und ich schiebe seinen Rollstuhl ins Wohnzimmer, wo wir uns einander gegenübersetzen, die tänzelnde Kerzenflamme zwischen uns. Ich probiere einen kleinen Schluck. Der Wein schmeckt herber als erwartet, aber nicht schlecht, und er hinterlässt ein warmes Gefühl in der Kehle.

In dem sanften Schimmer wirkt Stanleys Haut ganz glatt und einladend, wie frisch rasiert, und seine Augen sind voller Kerzenlicht. Es ist schon eine Weile her, dass er beim Friseur war, und ich stelle fest, dass mir das längere Haar gut gefällt.

Wenn ich hier so mit ihm sitze, könnte man fast glauben, alles wäre so wie früher. Ich denke an meinen ersten Besuch bei ihm zurück, als er Pfannkuchen für mich gebacken hat. Der Abend scheint Jahre zurückzuliegen.

Ich nehme einen weiteren Schluck von meinem Wein. »In zwei Wochen kriege ich mein erstes Geld. Dann kann ich anfangen, nach einer neuen Wohnung zu suchen.«

»Was das angeht«, er holt tief Luft, »war das ernst gemeint, was ich gesagt habe: Das hat keine Eile.«

»Ich will deine Großzügigkeit nicht zu sehr strapazieren.«

Seine Augenbrauen schieben sich zusammen, sodass eine Furche zwischen ihnen entsteht. »Du glaubst, du strapazierst meine Großzügigkeit?«

Ich schaue weg. »Ohne dich würde ich jetzt immer noch auf der Straße schlafen.«

Die Weinflasche steht zwischen uns auf dem Sofatisch und ich fülle mein Glas wieder auf. Meine Gedanken wirbeln durcheinander wie ein Bündel Luftballons an einem windigen Tag: Sobald ich nach einem greife, verliere ich den anderen aus dem Blick. Als ich mein Glas das nächste Mal an die Lippen setze, ist es schon wieder leer und ich schenke mir noch mal nach.

Stanley hingegen hält sein Glas fest umklammert und hat bisher kaum etwas davon getrunken. »Alvie … ich weiß, dass ich mich im Krankenhaus so benommen habe, als wollte ich dich nicht in meiner Nähe haben. Aber das lag daran, dass ich einfach nicht wusste, wie ich damit umgehen sollte. Ich war wütend, weil du einfach so, ohne jede Erklärung, verschwunden bist und alle meine Anrufe und Nachrichten ignoriert hast. Und ich habe mich ständig gefragt, warum. Hatte ich dich so sehr verletzt? Oder war ich dir einfach nur egal?«

»Weder noch. Und das weißt du auch.«

»Ich weiß überhaupt nichts. Woher denn auch? Du hast dir ja nie die Mühe gemacht, es mir zu sagen.«

Ich nehme wieder einen Schluck Wein. Er brennt auf dem Weg nach unten. Ich bin mir vage bewusst, dass meine Selbstkontrolle schwindet und ich vielleicht nicht gerade jetzt über so etwas sprechen sollte. Aber ich bin es leid, immer alles für mich zu behalten. »Ich bin deshalb verschwunden, weil es die einzige Möglichkeit war, dich zu schützen.«

»*Wovor* zu schützen?«

Wie kann er das fragen? Ob er es wirklich nicht weiß? »Vor mir. Ich habe dich *geschlagen*, Stanley.«

»Aber doch nicht mit Absicht. Du hast kurz die Beherrschung verloren ...«

»Hör auf, mein Verhalten zu entschuldigen.« Meine Kehle hat sich zu einem Nadelöhr verengt, aber ich presse die Worte trotzdem hindurch. »Ja, ich habe kurz die Beherrschung verloren, aber das ist ja gerade das Schlimme. Weil es bedeutet, dass es sich jederzeit wiederholen kann. Ich muss ständig damit rechnen, dich wieder zu verletzen.«

»Das ist doch albern. Es hat nicht mal richtig wehgetan. Außerdem ist es immer noch *meine* Entscheidung, was ich vertragen kann und was nicht. Ich bin nicht so schwach, dass man mich vor meinen eigenen Entscheidungen schützen muss.«

Ich leere mein Glas und musterte interessiert den Teppich. »Mag sein, dass *du* das akzeptieren kannst. Aber ich kann es nicht. Du hast etwas Besseres verdient ...«

»Das ist doch bloß eine Ausrede. Weil du Angst vor all dem hier hast.«

Ich knirsche mit den Zähnen. Ich habe tatsächlich Angst. Aber das ändert nichts an dem, was ich getan habe. »Stell dir vor, *du* hättest die Beherrschung verloren und mich ins Gesicht geschlagen. Fändest du das dann auch in Ordnung?«

Kurzes Schweigen. »Das ist was anderes.«

»Nein, ist es *nicht*.«

Sein Gesicht ist gerötet – ob vom Wein oder aus einem anderen Grund, kann ich nicht sagen. »Du hättest wenigstens mal zurückrufen können. Mit mir darüber *reden* können. Statt einfach zu *verschwinden*.«

Ich weiß, dass er recht hat. Ich hätte ihn zurückrufen sollen. Aber dann hätte ich niemals mehr die Willenskraft aufgebracht, die Sache wirklich zu beenden. »Ist doch jetzt vorbei. Spielt keine Rolle mehr.«

»Es muss aber nicht vorbei sein. Ich will das mit uns nicht einfach so aufgeben, Alvie.«

Meine Augen weigern sich, meinen Blick scharf zu stellen. Mein Hirn weigert sich, seine Worte zu verarbeiten. Ich hätte doch lieber nichts trinken sollen. Als ich aufstehen will, knicken mir die Beine weg und ich sacke aufs Sofa zurück. »Ich bin betrunken«, nuschele ich.

»Ich liebe dich«, sagt er.

Ich zucke zusammen. Ich kann es nicht verhindern.

»Warum?«, flüstert Stanley. »Warum hast du solche Angst davor, geliebt zu werden?«

Ich mache den Mund auf, um zu sagen, dass ich jetzt nicht darüber reden kann. Aber stattdessen kommt etwas ganz anderes heraus: »Warum hast *du* solche Angst vorm Sex?«

Er zieht scharf die Luft ein und in der darauf folgenden Stille

348

scheint er überhaupt nicht zu atmen. »Ich habe keine …« Seine Stimme wird brüchig und er legt das Gesicht in die Hände.

Ich würde mich gern entschuldigen, aber die Worte bleiben mir in der Kehle stecken.

Langsam lässt er die Hände wieder sinken. »Ich habe Angst, dass ich etwas falsch mache. Dass es nicht gut für dich wäre.«

»Aber da ist doch noch mehr, oder?«

Sein Atem wird schneller.

Ich bin wieder zu weit gegangen. Ich sollte den Mund halten, einen Rückzieher machen. Aber ich kann nicht. »Wovor hast du Angst, Stanley?«

Er schaut mir geradewegs in die Augen. Sein Gesicht ist blass, seine Lippen sind zu einer schmalen Linie zusammengepresst. »Was, wenn du schwanger wirst? So was passiert. Auch wenn man noch so gut aufpasst.«

Mir bleibt der Mund offen stehen. Diese Frage hatte ich mir auch schon gestellt, aber sie überrascht mich trotzdem. Ich weiß nicht, wie ich reagieren soll.

Und einen Moment lang stelle ich mir das einfach mal vor: ein kleines Menschenjunges, ein zappelndes, quicklebendiges Bündel mit meinen Augen und seinem Haar. Mit seinem Lächeln und meiner Nase.

Mit meinem Gehirn und seinen Knochen. »Was würden wir dann machen?«, fragt er. »Was würdest *du* dann machen?«

Was meine Mutter hätte tun sollen, als sie mit mir schwanger war. Kaninchen reabsorbieren ihren Nachwuchs, wenn die Zeit nicht günstig ist. Im Tierreich sind Abtreibungen kein besonders seltenes Phänomen. Man könnte vielleicht sagen, es ist gnädiger so, denn Junge, die zur Unzeit oder mit einem genetischen Defekt geboren werden, überleben in freier Wildbahn nicht lange.

Ich höre wieder Stanleys Worte: *Natürlich, es ist immer besser, wenn solche Dinge geplant sind. Aber viele Kinder sind ungeplant und ihre Eltern lieben sie trotzdem.*

Und dann meine eigene Stimme: *Mit Liebe kann man keine Rechnungen bezahlen.*

Mein Magen tut weh und mir ist speiübel. »Ich weiß nicht.«

Er schaut weg. Wenn er die Augen bewegt, blitzt ihr Blaugrau im Kerzenlicht auf. Nebelblau, Dämmerlichtblau. Dunkle Gefäßhaut, die hinter zu dünnem Gewebe sichtbar wird.

»Der Wein war vielleicht doch keine so gute Idee.« Er lächelt, aber es wirkt verkrampft. »Wir sollten wohl lieber schlafen gehen.«

33. KAPITEL

Lange, nachdem Stanley ins Bett gegangen ist, liege ich noch wach auf dem Sofa und starre an die Decke. Die drückende Schwüle in meinem Kopf ist verschwunden, das mulmige Gefühl im Magen nicht.

Warum hast du solche Angst davor, geliebt zu werden?

Ich drehe mich auf die Seite und vergrabe das Gesicht in den Kissen.

Morgen früh werden wir zusammen am Frühstückstisch sitzen. Dann fahre ich ihn zum College und wir tun beide so, als hätte es diesen Abend nie gegeben. Ich werde ihn einfach wegschließen, wie alles andere auch, von dem ich nicht weiß, wie ich damit umgehen soll. Es hat keinen Sinn, diese Gefühle zu entwirren, wenn unsere Beziehung ohnehin nicht mehr zu retten ist.

Das ist doch bloß ein Vorwand, um wieder davonzulaufen.

Ich rolle mich zu einer Kugel zusammen.

Er hat recht. Immer wieder laufe ich davon, unter irgendeinem Vorwand, weil ich nicht weiß, wie ich jemandem nahe sein soll.

Aber diesmal nicht. Ich kann den Schaden zwar nicht mehr wiedergutmachen, aber ich kann wenigstens standhaft bleiben und mich den Konsequenzen meiner Taten stellen. Nach allem, was wir zusammen durchgemacht haben, hat Stanley ein Recht auf die Wahrheit. Auf die ganze. Und wenn er danach nichts mehr von mir wissen will … tja, dann ist es wohl am besten so.

Leise ziehe ich mich an, schlüpfe in meine Jacke und schnüre mir die Stiefel.

Ich habe vor, die Gruft zu öffnen, aber wenn ich das tue, darf er keinesfalls in meiner Nähe sein.

Denn ich weiß nicht, was dann passiert.

Draußen ist alles still und weiß, kalt und klar. Ich fahre immer weiter, durch Wohngebiete und verschneite Wälder, bis die dunkle Fläche des Sees vor mir auftaucht. Ich stelle den Wagen ab, steige aus und laufe bis vorne zum Wasser, während der Schnee unter meinen Stiefeln knirscht. Trotz der Kälte ist der See nicht gefroren. Er schwappt auf den Sand, als würden Hände nach mir greifen. Ich schließe die Augen und die düsteren Tore der Gruft ragen hoch vor mir auf.

Ich kann sie nicht einfach mit der Hand aufdrücken. Dazu sind sie zu gut gesichert. Meine Gruft ist extra so konstruiert, dass nicht einmal *ich* sie nach Belieben öffnen kann. Aber es gibt einen Weg.

Ich fange an, mich auszuziehen. Als ich mir das T-Shirt über den Kopf streife, trifft die eisige Luft auf meinen nackten Oberkörper und macht mir eine Gänsehaut. Ich ignoriere das Unbehagen, falte meine Kleidung zu einem Stapel und lege den Autoschlüssel obenauf. Jetzt zittere ich am ganzen Körper, und nicht nur vor Kälte. Jede Faser meines Körpers schreit mich an, ich solle sofort kehrtmachen und wegrennen, nur weg, weg, weg. Panik schrillt wie eine Alarmglocke in meinem Kopf und schiebt alles andere beiseite.

Das hier ist der reine Wahnsinn. Ich könnte mir eine Unterkühlung holen. Ich könnte sterben.

Aber ich muss es tun. Wenn ich mich jetzt nicht der Erinnerung stelle, werde ich es nie tun.

Vollkommen nackt wate ich ins eiskalte Wasser. Es streichelt mich sanft und hüllt mich ein. Mein Gehirn schreit immer noch, aber ich beachte es nicht, sondern wate immer tiefer, bis mir das Wasser an die Brust reicht. Mein Atem geht schnell und flach. Die Kälte frisst sich in mich hinein und es fühlt sich an, als würde man mir bei lebendigem Leibe die Haut abziehen.

Ich hole tief Luft und tauche komplett unter.

Kaltes Wasser, schwarz wie Teer, bedrängt mich von allen Seiten. Ich öffne den Mund und Luft entweicht in einem Schwarm von Blasen. Mamas Gesicht treibt irgendwo im Hintergrund, geisterhaft blass, und ihr Haar umschwebt sie wie ein Heiligenschein. Ihre Augen sind geschlossen. Einen Moment lang sind wir schwerelos.

Dann sinken wir wie ein Stein in die Tiefe.

Mein Verstand ist nur ein chaotisches Rauschen, aber mein Körper weiß, was er will: Er will Luft. Er will leben. Ich reiße mir den Sicherheitsgurt vom Leib und taste hektisch an der Tür herum, die Finger vor Kälte taub, während meine Augen versuchen, die Schwärze zu durchdringen. Endlich finde ich den Griff und ziehe daran, aber die Tür lässt sich nicht öffnen, als würde jemand von außen dagegendrücken.

Über mir ist noch ein schwacher Schimmer von Licht zu sehen, aber er schwindet rasch. Ich versuche, mit den Beinen irgendwo Halt zu finden. Der Schmerz in meiner Lunge wird zur Qual. Mein Mund will sich öffnen, aber ich presse fest die Lippen zusammen, denn ich weiß, wenn ich diesem Drang nachgebe, ist alles vorbei. Endlich verleiht mir die Panik genügend Kraft, um die Tür doch noch aufzudrücken.

Da greift eine kalte Hand nach meinem Arm und zieht mich wieder zurück. Ich wehre mich und trete nach unten aus. Meine Nägel bohren sich tief in die knochigen Finger, aber sie lassen nicht los. Ich kratze und trete und reiße, bis der Griff sich schließlich löst und die Hand in die Schwärze zurückgleitet.

Mit ein paar kräftigen Beinschlägen schieße ich wie eine Kugel in Richtung Oberfläche.

Mein Kopf bricht hindurch und ich schnappe gierig nach Luft. Eine Welle spült dröhnend über mich hinweg und drückt mich wieder nach unten. Ihr Tosen erfüllt meine Ohren. Ich kämpfe mich wieder an die Oberfläche, doch eine weitere Welle zieht mich hinab, als wäre der See lebendig. Wieder durchbricht mein Kopf die Wasseroberfläche und ich sauge noch mehr Luft in meine Lunge. Kurze Wellen brechen sich rings um mich und Schaum wirbelt auf.

Wo ist Mama?

Mich überfällt ein plötzlicher Schwindel und mein Blick wird trüb. Ich schlage und trete blindlings um mich, als würde ich mit dem Wasser kämpfen. Das Ufer sieht so weit entfernt aus, aber ich schiebe mich langsam darauf zu, ohne auf das Toben des Sees zu achten.

Mama. Wo ist Mama?

Ich erinnere mich an eine Hand, die an meinem Arm zieht und dann von mir abgleitet. Ins Dunkle zurück. Dann verschwindet auch diese Erinnerung.

Eine weitere Welle bricht über mich herein. Das Wasser umtost mich von allen Seiten und die Strömung zerrt an meinen Beinen. Ein Satz, den ich mal gelesen habe – *Die Großen Seen Nordamerikas sind die einzigen Binnengewässer, in denen es Strömungen gibt –,* wirbelt mir durch den Kopf wie ein Blatt im Wind. Mit rudernden Armen kämpfe ich mich voran. Doch das Ufer entfernt sich immer mehr, ich werde zurück und nach unten gezogen.

Ich kann kaum etwas sehen, aber für einen Moment glaube ich am Ufer eine Gestalt zu erkennen, die mir zuwinkt.

Mama.

Wenn man von einer Strömung erfasst wird, soll man seitlich dazu schwimmen. Ich beiße die Zähne zusammen und paddele wie ein Hund, kämpfe gegen den Sog. Die Strömung gibt mich frei und ich schwimme mit aller Kraft Richtung Ufer. Immer wieder werde ich unter die Oberfläche gezogen, immer wieder habe ich kaltes, schwarzes Wasser im Mund. Meine Gliedmaßen werden ganz schwer und schwach, aber ich zwinge sie, sich zu bewegen. Mama wartet am Ufer auf mich. Sie bringt mich nach Hause und das alles war nur ein böser Traum.

Endlich krieche ich auf den Sand und breche zusammen. Ein Hustenanfall schüttelt meinen Körper und Wasser fließt aus meinem Mund. Kraftlos hebe ich den Kopf und schaue mich um. Aber Mama ist nirgends zu sehen.

Mein Kopf fällt in den Sand zurück. Ich weiß nicht, wie lang ich dort gelegen habe, in einem dumpfen Nebel gefangen, aus dem ich nur hin und wieder auftauche.

Zwei Gestalten tauchen in meinem Blickfeld auf: ein lachendes junges Mädchen, verfolgt von einem Jungen, der ihr die Hände unter den Pullover schiebt. »Lass das, Brad! Wenn uns jemand sieht!«, sagt sie keuchend.

»Niemand hier außer uns beiden.« Er zieht ihr den Pullover über den Kopf und umfasst ihre Brüste. Die beiden fallen in den Sand und er knurrt wie ein Hund, während sie kichert und quiekt.

Ein schwaches Stöhnen entringt sich meiner Kehle.

Ihre Köpfe fahren zu mir herum. Ihre Münder klappen auf.

»Scheiße noch mal«, sagt der Junge, »ist das ein Kind?«

Mein Blick verschleiert sich wieder und Dunkelheit hüllt mich ein.

Es folgt lange Zeit nichts und dann ein blendend heller, weißer Raum. Anfangs weiß ich nicht, wo ich bin und was passiert. Ärzte tauchen auf und verschwinden wieder, und auch ich tauche immer nur kurz aus dem dunklen Nebel auf, der mich umgibt, um gleich wieder darin zu versinken. Irgendetwas sitzt mir über Mund und Nase und mein Atem klingt rau.

Ich höre, wie ein Mann sagt: »Kaum zu glauben, dass sie es alleine geschafft hat, ans Ufer zurückzuschwimmen. Dafür braucht man einiges an Kraft. Sie hat wirklich Glück gehabt.«

Und eine Frauenstimme erwidert: »So würde ich das nicht

nennen.« Eine Pause. »Eben haben ihre Lider gezuckt. Ob sie bei Bewusstsein ist?«

Falls der Mann ihr antwortet, höre ich es nicht mehr. Ich bin schon wieder ins Leere zurückgesunken.

Später kontrolliert eine Krankenschwester die Maschinen um mich herum und macht sich auf ihrem Klemmbrett Notizen.

»Wo ist Mama?«, frage ich flüsternd.

Wortlos schaut sie mich an. Ihre Lippen werden schmal und leise verlässt sie den Raum.

Ich erinnere mich, wie der Wagen über den Rand eines Stegs hinausschießt. Ich erinnere mich an eine kalte Hand, die mir entgleitet und unter mir im Nichts verschwindet.

Und plötzlich fällt jedes Puzzleteil an seinen Platz. Einen Moment lang kann ich nicht atmen, nicht denken, mich nicht bewegen. Ein blendend roter Schmerz erfüllt meinen Körper, wie ein gemeinsamer Aufschrei aller Nervenfasern. Und dann, mit einem Mal, ist der Schmerz vorbei, die Nerven kalt und tot.

Allein.

Ich bin allein.

34. KAPITEL

Als ich wieder zu mir komme, liege ich zitternd und keuchend am Ufer.

Meine Kehle ist ganz rau und wund, als hätte ich geschrien. Ich kann mich nicht erinnern, geschrien zu haben. Eigentlich müsste ich doch irgendetwas fühlen, oder? Ich habe gerade meine tiefste Wunde aufgerissen, mein Innerstes nach außen gekehrt – doch ich bin wie betäubt.

Meine Sachen liegen noch dort, wo ich sie zurückgelassen habe. Mit steifen Fingern ziehe ich mich wieder an, steige ins Auto und starte den Motor. Ich spüre weder Hände noch Füße, aber irgendwie schaffe ich es, loszufahren.

Als ich die Haustür aufschließe, brennt im Wohnzimmer Licht. Stanley kommt mir in seinem Rollstuhl entgegen, die Augen geweitet, das Gesicht leichenblass. »Alvie! Gottseidank! Wo bist du gewesen?«

Ich befeuchte meine gefühllosen Lippen. »Wie lange war ich denn weg?«

»Drei Stunden.«

Ich werfe einen Blick auf die Uhr. Halb fünf. »Entschuldige.«

Er kommt noch etwas näher. »Deine Haare sind ja ganz nass. Was hast du gemacht?«

Die Haustür fällt hinter mir ins Schloss und sperrt Kälte und Dunkelheit aus. Ich weiß, dass es hier drinnen warm ist, aber ich kann es nicht spüren. »Ich …« Meine Stimme klingt heiser und brüchig. Ich schlucke und versuche es noch mal. »Ich bin zum See gefahren.«

Seine Augenbrauen sind zusammengezogen, seine Stirn legt sich in verwirrte Falten. »Was?«

Ich ziehe meine Jacke aus, gehe langsam zum Sofa und setze mich hin. Meine wieder erwachenden Nerven schicken mir sengende Schmerzpfeile durch den Körper und vertreiben den Nebel aus meinem Gehirn. Ich fahre mir mit der Hand durch das offene, nasse Haar.

Stanley legt mir eine Decke über die Schultern, dann nimmt er meine Hand zwischen seine beiden und rubbelt sie sanft. »Spürst du das?«

»Ja.« Ich sehe zu, wie er meine Finger knetet. »Das spüre ich.«

Aber in meinem Innern bin ich immer noch tot.

»Alvie.« Er drückt meine Hand. Seine Stimme ist sanft, aber fest. »Rede mit mir.«

Ich starre ins Leere. Das habe ich doch gewollt, oder etwa nicht? »Mama ist nie so richtig mit mir klargekommen. Sie wollte ein ganz normales kleines Mädchen, eins, mit dem sie kuscheln und reden und das sie hübsch anziehen konnte, und bekam stattdessen so ein schweigsames, gestörtes Ding, das vor jeder Berührung zurückschreckt.«

»Du bist nicht gestört.«

Doch, das bin ich. Langsam schaukele ich auf dem Sofa vor und zurück. »Ich habe dir nie erzählt, wie sie gestorben ist.«

Stanley sagt nichts. Er wartet einfach.

Als ich endlich spreche, ist meine Stimme seltsam ruhig. »Sie hat sich ertränkt.«

Er schnappt nach Luft.

»Und es war meine Schuld.« Meine Stimme klingt immer noch vollkommen unbeteiligt, als würde ich ihm aufzählen, was es zum Frühstück gab. »Auf eine Art habe ich sie umgebracht.«

»Nein.« Er drückt meine Hand. »Nein, Alvie, das stimmt nicht. Du bist nicht schuld an dem, was sie getan hat.«

Ich starre ihn an. Mein Gesicht fühlt sich an wie aus Holz geschnitzt. Vollkommen ausdruckslos. Eigentlich müsste ich zerbrechen – schließlich habe ich das noch nie jemandem erzählt –, aber nichts passiert. Als wäre die Kälte des Sees in mein Herz gesickert und hätte mich innerlich gefrieren lassen.

Stanley senkt den Kopf und drückt meine Hand an die Wange. »Ich würde mein Kind niemals allein zurücklassen, egal wie schlecht es mir geht.«

»Sie hat mich nicht allein zurückgelassen.«

Sein Körper spannt sich an. »Was?«

Ich spüre, wie meine Lippen sich zu einem künstlichen Lächeln verziehen, obwohl mir noch nie weniger nach Lächeln zumute war. »Sie hat versucht, mich mitzunehmen.«

35. KAPITEL

Mama schaut mich an. Ihr Gesicht ist blass und leer, ihre Augen sind rot gerändert. »Es tut mir so leid, Alvie.«

Alles ist kaputt.

Ohne diese Pillen …

Wo es doch endlich mal eine Besserung gab, aber jetzt ist alles aus.

Ich habe versagt …

So kann es nicht weitergehen …

Sie streckt die Hand nach mir aus. »Komm her.«

Irgendetwas in ihrem Gesicht macht mich beklommen. Ich beiße mir auf die Unterlippe und trete näher. Sie zieht mich an sich und ich versteife mich, weil die Umarmung viel zu fest ist. Ich winde mich, aber Mama hält mich nur noch fester. Es tut weh.

Irgendwann lässt sie mich los und lächelt mich an, und in ihren Augen schimmern ungeweinte Tränen. »Mach jetzt mal deine Hausaufgaben und dann gibts Abendessen.«

»Ich habe keine Hausaufgaben mehr.«

»Oh.« Sie fährt sich mit den Fingern durchs Haar und lacht, ein bisschen zu schrill. »Stimmt ja.«

Als Mama mich in die Küche ruft, hat sie mein Lieblingsessen gemacht: Hähnchen-Nuggets mit Käsemakkaroni. Sie schenkt sich einen Kamillentee ein und schiebt ein Glas Apfelsaft zu mir hin.

Ihre Augen sind glasig und ein bisschen zu weit geöffnet. Als ich »Mama« sage, scheint sie mich nicht gleich zu hören. Sie starrt noch ein paar Sekunden vor sich hin, lächelt dann zerstreut über den Tisch zu mir herüber und sagt: »Was denn, Liebes?«

»Hast du keinen Hunger.« Sie hat noch keine zwei Bissen gegessen.

Sie schaut auf ihren Teller hinunter und sagt: »Irgendwie nicht.«

Die Hähnchen-Nuggets schmecken trocken und zäh.

»Ich liebe dich so sehr, Alvie«, sagt sie. »Ich möchte, dass du das weißt. Was immer ich auch tue, tue ich nur aus Liebe. Bitte glaub mir das, auch wenn du's vielleicht nicht verstehst.«

»Okay.« Ich verstehe in der Tat überhaupt nichts.

»Und trink schön deinen Saft.«

Ich nehme einen Schluck aus meinem Glas. Der Apfelsaft schmeckt komisch, ein bisschen nach Kalk, und ich zögere.

»Na los.«

Ich mustere den Saft, der ein bisschen trüb aussieht. Mama starrt mich erwartungsvoll an, also trinke ich ihn aus. Dick und bitter rinnt er mir die Kehle hinunter. Ich würge ein bisschen, schaffe es aber, ihn drin zu behalten.

Als auch der letzte Tropfen verschwunden ist, sagt Mama: »Du sollst keine Schmerzen haben.«

»Ich habe keine Schmerzen.«

Sie scheint mich nicht zu hören, sondern stochert nur lustlos in ihren Makkaroni herum. »Ich habe dir nie viel von deinem Vater erzählt.« Ihre Stimme klingt entfernt, als spräche sie im Schlaf. »War vielleicht auch ganz gut so. Von mir habe ich dir schließlich auch kaum etwas erzählt. Da gibts auch nicht viel zu erzählen. Bei mir ist immer alles schiefgegangen, Schule, Arbeit, Beziehungen ... nichts hat so richtig geklappt. Als ich deinen Vater kennenlernte, dachte ich, das ist jetzt mal was Richtiges ... aber da wars auch schon wieder vorbei. Das lag nicht an dir, Alvie.« Sie stößt einen kleinen Seufzer aus. »Spielt jetzt eh keine Rolle mehr.«

Kleine Pulverklümpchen rutschen seitlich an meinem Saftglas hinunter. Mein Blick wird unscharf und ich muss blinzeln. Mein Kopf fühlt sich komisch an. Ich schaue auf meinen halb gegessenen Teller mit Hähnchen-Nuggets und Käsemakkaroni: verschwommene braune und orangefarbene Klumpen. Das Kinn sinkt mir auf die Brust und ein dünner Speichelfaden hängt mir vom Mundwinkel bis aufs T-Shirt hinunter.

Was ist denn bloß los mit mir?

»Ich will nicht, dass du so endest wie er.«

»Ughh.« Ein Stöhnen entschlüpft mir, zäh wie Sirup.

Stuhlbeine schrammen über den Boden, als Mama aufsteht. Sie kommt um den Tisch herum und legt mir die Hände auf die Schultern. Ich kann mich kaum noch aufrecht halten. Ich will sie fragen, was mit mir los ist, aber es kommt nur ein weiteres Stöhnen heraus.

»Schsch.«

Sie hebt mich hoch. Wie eine schlaffe Puppe hänge ich in

ihren Armen, Kopf und Gliedmaßen wippen unkontrolliert auf
und ab, als sie mich zum Sofa hinüberträgt und sich dort mit
mir hinsetzt. Sie hält mich auf dem Schoß, legt die Arme um
mich und wiegt mich hin und her.

Mein Kopf rollt von einer Seite zur andern. Um mich herum
dreht sich alles und verschwimmt, wie auf einem Karussell.
Mama streicht mir übers Haar.

Normalerweise riecht sie nach Honig und Vanilleshampoo,
aber heute klebt ein säuerlicher, abgestandener Geruch an ihr,
als hätte sie sich länger nicht gewaschen, und sie hält mich
so fest umklammert, dass es wehtut. Ihre Finger bohren sich
in meine Rippen, als hätte sie Angst, dass ich davonschwebe,
sobald sie ihren Griff ein wenig lockert. »Ich liebe dich so sehr,
Alvie«, sagt sie. »Verstehst du das?«

Ich öffne den Mund, aber es kommt nur noch mehr Gelalle
heraus.

Irgendetwas ist seltsam. Wenn ich bloß klar denken könnte,
wüsste ich bestimmt, was es ist, aber jedes Mal, wenn ich versuche, einen Gedanken festzuhalten, schlüpft er mir durch die
Finger wie ein zappelnder Fisch.

Ich versuche Worte zu formen: *Mama, was ist los?* Aber meine
Lippen und meine Zunge sind wie betäubt und es kommt nur
Aaah, wooh looh heraus.

Sie fängt an zu singen. Ein Lied, das sie mir manchmal
vorgesungen hat, als ich noch klein war. *My Bonnie is over the
Ocean.* Aber diesmal setzt sie meinen Namen ein: »*My Alvie is
over the ocean …*«

Grauer Nebel umschließt mich von allen Seiten. Ich stürze
in die Tiefe und ihre Worte folgen mir.

»Oh bring back my Alvie to me.«

Ich will ihr sagen, dass ich doch hier bin. Aber der Nebel hat mich schon völlig verschluckt.

Eine Zeit lang treibe ich nur so dahin.

Als ich wieder aus dem Nebel auftauche, sind wir mit dem Auto unterwegs. Ich höre das Motorengeräusch und spüre den Sicherheitsgurt, der sich schräg über meinen Oberkörper zieht. Ich versuche, den Kopf zu heben, aber der fühlt sich so schwer an, als wäre er mit Zement gefüllt.

»Entspann dich einfach«, sagt Mama. Ihre Stimme ist sanft und weit entfernt. »Wir machen einen kleinen Ausflug. Zu deinem Lieblingsort.«

Meine Lider sind wie aus Blei, aber ich schaffe es trotzdem, sie einen Spaltbreit zu öffnen. Mama sitzt am Steuer, das Gesicht vom Armaturenbrett erleuchtet, die Augen groß und leer. »Alles wird gut«, fügt sie hinzu.

Ich bin vollkommen durcheinander. Krampfhaft versuche ich, die Puzzleteile irgendwie zu ordnen, aber sie wollen einfach nicht zusammenpassen. Wenn ich bloß denken könnte. Warum kann ich nicht *denken*?

Eine klare, kalte Stimme in meinem Innern flüstert: *Der Saft.* Mein Herzschlag erhöht sich. Ich muss mich bewegen. Ich muss hier raus. Ich weiß immer noch nicht, was hier gerade passiert, ich weiß nur, dass es irgendetwas Schlimmes ist und dass ich auf keinen Fall hier sitzen bleiben darf. Doch meine Muskeln sind schlaff wie Spaghetti. So als wenn man nachts aufwacht und dann im Halbschlaf daliegt und der Körper sich einfach nicht bewegen will – *Schlaflähmung.* Wenn die Augen nicht richtig aufgehen wollen und der Verstand noch in Träumen gefangen ist und man denkt: *Beweg doch wenigstens mal den kleinen Finger,* und sich dann mit aller Macht darauf konzentriert, aber nichts passiert.

Du musst hier raus. Beweg dich. *Beweg dich.*

Ich schaffe es, aus dem Fenster zu sehen, und erkenne die Stelle, an der Mama sonst immer parkt. Aber diesmal fahren wir daran vorbei, immer weiter auf den hölzernen Steg zu, der wie ein Finger in den See hinausragt.

Und mein Körper gehorcht mir immer noch nicht.

Es wäre so leicht, einfach lockerzulassen und einzuschlafen. Vielleicht wird dann alles wieder gut. Vielleicht wache ich morgen in meinem Zimmer auf und alles war nur ein böser Traum.

Langsam sinke ich in die warme Dunkelheit zurück und ihre Stimme folgt mir: »Was immer ich auch tue, tue ich nur aus Liebe.«

36. KAPITEL

Stille legt sich über das Zimmer. Stanley hält noch immer meine Hand, aber er schweigt. Bis auf seinen Atem ist nichts zu hören.

»Sie hat immer wieder gesagt, dass sie mich liebt. Dass sie das alles nur tut, weil sie mich liebt.« Ich starre vor mich hin. Ich bin immer noch wie betäubt, vollkommen leer, denn wenn ich jetzt zulasse, dass ich irgendetwas fühle, werde ich daran zerbrechen. »Wenn das Liebe ist, wie kann sie dann etwas Gutes sein?«

Er atmet tief und langsam ein. Dann berührt er sanft meine Wange und dreht mein Gesicht zu sich herum. Seine Augen sind strahlend blau, weit geöffnet und voller Tränen. »Das ist keine Liebe, Alvie.«

Stumpf erwidere ich seinen Blick.

»Ich glaube schon, dass sie dich wirklich geliebt hat. Aber mit dir in den See zu fahren war ganz sicher kein Akt der Liebe.«

»Was war es dann.«

Er lässt die Schultern sacken und sieht plötzlich sehr müde aus. »Ich weiß es nicht. Angst vielleicht? Ich kann auch nicht verstehen, warum sie das getan hat. Aber eins kann ich dir mit Sicherheit sagen: Es war nicht deine Schuld.«

»War es doch.« Meine Betäubung verfliegt allmählich und in meinem Innern wird irgendetwas wach und tut weh. »Ich habe sie unglücklich gemacht. Wenn ich mir mehr Mühe gegeben hätte …« Der Atem rasselt in meiner Brust. »Wenn ich mich anders verhalten hätte, wenn ich anders *gewesen* wäre, würde sie vielleicht noch leben. Und ich habe Angst. Ich habe Angst, dass ich immer so sein werde, egal wie sehr ich versuche, mich zu ändern, und dass so etwas immer wieder passieren wird und dass ich … dass du …«

Er nimmt wieder meine Hand und drückt sie so fest, dass ich überrascht den Blick hebe. »Du kannst dich dein Leben lang fragen, wie die Welt wohl aussehen würde, wenn du alles anders gemacht hättest und alles ganz anders gekommen wäre. Aber so viele Parallelwelten du dir auch vorstellst, in *keiner* davon wäre es in Ordnung gewesen, ein elfjähriges Mädchen zu betäuben, auf den Beifahrersitz zu schnallen und mit ihr in einen See zu fahren.«

»Mama war kein schlechter Mensch«, sage ich mit schwacher Stimme. »Sie konnte nur … sie konnte einfach nicht …« Ich verstumme. Ich weiß nicht mal, was ich eigentlich sagen will. »So ein Kind wie ich hätte jeden überfordert.«

»Und was ist mit der Scheidung meiner Eltern? Glaubst du, das war meine Schuld?«

Ich versteife mich. »Nein. Natürlich nicht.«

»Warum hast du dann Schuldgefühle wegen etwas, das deine Mutter getan hat?«

»Das ist … was anderes.«

»Nein. Das ist genau das Gleiche. Ich habe Jahre dafür gebraucht, diese Schuldgefühle loszuwerden. Und selbst heute
denke ich manchmal noch, dass es an mir gelegen hat.«

Seine Kiefermuskeln spannen sich an. »Meine Mutter hat
die Scheidung nicht gut verkraftet. Sie war schon immer sehr
fürsorglich, und nachdem mein Vater weg war, war ich alles,
was sie noch hatte. Ich durfte nicht mehr raus und mit den
anderen Kindern spielen, und wenn ich dann versucht habe,
mich heimlich rauszuschleichen, hat sie mich tagelang in meinem Zimmer eingesperrt. Ich habe ja ohnehin ständig in der
Schule gefehlt, wegen der vielen Brüche und OPs, deshalb hat
sich niemand gewundert, wenn ich mal ein paar Tage nicht da
war. Und irgendwann hat sie mich dann ganz aus der Schule
genommen.«

Ich höre ihm zu, mit angehaltenem Atem.

»Es war natürlich nicht alles nur schlimm. Meistens war sie
gut zu mir. Liebevoll. Ich bekam alles, was ich brauchte, sie
hat mir Bücher und Computerspiele gekauft, damit mir nicht
langweilig wurde, auch wenn ich ständig ans Haus gefesselt
war. Aber ich hatte trotzdem das Gefühl zu ersticken. Als ich
ihr dann gesagt habe, dass ich zum Studium weggehen will, ist
sie richtig ausgeflippt. Hat mir vorgeworfen, ich würde ihr das
Herz brechen und es wäre ihr Tod, wenn ich das tue. Aber ich
habe mich durchgesetzt. Das war der einzige Streit, den ich je
gewonnen habe. Aber dann …« Er verstummt, und seine Augen
füllen sich mit Tränen.

»Dann wurde sie krank, bekam plötzlich so kleine Ohn-
machtsanfälle. Sie muss schon länger gewusst haben, dass irgendwas mit ihr nicht in Ordnung war, aber sie ist trotzdem

nicht zum Arzt gegangen, weil das ganze Geld für meine Krankenhausrechnungen draufging. Als sie dann endlich beim Neu-
rologen auftauchte, war es schon zu spät, um irgendwas zu unternehmen. Deshalb bin ich zurückgekommen. Ich konnte sie
ja nicht allein lassen. Und dann wurde es immer schlimmer. Sie
hatte immer öfter solche Aussetzer, richtige Tobsuchtsanfälle,
wo sie rumgeschrien und mir Sachen an den Kopf geworfen
hat. Und dann ist sie eines Abends …« Seine Stimme bricht
und er macht eine Pause, um tief Luft zu holen. »Ich lag gerade
in der Badewanne, da kam sie einfach reingestürmt, mit diesem leeren Blick, als wäre sie gar nicht *da*, und hat angefangen,
mich zu waschen. Am ganzen Körper. Als wäre ich … noch ein
Baby oder so. Ich habe immer wieder gesagt, sie soll aufhören,
aber sie schien mich gar nicht zu hören und ich hatte Angst,
sie wegzustoßen, weil ich dachte, dass sie dann bestimmt wieder ausrastet.« Mit hängenden Schultern sitzt er vor mir, die
Hände zu Fäusten geballt. »Es war nicht … ich meine, sie hat
mir nichts angetan oder so. Aber als ich das nächste Mal bei
meiner Ärztin war und mich ausziehen sollte, weil sie sich meinen letzten Bruch ansehen wollte, habe ich eine Panikattacke
bekommen.«

Ach, Stanley, denke ich. Stanley. Stanley.

»Ich weiß, dass sie mich geliebt hat«, sagt er. »Und ich habe
sie auch geliebt … und meinen Vater auch. Das tue ich noch
heute. Ich glaube, irgendwie kommt man besser damit klar,
wenn man von jemandem verletzt wird, der einen hasst. Das
bringt einen nicht so durcheinander. Aber wenn einem ausgerechnet diejenigen wehtun, die man am meisten liebt … dann
weiß man einfach nicht, wie man damit umgehen soll.«

Ich spüre einen harten, heißen Knoten in meiner Brust. Am liebsten würde ich sofort ins Zimmer seiner Mutter gehen und jede einzelne ihrer Porzellanfiguren zertrümmern, die geblümte Tagesdecke zerfetzen und die Vorhänge herrunterreißen. Alle Schmerzen, alle Erinnerungen einfach auslöschen.

»Hör mir zu.« Er nimmt mein Gesicht in beide Hände. Sie wärmen meine Wangen. »Du hast keine Schuld an dem, was passiert ist. Nicht im Geringsten. Und das werde ich auch gern so oft wiederholen, bis du es mir endlich glaubst.«

Was er sagt, kann unmöglich stimmen. Es kommt mir wie ein Denkfehler vor. Mein Verstand kann das nicht akzeptieren.

»Hätte ich damals nicht dein Handy im Park gefunden und dir eine Mail geschrieben, wäre dir das alles hier erspart geblieben.« Meine Stimme bebt. »Dann würdest du jetzt nicht in diesem Rollstuhl sitzen, den halben Körper bandagiert.«

»Das stimmt«, sagt er ruhig. »Dann säße ich jetzt nicht hier. Dann läge ich nämlich neben meiner Mutter auf dem Friedhof.«

Im ersten Moment dringen seine Worte gar nicht bis zu mir durch. Lösen nichts aus. Dann hebe ich langsam den Kopf. »Was.«

»Nach deiner E-Mail habe ich es mir dann anders überlegt.«

Es dauert ein paar Sekunden, bis ich meine Stimme wiederfinde. »Warum«, flüstere ich. »Warum hast du mir das nicht erzählt.«

»Ich wollte nicht, dass du dich nur aus Mitleid für mich interessierst. Ich wollte wissen, ob uns wirklich etwas verbindet.«

Ich kann nicht anders, ich muss ihn einfach küssen. Ich

spüre, wie er ein bisschen nach Luft schnappt, sich kurz verspannt, dann aber meinen Kuss erwidert.

Er lächelt, mit Tränen in den Augen. »Ich möchte auf keine Minute verzichten, die ich mit dir verbracht habe. Nicht mal auf die schwierigen.«

Ich schließe die Augen und atme zitternd aus. »Ich habe dich wirklich nicht verdient.«

»Hör auf, dir das einzureden«, erwidert er barsch, fast schon wütend, aber seine Stimme klingt heiser und kehlig, als wäre er den Tränen nahe. »Ich bin kein Heiliger, falls du das annehmen solltest. Natürlich verdienst du es, geliebt zu werden. Und glücklich zu sein. Also bitte …« Sein Blick wird sanfter. »Hör auf, dich selbst zu bestrafen.«

Ich bringe kein Wort heraus.

Ich war mir so sicher, dass er entsetzt sein würde, wenn er das alles erfährt. Dass er endlich erkennen würde, was für ein Monster ich bin – so verabscheuungswürdig, dass meine eigene Mutter mich umbringen wollte. In irgendeinem verborgenen Winkel habe ich immer schon geglaubt, dass sie recht hatte: Dass ich besser nie geboren worden wäre. Dass mein Leben nie etwas anderes als ein Fehler war. »Ich werde immer so sein, wie ich jetzt bin, weißt du.«

»Das ist gut. Denn genau so will ich dich haben.«

Zwei Tränen stehlen sich aus meinen Augen und rollen mir über die Wangen.

Er streckt mir die Arme entgegen und ich breche in ihnen zusammen. Ich wühle meine Hände in sein Shirt, drücke mein Gesicht an seinen Hals und die Schluchzer strömen aus mir heraus – hässliche, rohe Tierlaute. Ich kann nicht anders. Es

macht mir Angst. Es tut so weh, als würde mein Körper auf-
platzen und mein Innerstes aus mir herausquellen.

Sanft bettet er meinen Kopf an seine Schulter und wiegt
mich hin und her.

Ich weine eine lange Zeit. Am Ende bin ich erschöpft, ge-
schwächt und vollkommen leer. Aber auf eine saubere Art leer.
Ich fühle mich wie neugeboren, wie ein Baby, das zum ersten
Mal die Augen öffnet und die Welt in ihrer ganzen Fremdheit
und Schönheit entdeckt.

»Wir haben nicht gerade viel Glück mit unseren Familien
gehabt, was«, sage ich mit heiserer Stimme.

Er stößt ein ersticktes Lachen aus. »Nein.«

»Sollten wir jemals Kinder haben«, sage ich, »machen wir das
auf jeden Fall besser.«

Diese Nacht verbringen wir erstmals wieder zusammen in seinem Bett. Er klammert sich in der Dunkelheit an mich. »Und
du bleibst wirklich hier?«

Ich nehme seine Hand und lege sie mir an die Wange. »Ich
bleibe.«

Sein Haar schimmert in dem schwachen Licht, das durch
die Vorhänge dringt. Ich habe plötzlich Lust, hineinzugreifen.
Es ist lang, leicht gewellt und ganz weich – eine tröstliche
Weichheit, wie das Fell eines Tiers. Ich fahre mit den Fingern
hindurch und er holt zitternd Luft.

»Tut das weh«, frage ich.

»Nein. Fühlt sich schön an.«

Ich lasse die Hand in seinen Nacken gleiten, wo die Haut
ganz weich und samtig ist, und er erschauert. Sobald ich jedoch

die Finger in seinen Kragen schiebe, verkrampft er sich, also lasse ich das und streiche ihm stattdessen wieder mit den Fingern durchs Haar, mit langsamen, ruhigen Bewegungen.

Wie habe ich das alles vermisst. Ihn zu berühren. Seine Wärme, seinen Geruch. Etwas Ruheloses erwacht in mir und ich will mehr.

Ich lege eine Hand auf seinen Oberschenkel.

»Alvie …« Er schluckt mühsam.

»Was ist denn.«

»Ich will das auch«, sagt er. »Wirklich. Aber … meine Beine sind immer noch geschient und ich kann meine untere Körperhälfte kaum bewegen. Der, äh …«, er räuspert sich, »… der entscheidende Teil funktioniert zwar noch, aber es wird trotzdem noch eine Weile dauern, bis ich zu so was wieder halbwegs in der Lage bin.«

»Wenn es auf die übliche Art nicht geht, können wir doch auch was anderes machen. Bei meinen Recherchen …«

»Recherchen?«

Ach ja, stimmt. Habe ich ihm nie erzählt. »Ich habe mir zur Vorbereitung ziemlich viele Pornos angesehen. Vor unserem ersten Treffen, meine ich.«

»Aha.« Er meidet meinen Blick.

»Da gab es jede Menge unterschiedlicher Stellungen und Methoden«, fahre ich fort.

»Alvie.« Seine Stimme klingt ein bisschen gequält.

»Was denn.«

»Unser erstes Mal soll was ganz Besonderes sein.« Er nimmt meine Hand. »Ich will das alles richtig machen und nicht in irgendwelchen Schienen stecken.«

Seine Worte wirken ziemlich ernüchternd auf mich.

Als ich Stanley bei unserer ersten Begegnung mein unzweideutiges Angebot gemacht habe, wollte ich eigentlich nur mir selbst beweisen, dass ich dazu in der Lage bin. Es hat mich nicht mal interessiert, ob es Spaß machen würde, ich wollte einfach nur wissen, wie es sich anfühlt, mehr nicht. Aber so ist das jetzt nicht mehr. Jetzt will ich *ihn*. Ich will ihn berühren, seine Haut auf meiner spüren.

Aber ich denke auch an das, was er mir vorhin erzählt hat: dass er nach dem Erlebnis mit seiner Mutter sogar Schwierigkeiten hatte, sich vor seiner Ärztin auszuziehen.

»Ich brauche einfach noch ein bisschen Zeit«, flüstert er.

Stanley hat schon so viel Geduld mit mir gehabt. Da werde ich wohl auch mal warten können.

Ich lege ihm die Hand auf die Brust und sage: »Du hast alle Zeit der Welt.«

Er entspannt sich und ich weiß, dass es richtig ist, ihn nicht zu bedrängen. Aber das Gefühl der Ernüchterung bleibt. Wir haben nun schon so viel von uns preisgegeben. Das ist das Letzte, was uns noch trennt.

37. KAPITEL

Der See sieht heute genauso aus, wie ich ihn in Erinnerung habe – glatt und durchsichtig blau, wie ein Spiegel. Ich stelle den Wagen auf dem kleinen Parkplatz gleich vorne am Strand ab.

»Willst du das auch wirklich machen?«, fragt Stanley.

»Ja.«

Die Morgensonne färbt die Wolken rosa, während ich durch den nassen Sand auf den See zustapfe. Meine Beine zittern und Schweiß sammelt sich unten an meiner Wirbelsäule, trotz der kalten, klaren Luft. Mit dem Gesicht zum Wasser bleibe ich stehen. Kleine Wellen lecken am Ufer.

Während der Ermittlungen vor sechs Jahren haben sie die Leiche meiner Mutter aus dem See gezogen. Später habe ich erfahren, dass sie eingeäschert worden ist, gemäß den Wünschen irgendwelcher entfernter Verwandter, die ich nie auch nur kennengelernt habe. Es gibt keinen Sarg, keinen Grabstein. Insofern kommt dieser See einem Grab vermutlich am nächsten, obwohl sie hier schon längst nicht mehr liegt.

Ich gehe in die Hocke und lege eine Hand auf den weichen,

vom Wasser geglätteten Sand. Er ist warm, wie etwas Lebendiges. Wellen schwappen mir über die Finger. Langsam und ordentlich schreibe ich mit dem Finger einen Namen in den Sand: CASSIE ELEANOR FITZ.

Für mich war sie immer nur Mama. Ich habe nie erfahren, wer sie sonst noch war. Jetzt ist es dafür zu spät.

Ich denke an die Zeit zurück, bevor alles so furchtbar schwierig wurde, als wir einfach nur Mutter und Tochter waren. Ich bin erst drei oder vier Jahre alt. Mama und ich backen Plätzchen zusammen. Ich bin völlig begeistert von dem zähen Teig, drücke immer wieder die Hände hinein und knete ihn wie Lehm. Mein Gesicht und meine Haare sind schon ganz verklebt und meine Mutter lacht die ganze Zeit. Später wischt sie mir, immer noch strahlend, Gesicht und Hände ab, küsst mich dann auf den Kopf und sagt: »Wenn du wüsstest, wie perfekt du bist.«

Bestimmt gab es auch damals schon Schwierigkeiten. Bestimmt hatte ich auch damals schon Wutanfälle, bin auf Möbel geklettert und habe mich unterm Bett versteckt. Aber wir waren glücklich.

Ich werde mich wohl mein Leben lang fragen, wie alles gekommen wäre, wenn ich mich anders verhalten hätte – wenn ich ihr einfach gesagt hätte, dass ich Vitamine statt Psychopharmaka genommen habe, wenn ich es geschafft hätte, nicht von der Schule zu fliegen und sie öfter in den Arm zu nehmen, wenn ich ihr hätte klarmachen können, dass sie mich nicht irgendwie in Ordnung bringen muss, weil es okay ist, nicht perfekt zu sein.

Oder wenn ich vielleicht etwas früher erkannt hätte, dass es in Wahrheit meine Mutter war, die Hilfe brauchte. Sie muss die Verletzung schon lange in sich getragen haben, vermutlich auch schon vor meiner Geburt, und sie hatte niemanden, an den sie sich wenden konnte. Was, wenn ich das begriffen hätte; wenn ich jemandem erzählt hätte, dass sie Depressionen hat – dass sie schon längst ertrunken war, bevor sie mit mir in den See gefahren ist?

Vielleicht hätte ich sie retten können. Vielleicht auch nicht. Im Grunde waren wir nur zwei ängstliche Kinder, die durch den finsteren Wald stolpern und sich verzweifelt aneinander festhalten, um ein bisschen Wärme zu finden. Vielleicht hatten wir uns bloß verlaufen.

Ich lasse die Finger durchs flache Wasser gleiten und spüre einen leisen Schmerz in der Brust, aber die Qual, mit der ich gerechnet hatte, bleibt aus. Ich bin hergekommen, um einen Schlussstrich zu ziehen, um all die Worte zu sagen, die ich noch sagen muss. Aber am Ende sind es bloß zwei: »Wiedersehen, Mama.«

Sanft lecken die Wellen ihren Namen wieder auf.

Wie viele Parallelwelten es auch geben mag, sie sind nun mal nicht die, in der ich lebe. Diese hier schon. Ich blicke in den blauen Himmel hinauf. Die Sonne schickt ihre Strahlen zwischen den Wolken hindurch und lässt den See glitzern. Möwen kreisen in der Luft, leuchtend weiß. Der Sand unter meinen Füßen ist warm und ich bin am Leben. Ich stehe auf, kehre dem See den Rücken zu und stapfe wieder den Strand hinauf.

Stanley wartet im Auto auf mich. In der Sonne leuchtet sein Haar wie Gold.

Schweigend machen wir uns auf den Rückweg, aber es ist ein wohliges Schweigen. Ich sitze am Steuer. Seine Hand sucht nach meiner, drückt sie kurz und lässt sie wieder los.

»Das hat dich sicher viel Mut gekostet, mir die Wahrheit zu erzählen, oder?«, fragt er irgendwann.

Ich zucke die Achseln. »Du bist ja auch immer ehrlich zu mir gewesen.«

Draußen gleiten die Telefonmasten vorbei. Hoch über uns fliegt ein Krähenschwarm, schwarze Punkte vor dem klaren Blau.

Seine Hand wandert hoch zu seiner Brust, seine Finger verkrallen sich in sein Shirt. »Aber ich habe dir immer noch nicht ...«

»Das hat Zeit.«

Wenn ich ihm nur begreiflich machen könnte, dass die Narben keine Rolle spielen, dass der Schmerz und die Angst keine Rolle spielen, weil er mein Gefährte fürs Leben ist. Das spüre ich in jeder Zelle meines Körpers. Nichts könnte mich je dazu bringen, mich von ihm abzuwenden. Ich suche nach Worten, die das ausdrücken könnten, aber so oft ich auch nach ihnen greife, ich kriege sie doch nie zu fassen. Es muss auch noch anders gehen. Ich zermartere mir den Kopf.

Und dann macht es *klick*.

38. KAPITEL

Ich war noch nie in einem Tattoo-Studio. Ich mustere den verstellbaren lederbezogenen Behandlungsstuhl, die Arbeitsproben an den Wänden und scharre nervös mit den Füßen, die Arme vor der Brust gekreuzt. Ich fühle mich schrecklich fehl am Platz.

Eigentlich hatte ich mich mental schon auf alles vorbereitet – dachte ich jedenfalls. Aber erst jetzt dringt die Realität so richtig zu mir durch und das Adrenalin prickelt mir unter der Kopfhaut. Wie soll ich das überhaupt durchhalten? Meine Schmerztoleranz ist ziemlich hoch, aber was, wenn jemand anders mir diese Schmerzen zufügt? Das ist sicher nicht vergleichbar. Ich stelle mir vor, wie ich stundenlang dasitze, während die Nadel unablässig meine Haut durchbohrt und ich die ganze Zeit gegen den überwältigenden Drang ankämpfen muss, einfach nur davonzulaufen. Und das Ganze dann auch noch halb nackt.

Am liebsten würde ich jetzt schon wegrennen. Aber meine Entscheidung steht fest. Da muss ich jetzt eben durch.

Der Tätowierer ist groß und dünn, mit einem Ziegenbärtchen, und seine mageren Arme sind mit Zeilen in Sanskrit bedeckt. Als ich auf dem Stuhl Platz nehme, hebt er fragend eine Augenbraue. »Bist du schon achtzehn?«

Damit habe ich gerechnet. Ich bin zwar noch keine achtzehn, noch nicht ganz, aber ich habe alle notwendigen Unterlagen mitgebracht, um zu beweisen, dass ich rechtlich gesehen schon volljährig bin. Ich zeige sie ihm.

»Okay«, sagt er, aber mit gerunzelter Stirn. »Hast du schon irgendwo Tinte?«

Ich starre ihn verständnislos an.

»Ist das dein erstes Tattoo?«, stellt er klar.

»Ja.«

»Und du hast dir das gut überlegt.«

»Ja.«

Er kneift die Augen zusammen. »Und du brauchst ganz bestimmt keine Erlaubnis? Ich will nämlich keinen Ärger kriegen.«

Ich werde langsam ungeduldig. Ob er alle seine Kunden so eingehend verhört? Kommt mir nicht sehr geschäftstüchtig vor. »Keine fünfzehn Kilometer von hier gibt es ein weiteres Tattoo-Studio, und dann noch drei weitere in einem Umkreis von sechzig Kilometern. Wenn Sie mir Stress machen wollen, kann ich mir auch gern jemand anderen suchen.«

Er stößt die Luft durch einen Mundwinkel aus und verschränkt die Arme vor der Brust. »Na gut, ist ja deine Haut«, sagt er. »Weißt du denn schon, was du haben willst?«

Ich ziehe ein Blatt Papier aus meiner Tasche, falte es auseinander und zeige es ihm. Er nimmt es mir aus der Hand und betrachtet es kurz, die Stirn in Falten gelegt. Dann nickt er. »Und wohin?«

Ich weise auf eine Stelle zwischen meinen Brüsten, gleich über dem Herzen. »Hier.«

Schon auf der Rückfahrt frage ich mich, ob das Tattoo vielleicht doch keine gute Idee war. Ich habe Stanley nie gefragt, ob er Tattoos überhaupt mag, weil mir so was immer erst hinterher einfällt.

Als ich in die Küche komme, sitzt er auf einem Barhocker vor dem Herd und rührt in einem Topf mit Spaghettisoße. Der Duft nach Tomaten, Oregano und Knoblauchbrot erfüllt die Luft. Er schaut sich über die Schulter zu mir um und lächelt. »Hey. Das Abendessen ist fast fertig.« Er wirft einen Blick auf die Uhr. »Eigentlich sollte es auf dem Tisch stehen, wenn du kommst, aber ...«

»Macht doch nichts.« Ich hatte ihm gesagt, ich käme gegen acht, weil ich ja nicht wusste, wie lange die Sache dauern würde. Ich gehe zu ihm hin, lege ihm eine Hand auf die Schulter und küsse ihn auf die Schläfe.

Schon seltsam, wie vertraut mir diese Gesten geworden sind.

Er dreht mir das Gesicht zu und unsere Lippen begegnen sich. Er schmeckt ein bisschen nach Soße – wahrscheinlich hat er sie gerade probiert.

Als wir uns zum Essen setzen, erwarte ich die ganze Zeit, dass er mich fragt, wo ich so lange gewesen bin, aber er tut es nicht.

»Und, wie wars auf der Arbeit?«, fragt er stattdessen.

Ich erzähle ihm von Kitt, dem dreibeinigen Fuchs, und von Dewey, der Krähe, die es tatsächlich schafft, mit ihrem Schnabel einen Knoten zu binden. Ich erzähle ihm von den sechseckigen Steinen auf dem gepflasterten Weg, der durch das Waldstück hinter der Station führt, von dem Becken mit den Kois und dem kleinen Springbrunnen. Ich hatte befürchtet, dass der Springbrunnen ein Problem für mich sein könnte, aber das Rauschen von Wasser scheint mir nicht mehr so viel auszumachen wie früher.

»Ich glaube, du passt dort wunderbar hin«, sagt er.

»Das hoffe ich.« Ich drehe mit der Gabel ein paar Spaghetti auf und spüre das Brennen der Wunde zwischen meinen Brüsten. Stanleys Tischdecke ist grün-weiß kariert. Ich ertappe mich dabei, wie ich die grünen Quadrate in den Reihen zähle und dann im Kopf hochrechne, wie viele es insgesamt auf dem ganzen Tisch sein müssen. Der Stoff ist grob gewebt, jede Faser ist deutlich zu sehen, ein kompliziertes Muster aus sich kreuzenden Fäden. Doch wenn man nicht so genau hinschaut, wirkt er wie eine glatte Fläche. Nichts ist jemals glatt oder unkompliziert, wenn man es aus der Nähe betrachtet.

»Hast du irgendwas auf dem Herzen?«, fragt er.

Ich stehe auf. »Komm mal mit.«

Er runzelt die Stirn und fängt an, den Tisch abzuräumen, aber ich sage, »Lass doch, das machen wir später«. Ich gehe ihm voraus ins Schlafzimmer, während er mir langsam folgt. Er hat sich vom Rollstuhl zu Krücken hochgearbeitet, aber das Laufen fällt ihm noch sehr schwer.

Als wir beide im Zimmer sind, schließe ich die Tür und drehe mich zu ihm um. Er sitzt auf der Bettkante, die Krücken neben sich, und ich muss an unsere Nacht im Motel zurückdenken.

Ich trage immer noch mein Arbeitsshirt. Jetzt knöpfe ich es langsam auf.

Seine Augen weiten sich. »Was …«

»Ich habe etwas für dich.« Mein Oberteil fällt zu Boden. Ich öffne meinen BH und lasse auch den fallen. »Aber nicht anfassen. Ist noch ganz frisch.« Vorsichtig löse ich den Verband, der das Tattoo bedeckt.

Es hat ziemlich lange gedauert und ich habe Qualen gelitten. Nicht wegen der körperlichen Schmerzen, die waren erträglich. Aber so lange still zu sitzen, einem Fremden völlig ausgeliefert, ist so ziemlich das Schlimmste, was ich mir vorstellen kann. Ich weiß nur noch, dass ich die ganze Zeit stocksteif dagesessen habe, die Finger um die Armlehnen gekrallt, und vor Anspannung mit den Zähnen geknirscht habe. Der Tätowierer hat immer nur breit gegrinst, als hätte er sich noch nie so gut amüsiert, und mehr als einmal musste ich mich ziemlich zusammenreißen, um ihm keinen Tritt zu versetzen. Aber das Ergebnis war es wert.

Eine Nelke blüht auf meiner Haut, ihre dunkelroten Blütenblätter sind direkt über meinem Herzen eintätowiert. Sie sieht genauso aus wie die, die Stanley mir geschenkt hat – und die ich abgebrochen habe. Die Haut darunter ist noch sehr empfindlich und an den Rändern leicht gerötet, aber bluten tut es nicht.

Stanleys Augen werden noch größer. Er streckt die Hand aus, aber weniger Zentimeter vor der Blume halten seine Finger inne. Ich fühle mich auf eine Weise nackt, die nichts mit meiner entblößten Haut zu tun hat.

Mein Herzschlag hallt durch die Stille, während ich darauf warte, dass er etwas sagt. Schließlich nimmt er meine Hand und legt sie an seine Wange, dann dreht er das Gesicht hinein, um ihre Innenfläche zu küssen. »Die ist wunderschön«, flüstert er.

Meine Anspannung löst sich und lässt mich schwach zurück. Ich stoße erleichtert den Atem aus. Schließlich wollte ich auf keinen Fall, dass er jedes Mal, wenn er mich nackt sieht, denkt *Hätte sie doch bloß nicht diesen dämlichen roten Klecks zwischen den Titten.*

Er streckt wieder die Hand danach aus und hält dann inne. »Tut es noch weh?«

»Ein bisschen.«

Vorsichtig berührt er die Haut gleich neben der Nelke, so zart und zaghaft wie der Flügelschlag einer Motte.

Unsere Blicke begegnen sich. Ich höre, wie er schluckt. »Kannst du ... kannst du kurz das Licht ausmachen?« Er lächelt, aber ich sehe die Kerben der Anspannung um Augen und Mund. »Im Dunkeln fällt es mir leichter, mich auszuziehen.«

Für einen Moment wird es in mir ganz still. Ich spüre einen kleinen Hüpfer in meiner Brust, ein atemloses Beben der Vorfreude. Ich schalte das Licht aus.

Das Rascheln von Kleidung durchbricht die Stille. Er zieht sein Hemd aus. Die Dunkelheit ist dicht, fast greifbar. Sie umhüllt mich wie schwarzes Fell und sosehr ich meine Augen auch anstrenge, ich kann nichts erkennen.

Seine Finger legen sich um mein Handgelenk und er zieht meine Hand an seine Brust. Ich spüre die raue Oberfläche der Narben unter meinen Fingerkuppen. Er ist angespannt und sein Atem geht schnell und keuchend, als meine Finger tiefer gleiten und seine Rippen und verdicktes Gewebe ertasten.

Meine Hände gleiten über seine Schultern und folgen dann einer langen Narbe, die vom Nacken bis zur Mitte seines Rückens verläuft. Ich erinnere mich, wie er von seinem Schulterblattbruch erzählt hat, und dass sie ihn aufschneiden und operieren mussten, um die Knochensplitter wieder zusammenzusetzen – Monate der Schmerzen und Unbeweglichkeit, in einem lang gezogenen Wulst aus Narbengewebe verdichtet. Meine Finger schieben sich tiefer nach unten und finden eine weitere Narbe. Und noch eine. Ich berühre seine Arme, und da sind noch mehr. *Acht, neun, zehn, elf.*

Ich verliere schon bald den Überblick.

»Ich möchte das Licht wieder anmachen«, sage ich.

Ich höre ein schwaches Glucksen in seiner Kehle, als er schluckt. »In Ordnung.«

Statt der Deckenlampe schalte ich die Nachttischlampe ein. Stanley ist nackt bis auf seine Boxershorts. Das bernsteinfarbene Licht der Lampe wirft Schattenseen in die Mulden unter seinem Hals und zwischen seinen Rippen, was seine Magerkeit noch stärker betont. Die Narben bilden ein Relief auf seiner Haut, ein kunstvolles Schnitzwerk aus Wülsten und Kerben, manche schon verblasst und kaum noch sichtbar, andere ganz frisch und leuchtend rot. Dort, wo die Metallstifte seine Haut durchbohrt haben, sind überall kleine Mulden zurückgeblieben – ganze Reihen von ihnen, die parallel zu den vernarbten Schnitten verlaufen.

Meine Finger gleiten über seinen Oberkörper und ich taste die Narben auf seinen Rippen wie Blindenschrift ab. Eine Geschichte der Schmerzen. Aber ohne diese Schmerzen wäre er nicht der, der er ist: Jemand mit genügend Empathie, um auf mich zuzugehen, und mit genügend Mut, um jemanden wie mich zu lieben. »Du siehst schön aus, Stanley.«

Plötzlich scheint er sich sehr für seine nackten Füße zu interessieren. »Du musst das nicht sagen.«

Ich küsse die gezackte Narbe auf seinem Schlüsselbein und er zieht scharf die Luft ein. Meine Lippen streifen eine Narbe auf seinem linken Brustmuskel. Sein Brustkorb hebt und senkt sich schwer, während ich eine weitere Narbe küsse, und dann noch eine. Ich greife nach seiner Hand und küsse die Innenfläche. Als unsere Lippen sich begegnen, schmecke ich salzige Tränen.

Seine Hände gleiten über meine Haut, und als er meine linke Brust umschließt, dränge ich mich seiner Berührung entgegen.

Ich will mehr. Ich will ihn berühren, spüren, wie er auf mich reagiert.

Meine Hand wandert zu seinen Boxershorts und er verspannt sich wieder.

»Meine Beine sind noch …«

»Die brauchst du dafür nicht. Du musst überhaupt nichts tun. Überlass das alles mir.«

Er macht ein verblüfftes Gesicht. Dann weiten sich seine Augen, als die Erkenntnis durchsickert. »Du willst mir …«

»Ja.«

Er schließt die Augen und atmet tief ein. Er scheint um Fassung zu ringen. »Alvie …« Seine Augen öffnen sich wieder und er streckt die Hand aus, um mein Gesicht zu berühren und mir eine Haarsträhne hinters Ohr zu streichen. »Das kann ich nicht von dir verlangen.«

»Tust du doch auch gar nicht«, erwidere ich, einen Hauch

von Ungeduld in der Stimme. »*Ich* will es doch.« Ich knie mich neben ihm aufs Bett, werde aber plötzlich unsicher. »Oder magst du das nicht.«

»Doch, klar«, platzt er heraus und beißt sich dann auf die Lippen. »Aber …« Seine Stimme wird sanfter. »Ich möchte nicht, dass es bei unserem ersten Mal nur um mein Vergnügen geht. Es soll auch für dich perfekt sein, etwas, an das du dich …«

Ich packe seine beiden Handgelenke und drücke sie aufs Bett hinunter. »Stanley.« Er blinzelt zu mir hoch. »Kannst du nicht einmal im Leben aufhören, selbstlos zu sein, und mich einfach deinen Schwanz lutschen lassen?«

Er reißt die Augen auf. »Okay«, sagt er keuchend.

Ich lasse seine Handgelenke los und schaue auf seine sich ausbeulenden Boxershorts. Vorsichtig ziehe ich sie ihm herunter und betrachte ihn einen Moment.

Die männliche Anatomie ist mir natürlich vertraut – es gibt schließlich Fotos. Aber das hier ist anders. Das ist Stanley.

Mein Herz schlägt schnell, mein Mund ist trocken und mir wird klar, dass ich nervös bin. Kein Wunder, schließlich habe ich so etwas noch nie gemacht. Bevor ich ihm begegnet bin, hätte ich niemals jemanden nahe genug an mich herangelassen, um das überhaupt in Erwägung zu ziehen. Aber jetzt, nachdem ich mich ihm geöffnet habe und er mein dunkelstes Geheimnis kennt, sollte der Körperkontakt eigentlich nicht mehr so schwierig sein.

Unsere Blicke begegnen sich wieder. Sein Gesicht hat einen Ausdruck, für den ich keine Worte finde. Aber es beruhigt mich irgendwie, dass dies alles für ihn genauso neu ist wie für mich.

Ich lege die Hände auf seine schmalen Oberschenkel. »Bist du so weit.«

Er nickt. Ich sammele ein bisschen Speichel und senke dann den Kopf.

Er zuckt kurz zusammen und entspannt sich dann wieder. Gibt sich mir hin, vertrauensvoll.

Sobald ich aufhöre, darüber nachzudenken, ist es eigentlich nicht weiter schwierig. Ich verliere mich ganz darin, mein Verstand in einen Nebel aus Konzentration gehüllt, nehme seine Reaktionen wahr und passe meine Bewegungen entsprechend an. Ich achte auf jedes Detail: die kleinen Seufzer und das Stocken in seinem Atem, das sanfte, heisere Stöhnen tief unten in seiner Kehle, das Rascheln der Laken, wenn er sich bewegt.

Stanley lässt sich sonst nie wirklich gehen. Jedenfalls nicht so wie jetzt. Und ich merke plötzlich, wie sehr ich mir gewünscht habe, ihn so zu sehen, wenn er die Kontrolle endlich einmal aufgibt – sich nicht um mich sorgt, nicht nachdenkt, an sich selber zweifelt oder darum ringt, alles richtig zu machen. Sich ganz in seinen Gefühlen, den Signalen seiner Nerven verliert. Irgendwo tief in meinem Körper spüre ich einen Puls, ein wachsendes Verlangen, aber ich beachte es nicht, schiebe all diese Empfindungen beiseite, damit ich mich mit jeder Faser auf ihn konzentrieren kann.

Als er irgendwann die Augen schließt, höre ich sofort auf. Ich muss seine Augen sehen. Ich brauche alle mir verfügbaren Daten, damit ich weiß, ob ich irgendetwas falsch mache. Ich hebe kurz den Kopf und sage: »Lass sie offen.«

Er gehorcht und ich beuge mich wieder über ihn.

Seine Muskeln spannen sich immer mehr an, bis sie schließlich verkrampfen. Sein Atem wird noch schneller. »Alvie«, keucht er, »ich ... gleich ...« Er stößt einen Schrei aus.

Ich ziehe mich zurück, bin aber nicht schnell genug und krümme mich in einem Hustenanfall. Mit tränenden Augen stolpere ich ins Badezimmer, um mir den Mund auszuspülen und einen Schluck Wasser aus dem Hahn zu trinken. Als ich zurückkomme, fängt er an, Entschuldigungen zu stammeln. Ich bringe ihn mit einem Kuss zum Schweigen und lege meinen Kopf auf seine Brust. Sein Herz pocht immer noch laut. Nach einer Weile wird es ruhiger. Er legt mir eine Hand auf den Rücken und murmelt: »Das war sehr schön.«

Mir surrt der Kopf und ich fühle mich wie nach den ersten Schlucken Wein, bevor er anfing, mir das Hirn zu vernebeln. Ganz leicht und angenehm warm.

Das war ich, denke ich. *Ich habe ihm dieses Gefühl verschafft.*

Er berührt mein Gesicht, zeichnet mit den Fingerspitzen meine Wangenknochen nach und streicht mir eine feuchte Haarlocke hinters Ohr. »Und was ist mit dir? Bist du ... ich meine ...« Seine Augen flackern, während er mich forschend ansieht. »Möchtest du irgendwas?«

»Als da wäre.«

Er berührt mich durch die Jeans hindurch – ganz sanft und zärtlich. Mein Herzschlag beschleunigt sich.

Es wäre leicht, jetzt aufzuhören. Sich zurückzuziehen, wieder zu sammeln, die Kontrolle zurückzugewinnen. Aber ich will nicht aufhören.

Langsam ziehe ich meine Hose aus, dann meinen Slip.

Anfangs ist er ganz vorsichtig, fast schon ängstlich. Ich liege

390

ganz still und wage kaum zu atmen, während er mich erkundet – aber nach und nach fange ich doch an, mich zu entspannen. Irgendwann stelle ich fest, dass ich mich seiner Berührung wie eine Katze entgegenwölbe und mein Körper sich von ganz allein bewegt.

Die Empfindungen sind eigenartig. Neu. Aber nicht schlecht. Ich spüre einen Druck, ein leichtes Stechen, und zucke zusammen.

»Alvie?«, fragt er leise, mit besorgter Stimme. »Ist alles …«

»Mach weiter.«

Und das tut er.

Für einen kurzen Moment fällt mir diese Tiersendung ein, die mich überhaupt auf die Idee mit dem Sex gebracht hat: wie die beiden Eisbären im Schnee kopulierten, wie geschäftsmäßig und mechanisch sie die Sache hinter sich brachten – und wie gerade das mir damals gefiel, weil es so verlockend einfach schien. Aber das hier ist anders. Ich hätte wissen müssen, dass es anders ist. Stanleys atemlose, ungeteilte Aufmerksamkeit, die Art, wie er mich ansieht, als gäbe es nichts anderes auf der Welt – ich fühle mich *gesehen*. Jede Bewegung, jeder Atemzug ist bedeutungsvoll. Wir sind beide so verletzlich, so offen füreinander, und ausnahmsweise verspüre ich überhaupt keinen Drang, den Blick abzuwenden.

Stanley, denke ich. Stanley, *Stanley* …

Dann wird alles weiß.

Als ich wieder zu mir komme, liege ich neben ihm, in seinen Armen. Ich fühle mich wie schwerelos, als könnte ich mich einfach aus meinem Körper lösen und auf uns beide auf dem Bett hinuntersehen.

Er zieht mich noch näher heran. »Alles in Ordnung?«

»Ja.« Meine Haut ist verschwitzt und in meinem Kopf dreht sich alles: viel zu viele Eindrücke, viel zu viel von allem, und einen Moment lang sehne ich mich nach meinem Zauberwürfel, nach dem kühlen, glatten Plastik unter den Fingerkuppen und nach der schlichten Vorhersehbarkeit, mit der eine Farbreihe an ihrem Platz einrastet. Stattdessen konzentriere ich mich auf den sanften Druck von Stanleys Armen, auf die Wärme seiner Haut.

Für den Moment ist das genug.

Seine Hand streicht über mein Bein. Ich schmiege mich an ihn und lege den Kopf auf seine Schulter.

»Ich liebe dich«, flüstert er und ich spüre seine Lippen an meinem Ohr.

Ich mache den Mund auf, aber kein Wort kommt heraus. Selbst jetzt schnürt sich mir noch die Kehle zu, mein Körper verweigert sich aus purer Gewohnheit. Doch dann löst sich etwas in mir. »Ich liebe dich auch, Stanley.«

Er hält mich fest umschlungen, seine Arme bilden einen schützenden Bau und er vergräbt das Gesicht in meinen Haaren.

Von irgendwoher höre ich ein seltsames Geräusch, ganz leise, fast wie das Gurren einer Taube, bis ich schließlich merke, dass es aus meiner eigenen Kehle kommt. Es ist dasselbe Geräusch, das Kaninchen machen, wenn sie glücklich sind.

39. KAPITEL

»Willst du das auch wirklich?«, fragt Stanley.

Ich sehe mich in der Wohnung um. Sie ist leer, bis auf die Stapel von Umzugskisten, auf denen BÜCHER UND DVDs und ALLES MÖGLICHE steht. »Ja, will ich«, sage ich. »Außerdem kommt die Frage jetzt ein bisschen spät.«

Morgen tragen die Möbelpacker unseren restlichen Hausrat hier hoch. Für heute haben wir nur ein Bett und einen Fernseher. Und den Käfig von Matilda, der auf dem Boden steht. Sie knabbert an ihrem Trockenfutter, die veränderte Umgebung scheint sie völlig kaltzulassen.

Ich sitze auf der Bettkante und drehe an meinem Zauberwürfel herum.

Stanley humpelt zu mir herüber und setzt sich neben mich. »Ich weiß, dass Veränderungen für dich keine leichte Sache sind«, sagt er. »Und ich weiß, dass dir mein Haus gefallen hat.«

»Von hier ist es näher nach Elmbrooke und zum College. Das ist ein Vorteil.«

Ein paar Kisten mit der Aufschrift MOMS SACHEN stehen neben Matildas Käfig. »Was hast du damit vor«, frage ich.

»Wahrscheinlich gebe ich sie bei *Goodwill* ab.«

Ich nicke und schiele zu ihm rüber. »Und wie fühlt sich das an.«

Ein Lächeln zuckt um seine Mundwinkel. »Beängstigend. Aber auf eine gute Art.« Sein Blick schweift durch die Wohnung.

Er hat eine neue Behandlung begonnen, eine Reihe von Injektionen, um das Kollagen in den Knochen zu stärken, und seine Augäpfel sind nicht mehr so auffallend blau. Nur ein zarter Hauch ist noch zu sehen, wie das Schimmern einer Perle.

Sonnenlicht strömt durch das riesige Wohnzimmerfenster und beleuchtet die schneeweißen Wände.

»Die Küchensachen sind alle noch verpackt«, sagt er. »Wollen wir irgendwo was essen gehen? Hier gibts bestimmt auch ein Pfannkuchenhaus.«

Ich nicke und schlüpfe in meinen Hoodie, und wir verlassen die Wohnung. Auf der Fahrt kommen wir an einem Park vorbei, auch mit einem kleinen Teich und einer Bank. »Halt mal an«, sage ich.

Er tut es und wir steigen aus und setzen uns Seite an Seite auf die Bank. Ein Gänsepaar gleitet übers Wasser. Ein Kaninchen buddelt in der Wiese, hält dann aber inne, schaut auf und spitzt die zuckenden Ohren.

In wohligem Schweigen sitzen wir da. Das winterbraune Gras zu unseren Füßen ist durchtränkt vom geschmolzenen Schnee. Ein paar grüne Halme sind schon zu sehen, die sich ihren Weg Richtung Sonne bahnen. Ich sauge die frische, kühle Luft in mich ein. Sie enthält einen Geruch, der vertraut und doch neu ist.

»Schon komisch«, sagt Stanley irgendwann. »Ich muss gerade an diesen Satz aus *Watership Down* denken … *Mein Herz hat sich mit den Tausend verbunden.* Ich weiß, dass es eigentlich um Trauer geht, aber für mich klang dieser Teil auch immer irgendwie … hoffnungsvoll. Als ginge es darum, an etwas teilzuhaben, das größer ist als man selbst. Mit anderen Menschen in Verbindung zu treten, oder mit der ganzen Welt.«

Über uns wölbt sich der Himmel, klar und blau, und ich spüre so ein schwebendes Gefühl in meiner Brust, ein Gefühl des Aufbruchs. *Mein Herz hat sich mit den Tausend verbunden,* denke ich und probiere die neue Bedeutung aus. Sie kommt mir passend vor.

Ich erinnere mich, wie ich Stanley zum ersten Mal gesehen habe, auf einer Bank sitzend, in einem Park wie diesem hier. Ich weiß noch, wie es mich geärgert hat, dass ein Fremder in mein Revier eingedrungen war und meinen sorgfältig durchgeplanten Alltag störte. Am liebsten wäre ich damals einfach aufgestanden, weggegangen und nie mehr zurückgekommen. Und beinahe hätte ich das auch getan. Aber etwas hat mich davon abgehalten. Was mag das gewesen sein?

Ein Anflug von Neugier. Ein unwillkürlicher elektrischer Impuls in irgendeiner tief versteckten Falte meines Hirns. Das Öffnen und Schließen eines Ionenkanals an einer x-beliebigen Nervenzelle. Der Zerfall eines subatomaren Teilchens in diesem Ionenkanal. Irgendetwas so Kleines, so scheinbar Zufälliges. Und jetzt sind Stanley und ich ein Paar. Das Leben mit ihm fühlt sich so leicht und selbstverständlich an – als könnte es für immer so weitergehen.

Verstandesmäßig ist mir klar, dass es kein *für immer* gibt.

Eines Tages müssen wir alle sterben und unsere Knochen zerfallen zu Staub. Eines Tages wird es die Menschheit nicht mehr geben und die Erde wird von Kaninchen regiert, oder von den Maschinen, die wir zurückgelassen haben, oder von irgendwelchen Wesen, die wir uns nicht einmal vorstellen können. Und dann wird die Sonne zur Supernova werden und die ganze Erde verschlingen und alle anderen Planeten auch, und das Universum wird sich immer weiter ausdehnen, bis die Gravitationskraft ihre Wirkung verliert und alle Objekte nur noch durch die Dunkelheit treiben und alle Sterne still und kalt sind und die Materie in sich selbst kollabiert. Die Zeit wird enden und es wird nichts mehr sein als ein riesiger, kalter, leerer Raum. Die Atome, aus denen unsere Körper einst bestanden, werden über unvorstellbar große Distanzen verstreut sein.

Andererseits weisen subatomare Teilchen auch Verbindungen auf, die wir noch gar nicht verstehen. So sind zwei Teilchen, die physikalisch miteinander reagiert haben, durch Quantenverschränkung aneinander gebunden und stehen selbst dann noch in Wechselwirkung, wenn man sie trennt, ganz gleich über welche Distanz, verknüpft durch unsichtbare Fäden in Zeit und Raum.

Ich lege den Kopf in den Nacken und schaue lächelnd in den klaren Himmel hinauf. Stanley nimmt meine Hand und meine Finger schlüpfen wie selbstverständlich zwischen seine. Und ich denke an jenen Moment vor vielen Jahren zurück, als ich im Krankenhaus aufgewacht bin, nachdem ich ans Ufer geschwommen war, und an die Worte des Mannes, die ich damals gehört habe: *Sie hat wirklich Glück gehabt.*

Und zum ersten Mal glaube ich das auch selbst.

ANMERKUNG DER AUTORIN

Meine erste Einführung in die Welt von *Watership Down* erhielt ich als Kind durch den gleichnamigen Zeichentrickfilm aus dem Jahr 1978, der sowohl die Brutalität als auch die Hoffnung und Schönheit der Buchvorlage hervorragend einfängt. Ich habe mich sofort in diese Welt und ihre Figuren verliebt und auch Jahrzehnte später hat sie nichts von ihrer Anziehungskraft verloren.

Kaninchen sind Überlebenskünstler. Angesichts einer Welt voller Raubtiere sind sie gezwungen, sich permanent anzupassen, zu bemühen, zu kämpfen und durchzuhalten. Als Individuum sind sie schwach und kurzlebig, als Tierart aber äußerst durchsetzungsfähig. Sie sind ein Symbol für unseren Lebenswillen, jenen stärksten Instinkt, der jede Kreatur auf dieser Welt beseelt.

Alvie ist auch eine Überlebenskünstlerin. Ihre Liebe zu Kaninchen im Allgemeinen – und zu *Watership Down* im Besonderen – war das Erste, was sie in meiner Vorstellung zum Leben erwachen ließ, und die Konstante, zu der ich bei jeder Überarbeitung des Romans zurückgekehrt bin.

Dafür bin ich Richard Adams zu tiefstem Dank verpflichtet. 2016 ist er gestorben, doch sein Vermächtnis wird noch viele Generationen überdauern. Denn *Watership Down* ist nicht nur ein Fantasy-Roman, sondern eine Hymne ans Leben, die uns unsere tiefe Verbundenheit mit der Erde, den Tieren und allen anderen Menschen in Erinnerung ruft.